유구 한문학

유구 한문학

초판 1쇄 발행 2022년 4월 30일

지은이 이성혜
펴낸이 강수걸
기획실장 이수현
편집장 권경옥
편집 이선화 신지은 오해은 이소영 김소현 강나래
디자인 권문경 조은비
펴낸곳 산지니
등록 2005년 2월 7일 제333-3370000251002005000001호
주소 부산시 해운대구 수영강변대로 140 BCC 613호
전화 051-504-7070 | 팩스 051-507-7543
홈페이지 www.sanzinibook.com
전자우편 sanzini@sanzinibook.com
블로그 sanzinibook.tistory.com

ISBN   979-11-6861-028-6 93830
         978-89-92235-87-7(세트)

아시아총서 43

유구 한문학

이성혜 지음

산지니

오키나와 수리성 정전正殿. 불타기(2019.10.31.) 전 모습

【일러두기】

- 이 책에서 거론하는 유구는 일본에 병합되기 전, 독립국이던 중세 유구왕국을 뜻하며, 오키나와는 한 지역의 의미로 사용하였다. 유구에 대해서는 '유구' 때로는 독립왕국임을 강조하기 위해서 '유구왕국'이라는 단어를 혼용하였다. 또한 인용하는 자료에 '유구국', '유구왕국'이란 표현이 있으면 그대로 번역하였다.

- 이 책에 나오는 현지 사진은 모두 필자가 오키나와에서 직접 촬영한 것이며, 그 외 지도 관련 사진은 필자가 소지한 책에서 재촬영한 것이다. 필자가 직접 촬영하지 않은 사진의 경우에는 출전을 밝혔다.

- 이 책에 인용한 『조선왕조실록』의 내용은 한글 번역본만 취하고, 한문 원문은 제시하지 않는다. 한글 번역은 한국고전번역원의 번역을 참고하여 필자가 수정하기도 하였다. 그 외 자료의 인용은 해당 원문을 미주에 제시하였다.

- 유구왕국시대의 인명이나 지명은 한글읽기를 하였고, 폐번치현廢藩置縣 이후 지명이나 인명은 일본어발음으로 하였다. 일본어 발음은 「국립국어원-외국어표기법」의 방식을 취했다.

- 이 책의 토대가 된 논문에 대한 구체적인 정보는 〈후기〉에 적었다.

2014년 12월 24일, 수년 동안 수십 년 치의 『매일신보』를 읽으며 작업했던 성과가 『한국 근대 서화의 생산과 유통』(해피북미디어)이란 이름으로 출간되었다. 마모되고 깨알 같은 글씨로 영인된 신문을 읽기 위해 구입했던 다양한 돋보기 10여 개가 서재에 나뒹굴었다. 시력도 많이 나빠졌다.

『한국 근대 서화의 생산과 유통』을 출간한 뒤, 머리를 식히기 위해 2015년 1월에 일본 후쿠오카에 갔다가 현립도서관에서 우연히 유구 한문학 관련 책을 접하게 되었다. 그때 뭔가 번쩍하는 불빛이 머릿속에 일면서 나를 사로잡았다. 이후 한 달간 매일 현립도서관으로 출근하여 그 책을 읽었다. 그리고 방학 때마다 오키나와로 가서 고서점을 돌아다니며 그날 읽은 책과 함께 유구 한문학 관련 서적들을 보이는 대로 구입하였다. 그러나 주머니 사정과 함께 발간 당시 가격보다 훨씬 비싼 가격표에 두고 나온 책도 적지 않다. 아무튼 그렇게 접하게 된 유구왕국에 빠져 지금까지 6여 년간 유구 한문학 연구에 몰두하고 있다. 그 결과 『유구 한시선』(소명, 2019)을 역주하였고, 12편의 관련 논문을 학계에 발표하였다.

곧, 이 책에 담은 13장의 내용 중, 제5장을 제외한 12장은 기존의 학술지에 발표되었던 논문들이다. 그 논문들을 좀 더 큰 주제로 분류하여 3부로 나누어 배치하였다. 그리고 논문을 다시 읽으면서 중복된 내용과 설명들을 대부분 걷어내었다. 노출된 한자는 가급적 한글로 바꾸었으나 문장 이해를 위해 필요하다고 생각되는 한자에는 한글을 덧붙였다. 말하자면 이 책은 기존의 논문을 토대로 하였지만 하나의 맥락을 만들기 위해 많은 수리를 하였다. 물론 이렇게 한 것은 유구 한문학에 대한 학계와 지성계의 관심을 촉구하기 위해서이며, 미력하나마 유구 한문학에 대한 정보를 제공하기 위함이다.

그럼에도 이 책은 어쩌면 일반 독자들이 읽기에는 쉽지 않을지도 모르겠다. 가급적 쉽게 설명하려고 했고, 용어 해설을 붙였으며, 간략한 인물 정보도 추가했지만, 오키나와 아니 그 이전 유구왕국의 역사와 지명, 인물들의 이름이 생전 처음 혹은 낯선 발음으로 눈앞에 펼쳐지기 때문이다. 그러나 우리는 그 낯선 처음을 견디지 않으면 아무것도 알 수 없다는 것쯤은 잘 안다. 또한 당시 유구는 역사적·정치적·지리적으로 조선과 매우 유사하거나 가까웠다. 우리가 현재의 내 삶을 이해하기 위해 역사를 공부할 때, 예컨대 조선의 역사는 조선만으로 구성되지 않으며, 주변국과의 관계 속에서 형성된다. 그러므로 당시 조선의 이웃나라였던 유구와의 관계 및 유구 그 자체에 대해서도 알 필요가 있다고 생각한다. 외부를 통해 내부를 보다 풍부하게 이해할 수 있기 때문이다.

뿐만 아니라 조선과 유구, 혹은 한국과 오키나와는 일제식민지와 2차 세계대전을 거치면서 자의든 타의든 서로 복잡하게 엉킨 가슴 아픈 역사를 공유하고 있다. 이러한 근대사를 이해하기 위해서도

서로에 대한 중세사를 알 필요가 있다. 또한 어떤 대상을 하나의 장르 혹은 시각으로만 바라보면 그 대상의 평면적 모습밖에 볼 수가 없다. 그러므로 다양한 장르와 여러 각도에서 대상을 바라볼 필요가 있다. 즉, 유구 혹은 오키나와에 대해 역사학·인류학·여성학을 넘어 한문학이라는 시각으로도 볼 것을 제안한다.

한편, 유구 한문학에 대한 개괄적 혹은 해제적 성격의 서술은 여기서 하지 않으려고 한다. 왜냐하면 관련 내용이 1장부터 펼쳐지기 때문이다.

3년간 이어지는 코로나 팬데믹으로 많은 사람들이 어려움을 겪고 있다. 「한류문화연구소(韓琉文化研究所)」라는 이름 아래 모여 유구와 오키나와에 관해 연구하고 발표하고 토론하던 필자를 비롯한 회원들도 발이 묶인 채, 매월 화상으로 만나고 있다. 오키나와에서, 도쿄에서, 서울에서, 진주에서 그리고 부산에서 활동하고 있는 회원들은 서로의 안부를 물으며 함께 오키나와로 답사 갈 날만 기다리고 있다. 그날이 이번 여름방학이 되었으면 한다.

코로나 팬데믹 상황은 출판사 역시 예외가 아닐 것이다. 그럼에도 딱딱한 학술서 출판을 주저 없이 받아준 산지니 강수걸 대표님과 친절하고 꼼꼼하게 교정을 도와준 신지은, 이선화 씨에게 감사드린다.

2022년 2월 4일 입춘날

이성혜 씀

차례

1부

유구 한문학의 배경

1장

유구 한문학의 성립 배경

흔히 동아시아를 한자문화권이라 부른다. 그러나 이때 말하는 한자
문화권은 사실상 한국·중국·일본, 곧 동북아시아를 지칭하는 매우
좁은 의미이다. 여기에 대만과 베트남이 포함되기도 하지만 우리가
접하고 알고 있는 베트남의 한문학적 전통과 자료는 매우 빈약하다.
이는 베트남 내부의 학문적 상황도 있겠지만 사실상 우리의 연구 시
각과 공력 부족이 원인이기도 하다.

 이러한 사정은 유구에 대해서도 크게 다르지 않다. 유구 역시 중
세 동아시아의 한자문화권에 속했던 나라이다. 현재는 일본 오키나
와현이지만 중세에는 조선과 마찬가지로 중국에 조공朝貢*했던 독립
왕국이었다. 물론 조선과도 교류했던 사실이 기록에 나온다. 즉, 유
구와 한반도의 관계는 『고려사절요』 공양왕 1년(1389) 8월에 유구국
의 중산왕中山王 찰도察度**가 사신을 보내와서 방문하고 왜적에게 잡
혀간 고려인을 돌려보냈다는 기사가 있고, 『조선왕조실록』 태조 1

---

* 조공朝貢 : 예전에 속국屬國이 종주국에게 때맞추어 예물을 바치는 일이나 그러한
  예물을 이르던 말.
** 중산왕 찰도(1321~1395) : 재위기간이 1350~1395년이다.

년(1392) 8월 18일 기사에 '유구국 중산왕이 사신을 보내어 조회하였다.'라는 내용이 있다. 그러나 유구 한문학에 대한 연구는 거의 이루어지지 않았다. 한국에서 유구에 대한 연구는 사신使臣과 표류민에 관한 것, 신화와 전설에 관한 것, 일본 및 미군정의 지배와 관련한 정치 및 여성에 관한 것, 그리고 현대 오키나와의 문학에 관한 것이 대부분이다.

유구 한문학에 대한 연구 부족은 일본학계도 마찬가지이다. 일본학계는 유구 한문학에 그다지 관심을 보이지 않는다. 유구에 대한 일본 본토의 관심은 메이지시대에 주로 민속학을 중심으로 이루어졌다. 이는 유구가 본래부터 일본과 같은 민족이라는 것을 주장하기 위함이다. 오키나와 출신들을 중심으로 '오키나와학'[유구학]이 활발히 논의되었고, 논의되고 있지만 여기서도 많은 부분은 민속학과 역사학이 차지한다. 또 오키나와의 특수한 역사, 즉 사츠마번薩摩藩(현재 가고시마 지역)의 침략과 일본 메이지정부에 의한 유구처분琉球處分*, 그리고 태평양전쟁으로 인한 미군정의 지배를 겪고 다시 일본에 복속되는 상황으로 인하여 유구 한문학 연구는 여러 면에서 부족하고 아쉬운 점이 있다.

그러나 유구 한문학에 대한 연구는 '동아시아 한문학'이란 시각에서 필요하다. 우리 한문학계는 중국 한문학에 지나치게 경도되어 있는 게 사실이다. 물론 이는 종주국으로서의 중국이라는 당위성이 있지만 진정한 동아시아 한문학을 이해하기 위해서는 그 지평을 넓힐 필요가 있으며, 유구 한문학도 그중의 하나이다. 또 유구는 동아

---

* 　유구처분琉球處分 : 1879년 4월 4일 일본이 유구를 오키나와현으로 편입시킨 사건.

시아의 과거와 현재를 이해하기 위한 중요한 퍼즐조각이지만, 그동안 소외되었던 부분이기도 하다. 학문 연구는 내부의 것도 소중하지만 다양한 외부와 외부와의 관계 역시 중요하기 때문이다.

즉, 중국에서 발현한 한문학이 한국을 비롯하여 유구에서는 어떻게 수용되고 전개되었는지, 한국과는 어떤 교류가 있었는지, 그리고 그 사회에 어떤 영향을 끼쳤는지, 이를 아는 것은 한국은 물론 중세 동아시아 이해에 큰 도움을 줄 것이다.

1 유구왕국의 탄생과 명明의 초유招諭*

유구왕국의 탄생

유구왕국이란 현재 일본 오키나와현이 1879년 유구처분에 의해 일본에 합병되기 전의 통일왕국을 말한다. 유구왕국은 1429년 상파지尙巴志(1372~1439)에 의해 탄생되어 450년간 지속되었다. 유구왕국 이전의 오키나와는 '패총시대貝塚時代'와 '구스쿠**시대' 그리고 '삼산三山시대'를 차례로 거친다. 먼저 패총시대는 4세기경부터 10세기경까지를 말하는 것으로 해변에서 살며 어로채취로 생활을 영위하던 때이다. 그 이전은 구석기시대로 본다. 이후 농경이 활성화되면서 집단거주 지역은 해변에서 점점 내륙으로 이동했다. 이와 함께 집단거주

---

* 초유招諭 : 글자의 뜻은 불러서 타이른다는 것. 조선시대에 초유사招諭使가 있었는데, 전쟁이나 반란으로 인하여 민심이 동요된 지역에 파견되어 백성들을 설득하고 의병봉기를 독려하는 임무를 수행한 임시 관직이었다.
** 구스쿠 : 배소拜所 혹은 성채城砦라는 뜻.

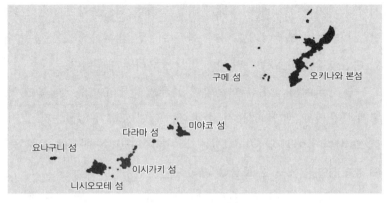

구메 섬

오키나와 본섬

미야코 섬

다라마 섬

요나구니 섬

이시가키 섬

니시오모테 섬

오키나와 본섬과 부속 섬들

지역에는 토지를 다스리는 지배계층, 곧 안사按司*가 출현했고 그들의
거성居城으로서 구스쿠가 발달했다. 이른바 구스쿠시대로 접어든 것
이다. 구스쿠시대는 14세기까지 이어진다.

　당시 한반도는 고려시대(918~1392)였고, 중국은 송나라(960~
1279) 말기에서 원나라 초기에 해당한다. 이때 동아시아는 활발한 교
역기交易期였다. 당시 송나라는 강남의 경제력이 압도적으로 성장하
였고, 농업과 상업에서 현저한 변혁을 보인 시기로 송나라 경제력이
매우 높았던 때이다. 중국 전역의 경제 중심은 화북에서 강남으로 이
동하였으며, 식품 재료의 증산에 따라 이를 운반하기 위한 운하망이
촘촘히 구축되었다. 해운기술 역시 대폭 향상되어 일본과 고려뿐만
아니라 동남아시아와 인도에 이르기까지 광대한 지역을 무대로 교역
하였다.

＊　안사按司 : 일본어로는 '아지'라고 발음하는데, 유구의 신분체계에서 왕족에 속한
　다. 유구의 신분체계는 크게, 왕족-상급사족-하급사족-평민으로 나눈다. 왕족에
　는 왕자와 안사 두 계급이 있다. 왕족은 품위品位가 없는 무품無品이다.

고려 광종(재위, 949~975)은 송나라의 발달된 문화를 받아들이기 위해 송나라와 정식으로 국교를 맺었으며, 예성강 입구의 벽란도는 국제무역항으로 크게 번성하였을 뿐만 아니라, 고려가 대외무역에서 가장 큰 비중을 차지한 것이 바로 대송무역이었다. 원나라 역시 13세기 말 남쪽 송나라를 완전히 정벌하고 이른바 팍스 몽골리카(Pax Mongolica: 몽골의 평화)라고 불리는 시대를 맞이하며 실크로드 교역의 호황을 맞았다. 강남의 항만도시에서는 해상무역이 융성하였고, 국교가 단절되었던 일본에서도 사적인 무역선 및 유학승의 방문이 끊이지 않았다.

　　유구 역시 동아시아에 활발했던 교역의 영향을 받게 된다. 오키나와에 일본 상인이 도래하여 오키나와산 유황이나 야광조개[夜光貝]와 교환하기 위해 도자기·철기·화전貨錢·도검刀劍 등을 대량으로 가지고 왔다. 교역의 주체가 된 오키나와 안사들은 교역을 통해 부와 무력을 축적하게 되자 인근 안사와 전쟁을 벌이며 영지를 넓히기 시작했다. 그 결과 14세기에 들어와 대형 구스쿠가 등장했고, 다수의 안사를 거느린 왕이 나타났다. 마침내 오키나와 본섬은 남부·중부·북부로 삼분되어 세 사람의 왕이 패권을 다투는 '삼산시대'로 돌입했다.[1] 삼국 중에서는 중부의 중산왕이 가장 세력이 강했으나 삼국의 왕은 각자 명나라와 책봉관계를 맺고 교역을 했다. 그러나 삼산시대는 그리 오래가지 않았다. 1429년 상파지가 마침내 삼산시대를 통일하고 '유구왕국' 시대를 열었다.

　　통일된 유구왕국을 이룩한 상파지는 오키나와섬 남부의 좌부佐敷에서 태어났다. 그의 성품은 담대하고 뜻이 높았으며, 뛰어난 재주

유구 삼산시대를 나타낸 지도

는 세상을 덮었다고 유구의 역사서 『구양球陽』*은 전하고 있다. 또 그는 젊은 시절부터 사람 마음을 사로잡는 카리스마를 갖추고 있었다고 한다. 그의 조부가 지역의 유력자인 대성大城 안사의 딸과 결혼하여 그의 집안은 관리자 계급에 속한다. 성인이 된 상파지는 영지의 농업을 발전시키기 위해서는 철제 농기구를 보급해야만 한다고 생각했다. 당시 좌부에는 일본상선商船이 자주 출입했는데, 상파지는 그들로부터 철을 구입하여 농기구를 만들어 농민들에게 나눠주었다. 이로 인해 그는 대중의 신뢰를 얻었고, 31세에 좌부 안사가 된다.

젊은 리더가 된 상파지의 꿈은 유구 전국토를 통일하는 것이었고, 그 꿈을 이루기 위해 그는 재력과 군비를 넓혀나갔다. 먼저 1406년 중산왕 무녕武寧을 토벌하고 부친 사소思紹를 왕위에 올렸으며 자신은 세자가 된다. 유구 역사에서는 이때부터 '제1 상씨시대'**라고 한다. 1421년 부친 상사소왕이 타계하자 그는 다음 해 즉위하여 중산왕이 된다. 그리고 1429년 마침내 삼산을 통일하고 유구왕국을 건설

---

* 『구양球陽』: 1743년부터 1745년에 걸쳐 편찬된 유구왕국의 정사正史로 한문으로 썼다. '구양'이라는 책명은 유구처분 이후에 넓게 퍼진 것이고, 원명은 『구양회기球陽會記』이다. 외권外卷은 『유로설전遺老說伝』이라고도 부르며 별도의 문헌으로 취급하기도 한다.

** 제1 상씨시대 : 1406년 상사소왕尙思紹王부터 1469년 상덕왕尙德王까지이다. 1470년 상원왕尙圓王부터 제2 상씨시대가 시작된다.

한다.[2]

명明의 초유招諭

유구는 중산왕 상파지가 북산과 남산을 차례로 멸하고 이룩한 것이지만 유구의 역사는 사실상 삼산시대 중산왕 찰도로부터 시작한다.[3] 상파지가 멸망시킨 중산왕 무녕은 찰도의 아들이다. 중산왕 찰도가 명나라 홍무제로부터 국교를 수교하자는 국서를 받은 것은 1372년 찰도 23년이다. 이 국서를 가지고 온 사신은 양재楊載라고 한다. 『명사明史』[4]에 의하면 이때 찰도를 '유구국 중산왕琉球國 中山王'으로 책봉하고, 왕이라 불렀다고 한다. 이에 찰도는 동생 태기泰期를 입공入貢 사신으로 하여 공물을 주어 파견했고, 이것이 유구 역사에서 처음으로 명나라와 국교가 개시되었다는 기록이다. 이때부터 유구는 명나라의 책봉국이 된다. 당시 명나라 홍무제는 '유구瑠求'를 '유구琉球'로 고쳐주었다.[5]

유구에 한문이 언제 전래되고 수용되었는지는 정확하지 않다. 고고학 연구에 의하면 유구지역에서 중국 전국시대에 사용된 명도전明刀錢*이 출토되었고, 송나라 시대의 사기그릇 파편이 2만 점 이상이나 출토되었다고 한다. 이것으로 미루어 보면 유구에 일찍이 한자와 한문이 유입되었을 것으로 보인다. 유구의 역사서인 『구양』에서는 13세기 이전에 이미 중국과의 교섭이 있었고 문자 및 한문의 전래가 있었을 것으로 추측하고 있다. 또한 종래 유구 역사서의 통설은 유구가 명나라의 초유를 받았을 때, 중국에 유학생을 파견하면서 한문

---

*   명도전明刀錢 : 중국 전국시대 연燕나라 지역과 만주 일대에서 통용되던 동전.

수입이 시작되었다고 본다. 물론 이들 유학생이 유구에 한문을 수입해오고 한문학 성립에 중요한 역할을 하였을 것이다. 그러나 이들이 중국에서 한문을 학습하고 귀국하기까지는 아직 시간이 필요했다. 뿐만 아니라, 이들 초기 유학생들이 유구의 한문화와 한문학 성립에 어느 정도의 영향을 주었는지는 불분명하다.[6]

최근 여러 역사서에 의하면, 유구 한문학[7]의 성립 배경에는 두 가지 계보系譜가 있다. 그중 하나는 '오산승五山僧 계보'이고, 다른 하나는 '민인삼십육성閩人三十六姓 계보'이다. 오산승 계보는 일본에서 유구로 온 승려와 일본에 유학한 유구승려에 의해 전해진 것으로 주로 산문山門을 중심으로 발전해왔다. 민인삼십육성 계보는 중국 복건성에서 유구로 이주한 36성 사람들이 정착하여 살면서 형성한 구메무라(久米村)* 출신들이 전했다고 하는 것이다. 이후 1609년 일본 사츠마번의 침략과 사츠마번의 의도적 보급으로 유가사상이 확산되었다. 이에 대해서는 아래에서 서술한다.

2 일본 승려의 도래와 한문학

일본 승려의 도래

유구에 있어서 한자는 가나문자와 동시에 일본에서 온 승려에

---

* 구메무라(久米村) : 중국 귀화인들의 집단 거주지. 중국 복건성 쪽에 살던 36성의 사람들이 건너와 그들만의 마을을 형성했다. 현재 오키나와 나하시 구메지역 일대로 마을 입구에 표석標石이 있다.

의해 전해졌다고 한다. 가장 일찍 도래한 승려는 함순咸淳* 연간에 유구의 영조왕英祖王**이 포첨浦添[우라소에]에 극락사極樂寺를 세워서 거주하게 한 선감禪鑑이다. 선감에 대해『유구국유래기琉球國由來記』***에는 이름을 일컫지 않고 단지 보타락승補陀洛僧이라고만 하여 어느 나라, 어떤 경력의 소유자인지 분명하지 않다.[8] 당시 선감은 유구에 표착漂着하였다. 유구의 가장 오래된 역사서인『중산세감』**** 권2 영조왕 항목에 의하면 영조는 태어나면서부터 총명했고, 스무 살 즈음에는 경서와 역사에 통달했으며 학문이 깊었다고 한다. 이 서술이 사실이라면 이때쯤 한문 서적이 유구에 전해졌다는 뜻이다. 그러나 이를 단언하기는 어렵다. 다만 이 당시 유구에 표착한 선감에 의해 영조가 한문 서적을 공부했다고 유추할 수는 있다. 선감이 유구에 표착했던 시기는 분명하지 않지만 그의 죽음은 영조15년(1274)이다.[9]

이로부터 거의 100년 뒤인 1365년에 일본 승려 뇌중법인賴重法印이 유구에 왔다. 뇌중법인은 진언밀교 계통의 승려로 중산왕 찰도의 도움을 받아 1368년 파상산波上山에 호국사를 짓고 그곳에 머물렀

---

* 함순咸淳 : 송나라 도종度宗의 연호, 1265~1274.

** 영조왕英祖王(1229~1299) : 유구왕국의 왕통은 순천舜大왕통-영조英祖왕통-찰도察度왕통-상사소尙思紹왕통(제1상씨)-상원尙圓왕통(제2상씨)으로 내려온다. 영조왕은 32살인 1260년에 즉위하여 40년간 재위하다가 1299년 71세로 서거하였다.

*** 『유구국유래기』 : 유구 왕부王府가 편찬한 체계적인 최초의 지지地誌. 1713년에 국왕이 상람上覽하였다.

**** 『중산세감』 : 유구국 최초의 역사책으로 향상현向象賢이 상질왕尙質王의 명을 받아 1650년에 완성하였다. 화문체和文体로 쓰였다. 향상현의 유구 이름은 우지조수羽地朝秀로 상질왕과 상정왕尙貞王의 섭정(1666년에서 1673년까지)을 맡았던 정치인이다. 섭정을 맡으면서 수많은 개혁을 단행했고, 사츠마번이 유구를 침공한 후 피폐해진 나라를 다시 일으켰다고 평가받는다.

다. 그는 사츠마 방지진坊之津의 용암사龍巖寺 일승원一乘院에서 당나라에 들어가기 위해 유구에 왔다고 한다. 그는 불교 경전과 한문 서적에 해박한 지식을 가지고 있어 이와 관련하여 유구 측에 깊은 영향을 주었을 것으로 생각되지만 역시 사료의 부족으로 단언하기는 어렵다.

다시 100년 정도가 지나 교토 오산五山*의 하나인 남선사南禪寺 개은芥隱**선사가 와서 광암사·보문사·천룡사 등을 건립하고, 1494년에 준공한 원각사圓覺寺의 개산승이 되었다. 원각사는 유구 임제종의 총본산으로 제2 상씨왕통***의 보리사[菩提寺]****이다. 확인되는 일본 오산 계통의 역대 주지로는 개은 이후 부재일저不材一樗·단계전총檀溪全叢·춘로조양春蘆祖陽 등으로 모두 이름난 승려이다.[10] 이들 도래승은 불교 포교자인 동시에 한문 지식을 갖춘 교육자로 유구 한문학의 성립과 전개에 기여하였다.[11]

---

* 오산五山 : 다섯 개의 관사官寺라는 의미의 일본 선종禪宗을 대표하는 임제종 사찰. 가마쿠라 막부 이후 무가武家가 신앙한 것은 선종이었다. 가마쿠라 시대에 이미 많은 선종 사찰이 세워졌고, 이들에게 위차位次를 정해서 대우하는 오산이라는 제도가 생겼다. 가마쿠라에서는 건장사·원각사·수복사·정지사·정묘사가 오산이었고, 교토에서는 천룡사·상국사·건인사·동복사·남선사가 오산으로 정해졌다. 오산의 승려에는 한학자가 많았으며, 당시 일본을 대표하는 승려 지식인들은 대부분 이곳에서 배출되었다.

** 개은芥隱 : 유구 역사서에는 개은芥隱과 계은溪隱이 혼용되어 있다. 그러나 같은 인물로 보인다. 그는 1456년에 유구에 와서 1495년에 죽었다.

*** 제2 상씨왕통 : 1470년 상원왕부터 시작되는 제2 상씨시대의 왕통을 말한다. 일본에 의해 유구처분되는 1879년까지 이어진다.

**** 보리사[菩提寺] : 한집안에서 대대로 장례를 지내고 조상의 위패를 모시어 명복을 빌고 천도와 축원을 하는 개인 소유의 절을 뜻한다.

수리성 정전의 종명

이 시기 승문僧門 한문학의 성과를 보여주는 대표적인 작품은 「수리성 정전의 종명首里城正殿の鐘銘」, 일명 「만국진량萬國津梁의 종명」*이다. 이 종이 주조된 것은 1458년으로 상태구왕尙泰久王(재위 1454~1460) 5년이다. 일본은 무로마치시대이며, 중국은 명나라 천순天順 2년에 해당한다. 당시 유구는 삼산이 통일된 뒤 약 30년으로 왕국으로 나아가는 방향이 정비되고 있던 시기였다. 따라서 사원 건립이 잇따랐고,

수리성 정전의 종. 오키나와 현립박물관

다수의 거대한 종이 주조되었다. 수리성 정전의 종은 이 시기를 대표하는 종이다. 종에 새겨진 내용을 읽어보자.

유구국은 남해의 빼어난 곳으로 삼한의 훌륭한 문화를 모아 명나라의 보거輔車가 되고 일본의 순치脣齒가 되어 이 둘 사이에 솟아난 봉래섬이라네. 배와 노로써 수많은 나라의 나루와 다리가 되어 이국의 물건과 보배가 온 나라에 넘치고, 땅은 신령하고 사람과 물산은 멀리 일본과 중국까지 어진 풍속을 전하네. 그러므로 우리 왕 대세주께서 경인년에 태어나 상태구왕이 되어 보위를 높이 이으셨네.

* 만국진량의 종은 현재 오키나와 현립박물관에 전시되어 있다.

백성들을 넉넉한 땅에서 기르고, 삼보를 흥륭하며 사은四恩에 보답하기 위해 새롭게 거대한 종을 만들어 이를 본섬 중산국 수리성 정전 앞에 걸었네. 법을 삼대 뒤에 정하고 문무백관을 역대 제왕 앞에 모았네. 아래로 백성을 구하고 위로는 만세토록 왕위가 이어질 것을 비네. 외람되이 상국 주지 계은안잠은 왕명을 받아 다음과 같이 명을 짓는다.

須彌南畔	수미의 남쪽
世界洪宏	넓은 세계
吾王出現	우리 임금 나타나
済苦衆生	고통 받는 중생을 구제하네.
截流玉象	냇물을 막는 코끼리
吼月華鯨	달에 포효하는 커다란 고래같이
泛溢四海	사해에 넘쳐흐르는
震梵音聲	불경 소리 진동하네.
覺長夜夢	긴 밤 꿈을 깨어
輸感天誠	하늘에 감사하며 온 정성을 다하여
堯風永扇	요임금 풍속 영원히 불게 하고
舜日益明	순임금 시절 더욱 밝히네.

무인년(1458) 6월 19일 신해일. 대공大工은 등원국선藤原國善. 상국 계은 늙은이가 적다.[12]

이 종명을 지은 승려 계은안잠은 당시 승려 중에서도 특히 한

문지식이 깊었던 학승이라고 생각된다. 예컨대 상태구왕부터 상진왕(재위 1477~1526)까지 약 70년 전후 사이에 주조된 20여 개의 종명이 모두 계은의 손에서 나왔다. 계은은 교토 오산의 하나인 남선사 제46대 법등法燈에 오른 춘정해수椿庭海壽의 법사法嗣로 상태구왕 대인 1456년에 유구에 와서 원각사의 개산조가 되었다. 그는 상태구·상덕尚德·상원尚圓·상진尚眞 4대왕을 섬겼다. 상청왕尚淸王(재위 1527~1555)의 책봉사 진간陳侃*의 기록에 의하면 원각사에는 대장경 수천 권이 있었다 하고, 상녕왕尚寧王(재위 1589~1620)의 책봉사 하자양夏子陽**의 『사유구록』에는 원각사에 사서오경 등의 한문서적 다수가 보관되어 있었다고 한다.[13] 이런 점으로 미루어 보면 한문에 조예가 깊은 오산 승려 계은이 원각사 개산조로서 4대왕을 섬기며 당시 유구 한문학 성립에 많은 역할을 한 것으로 볼 수 있다.

위의 「수리성 정전의 종명」은 ①유구의 지리적 특성과 ②동아시아 중계 무역지로서 활기찬 유구 ③그리고 당시 왕인 상태구왕의 덕치를 노래하고 있다. '명나라의 보거가 되고 일본의 순치가 된다.'라는 언급은 명나라와 일본 사이에 낀 작은 나라로서 국가의 존재를 위해 세심한 경영전략이 필요하다는 점을 스스로 환기시키고 있다. 그러나 뒤의 역사로 보면 유구는 결국 명나라와 일본, 두 나라에 동시에 속하게 되는 아픔을 겪는다. '수많은 나라의 나루와 다리가 된

---

* 진간陳侃(1507~?) : 자字는 응화應和, 호는 사재思齋 혹은 사암思菴, 절강성 출신으로 명나라 정치인이다. 1532년 상청尚淸이 책봉冊封을 요구하자 정사正使로 유구에 가서 상청을 유구국 중산왕으로 책봉했다. 『사유구록使琉球錄』을 저술했다.

** 하자양夏子陽(?~?) : 중국 강서성 출신으로 1606년 상녕왕의 책봉정사로 유구에 갔다. 부사 왕사정王士禎과 함께 『사유구록』을 저술했다.

구메무라 발상지 표지석. 오키나와 나하시 구메무라 입구

다.'라는 '만국진량'은 지리적 특성을 살린 무역국으로서 유구가 내세우는 자부심이기도 하다. 종명의 마지막 구절, '요임금 풍속 영원히 붉게 하고, 순임금 시절 더욱 밝힌다.'라는 말은 당시 상태구왕의 치세를 칭송하기 위함도 있겠지만 단지 수사적 언사로만 보기도 어렵다. 19세기 영국 해군장교이자 여행가이며 작가인 바실 홀(Basil Hall, 1788~1844)은 인도양·중국·유구를 항해하고 영국으로 돌아가던 길에 세인트헬레나(Saint Helena)에 유배 중인 나폴레옹을 만나 '유구에는 무기가 없다.'라고 전했다. 물론 이 말의 유구적 상황과 이유는 여러 가지가 있을 수 있겠으나 당시 순박하고 평화를 지향하는 유구인의 한 면모를 볼 수 있다.

이 종명은 유구 한문학 성립에 일본에서 도래한 오산승의 역할

이 컸음을 반증한다.

3 민인閩人 36성의 이주와 한문학

한문학의 성립과 전개에 또 다른 한 축을 형성하는 것은 '민인삼십육성閩人三十六姓'이라고 불리는 중국 복건성에서 이주한 사람들이다. '민인閩人'이라고 하는 것은 옛날 복건성 지역에 민족閩族이 살았기 때문이다. 즉, 민閩은 종족의 이름이면서 복건성의 옛 이름이기도 하다. 먼저 이들이 언제 유구로 이주했는지 그 시기에 관해서는 분명하지 않고, 명나라 홍무 연간인 1392년·1394년·1396년 등의 설이 있다. 그러나 가장 일찍 온 사람은 홍무 5년(1372) 찰도왕이 명나라 초유를 받은 때부터라고 할 수 있다. 이때 중국 사신이 유구에 왔다가 그대로 머물며 정치 고문을 했다고 한다.[14]

그리고 36성이라고 해서 반드시 36개의 성씨인 것은 아니고 여러 성씨의 복건성 사람들이 이주했다는 의미로 파악된다.[15] 당시 이주한 성씨에 대해서도 정확한 자료가 없다. 이들이 유구로 이주한 목적에 대해서도 ①명나라 황제가 유구와 중국의 교역 편리를 위해 보냈다는 설, ②상업이나 그 외의 목적으로 유구에 왔던 사람들이 돌아가지 않고 그대로 머물러 살면서 마을을 형성하고, 여기에 공적인 목적을 띤 사람들이 왔다가 머물러 살면서 점차 발전했다는 설이 있다. 이와 관련해서는 『조선왕조실록』에서도 약간의 힌트를 얻을 수 있다.

중국 사람이 장사[商販]로 왔다가 계속해서 사는 자가 있었는데,

그 집은 모두 다 기와로 덮었고 규모도 크고 화려하며, 안에는 붉게 〔丹雘〕 칠을 하였고 당중堂中에는 모두 다 의자〔交倚〕를 설치하였으며, 그 사람들은 모두 감투卄套를 쓰고 옷은 유구국과 같았으며, 우리들에게 갓이 없는 것을 보고서는 감투를 주었습니다.

이 인용문은『조선왕조실록』성종 10년(1479) 6월 10일 기사로 「제주도 표류인 김비의 등으로부터 유구국 풍속과 일본국 사정을 듣다」라는 내용 중 일부이다. 이 인용문에서 '중국 사람이 장사로 왔다가 계속해서 사는 자가 있다.'라는 말을 확인할 수 있다. 이들 중국계 사람들이 모여 사는 마을을 '구메무라(久米村)'라고 부르는데, 구메무라 사람들은 '당영唐營'(뒤에는 唐榮)'이라고 불렀다.

이주인들은 항해 기술에 능숙했고, 중국어와 한문도 알고 있었으므로 항해 기술자·외교문서의 작성과 관리·중국 및 주변 여러 나라에의 사신·통역 등 유구왕국의 외교와 무역에 중요한 임무를 담당했다. 특히 중국에 조공하던 유구로서 이들의 한문학적 지식은 매우 중요한 것이었다. 따라서 이들은 유구왕부에 의해 보호되었고, 유구 사회에서 사회적 지위와 직업이 보장되었으며, 중국에 파견되는 유학생[관생]도 오랫동안 구메무라 출신들이 독점했다. 이들 역시 진공進貢**으로 중국에 사신 가는 것을 최고의 일, 천직으로 생각했다.[16] 따라서 이들은 유구에서 자신들의 직업과 지위를 독점하기 위해 한문학을 구메무라 내에 폐쇄하여 유구 전체로 보급되는 것을 막

---

* 당영唐榮 : 글자 그대로 해석하면 '중국 사람들이 번성한 곳'이란 뜻으로 구메무라의 옛 이름이자 별칭이다. 1372년 이래로 중국 출신이 거주했다.
** 진공進貢 : 공물貢物을 갖다 바친다는 뜻.

천비궁 유적지. 오키나와 구메무라

왔다고 한다.

이들에 의해 작성된 이 시기 한문학 자료로는 『역대보안歷代寶案』[17]
이 있다. 『역대보안』은 유구의 외교문서를 기록한 한문사료漢文史料이
다. 유구와 중국의 명나라, 청나라 · 조선 · 섬라[暹羅, 타이] · 안남[베
트남] · 조왜[爪哇, 자바] 등 동남아시아 여러 나라와의 외교문서를 집
성한 것이다. 수록기간은 1424년부터 1867년까지 443년간에 이른다.
물론 이것이 순수한 문학적 기록은 아니지만 한문으로 기록된 문서
라는 점에서 의미를 지닌다. 이 문서에는 당시 외교문서를 쓸 때 전
거가 되는 문장의 예문이 모두 포함되어 있다.[18] 즉, 민인 36성이 유
구에 이주한 14세기 후반부터 이들에 의한 한문학은 주로 외교문서
였으며, 유구가 일본 메이지 정부에 의해 현縣이 될 때까지 외교문서

대부분은 이들 복건성에서 이주한 화교와 그 후예들에 의해 이루어졌다.

한편 이 이주인들은 한문학적 지식으로 유구의 외교문서 작성을 독점하면서 동시에 유구왕부의 통사通事[통역] 등 외교와 관련한 사신使臣 업무 또한 전담하는 혜택을 누렸다. 즉 이들은 직업이 보장되었다. 그러나 이는 어디까지나 한문학적 지식을 기반으로 한 것이므로 자제들에게도 한문학적 지식을 전수할 필요가 있었다. 따라서 구메무라에서는 7세 이전에 상천비궁上天妃宮*에서 관화官話[중국어]와 『소학小學』 등의 교육이 이루어졌다. 이후 1674년 구메무라에 공자묘가 창건되고, 1718년에 명륜당이 건립되자, 7세 이상의 중·고등 교육은 명륜당에서 담당했다. 명륜당에서는 관화는 물론 사서오경을 익히고 경서 외에도 자문咨文이나 표문表文 등 외교문서의 제작 등이 부과되었다. 이들 교육기관에는 한자방漢字方[한자필자漢字筆者]·한문방漢文方[한문조립역漢文組立役]·통서방通書方[통서역通書役]·강해사講解師[강담사장講談師匠]·훈고사訓詁師[독서사장讀書師匠] 등의 관직이 있었다. 한자방과 한문방은 한시문 등의 작문시험으로 채용되고, 임기를 마치면 도당통사渡唐通事에 충원되었다. 이들을 포함한 통서방·강해사·훈고사 등 대부분은 중국에 유학했던 경험을 가진 관생출신이었다.[19]

즉, 14세기 후반 중국 복건성 민지역에서 이주한 이 귀화인들은 외교문서라는 장르를 통해 유구 한문학의 성립에 한 축을 이루었다.

---

* 상천비궁上天妃宮 : 유구의 구메무라에는 상천비궁과 하천비궁이 있는데, 건립 시기는 15세기 전반으로만 알려져 있다. 「유구국유래기」 권9 「당영구기전집唐榮舊記全集」에 의하면 1424년에 하천비궁이 건립되었다.

이들의 한문학적 지식은 먼저 자제들에게 전수되고, 점점 구메무라를 넘어서 유구 전체로 퍼진다. 물론 그들 자체적으로도 한문학 지식이 넓고 깊어간다.

4 사츠마번의 침입과 유가사상의 정착

사츠마번의 침입

사츠마번(薩摩藩)의 유구침공은 유구 한문학에 있어서 중요한 전환점이다. 앞에서 서술한 유구 한문학 성립의 두 배경 즉, 도래한 승려에 의한 비기碑記와 종명鍾銘의 제작 그리고 이주한 귀화인에 의한 외교문서의 작성을 통한 한문학적 지식이 유구 사족에게로 퍼지면서 한시와 한문 등 문학적인 작품을 생산해내는 토대가 되었다. 그러나 그것을 보다 강하게 촉발한 계기는 사츠마번의 유구침공으로 인한 유가사상의 의도적 보급이다. 이 시기에 많은 한시와 한문 문장이 창작된 것은 이와 무관하다고 할 수 없다. 따라서 이른바 유가사상을 담고 있는 한문학 성립은 이 시기가 될 것이다. 그러므로 이 장을 유구 한문학 성립의 또 다른 배경으로 삼고자 한다.

유구는 1609년 일본 사츠마번의 침공을 받고 그 지배체재 하에 들어가게 된다. 당시 유구는 명나라에 조공하고 있었으므로 이른바 양속기兩屬期*이다. 사츠마번의 침공은 유구 역사에 있어서 뼈아픈, 매

---

*   양속기兩屬期 : 중국에 조공하면서 동시에 사츠마번을 통해 일본에도 조공하는 상황이라는 뜻.

우 중대한 지점이다. 앞에서 잠깐 언급했던 것처럼, 19세기 영국 해군장교이자 여행가이며 작가인 바실 홀이 유구를 항해하고 영국으로 돌아가던 길에 세인트헬레나에 유배 중인 나폴레옹을 만나 '유구에는 무기가 없다'라고 말했던 것처럼 '동남아시아의 다리와 나루'가 되어 무역업에 종사하며 평화롭게 살고자 했던 유구는 사츠마번→메이지정부→태평양전쟁→미군정→일본 환속을 겪으며 일본에 복속된다. 그 이전 독립왕국으로 명나라와 청나라에 조공하던 시절은 책봉은 받았을지언정 지배는 받지 않았다.

　사츠마번의 침공으로 유구에 초래된 가장 큰 변화는 신분제의 정착이다. 사츠마번이 들어오기 이전 유구에는 관인이 아니면 백성이 있을 뿐이었다. 백성이 관인이 되기도 했고, 관인을 그만두면 다시 백성이 되어 士라고 하는 특권계급은 없었다. 한편 신분제는 상진왕대에 완성되었다고 말하는 학자도 있다. 히가 슌초(比嘉春潮)*의 『오키나와의 역사』에 의하면, 상진왕 33년(1509)에 건립된 「백포첨란간지비百浦添欄干之碑」에 상진왕이 관직을 나누고 비녀나 머리띠로 신분의 귀천상하를 구분하게 하였으므로 상진왕대에 신분제가 만들어졌다고 한다. 그러나 도구치 신세이(渡口眞淸)는 「오키나와문화」 22호에 발표한 '사농의 분리'라고 하는 글에서, 이 상진왕 시대에도 백

---

*　히가 슌초(比嘉春潮, 1883~1977) : 오키나와현 출신으로 오키나와사 연구자이자 사회운동가. 오키나와사범학교를 졸업한 뒤, 소학교 교사가 되었고 한때 교장에도 부임하였지만 1910년에 이하 후유(伊波普猷)를 만나면서 그가 제창한 「오키나와학(沖繩学)」에 관심을 갖게 된다. 교사를 사직한 뒤 신문기자, 오키나와 현리県吏를 거쳐 1923년에는 도쿄로 가서 편집자가 되었으며, 야나기타 구니오(柳田國男)의 밑에서 민속학을 연구하고 그것을 토대로 스스로 오키나와학연구沖繩学研究에 매진했다.

성 신분에서 관인이 되지 않았다는 증거가 없으며, 사츠마번이 들어오기 이전에는 신분제가 엄격하게 제한되지 않았다고 한다.[20] 즉, 사츠마번은 유구 지배의 필요에 의해 신분제라고 하는 벽을 만들고, 유구인들에게 신분에 안주하지 않을 수 없다는 포기를 부여하면서 이단의 출현 여지를 완전히 막고자 하였으며, 이 신분제 정착을 위해 유가사상을 보급하고 전파했다고 한다.

당시 유가사상의 한 현상으로 문중門中제도를 들 수 있다. 예컨대 일본국내에서 문중제도가 존재하는 곳은 오키나와 지역뿐이다. '오키나와에는 문중[문츄]이라고 칭하는 종가宗家[무투야]를 중심으로 그 분가分家[와카리야]들로 이루어진 부계조직이 있다. 거의 예외를 인정하지 않는 엄격한 부계제와 조상제사를 주된 활동으로 한 혈연조직이라는 점에서 오키나와의 문중은 야마토[일본]의 동족보다 오히려 한국의 문중에 훨씬 가깝다.'[21] 오키나와 문중이 성립된 과정은 먼저 가보家譜가 생기고 그 후에 문중이 성립된다. 그리고 이 오키나와 문중 성립이 사츠마번 침공 이후라고 하는 설은 여러 학자들의 공통된 인식이다.[22] 즉 가보와 문중의 성립은 사츠마번 침공과 함께 유구에 들어온 것으로 유가사상과 관련이 있다.[23]

유구는 사츠마번 침공 이후 근세사회로의 변용을 이루는 과정에서 사농분리를 확정하면서 가보가 성립되었다. 1670년 모든 무사에 대해 보대譜代*와 신참新參의 혈통을 파악하기 위해 계도系圖** 제출 명

---

* 보대譜代 : 일본어로는 후다이라고 한다. 에도시대(1603~1867)에 대대로 도쿠가와(德川) 집안을 섬겨온 신하를 뜻하며, 대대로 주군을 모시며 그 가문의 정치에도 관여해온 측근 가신을 가리키는 말이다.

** 계도系圖 : 계통이나 계보 따위를 도표로 나타낸 것으로 이른바 신분 보증서.

계도좌 유적. 수리성 정전 맞은편. 현재 국영 오키나와 기념공원 사무소

령이 내려졌고, 1679년에 계도개정系圖改正이 실행되었다. 그리고 1689
년 사족층에 가보편집 명령이 내려지면서 가보편집 시스템이 완성
되었고, 1690년 가보를 관장하는 기관 계도좌系圖座*가 처음으로 설
치되었다. 가보의 성립과 계도좌의 설치로 사실상 사농분리의 신분
제가 완성되었으며, 사족층에서는 이를 전후하여 유교이데올로기의
도입과 더불어 문중의식을 고양시켜갔다.[24] 따라서 유구의 한문학-
유가사상은 17세기 초, 사츠마번의 침공 이후 눈에 띄게 확대되었으

---

*   계도좌系圖座 : 사족의 가보를 관리하거나 유구의 역사서 『중산세보』, 『구양』 등을
     편집했던 역소役所. 일본 메이지시기에 철거되었다가 2000년에 복원되었다. 수리
     성 정전正殿 맞은편에 있는데 현재는 '국영 오키나와 기념공원 사무소'로 사용되고
     있다.

며 정착되어갔다. 특히 당시 유구왕인 상경왕과 국사國師인 채온蔡溫 (1682~1761)*은 유가사상을 받들어 유구 문화의 번성기를 이끌었다.

유구의 구메무라에 공자묘와 명륜당이 건립된 시기도 이때이다. 앞에 서술한 것처럼 1674년에 공자묘가 창건되고, 1718년에 명륜당이 건립되어 7세 이상의 중·고등교육을 명륜당에서 담당했다. 명륜당에서는 사서오경 등의 유가 경전을 익혔다. 물론 이때는 1372년 찰도왕이 명나라 초유를 받으면서부터 보내기 시작한 관생官生이 여러 우여곡절을 겪으면서 학문적 성과를 내기 시작했으며, 동시에 구메무라 출신 자제들의 사적인 중국 유학도 많이 이루어져 한문학적 지식이 이전에 비할 바 아니었다. 이 시기는 유구 한시의 융성기라고도 할 수 있다.

먼저 1705년에 중국에서 『황청시선皇淸詩選』**이 나왔는데, 이 가운데에 유구 시인의 작품이 70수 가까이 수록되어 있다. 『황청시선』에는 청나라를 중심으로 주변 조공국, 즉 조선·베트남·유구 등의 시인 작품이 수록되어 있다. 그렇다고 해도 이 정도 수의 작품이 중국에서 출판된 시집에 들어갔다는 것은 주목할 가치가 있다.[25]

그리고 이 시기 성과 가운데 가장 주목해야 할 것은 1725년에 유구 최초의 한시문집인 『중산시문집中山詩文集』이 편찬되었다는 점이다. 이 시집은 정순칙程順則(1663~1734)***이 구메무라 시인을 중심으로 문

---

* 채온蔡溫 : 8장 「유구 문인 채온蔡溫의 유·불·도에 대한 사유」에서 확인할 수 있다.
** 『황청시선皇淸詩選』 : 청나라 학자 손횡孫鋐, 황주불黃朱芾이 편찬하였다.
*** 정순칙에 대해서는 7장 「정순칙의 「중산동원팔경시」로 본 유구의 경관」에서 확인할 수 있다.

장과 시를 모아 편집한 것이다. 여기에는 「집규당시초執圭堂詩艸」(증익曾益)·「관광당유초觀光堂遊艸」(채탁蔡鐸)·「설당연유초雪堂燕遊草」「설당잡조雪堂雜組」「설당증언雪堂贈言」(정순칙)·「취운루시전翠雲樓詩箋」(주신명周新命)·「분여고焚餘稿」(정박만程搏萬) 등 개인 시문집이 포함되어 있다. 이외에도 『한창기사寒窓紀事』(채조공蔡肇功)·『사본당시문집四本堂詩文集』(채문부蔡文溥)·『담원시문집澹園詩文集』(채온) 등의 시집이 있다. 이들 작품집의 작자는 대부분 구메무라 출신이다. 이 당시 문인으로 유명한 인물은 위의 시집 작가 외에도 채세창蔡世昌·양문봉揚文鳳·채여림蔡汝霖 등과 같은 학자가 있다.

2장

유구 한문학의 시대별 특징

유구에 언제 한문이 전래되었는지, 한문학은 언제쯤 성립되었는지는
분명하지 않다. 다만 학자들은 가장 이른 시기로 14세기 전후로 보
고 있다. 즉, 유구의 중산왕中山王 찰도察度가 명나라 홍무제로부터 국
교를 수교하자는 국서를 받은 1372년 전후로 유구에 한문이 전래되
었고, 이후 한문으로 명나라와 외교관계를 이어갔으며 점차 문학 작
품도 생산된다.

　그렇다면 이렇게 성립된 유구의 한문학은 어떤 변화를 거쳤으며,
그 성격 및 특징은 무엇인가. 이 장에서는 이 문제를 해명하고자 하
는데, 이를 문학 담당층을 기준으로 설명하려고 한다. 예컨대 문학사
의 시기구분과 관련해서는 ①왕조교체와 같은 정치적 변혁을 기준으
로 삼거나 ②사회경제적 변화를 기준으로 삼거나 ③문예사조의 변
화를 기준으로 삼거나 ④문학 담당층의 교체를 기준으로 삼을 수 있
다. 그러나 현재 유구 한문학과 관련해서는 연구가 축적되지 않아 이
점이 선명하지 않다. 다만 마에다 기켄(真栄田義見)*은 『오키나와, 변

---

* 　마에다 기켄(真栄田義見, 1902~1992) : 일본 오키나와 나하시 토마리 출신의 교육자

해가는 사상(沖繩·世がわりの思想)』이라는 책에서 왕조교체를 기준으로 하여 '초창기·성장기·융성기'로 구분하였다.[1] 그러나 시기적 특징을 뚜렷이 규명하지 않았다. 그리고 역사학자 다카라 구라요시(高良倉吉)*는 『유구왕국』에서 '왕국으로서의 유구·책봉체제 하의 유구·아시아 속의 유구'로 구분했다.[2] 이 장에서는 이를 참고하되, 현시점에서 유구 한문학의 시기를 구분하는 것은 문학 담당층을 기준으로 하는 것이 가장 선명하다고 판단하였다.

유구 한문학에 대한 연구는 일본 본토는 물론 유구왕국이었던 현 오키나와 지역에서도 역사학이나 문화인류학에 비해 그다지 활발하지 않다. 물론 유구 한문학의 역사나 양적인 부분이 조선만큼 풍부하지 않은 것도 사실이다. 그렇지만 이 점이 유구 한문학 연구의 성과 부족에 대한 해명이 될 수는 없을 것이다. 아마도 관심 부족이 아닐까 싶다.

유구 한문학의 시대는 크게 세 시기로 나눈다. 첫째, 한문학 도래기는 성립에서 제1 상씨시대까지(14세기~1469년)이다. 이 시기는 이주인移住人과 도래인渡來人에 의한 외교문서와 종명鍾銘이 대부분이다. 둘째, 승려 문사 활약기는 제2 상씨시대부터 사츠마번 침공 전까지(1470~1608년)이다. 이 시기는 승문僧門의 승려에 의한 비기碑記와 종

이자 역사학자이며, 오키나와를 대표하는 국한학자國漢學者. 1925년 문부성 교원 검정시험에서 국한과國漢科에 합격했다. 이후 오키나와 소재의 초중등 교사 및 교장을 거쳐 유구정부의 문교국장文教局長과 오키나와대학 학장을 역임했다. 또 유구정부의 문화재보호위원장을 지내기도 했다. 유구정부라는 것은, 태평양전쟁 이후인 1945년부터 1972년까지 미군정하에 있었던 유구를 뜻한다.

* 다카라 구라요시(高良倉吉, 1947~) : 일본의 역사학자로 유구대학 명예교수. 유구왕국사琉球王国史를 주로 전공했다.

명鍾銘이 주를 이룬다. 셋째, 관인 문학 전성기는 사츠마번 침공부터 유구처분까지(1609~1879년)이다. 이 시기는 유가사상과 주자학이 도입되면서 관료 문인과 학자에 의한 본격적인 한시와 한문 작품이 창작된다.

1 한문학 도래기: 이주인移住人과 도래인渡來人에 의한 외교문서와 종명鐘銘

유구 한문학의 도래기는 한문학 성립에서 제1 상씨시대가 끝나는 1469년까지로 본다. 제1 상씨시대는 좌부안사佐敷按司였던 상파지尙巴志가 1406년 중산왕 무녕武寧을 토벌하고 부친 사소思紹를 왕위에 올리면서 시작된다. 즉, 한문학 도래기 왕은 찰도察度 – 무녕武寧 – 상사소尙思紹 – 상파지尙巴志 – 상충尙忠 – 상사달尙思達 – 상금복尙金福 – 상태구尙泰久 – 상덕왕尙德王까지이다.[3]

조선에서도 그렇지만 유구에서도 뭔가를 배운다고 하면 한문을 배우는 것이다. 상고시대의 샤머니즘적 정서적인 정신구조에 학문적 체계로서 유구에 처음 들어온 지식은 한문이다. 그 이전의 유구는 '오모로 시대'로, 고대 영웅서사시를 모방한 중세 영웅서사시 '오모로*'가 불리던 시대이며 여성에 의해 주재된 샤머니즘적 원시종교가 활력을 가지고 있던 시대이다.

---

* 　오모로 : 유구국의 옛 노래. 이를 모은 것이 가요집歌謠集『오모로소시』이다. 1531 년부터 1623년 사이에 왕부王府에 의해 편찬되었다. 오모로란 옛 유구어로 '생각' 을 나타내는 우무이(うむい), 일본어로는 오모이(おもい)에서 왔다.

유구 한문학 도래기에 유구에 한문을 전했다고 전해지는 부류는 둘이다. 하나는 유구에 도래한 오산 계통의 일본 승려이고, 다른 하나는 중국 복건성 민지역에서 유구로 이주해온 36성 사람들이다. 먼저『유구국유래기』(1713) 권10의 「유구국제사구기琉球國諸寺舊記」에 의하면 1265년에서 1274년 전후에 일본에서 승려 선감禪鑑이 유구에 표착漂着해 왔고, 이로부터 거의 100년 뒤인 1365년에 일본 승려 뇌중법인賴重法印이 유구에 도래했다. 선감의 경우는 단지 보타락승이라고만 하여 어떤 경력의 인물인지 분명하지 않으나 뇌중법인은 진언밀교 계통의 승려로 중산왕 찰도의 도움을 받아 1368년 파상산波上山에 호국사를 짓고 그곳에 머물렀다. 이후 다시 100년 정도가 지나 교토 오산의 하나인 남선사南禪寺의 개은芥隱선사가 유구에 왔다. 이들 표착 혹은 도래승은 불교 포교자인 동시에 한문 지식을 갖춘 교육자로 유구 한문학의 성립과 전개에 기여했다.

이렇게 말할 수 있는 것은 선감이 온 때 일본은 가마쿠라시대(1185~1333)이고, 뇌중법인과 개은이 온 때는 무로마치시대(1338~1573)이다. 잘 알려져 있듯이 이 시대 일본은 전국이 전란으로 학문이 쇠퇴했다. 단지 불가佛家만이 전화戰禍에서 벗어날 수 있었으므로 학문이 가능했으며, 이곳에서 한문학이 행해지고 있었다. 따라서 불가 출신의 이들 승려는 한문학에 대한 지식을 갖고 유구에 왔을 것이다. 특히 오산 계통의 승려 개은은 한문학적 학식이 깊었던 학승으로 보인다. 「유구국제사구기」에 나오는 많은 종명의 찬자는 개은이다.

1427년에 유구에서 가장 오래된 석비, 유구 건비建碑의 효시가 된 「안국산수화목비安國山樹華木碑」가 세워졌다. 이 비는 당시 국상國相이던 명나라 사람 회기懷機(?~?)가 수리성 외원外苑으로 수리성 앞에 있던 안국산 북쪽에 용담龍潭을 파고 남쪽에는 물견대物見台를 쌓아 소나무·잣나무·단풍나무 등 각종 이름난 나무를 심어 사람들이 거닐며 쉴 수 있는 장소를 건축한 경위를 새긴 비석이다. 그러나 이 비석은 1713년『유구국유래기』가 편찬될 당시에 이미 많은 글자가 마멸되어 온전히 읽기가 어려웠다. 현재는 판독되는 것만을 현대문자로 복원해서 오키나와현 공문서관公文書館 입구에 새겨놓았고, 원비석은 오키나와 현립박물관에 보관되어 있다. 국상 회기는 제1 상씨왕조 시기에 중국에서 건너온 인물로 파악되며, 그의 젊은 시절 사적은 자세하지 않다. 그는 왕명을 받아 수리성을 건조했다고 하며, 유구인들은 그를 '국공國公'으로 존칭했다고 한다. 이 비의 찬자는 안양安陽의 담암예인澹菴倪寅이라고 하는데 정확한 출신은 확인되지 않는다. 그런데 비문은 4자, 6자의 대우對偶를 사용하고 있는 점에서 육조시대 사륙문四六文*의 영향을 받은 것으로 보인다.

다음으로『유구국유래기』권9「당영구기전집唐榮舊記全集」에 의하면 1424년에「하천비묘下天妃廟」가 건립되고 그 전랑殿廊에 큰 종이 하나 걸렸는데 거기에 새겨진 글자의 내용은 다음과 같다.

유구왕 대세주께서 경인년에 태어나셨으니 법왕신의 현신이시다. 바다와 같은 대자비의 소원을 담아 새로운 종을 주조해서 본 고을 천비궁에 바친다. 위로는 만세의 왕위를 축하하고, 아래로는 삼계

---

* 　사륙문四六文 : 중국 육조시대에서 당나라에 이르기까지 유행한 한문 문체의 하나. 주로 4자와 6자의 구句를 기본으로 하여 대구對句를 쓰며, 전고典故를 교묘하게 배열하는 화려한 문체를 말한다. 사륙변려문四六駢儷文이라고도 한다.

의 군생을 구제하고자 한다. 명을 받들어 상국 안첨安瀸이 명을 짓
는다.[4]

華鐘鑄就   아름다운 종이 만들어져
掛着珠林   훌륭한 숲속 전각에 걸렸네.
撞破昏夢   어두운 꿈을 두드려 깨어
正誠天心   하늘에 바르게 기도하네.
君臣道合   군신의 도가 합하니
蠻夷不侵   오랑캐 침략 없네.
彰嚻氏德   부씨*의 덕을 밝혀
起追蠡吟   열심히 종을 치니
萬古皇澤   만고의 왕의 자비
流妙法音   묘법의 소리를 울리네.[5]

하천비묘 건립과 관련해서 『유구국유래기』에는 또 이렇게 적
고 있다. '역사가 이미 오래되었다(歷年旣久).', '다행히 사당 내에 한
조각 오래된 널빤지가 남아 있는데 여기에 〈영락 22년에 주조되었
다(永樂二十二年造)〉라는 7글자가 있다.'[6]라고 하였다. 영락 22년은
1424년이다. 천비궁은 항해 안전의 수호신으로 중국 연해부沿海部 중
심의 도교신앙 여신인 '마조媽祖**'를 모시는 곳이다. 유구에는 구메무

---

*   부씨嚻氏 : 중국에서 처음으로 종을 주조한 사람.
** 마조媽祖 : 중국 남부의 연해지역을 중심으로 민간신앙으로 전해지는 여신女神. 항
     해 안전이나 순산의 신으로 여겨진다. 천비天妃, 천후天后, 천후낭랑天后娘娘이라고
     도 한다.

라에 상천비궁과 하천비궁이 있으며 15세기 전반에 창건된 것으로만 알려져 있다. 이 천비궁은 오키나와전쟁 때 파괴되었다가 1975년에 복원되었다.

그러나 이 종의 주조는 1457년으로 파악된다. 종명 마지막에 '경태정축년삭단시景泰丁丑年朔旦施'라고 하였는데, 경태는 명나라 경제景帝의 연호로 정축년은 1457년이다. 그리고 이 종명에서 칭송하고 있는 경인년에 태어났다는 왕 '대세주大世主'는 어느 왕일까.『중산세보中山世譜』*를 보면 경인년에 태어난 왕은 없다. 다만 상태구왕 항목에 그를 '대세주'라고 하였다. 또 그 주석에 '『오모로소시』제5의 233에 〈大世のぬし〉라고 했다. 재위 중에 많은 종을 주조했는데 모두 〈대세주〉라고 새겼다.'라는 말이 있다. 또 이어서 상태구왕이 태어난 해는 '을미년(1415)이라기보다 경인년(1410)이라고 해야 맞을 것이다.'[7] 라고 하였다. 따라서 이 종에서 칭송하는 왕은 상태구왕이다. 다음으로는 찬자撰者의 문제이다. 종에는 '명을 받들어 상국 안첨安濳이 명을 짓는다.'라고 하였는데 이 인물이 오산승 계은안잠溪隱安濳이 아닐까 한다. 유구 역사서에 의하면 계은은 1456년에 유구에 와서 1495년에 타계한다. 그리고 그는 유구에 온지 얼마 안 되어 상국의 자리에 올랐다.

종명의 내용을 잠시 보면, 8번째 구의 '기추려음起追蠡吟'은『맹자』「진심장구 하」에 나오는 '이추려以追蠡'를 염두에 둔 것은 아닌지 추론

---

* 『중산세보中山世譜』: 유구왕가의 세보로 선대先代인 순천왕舜天王부터 시작하고 있다. 1697년에 채탁蔡鐸이 중심이 되어 편찬하였으며,『중산세감中山世鑑』을 부분적으로 수정하여 1701년에 완성하였다. 그러므로 채탁본이라고 부르기도 한다.『중산세감』은 향상현向象賢이 1650년에 왕명을 받고 편찬하였다.

해본다. 『맹자』의 내용은, 제자 고자高子가 "우임금의 음악이 문왕의
음악보다 더 훌륭한 것 같다."라고 하자 맹자가 그 근거를 묻는다.
이에 고자는 "종의 끈이 좀이 먹은 것으로 그렇게 판단한다."라고 답
했다.[8] 즉, 우임금 때의 종은 종을 단 사슬 끈이 벌레가 먹은 것같이
끊어지려고 하니 종을 사용한 사람이 많다는 답이다. 만약 이 추론이
타당하다면 이 종명의 찬자는 이미 『맹자』를 비롯한 유가서적을 읽
었다고 유추할 수 있다.

하천비묘의 종을 주조한 다음 해인 1458년에 또 하나의 종, 수
리성 정전의 종(首里城正殿の鐘), 일명 만국진량의 종이 주조되었다.
이 종은 특히 이 시기 유구 한문학의 성과를 보여주는 대표적인 작
품으로 유구에서 내세우는 종이다. 이 종이 주조된 것은 1458년으
로 상태구왕 5년이다. 당시 유구는 삼산이 통일된 뒤 약 30년으로
왕국으로 나아가는 방향이 정비되고 있던 시기였다. 따라서 사원 건
립이 잇따랐고, 다수의 거대한 종이 주조되기 시작했다. 「만국진량
의 종명」 내용과 그 의미에 대해서는 1장에서 서술하였으므로 여기
서는 생략한다.

이 시기 또 하나의 축을 이루는 36성으로 대표되는 이주인들은
중국에서 익힌 한문학적 지식을 토대로 유구의 외교문서 작성을 독
점했다. 이들 외교문서는 한문으로 작성되었으며, 그에 관한 자료를
모은 것이 『역대보안』이다. 물론 외교문서를 문학 자료라고 말하기
는 어렵지만 당시의 한문 기록이므로 언급하는 것이다.

추가로 언급해두고자 하는 것은 상덕왕尚德王*이 썼다는 『시경』

---

*　상덕왕尚德王(1441~1469) : 1461년에 즉위하여 재위기간은 9년이며, 수壽는 29세

구절이다. 히가 슌초(比嘉春潮)의 『오키나와의 역사(沖繩の歷史)』에는 '구우구우 물수리는 강가 섬에 있도다. 요조숙녀는 군자의 좋은 짝이로다(關關雎鳩, 在河之洲. 窈窕淑女, 君子好逑.)'라는 『시경』「관저장」을 쓴 상덕왕의 필적이 게재되어 있다.[9] 이는 상덕왕이 유가 경전의 하나인 『시경』을 공부했다는 뜻이다. 그렇다면 다른 유가 경전도 공부했을 가능성이 높고, 좀 더 나

원각사적圓覺寺跡. 수리성 구경문 북쪽

가면 당시 유가 경전이 왕가를 중심으로 읽히고 있었다고 유추할 수 있다. 상덕왕은 재위한 지 불과 9년 만에 말라카*에 7번, 수마트라**에 3번, 타이[태국]에 4번, 명나라에 5번의 교역선을 보냈다. 조선에서는 2번이나 배로 『대장경』을 운반해 갔다. 현재 오키나와에 있는 변재천당弁財天堂은 그 『대장경』을 보관했던 곳이다.

이다.

* 말라카 : 말레이 반도 중남부에 있다. 오랫동안 한적한 어촌이었으나, 14세기 인근 수마트라 섬에서 온 파라메스바라가 이슬람 왕국을 세운 후, 인도양과 남중국해를 잇는 지리적 이점 덕분에 해상 실크로드의 거점 도시로 성장했다.

** 수마트라 : 대순다열도에 속하는 섬으로 북동쪽은 말라카해협을 사이에 두고 말레이반도와 마주보며, 남쪽은 순다해협을 사이에 두고 자바 섬이 있다. 1377년 마자파히트 제국의 점령 후 포르투갈·네덜란드·영국 등 서구 열강과 교역을 시작했다. 19세기 내륙으로 세력을 확대한 네덜란드가 30년 전쟁 이후 아체 특별구를 강제 지배했다. 제2차 세계대전 때는 일본이 지배했으며, 1950년 인도네시아령이 되었다.

이상으로 한문학 도래기의 유구 한문학은 중국 복건성에서 이주한 귀화인에 의한 외교문서와 표착 혹은 도래한 승려에 의한 종명이 대부분이다. 특히 종명의 경우 그 양도 많지 않다. 기록상으로 남아 있는 것은 대부분 15세기 중후반의 작품이다. 비문의 경우는 앞에 거론한 「안국산수화목비」가 유일하다. 이는 침략과 전쟁 등으로 자료가 없어졌기 때문일 수도 있고, 원래 유구 한문학의 출발이 늦기 때문일 수도 있다. 후자에 좀 더 무게가 실리지만 전자도 완전히 배제할 수는 없다.

2 승려 문사 활약기
: 승려에 의한 비기碑記와 종명鐘銘

유구 한문학에 있어 승려 문사 활약기는 제2 상씨시대부터 사츠마번 침공 전까지인 1470년부터 1608년까지로 본다. 이 시기는 상원尚圓 – 상진尚眞 – 상청尚淸 – 상원尚元 – 상영尚永 – 상녕왕尚寧王이 집권했다. 물론 상녕왕은 1589년에 즉위하여 1620년까지 재위하여 사츠마 침공 이후까지 재위가 이어진다.

이 시기 유구의 교권敎權은 일본과 유사하게 사원寺院에 있었다. 상녕왕대의 책봉사 하자양夏子陽은 사츠마번 침공 4년 전에 유구에 왔는데, 그가 저술한 『사유구록』에 '왕부의 자제는 13~14세가 되면 모두 승려를 따라서 글자를 익히고 글을 읽는다.'[10]라고 하였다. 여기에는 상태구왕 때에 왔던 오산 계통의 승려 개은이 많은 역할을 한

수리성 구경문久慶門

것으로 보인다. 그는 유구 임제종의 시조가 되었고, 이후 유구의 많은 절은 오산의 영향을 받으며 오산과의 승려 교류도 왕성하게 행해졌다. 예컨대 유구의 사원도 오산과 같이 관사官寺로서 여러 절의 주지와 승려들의 부지미扶持米를 관에서 지급했다. 당시 기록에 의하면 유구의 사찰은 백 개가 넘었다고 하며, 진옥교眞玉橋의 낙성 독경에 모인 승려는 3백 명을 넘었다고 한다. 하자양은 또 '원각사의 승려는 삼사관三司官*에 버금갈 정도로 존경되어 대부보다 아래의 사람은 승려를 대할 때, 무릎을 꿇고 머리를 땅에 붙여 경의를 표하였다. 이것은 스승에 대한 경의를 표한 것이다.'[1]라고 하였는데, 개은 외에도 당

---

*   삼사관三司官 : 종1품의 위계位階.

시 원각사에는 국은선사菊隱禪師,* 은숙장로恩叔長老 등 이름난 승려와 지식인이 많았다. 따라서 이 시기 한문학 작품은 승문僧門의 승려에 의한 비기碑記와 종명이 대부분이다.[12]

『유구국비문기琉球國碑文記』에 의하면 1497년에 3기의 비기가 건립되었다. 「만세령기비萬歲嶺記碑」·「관송령기비官松嶺記碑」·「원각선사기비圓覺禪寺記碑」이다. 「만세령기비」는 수리 지역의 관음당 뒤편 고개에 세운 것으로 이 고개를 만세령이라고 칭한 것에 대한 내용을 적은 비이다. 고개 위에 푸른 노송老松이 빽빽하여 황학黃鶴을 불러들이고 신선도 노닐 정도로 선경仙境이라는 것이다. 이 고개에서 바라보는 전망은 매우 좋은데 특히 북쪽으로는 아침 조망眺望이 좋고, 서쪽으로는 섬들 사이로 지는 낙조가 일품이라고 하였다. 이 비문의 찬자는 '부상산인扶桑散人 저부재樗不材'이다.

「관송령기비」는 관송령 위에 세운 비석인데, 관송령은 만세령과 이어진 고개이다. 만세령과 관송령은 모두 수리성 밖에 있는 것으로 주로 관리들의 산책 코스였다. 이 두 비석은 같은 시기에 건립되어 모양도 비슷하다. 「관송령기비문」의 찬자는 '석씨釋氏 종계수種桂叟'이다. 「원각선사기비」는 원각사가 창건된 기념비이다. 원각사는 상진왕 16년(1492)에 선왕인 상원왕을 공양하기 위해 건립되었다. 수리성 구경문久慶門 북쪽에 3년간의 공사로 완성된 것으로 유구 제일의 거찰巨刹이며, 유구 선종禪宗의 총본산이다. 이 비문의 찬자는 '승석僧釋 주옹周雍'이다.[13] 이들 비문의 찬자는 모두 승려로 판단된다.

---

* 국은선사菊隱禪師 : 사츠마가 침공했을 때, 강화를 위해 활약했고 상녕왕을 따라 사츠마에 포로로 잡혀갔던 승려.

1539년에 건립된 「일옹영공비一翁寧公碑」는 삼사관인 국두친방國頭親方의 명복을 비는 비석이다. 1537년 2월 13일 상청왕은 오시마(大島)*를 정벌하여 단번에 항복을 받았다. 귀환하려는데 왕이 병이 났고, 병은 위독했다. 그러자 당시 삼사관인 국두친방이 자신을 대신 아프게 해달라고 빌었는데, 그 때문인지 왕의 병이 나았다. 그리고 귀환해서 얼마 되지 않아 국두친방이 죽었다. 국두친방이 자신을 대신해서 죽었다고 여긴 상청왕은 애도를 극진히 하여 3년상을 했고, 상을 마침과 동시에 '일옹영공'이라는 시호를 내리고 비석을 세웠다. 비문에는 국두친방의 공적을 적고 성불을 빌고 있다. 이 비문의 찬자는 전 원각사 주지 환룡운奧龍雲이다. 이 시기에 제작된 비기碑記는 다음과 같다.[14]

- 「萬歳嶺記(上ミヤキジナハナノ碑文)」(1497) : 奉勅 扶桑散人 樗不材 謹記
- 「官松嶺記(下ミヤキジナハナノ碑文)」(1497) : 圓覺住山 釋氏 種桂叟 謹記之
- 「圓覺禪寺記(荒神堂之南之碑文)」(1497) : 球陽天界精舍 浙東大嵩鄭氏 臣僧釋 周雍 謹撰
- 「國王頌德碑(荒神堂之北之碑文)」(1498) : 正議大夫 臣 程璉 · 程玖, 長史 臣 梁能 · 蔡賓, 通事 臣 陳義 等 稽首 謹立
- 「圓覺寺山門前之石橋欄干之銘」(1498) : 長史 梁能 · 通事 陳

---

* 　오시마(大島) : 현재 일본 가고시마현의 아마미제도(奄美諸島) 중 가장 큰 섬. 유구왕국 당시는 유구왕국의 영토였다.

義 督造

- 「サシカヘシ松尾ノ碑文」(1501)：種桂 謹撰

- 「圓覺寺松尾之碑文」(1501)：種桂 謹製

- 「たまおどんのひのもん」(1501)

- 「大道毛之碑文」(1501)：種桂 謹撰

- 「百浦添之欄干之銘」(1509)

- 「そのひやぶの御嶽の額」(1519)

- 「國王頌德碑(石門之東之碑文)」(1522)：住山圓覺 仙岩叟 謹記之

- 「眞珠湊碑文(石門の西のひのもん)」(1522)

- 「王舅達魯加禰國柱大人壽藏之銘(識名澤岻王舅墓之銘)」(1525)：大琉球國 中山府 天王小比丘 瑞興 謹銘

- 「崇元寺之前東之碑」(1527)

- 「崇元寺之前西之碑文」(1527)

- 「タカラクチ一翁寧公墓之碑文」(1539)：前圓覺 奐龍雲 謹撰

- 「國王頌德碑(かたのはなの碑)」(1543)：日本南禪 琉球圓覺精舎 釋檀溪老衲 全叢 謹撰

- 「添繼御門之北之碑文(新築石墻記)」(1546)：扶桑南禪 球陽圓覺 檀溪老衲 全叢 謹記之

- 「添繼御門の南のひのもん(新築石墻記)」(1546)

- 「やらさもりくすくの碑おもての文(了攬注森城碑文)」(1554)

- 「君誇之欄干之記」(1562)：圓覺 洞觀鑑叟 承勅 謹記

- 「毛氏墓碑」(1573)

- 「守禮門之額」(1579)

- 「浦添城の前の碑おもての文」(1597) : 奉詔 幻往圓覺 菊隱閑道
  人 謹誌焉
- 「廣德寺浦添の親方の塚碑」(1597) : 孝女子 敬白

이 당시 비기를 쓴 인물은 대부분 승문에 속한 승려들이다. 다음
은 1495년에 주조된 원각사의 종명이다. 찬자는 '주산문위작住山文爲
作'이라 하였는데, 이는 천덕산 원각사의 주지 문위文爲이다.

梵音功德	불교의 공덕으로
濟度人天	모든 사람 구하네.
倩鳧氏手	장인의 손으로 만드니
修智具禪	부처의 가르침을 수행했네.
曉昏不怠	아침저녁으로 게으르지 않고
消苦覺眠	고통을 없애고 어둠을 깨우네.
比之乾符	이는 하늘의 표시로
與七政懸	칠정과 걸려 있고
比之坤軸	이것은 땅의 축으로
與五岳連	오악과 이어져 있네.
布金勝地	불교의 영화로운 땅이 되어
保億萬年	억만년을 지켜내리라.[15]

이 종명은 불교의 공덕이 유구에 널리 퍼져 유구 민중의 고통을
없애고, 몽매함을 깨우침을 강조하고 있다. 그 공적은 비유하자면 칠

정七政*과 오악五岳**에 이어진다. 물론 이 명문銘文에 앞선 서문에서는 당시 왕인 상진왕의 덕을 칭송하고 있다. 그 덕은 불교를 처음으로 중국에 수입했던 전한前漢의 명제明帝를 넘고, 명성은 불교에 귀의하고 불교를 흥륭했던 양梁나라 무제武帝를 능가한다고 하였다.[16] 이외에도 이 시기에 많은 사찰이 건립되었고 많은 종명이 창작되었다.

즉, 유구 한문학에 있어 승려 문사 활약기는 교권이 승문에 있었으므로 왕부의 자제들은 승려에게 배웠다. 따라서 승려에 대한 존경이 매우 높았다. 명나라의 조공국이었던 유구로서는 한문학 지식이 절실했으므로 한문학 지식을 갖고 유구에 왔던 승려들에 대한 의존이 높을 수밖에 없었다. 또한 해상 무역 국가로서의 정체성을 갖고 있던 유구로서는 항해 안전이 그 무엇보다도 중요했으므로 도교를 비롯한 불교에 대한 종교적 의존 역시 높았다. 그러므로 많은 사찰을 창건하고 종을 주조했다. 이들 사찰의 건립과 종명의 찬문에는 당시 일본에서 도래한 오산 계통의 승려들이 많이 관여했다. 이 당시 건립된 비기 역시 대부분 승려들이 찬문하고 있다.

앞 시대에 유구로 이주한 36성의 사람들은 한문학적 지식이 있다고 해도 수준 높은 것은 아니고, 주로 항해기술과 중국어에 능숙했고, 투식적인 외교문서 작성에 능했다. 따라서 이들은 중국에 가는 통사通事[통역] 등의 업무를 주로 담당하며 외교문서를 작성하거나 통역, 번역 등의 일을 했다. 그러나 이들은 이런 업무를 독점하면서 취직과 승진 등의 장래가 보장되자 지식을 자신들만의 영역인 '구

---

* 칠정七政 : 일·월·수·화·목·금·토를 말한다.
** 오악五岳 : 중국의 오대 명산으로 동쪽 태산泰山·서쪽 화산華山·남쪽 형산衡山·북쪽 항산恒山·중앙 숭산嵩山을 말한다.

메무라'에 폐쇄했다. 이런 이유로 이주인 36성의 한문학적 지식은 이 시기에 그다지 새로운 역할을 하지 못했다.

3 관인 문학 전성기
: 관료 문인에 의한 한시와 한문

유구 한문학에 있어 관인 문학 전성기는 사츠마 침공 이후 메이지정부에 의한 유구처분까지로 1609년에서 1879년까지이다. 이 시기 유구왕은 상풍尙豊－상현尙賢－상질尙質－상정尙貞－상익尙益－상경尙敬－상목尙穆－상온尙溫－상성尙成－상호尙灝－상육尙育－상태尙泰이다.

이 시기는 관료 문인과 학자에 의한 한시와 한문 문장이 본격적으로 창작되었다. 이 시기에 이처럼 한문학이 융성할 수 있었던 데에는 몇 가지 배경이 있다. 첫째는 전술한 승려 문사 활약기의 승문僧門에 의한 한문학이 점차 유구 사족에게 전수되었고, 1372년 찰도왕이 명나라 초유를 받으면서부터 보내기 시작한 관생官生이 여러 우여곡절을 겪으면서 이즈음 안정되어 학문적 성과를 내기 시작했기 때문이다. 또한 구메무라 출신의 젊은이들이 사비로 중국에 유학하고 관료가 되면서 학문적 성과를 내기 시작했기 때문이다.

그러나 무엇보다도 이 시기에 관료 문인과 학자에 의해 한문학 융성기를 이룰 수 있었던 배경에는 아이러니하게도 사츠마의 침공이 있다. 사츠마는 승려의 포교를 금지하는 반면 통치의 필요에 의해 유가사상을 장려했다. 그 일환으로 유구에 신분제를 만들고, 신분제 정착을 위해 유가사상을 보급하고 전파했다. 신분제는 문중제도로 정립되었다. 오키나와 문중이 성립된 과정은 먼저 가보家譜가 생기고 그 후에 문중이 성립되었다.[17] 가보와 문중의 성립은 사츠마 침입과 함께 유구에 들어온 것으로 유가사상과 관련이 있다.[18] 1689년 사족층에 가보편집 명령이 내려지면서 가보편집 시스템이 완성되었고, 1690년 가보를 관장하는 기관 계도좌系圖座가 처음으로 설치되었다. 가보의 성립과 계도좌의 설치로 사실상 사농분리의 신분제가 완성되었으며, 사족층에서는 이를 전후하여 유교 이데올로기의 도입과 더불어 문중의식을 고양시켜갔다.[19]

또 하나의 현상은 사츠마 침입 이후 거의 폐허가 되었던 구메무라의 복원이 이루어졌다는 점이다. 구메무라는 앞에서 서술한 중국 복건성 민지역에서 이주한 귀화인들이 모여 살던 곳으로 초창기 유구의 한문학-외교문서를 독점했던 곳이다. 그러나 정확한 이유는 불분명하지만 사츠마가 침입할 즈음에는 거의 폐촌에 가까웠다. 하자양의 『사유구록』에 의하면, '지금 그 36성은 몰락하고, 채蔡·정鄭·임林·정程·양梁·김金의 여섯 집안만 존재하고 있다. 이 남아 있는 약간의 집안도 그다지 번영하지는 않다.'[20]라고 하였다. 그런데 이때 구메무라의 복원이 이루어졌고, 이 복원 사업의 대표적인 예가 정순칙程順則(1663~1734)의 아버지 정태조程泰祚(1634~1675)가 1656년에 중국어 실력을 인정받아 단절되었던 정씨程氏를 이으며 구메무라로 들어간 것이다.[21]

또 하나 중요한 사건은 1632년에 사츠마의 유학자 도마리 조치쿠(泊如竹, 1570~1655)가 유구에 와서 일본식 훈독법을 전한 것이다. 이른바 문지점文之點이다. 도마리 조치쿠는 난포 분시(南浦文之, 1555~1620)의 제자로 사츠마 번주 시마즈 미츠히사(島津光久)의 시독侍読[*]을 지낸 인물이다. 그는 3년간 유구에 머물렀는데 그 사이에 국왕을 비롯하여 많은 사람들이 문지점에 의한 한문 훈독법을 배웠다.[22] 도마리 조치쿠에 의해 전래된 문지점은 무로마치시대 말기 고덕승高德僧인 게이안 겐쥬(桂庵玄樹, 1427~1508)^{**}가 시작한 훈독법이다. 이것을 제자인 난포 분시에게 전하고, 난포 분시는 이것을 받아서 문지점이라는 훈독법을 연구했고, 그의 고제高弟인 도마리 조치쿠에게 전했다. 즉 도마리 조치쿠에 의한 문지점의 보급으로 유구인들은 한문 전적을 중국어가 아닌 일본어로써 읽기 시작한 것이다. 문지점 이전에 유구는 경서를 읽을 때 모두 중국음으로 읽었다. 도마리 조치쿠가 문지점으로 사서四書^{***}를 가르치면서 유구에 처음으로 화독和讀^{****}이 통용된 것이다. 이후 유구의 한문학 수준이 이전과는 다르게 확대 보급되고 깊어졌다.

어떤 면에서 진정한 유구 한문학은 이 시기에 이루어졌다고 할 수 있다. 이 시기는 승려가 아닌 관료 문인과 학자에 의해 다양한 한시와 한문 작품이 창작되었다. 이 시기 한시의 성과로는 『중산시문집』에 수록된 「집규당시초執圭堂詩艸」(증익曾益)·「관광당유초觀光堂遊艸」(채탁蔡鐸)·「설당연유초雪堂燕遊草」「설당잡조雪堂雜組」「설당증언雪堂贈言」(정순칙)·「취운루시전翠雲樓詩箋」(주신명周新命)·「분여고焚餘稿」(정박만程搏萬)와 『한창기사寒窓紀事』(채조공蔡肇功)·『사본당시문집四本堂詩文集』

___

*   시독侍読 : 천황·동궁에게 학문을 가르치던 학자.

**   게이안 겐쥬(桂庵玄樹, 1427~1508) : 무로마치시대 후기 임제종의 승려로 사츠난가쿠하(薩南学派)를 형성했다.

*** 사서四書 : 논어·맹자·대학·중용.

**** 화독和讀 : 일본음으로 읽는 방식.

(채문부蔡文溥)·『담원시문집澹園詩文集』(채온蔡溫) 등이 있다.

이들 작품집의 저자는 모두 구메무라 출신의 관료이자 문인이다. 그 외에도 『중산시문집』에는 여러 시인의 시를 모은 「설당기영시雪堂紀榮詩」 등이 포함되어 있다. 또 「유구국신건지성묘기琉球國新建至聖廟記」·「신건계성공사기新建啟聖公祠記」·「유구국신건유학비문琉球國新建儒學碑文」·「묘학기략廟學紀略」·「유구국창건관제묘기琉球國創建關帝廟記」 등의 한문 작품이 실려 있다. 『중산시문집』은 유구에 있어서 최초의 본격적인 한시문집으로 1725년(상경 13)에 초판, 1856년(상태 9)에 중판이 나왔다.

그 외 개인문집으로 대표적인 것은 『채온전집』[24]이 있다. 『채온전집』은 「평시가내물어平時家內物語」·「어교조御教條」·「사옹편언簑翁片言」·「독물어獨物語」·「성몽요론醒夢要論」·「자서전自敍傳」·「도치요전圖治要傳」·「속습요론俗習要論」·「거가필람居家必覽」·「가도훈家道訓」·「치가첩경治家捷徑」·「농무장農務帳」·「산림진비山林眞秘」·「임정팔서林政八書」·「구지두친방채온문약이려과유가具志頭親方蔡溫文若伊呂波琉歌」·「채온연보蔡溫年譜」 등 다양한 개인 저술을 모은 것이다.

여기서는 지면의 제약으로 두 시인의 시 한 수씩만을 감상하고자 한다. 7장에서 좀 더 많은 한시를 감상할 수 있다.

동해의 아침 햇살(東海朝曦)

정순칙

宿霧新開敞海東	자욱한 안개 걷히니 넓은 동해가 펼쳐져
扶桑萬里渺飛鴻	부상 만 리 아득히 기러기 날아가네.
打魚小艇初移掉	고기 잡는 작은 배 처음 노를 움직이니

搖得波光幾點紅   흔들흔들 파도 타며 햇살을 받아 붉은 점을 이
루네. (程順則 「雪堂雜組」)

이 시는 정순칙의 시집 『설당잡조』에 가장 먼저 나오는 시로 「중
산동원팔경中山東苑八景」 8수 중 첫 번째 시이다. 동원東苑은 현재 오키
나와 나하시 사키야마쵸(崎山町)에 있던 옛 왕가의 별장으로 상정왕
尚貞王* 9년인 1677년에 축조되었는데 어다옥어전御茶屋御殿이라고 부르
는 다실이었다. 동원이라는 명칭은 1683년 유구에 온 상정왕의 책봉
정사 왕즙汪楫**이 수리성의 동쪽에 있다고 하여 붙인 것이다. 이 시는
수리성 동쪽에 위치한 동원에서 바다 위로 떠오른 해와 그 주변 자연
경관을 바라보며 읊은 것이다.

    붉은 아침 해가 떠오르며 지난밤에 낀 안개를 말끔히 걷어내자
저 멀리 기러기 나는 것이 눈에 들어오고, 하루를 시작하는 고기잡이
배도 보인다. 마치 창문을 가렸던 커튼을 걷듯이 아침 햇살이 안개
를 걷어내고 동해의 아름다운 정경을 펼쳐 보인다. 바로 이 때문에
첫 구에 '신新' 자를 넣었다. 3번째 구의 '처음 노를 움직인다.'라는 표
현은 단순히 '오늘 아침 처음'이란 의미도 있겠으나 안개로 며칠 고
기잡이를 못하고 배를 묶어두었다는 뜻도 담겨 있을 수 있다. 그러
다 마침 오늘 안개가 걷혀 오랜만에 노를 젓는다. 1구의 '숙무宿霧'와
3구의 '초初' 자가 그 열쇠를 쥐고 있는데, 정확히 판단하기는 어렵다.

---

*   상정왕尙貞王(1645~1709) : 25세 때인 1669년에 즉위하였다. 재위기간은 1669년부
     터 1709년으로 41년간이었다.
**   왕즙汪楫 : 청나라 관료이자 문인. 자字는 주차舟次로 휴녕休寧사람이다. 1683년
     상정왕의 책봉정사로 유구에 왔다.

4구는 이 시 전체를 편안한 서정으로 이끌어감과 동시에 한 폭의 동
양화 같은 이미지를 만든다. 아침 햇살을 받아 반짝이는 물결 위에
붉은 점이 되어 넓은 동해 바다를 흔들흔들 가는 고기잡이배, 이는
동양화에서 흔히 보는 풍경이다. 마치 팔경도의 한 폭을 보는 듯하
다. 그러나 이 시의 시안詩眼*을 꼽는다면 1구의 '개開'이다. 아침 햇살
이 묵은 안개를 걷어냈기 때문에 이런 정경을 볼 수 있기 때문이다.[25]

초겨울의 만조(初冬晚眺)

주신명

樓外煙光望渺茫	숙소 밖 밥 짓는 연기 아득히 바라보니
雲天萬里起微霜	구름 낀 하늘 만 리 엷은 서리가 내리네.
千山日落行人急	겹겹의 산에 해 저무니 행인들 발걸음 바쁘고
空有江聲斷客腸	인적 없는 강의 파도소리에 나그네 단장 끊어
	지네. (周新命「翠雲樓詩箋」)

이 시는 주신명周新命(1666~1716)의 시집 「취운루시전」에 실려 있
다. 이 시를 창작한 시기는 정확히 알 수 없다. 다만 그는 1687년 22
세로 통사에 승진하고 다음 해에 독서와 습례習禮를 위해 중국 복주
에 갈 것을 허락받아 복주에서 7년간 머무르고 1695년 30세에 귀국
하는데, 이 유학 시기에 지은 것으로 추정된다. 이후 그는 1707년에
왕세손 상익尙益에게 사서四書와 『시경』을 진강했고 이는 상익이 즉위
한 뒤에도 계속되었다.

---

* 시안詩眼 : 한시漢詩에서 시의 의미를 결정짓는 중요한 하나의 글자.

위의 시는 나그네로 머문 초겨울 저물녘 숙소에서 바라본 풍경을 읊은 것이다. 인가에서는 저녁을 준비하는 연기가 피어오르고, 해가 지자 행인들은 귀가를 서두르며 발걸음을 재촉한다. 따라서 인기척도 없는 강가에는 강물 소리가 더욱 크게 들린다. 이는 따뜻한 고향을 그리는 나그네-시인을 견딜 수 없게 만든다.

유구 한문학에 있어 관인 문학 전성기는 이전 시기와는 비교할 수 없을 만큼 문학다운 문학, 즉 한시와 한문 문장이 다수 창작된 시기이다. 뿐만 아니라 그 창작자는 이전과는 전혀 다른 관료 문인과 학자이다. 그 양에 있어서는 예컨대 조선과는 비교하기 어렵겠으나 그렇다고 무시할 정도는 아니다. 유구는 중세 조선과 마찬가지로 중국에 조공했던 독립왕국으로 동아시아 한자문화권에 속했던 나라이다. 그러므로 동아시아 한문학이라는 시각에서 유구 한문학을 다룰 필요가 있다.

3장

유구의 공자묘 창건과 명륜당 건립

공자는 동아시아 유교문화의 상징이다. 그의 사상을 하나의 글자로
압축하면 인仁이다. 그는 생존 시 많은 나라를 다니며 자신의 정치철
학을 전파하고 실현시키고자 했으나 실패했다. 그의 사상이 좋다고
평가한 군주는 여럿 있었으나 정책으로 실현하지 않았고, 공자 역시
제대로 된 벼슬과 지위를 받지 못했다. 따라서 그 자신이 직접 인仁의
정치를 펼칠 기회도 갖지 못했다. 그러나 그는 '대성지성문선왕大成至
聖文宣王'[1]으로 지금까지 받들어지고 있다. 이른바 왕의 자리에는 있지
않으나 왕의 덕을 갖춘 사람이라는 뜻의 '소왕素王'으로 추존되는 것
이다.

　이에 대해 '무릇 성인聖人으로 천하에 임금 되는 것보다 성인으로
천하의 스승 됨이 더 낫다. 천하에 임금 된 자는 은택을 한 시대에만
미치지만 천하의 스승 된 자는 그 은택이 고금에 하늘이 덮고 땅이
싣는 것처럼 넓고 커서, 배와 수레가 이르는 곳, 해와 달이 비치는 곳
이면 그의 교화를 입지 않음이 없다.'[2]라고 유구의 문인 정순칙은 평
가했다. 즉, 공자는 한 시대의 임금이나 관료가 되지는 못했지만 천
하를 돌아다니며 리利가 아닌 인仁과 의義의 사상을 펼쳐 천하의 스승

이 되었다. 물론 이때 천하란 좁게는 중국이며, 넓게는 유교를 수용한 동아시아 여러 나라를 뜻한다.

이런 공자를 추숭追崇하는 형태는 문묘文廟를 건립하여 그를 제사 지내는 것이다. 문묘는 문선왕묘의 약자인데 흔히 공자묘로 불린다. 또한 묘廟는 무덤이 아니라 위패를 모시고 제사를 드리는 사당이다. 이 공자묘는 한자문화권인 동아시아 전반에 분포해 있다. 공자묘가 있다는 것은 유가사상을 수용했다는 뜻이며, 유가사상을 수용한 나라에서는 공자묘를 건립했다. 물론 수용을 허용한 최종 권력자에 의해 그 사상의 수용 범위가 국가단위인지 지역단위인지 아니면 사적인 단체인지를 가늠할 수 있다.

예컨대, 우리나라 문묘의 시작은 신라 성덕왕 13년(714)에 김수충金守忠이 당나라에서 돌아오면서 문선왕과 10철哲 및 72제자의 화상畫像을 가지고 와서 왕명에 의해 국학國學에 두면서부터라고 한다. 현재 보존된 성균관의 문묘는 1398년에 완성되었다. 베트남에는 1070년에 세워졌고, 1076년부터는 최초의 대학으로서 유학자를 양성했다. 대만은 1879년에 타이베이부(台北府)가 설치되면서 문묘가 건립되었는데, 중일전쟁 이후 일제강점기가 시작되면서 일본군에 의해 파괴되어 1907년에 완전히 자취를 잃어버렸다. 이후 1925년에 타이완 시민들이 모금하고 재건축하여 현재에 이르고 있다.

일본에도 여러 곳에 공자묘가 있고 대부분은 유학 학교의 부설로 건립되었다. 그중 유명한 것으로는 도쿄에 있는 탕도성당湯島聖堂이다. 탕도성당은 에도시대인 1690년에 에도막부 5대 쇼균(將軍)인

도쿠가와 쓰나요시(德川綱吉)*에 의해 건설된 공자묘인데 뒤에는 막부 직할의 학문소学問所가 되었다. 원래는 주자학자인 하야시 라잔(林羅山)**이 우에노 시노부가오카(上野 忍ヵ岡)에 선성전先聖殿을 축조한 것을 에도막부가 일본의 유교 학교로 하면서 탕도로 옮겨서 건축하였다고 한다.

또 하나 언급할 곳은 나가사키(長崎)의 공자묘이다. 나가사키는 에도시대 이후 외국무역지로 정해지면서 중국 사람들이 많이 거주했다. 따라서 1893년 청나라 정부와 재일在日 중국인이 협력해서 중국의 공자묘와 동일한 전통미 넘치는 공자묘가 만들어졌다. 이 공자묘에는 공자와 72현인의 석상石像 및 공자의 가르침과 중국 문화와 학술을 전하는 시설로서 중국역대박물관도 건립되었다.

중세 독립왕국이었던 유구도 1674년에 공자묘가 창건되었다. 이는 유구 역시 유가사상을 수용했다는 뜻이며, 중세 한자문화권에 속했음을 의미한다.

---

* 도쿠가와 쓰나요시(德川綱吉, 1646~1709) : 에도막부의 제5대 쇼군(재위 1680~1709). 3대 쇼군인 도쿠가와 이에미쓰의 4남이다. 생모는 이에미쓰의 측실 오타마노가타(お玉の方)이다.

** 하야시 라잔(林羅山, 1583~1657) : 에도시대 초기 주자학파 유학자. 이름은 노부카쓰(信勝)이고, 라잔(羅山)은 호이다. 불교에 입문한 이후의 호는 도슌(道春)이다. 관학으로서의 성리학 발전에 기여하였다.

1 석전의 시작과 공자묘 창건

석전의 시작과 배경

먼저 석전釋奠의 유래와 의미에 대해 『예기』의 기록을 살펴보면 다음과 같다.

① 천자가 출정하려 할 때는 상제께 유제類祭를 지내고, 지기地祇에게 의제宜祭를 지내고, 네묘禰廟에 조제造祭를 지내며, 정벌하는 곳에서 마제禡祭를 행한다. 조묘祖廟에서 명을 받고 대학에 가서 계모計謀를 받는다. 출정해서 죄 있는 자를 잡아왔을 때는 대학에서 석전釋奠의 제를 행하고 신문할 자와 괵聝의 숫자를 보고한다.[3]

② 무릇 학교에서는 봄에 교관이 선사先師에게 석전을 드리고, 가을과 겨울에도 이와 같이 한다. 처음 학교를 세운 자는 반드시 선성先聖과 선사에게 석전을 드리는데 그 제례를 행할 때는 반드시 폐백을 드린다. 석전제에는 반드시 합락合樂을 하되, 나라에 변고가 있을 때는 하지 않는다.[4]

③ 천자가 학교를 시찰하는 날 먼동이 틀 무렵에 북을 쳐서 학사를 불러 모으는 것은 학사들을 경각시키기 위함이다. 학사들이 모인 뒤에 천자가 이르러 곧 유사에게 명하여 행사를 하게 하고 떳떳한 절차를 거행하되 선사와 선성께 제사하고 유사는 일을 마치고 나면 복명한다. 천자는 비로소 양로하는 장소로 간다. 천자가 동서東序로 가서 선로先老에게 석전의 예를 드리고, 삼로三老·

오경五更 · 군로群老의 자리를 베푼다.[5]

　대학은 서주西周시대부터 있었다. ①에 나오는 학學은 대학을 뜻
한다고 보인다. 『예기』 「왕제」에 '(제후는) 천자가 신민臣民을 가르칠
것을 명한 후에야 학교를 세운다. 소학은 공궁公宮 남쪽의 왼편에 있
고, 대학은 교외에 있다. 천자의 대학을 벽옹辟雍이라 하고, 제후의 대
학을 반궁頖宮이라 한다.'[6]라는 말이 있다. 즉 천자가 출정해서 죄 있
는 자를 잡아왔을 때, 대학에서 석전의 제사를 행한다. ②와 ③의 인
용에 나오는 학學은 대학과 소학을 모두 일컫는 듯하다. 즉 『예기』의
기록을 정리하면, 석전은 학교에서 행하는 의식이다. 그리고 ②의 기
록을 보면 여름과 겨울에도 석전을 지냈으며, 선성과 선사에게 행하
며, 반드시 폐백을 드린다. 여기서 여름을 말하지 않은 것은 봄에 준
한다는 뜻이다. 또 ③에서는 천자가 선로에게 석전을 행한다. 그러나
이 모두는 학교에서 행하는 의식이다.

　'석釋'은 '놓다(舍也)', '두다(置也)'의 뜻이고, '전奠'은 '그치다(停
也)'의 뜻으로 제물을 올리기만 할 뿐, 시동尸童*을 맞이하는 제사 절
차를 갖추지 않는다는 뜻이다. 그러나 일설에는 소나 양 등의 고기를
제물로 올리고 음악을 연주하는 의식을 석전이라 하고, 나물만 올리
고 음악을 연주하지 않는 의식을 석채釋菜라 한다. 석채釋菜는 또 석채
釋采라고도 쓰는데 이는 채백采帛을 올려 폐백으로 삼는 것을 뜻한다
고 한다. 석전의 대상인 선성은 주나라 시대에는 순舜 · 우禹 · 탕湯 · 문
왕文王이었으나 한나라 시대 이후 유교를 국교로 받들면서 공자를 선

---

*　시동尸童 : 제사지낼 때 신위神位 대신으로 앉혀 놓던 어린아이.

성과 선사의 자리에 올려 문묘의 주향主享으로 석전을 행하는 관례가
정착되었다. 석전은 음력 2월과 8월의 상정일上丁日[첫 丁日]에 행한다.

　유구에서 석전을 시작한 것은 1612년 이후부터이다. 1610년 유
구 구메무라 총역總役이며 자금대부인 채견蔡堅(1585~1647)이 진공사
의 일원으로 명나라에 파견되었다.[7] 총역은 구메무라 최고 장관이며,
자금대부는 종2품에 해당한다. 그는 산동성 곡부의 공자묘를 참배하
고, 공자·안자·증자·자사·맹자의 초상화를 구입하여 귀국했다.
그리고 자신의 향촌인 구메무라의 유지들과 의논하여 각자 돈을 내
어 구메무라 안의 사대부 집을 돌아가면서 선비들을 모아 제전祭典을
행했다. 이것이 유구에서 공자를 제전한 효시이다.[8] 이에 대해서는 유
구 문인 정순칙의 기록이 있다.

　유구는 멀리 바다 밖에 있으며 중국과의 거리가 만 리나 되어 성인
　의 도를 듣지 못하였다. 그러나 명나라 초부터 교통하며 조공을 바
　치고 왕의 작위를 받았으며, 홍무 25년에 왕자 및 신하의 자제가 모
　두 태학에 입학하였으며, 또 민인 36성을 보내어 목탁이 되게 하였
　다. 비록 공자의 가르침과 은택이 점차 우리에게 미쳤지만 공자의
　모습은 보지 못했다. 만력 연간에 자금대부 채견이 처음으로 공자
　의 초상화를 가져와서 향중의 선비들을 이끌고 그 집에서 제사를
　지내니 바라보면 엄숙하여 사람들로 하여금 우러르고 사모할 생각
　을 일으켰다.[9]

　'명나라 초부터 교통하며 조공을 바치고 왕의 작위를 받았다.'라
는 것은 1372년 유구 중산왕 찰도가 명나라 홍무제로부터 국교를 수

교하자는 국서를 받았으며, 이때 홍무제가 찰도를 '유구국琉球國 중산왕中山王'으로 책봉하고 왕이라 불렀다는 것을 말한다. 또 당시 홍무제가 '유구瑠求'를 '유구琉球'로 고쳐주었다.[10]

채견이 공자의 초상화를 가져와 제전祭典을 시작한 이때, 유구는 이미 1609년에 사츠마의 침공으로 사츠마의 실질적 간섭 하에 있던 시기이며, 사츠마는 승려의 포교를 금지하는 한편 통치의 필요에 의해 유가사상을 장려했다. 그러나 공자묘 없이 사대부 집을 돌아가면서 제전을 행한 시기는 제법 길었다고 보인다. 대략 60여 년이 지난 1671년 겨울에 총리당영사總理唐榮司로 근무하던 김정춘金正春(1618~1674)이 상정왕尚貞王에게 공자묘 건립을 요청하여 허락받고, 그로부터 3년여 만인 1674년에 공자묘가 창건되었다.

당시 유구는 17세기 후반부터 18세기 초에 걸쳐 수리왕부首里王府*가 중국문화를 국가 정책으로 본격적으로 도입하고 전개시키던 때이다. 그런 과정에서 1718년 겨울 명륜당이 건립되자 1719년부터는 석전을 국가적 제례로 실시하였다. 이전까지 구메무라의 제전으로 머물러 있던 석전이 1719년부터는 국가적 규모로 격상된 것이다.

공자묘 창건과 의례

공자묘는 공자의 위패를 모시는 사당으로 사실상 유가사상의 상징물이다. 유구에 공자묘가 창건된 것은 1674년이다. 1671년 겨울, 당시 구메무라 총역이자 자금대부이며 성간친방城間親方**인 김정춘은

---

* 수리왕부首里王府 : 유구왕부가 수리지역에 있었으므로 수리왕부라고도 말한다. 즉, 유구왕국의 성은 수리성首里城이다.

** 친방親方 : 정1품에서 종2품까지를 일컫는 칭호인데, 이는 유구에서 왕자와 안사

구적지舊跡地에 세워진   공자묘 및 명륜당 구적지 표지석
공자상

섭정인 향상현向象賢*을 경유하여 상정왕에게 아뢰고 허락을 받았다.
건립에 드는 경비는 왕자 이하 여러 선비들이 기부금 4천 관貫을 모
았고, 부족분은 공비公費로 처리했다. 1672년에 부지[廟地]를 구메무
라 천기교두泉崎橋頭로 정하고 곧바로 공사를 시작하여, 1674년 11월
에 준공했다.[11] 부지 선정관은 주국준周國俊**이었다. 이에 대해 정순칙
은 다음과 같이 적었다.

다음의 직위이다. 유구의 신분체계에서 왕자와 안사는 왕족에 속하므로 친방은 상
급사족의 호칭이다.

*　　향상현向象賢(1617~1675) : 향상현은 중국식 이름이고, 유구 이름은 우지조수羽地
　　朝秀이다. 상질왕과 상정왕의 섭정(1666~1673)을 맡았던 정치인이다. 섭정을 맡으
　　면서 수많은 개혁을 단행했고, 사츠마가 유구를 침공한 후 피폐해진 나라를 다시
　　일으켰다고 평가받는다. 1650년에 상질왕의 명을 받고 유구국 최초의 역사책인
　　『중산세감』을 편찬하였다.

**　　주국준周國俊 : 정의대부로 금성교金城橋 비문의 필자이고 시인인 주신명周新命의
　　아버지. 작위는 목취진친운상目取眞親雲上인데, 친운상은 정3품에서 종4품을 일컫
　　는 칭호로 친방의 아래이다.

그때 자금대부 김정춘이 강희 11년(1672)에 사당 건립을 건의하고 요청하자 왕이 그 건의를 윤허하였다. 이에 구메무라에 대지를 마련하고 장인에게 재목을 다스리게 하여 도끼와 자귀를 사용하여 다듬고 단청을 하였다. 강희 13년(1674)에 준공을 고하고 다음 해 사당 가운데에 성인의 소상을 안치하고 좌우에 사배四配[안자·자사·증자·맹자]를 차례로 모시니 중국의 제도와 같았다. 왕이 유신儒臣에게 명하여 봄과 가을 이정二丁에 석전례를 행하도록 했다. … 청나라 강희 55년(1716) 병신년 12월 17일. 유구국 협리 자금대부 신 정순칙 삼가 쓰다.¹²

정순칙의 위의 글은 1716년 12월 17일에 쓴 것이다. 이보다 앞서 청나라 책봉사 왕즙과 임린창林麟焻이 쓴 기문도 있다. 두 기문을 통해 유구 공자묘의 구조를 보다 자세하게 알 수 있다.

유구국이 멀리 동해 만 리 밖에 있지만 또한 나라 관문인 구메무라에 지성묘를 건립하였다. 강희 12년(1673)에 창시하였으니 나라가 설립된 이래 처음이다. … 사당은 지붕을 이층으로 하고 그 바깥은 물에 임하여 병풍처럼 담장을 두르고, 단책短柵으로 익翼을 만들어 영성문欞星門*처럼 했으며, 가운데는 극문戟門**의 의미를 본떠 반수半樹로 색문塞門을 만들어 통행자를 멈추게 했다. 당 밖에는 노대露臺를

---

* 영성欞星 : 문운文運의 별.
** 극문戟門 : 궁문宮門 또는 삼품三品 이상 되는 높은 관리의 집에 창[戟]을 세워놓은 문.

만들어 동서로 10계단씩 올라가게 하였으니 모두 불교나 도교와는 제도를 다르게 했다. 당 내에는 후영後楹을 나누어 신좌神座로 하고, 왕자王者의 상을 빚어서 면류관冕旒冠의 술을 드리우고 규圭를 꽂았으며, 그 신주에는 '지성선사공자신위至聖先師孔子神位'라고 적었다. 좌우에 안자·증자·자사·맹자의 신위를 배향하였으나, 십철十哲과 제현諸賢의 신주는 배설하지 않았다. 또 학교의 제도는 아직 갖추지 못했다. 비록 그렇지만 군자의 일을 거행함에 처음에는 규모를 정하고 이어서 반드시 그 아름다움과 훌륭함을 구해야 한다. 오늘 사당이 이루어졌으니 사당으로 인하여 그것을 확대하여 학교를 만든다면 비용이 많이 들지 않아도 체제가 대략 갖추어질 것이다.[13]

이 기문은 1683년 9월 1일에 유구 상정왕의 책봉정사로 유구에 온 왕즙이 쓴 것이다. '강희 12년(1673)에 창시'했다는 것은 공사가 시작되었음을 말하는 듯하다. 공자를 소왕素王으로 받들어 면류관을 드리웠다고 한 것에 대해서는 『광원잡지曠園雜志』*에도 말하고 있다. 즉, '유구국 지성묘가 구메무라에 있는데, 신좌神座에 왕자상을 빚어서 면류관 술을 드리우고 규圭를 꽂았다. 그 신주에는 '지성선사공자신위'라고 적혀 있다. 좌우에 네 사람이 차례로 섰고 각각 손에 한 권씩 든 책은 『시경』·『서경』·『역경』·『춘추』이다.'[14]라고 하였다.

사배四配[안자·자사·증자·맹자]만 배향하고 십철과 제현의 신주를 배설하지 않은 것은 소설위小設位에 해당한다. 학교 제도가 아직 갖추어지지 않았다는 것은 명륜당이 건립되지 않았음을 지적한 말이

* 『광원잡지曠園雜志』: 오吳나라 진염陳琰이 편찬한 책.

다. 그러므로 왕즙도 사당이 이루어졌으니 이로 인해 학교를 만드는 것은 쉬울 것이라며 재촉하고 있다. 불교와 도교와는 제도를 다르게 했다는 언급도 눈에 띈다. 다음 글은 왕즙과 함께 유구 책봉부사로 온 임린창의 기문이다.[15]

유구 책봉의 명을 받고 항석亢石에서 돛을 올리니 하늘 높이 부는 바람이 남쪽에서 불어와 3일이 안 되어 그 나라에 도착하여 사절로서 머물렀다. 통사관이 옛일을 말하며 공자묘와 천비궁 배알을 청했다. 내 생각에 천비궁은 바다 길에서 두루 신령함을 드러내므로 유구에서 제사지낸 것이 오래되었다. 그러나 우리 공부자의 사당은 수년간 왕래하면서도 유구에서 제사지낸다는 것을 듣지 못했다. 이에 여러 대부에게 나아가 그에 대해 물었더니 모두 무릎을 꿇고 말하기를, "공자묘 건립은 강희 8년(1669)부터 시작되었습니다. 저희들이 중국에 입공하여 학궁이 우뚝하며 천하에 가득 펼쳐져 있음을 보고 우러러 사모하고 감동하였습니다. 귀국하여 왕 앞에서 그에 대해 진술하고 사용될 목재를 계산하여 공인에게 명령하니 사당이 이루어졌습니다." 내가 그 말을 듣고 숙연히 일어나 공경히 재계齋戒하고 배알했다. 사당에 이르러 보니 건물이 크고 성대하며 아름다움을 갖추었고, 단청과 보불문양이 화려했다. 황홀해하며 당에 올라 느긋하시고 평화로우신 모습[16]을 친견하였다. 둘러싸고 있는 담은 벽돌처럼 단단하고, 순거筍簴[악기를 다는 틀]가 늘어서 있어 실室에 들어가서 금석사죽金石絲竹의 소리를 듣는 듯했다. 비록 경전을 강의하고 학문을 익히는 학당은 아직 갖추어지지 않았지만 규제規制가 넓어 중국과 더불어 거의 다름이 없었다. 무릇 우리 부자께서

는 춘추시대 이후로부터 중국에서 성인으로 숭배하여 제사를 지낸
것이 삼천년이나 되었지만 외이外夷가 제사지낸다는 것은 듣지 못했
다. 지금 유구에서 하루아침에 그 일을 먼저 하니 아, 위대하다.[17]

　책봉부사로 유구에 온 임린창은 위의 기문을 1683년 가을 15일
에 썼다고 적고 있다. 임린창의 기문에서 확인할 수 있는 내용은, 먼
저 유구가 도교사당인 천비궁에서 제사를 지낸 것이 오래되었다는
점이다. 그러나 유구에 공자묘가 있다는 사실은 알지 못했다고 하니
아마도 이들 책봉사가 오기 전까지는 유구 공자묘 건립이 중국에는
알려지지 않은 듯하다. 그리고 유구에서 공자묘를 짓게 된 계기는 중
국 입공 시 공자묘를 보고 감동받았기 때문이라는 유구 선비의 언급
을 적고 있다. 이는 유구 선비, 특히 구메무라 선비들이 공자의 사상
을 받아들이고 있었다는 의미이다. 그러므로 중국의 학궁을 보고 감
동을 받았으며 공자의 초상화를 가져온 것이다. 임린창이 묘사한 유
구 공자묘는 건물이 크고 성대하며 단청과 보불문양이 화려하고 아
름답다. 그러나 아직 명륜당이 건립되지 않았음을 지적하고 있다.

현 공자묘 입구. 오키나와 나하시

2 최초의 학교 명륜당 건립

명륜당 이전의 교육기관

명륜당은 유가사상과 문화의 진수眞髓를 전하는 곳이다. '명륜明倫'이란 인간사회의 윤리를 밝힌다는 뜻으로『맹자』「등문공」에서 유래하였다. 등나라 문공이 정치에 대해 묻자 맹자는 먼저 공평한 토지제도와 조세제도를 실시하여 백성들의 생업을 안정시키고, 이후 학교제도를 정비하여 인간다운 가치를 추구하도록 교육해야 한다고 답했다. 즉, 하·은·주 삼대三代에 지방의 학교는 각각 서로 다른 이름을 사용하였는데, 하나라는 교校, 은나라는 서序, 주나라는 상庠이라 했다. 그러나 수도首都에 있는 국학인 학學은 하·은·주 삼대가 공통으로 사용했다. 또한 이 삼대는 지방의 학교든 서울의 학교든 모두 인륜을 밝히는 데 그 목적이 있다고 하였다.[18]

즉, 명륜당은 중국의 학교기관에 연원을 두고 있다. 중국에서는 유교를 국교화한 이래 각지에 학궁을 세워 공자에게 제사를 지내고, 그 대전을 명륜당이라 했다. 이에 대해서는 청나라 학자 왕즙과 서보광徐葆光*의 기문에서 확인할 수 있다. 먼저 1683년 책봉정사로 유구에 온 왕즙은 "주州와 현縣으로부터 모두 학궁을 세우고 우리 공자의 묘사廟祀를 지냈으니 비로소 천하에 두루 하였다. 그러나 학궁 이외에서는 이른바 공자의 사당은 없다."[19]라고 하였다. 1719년 책봉부

---

* 서보광徐葆光 : 청나라 관료이자 문인. 1719년 책봉부사로 유구에 갔으며, 1721년
　　『중산전신록中山傳信錄』이라는 견문록을 썼다.

현 공자묘 대성전. 오키나와 나하시

대성전 내부 공자상. 만세사표萬世師表

사로 유구에 온 서보광은 "중국은 공자묘가 없고 모두 학궁이다. 북경에서부터 10개의 직할 성省 · 부府 · 주州 · 현縣에 이르기까지 무려 천백 곳에 학궁을 설치하지 않은 곳이 없다. 학궁 가운데에 당침堂寢을 열고 선사인 공자에게 석전한다. 매년 2번 거행하여 그 스스로 잊지 않음을 드러냈으니 바로 학교를 만든 이유이다. 만약 단지 사당에서 공자 제사만 지낸다면 불교의 사원과 무엇이 다르겠는가."[20]라고 하였다.

한국에서는 태조 7년(1398)에 공자 사당인 성균관 대성전 북쪽에 18칸의 규모로 건립했고, 동서 양쪽에 기숙사인 동재와 서재를 세워 성균관 유생들을 기거하게 했다. 당시 명륜당은 경전에 대한 시험이나 소과 · 대과 등을 시행하는 장소로도 사용되는 등, 많은 학자와 정치인들이 이곳에서 배출되었다.

유구에 명륜당이 창건된 것은 1718년으로 공자묘 옆에 건립되었다. 명륜당이 건립되기 이전 유구의 교육은 주로 천비궁에서 이루어졌다. 천비궁은 항해 안전의 수호신으로 중국 연해부 중심의 도교신앙 여신인 마조를 모시는 곳이다. 유구에는 구메무라에 상천비궁과 하천비궁이 있으며 15세기 전반에 창건된 것으로만 알려져 있다. 이 천비궁은 오키나와전쟁 때 파괴되었다가 1975년에 복원되었다.

천비궁 한쪽 방에서 7세 이하는 초급 단계로 관화인 중국어와 『소학』 등을 익히고, 7세 이상은 경전 등을 배웠다. 유구는 1676년 문리文理에 정통한 한 사람을 선발하여 강해사講解師로 하고, 구두句讀에 밝은 한 사람을 선발하여 훈고사訓詁師로 하였다. 강담사장講談師匠인 강해사는 사서오경의 뜻을 해석하는 교수직이고, 독서사장讀書師匠인 훈고사는 자구字句의 읽기 및 훈점을 지도하는 교수직이다. 이런 교육 전임직이 이른바 본격적 교육시설인 명륜당이 건립되기 42년 전부터 시행되었다. 이들 강해사와 훈고사는 관생들이 귀국 직후 맡게 되는 직임이기도 했다.[21] 그러나 천비궁에서의 교육은 어디까지나 구메무라 중심이며 공적인 교육시설이라고는 말할 수 없다. 유구에서 공적인 교육시설은 1718년에 건립되는 명륜당이다.

명륜당 창건과 기능

유구 명륜당은 1718년 구메무라의 공자묘 옆에 건립되었으며, 유구 최초의 공적 교육시설이다. 유구 명륜당 창건의 계기는 1683년 상정왕의 책봉사로 유구에 온 왕즙이 학교 설립에 대해 요청한 것이라고 한다.[22] 왕즙은 1683년에 쓴 「유구국신건지성묘기」에서 유구가 공자묘를 건립하여 석전은 행하고 있으나 '학교제도는 갖추지 못했다.(其學校之制, 又未備也.)'라고 지적하였다. 이에 1717년 정순칙 등이 연명으로 건립을 요청했고, 다음 해 건립되었다. 이와 관련하여 유구의 정사正史인 『구양』에는 다음과 같이 기록하고 있다.

> 공자묘 동쪽 땅에 학궁을 세우고, 그 한가운데에 신단神壇을 설치하고 계성왕啟聖王의 신주를 봉안했으며, 그 좌우의 단에 네 성인의 신주를 안치했다. 춘추로 총리당영사總理唐榮司에게 석전의 의례를 행하게 했다.[23]

『구양』의 기록에 의하면, 학궁 가운데 공자의 부친인 숙량흘叔梁紇의 신주를 봉안했다. 숙량흘은 원나라 문종 순치至順 원년인 1330년에 계성왕啟聖王이라는 봉호가 더해졌다.[24] 계성왕 봉안과 관련해서는 정순칙의 「신건계성공사기新建啓聖公祠記」에 자세히 기록되어 있다.

옛날 제왕의 흥기함을 살펴보면 반드시 조고祖考를 교사郊祀의 신에게 배향하여 그 근본을 소중히 했다. 하물며 여러 성인의 특징을 집대성하여 만세의 스승이 된 분이거늘 그 출생의 근원을 존숭하지 않을 수 있겠는가. 황제가 천자의 자리에 올라 천하를 다스림에 교화의 덕이 크게 펼쳐지고 문덕文德의 교화가 먼 곳까지 보급되었다. 그러므로 유구가 비록 후미진 동해 바다에 있으나 사람들은 자못 배움을 알고, 이미 문묘를 세워 춘추로 석전례를 행한다. 오직 이는 이산尼山의 진향振響이며, 실로 추읍郰邑*에서 발원한 것이다. 지금 이미 공자묘가 있으니 계성공을 제사하지 않는다면 이른바 그 근본을 존숭한다는 것을 어떻게 말하겠는가. 나는 이에 같은 장사長史 등의 관리와 논의하여 중국의 예를 원용하여 사당 건립을 요청하였다. 왕께서는 그 청을 윤허하여 곧 내탕금을 내어 장인匠人에게 재료를 준비하라 명하여 공자묘 왼쪽에 사당을 세웠다. 강희 57년(1718) 가을 7월에 기공하여 겨울에 준공을 알렸다. 중설위로 계성공 신주를 그곳에 안치하고, 좌우에 사씨四氏를 배향했다. 모두 중국의 옛 제도를 따랐으며 창조한 것이 아니다. 오직 이는 수원목본水源木本** 하고자 하는 것이며, 이 또한 효를 가르치려는 것이다. 그리고 우리 왕이 성인을 존중하여 반드시 그 태어나게 해주신 분을 거슬러 올라가서 그를 제사지내는 것이니 또한 족히 천년은 될 것이다. 강희

---

* 추읍郰邑 : 공자는 노나라 곡부에서 떨어진 시골인 창평향 추읍에서 태어났다.
** 수원목본水源木本 : 물의 근원과 나무의 뿌리라는 말로 자식이 자신의 근원인 부모를 생각해야 한다는 뜻.

58년(1718) 봄 정월 자금대부 후학 정순칙 씀.[25]

문묘에 배향하는 인물과 숫자는 군현의 격이나 향교의 규모에 따라 대설위大設位, 중설위中設位, 소설위小設位로 구분한다. 대체로 관찰사가 상주하는 부府는 대설위이고, 일반 부府와 군郡은 중설위이며, 현縣은 소설위라고 한다. 대설위는 공자와 안자, 증자, 맹자, 자사 4성인을 배향하고 공자의 수제자 10철과 송나라의 6현을 종향하며 공자문인 72인과 한당漢唐 유학자 22인, 우리나라 18현*을 동서무東西廡에 제사한다. 중설위는 공자를 주향하고 4성인과 10철, 송나라 6현을 전각 내에 봉안하고 우리나라 18현을 동서무에 봉안한다. 소설위는 공자와 4성인 및 송나라 6현을 전내에 배향하고 동국 18현을 동서무에 봉안한다.

정순칙은 위의 글에서 학궁이 모두 중국의 옛 제도를 따랐음을 분명히 했다. 또한 효를 가르치려는 것이라는 점과 유구왕의 성인 존중과 효심을 드러내고자 한 것이라는 점을 강조했다. 1719년에 유구에 온 책봉부사 서보광은 유구 명륜당 건립을 축하하며 다음과 같이 적었다.

대부 정순칙이 공자 사당을 건립한 전말을 쓴 비기碑記에 의하면 강희 13년(1674) 갑인년에 완성했다고 한다. 당시에는 아직 이른바 명륜당은 있지 않았다. 지금 그 사당의 왼쪽을 보면 새로 지은 실室

---

* 우리나라 18현 : 설총, 안유, 김굉필, 조광조, 이황, 이이, 김장생, 김집, 송준길은 동무에 모시고, 최치원, 정몽주, 정여창, 이언적, 김인후, 성혼, 조헌, 송시열, 박세채는 서무에 모셨다.

이 있는데 당의 꾸밈새가 뛰어나다. 상실上室에는 계성공을 봉안했고, 양쪽으로 사성을 배향했다.[26]

이 유구 명륜당의 건립과정이나 내용을 보면 조공국인 중국을 의식하고, 중국적 유가사상을 수용하였음을 알 수 있다. 이는 일본의 교육기관인 번교藩校[한코우]나 사자옥寺子屋[테라코야]과는 다른 역사적 배경이다. 명륜당의 교육체제와 내용에 대해서는 먼저 서보광의 기록에서 엿볼 수 있다.

매년 강해사와 훈고사 두 교원을 두었다. 그 사람에게 풍부한 늠희廩餼*를 제공하고 체모體貌를 높였다. 통사·수재·약수재 등과 같은 사람들이 모두 여기서 배웠다. 매월 강이 있고, 매년 시험이 있다. 육경의 문장과 군주의 계시 16조 등의 글은 무릇 의리를 행하는데 도움이 있는 것이니 모두 새겨서 강명講明하게 했다.[27]

위의 인용에서 강해사[강담사장] 한 사람과 훈고사[독서사장] 한 사람을 교원으로 두었음을 알 수 있다. 그러나 뒤에는 부훈고사副訓詁師[독서중취사장讀書中取師匠] 한 사람을 추가하였다. 이들 세 사람의 교원은 구메무라 사족 중에서 시험으로 선발되기도 하고, 국자감 관생 출신에게 맡겨지기도 했다. 시험은 '과科[과어시科御試]'라고 하며 관리 등용시험의 하나로 1760년부터 구메무라에서 실시되었다. 그리고 3

---

*   늠희廩餼 : 관청에서 공급하는 식량으로 관이 과거시험 준비 중인 자에게 공급한 식사대의 보조금.

년 임기이던 것이 1796년에 5년으로 변경되었다. 5년의 임기를 마치면 도당통사渡唐通事가 되었다.[28]

교과서 및 교육과정은 육경의 문장과 군주의 계시 16조를 배우며, 매월 강이 있고, 매년 시험이 있다는 점을 확인 할 수 있다. 이는 명륜당에서 중고등교육이 이루어졌음을 알 수 있다. 즉, 7세 이하의 초급 단계는 천비궁에서 관화인 중국어와『소학』등을 익히고, 7세 이상은 명륜당에서 경전 등을 배웠다. 서보광의『중산전신록』권5「학學」항목에 '유구 명륜당의 좌우 무廡에는 경서 등의 서적이 쌓여 있다.'[29]라고 한 것으로 보면 당시 명륜당에서 사서오경 등의 경전을 가르쳤다. 다른 측면에서 말하자면 당시 명륜당은 상당량의 도서를 소장한 '유구 최초의 도서관'이라고도 할 수 있다. 그러나 당시 소장했던 전적에 대해서는 현재 확인할 수 없다. 그리고 중국어는 정순칙이 1708년 복주에서 자비로 출판해 가져온『육유연의六諭衍義』가 교과서로 활용되었을 가능성이 높다. 정순칙은 처음 이 책을 자제들의 한어 교과서로 사용하기 위한 목적으로 가져왔다. 다만 이 책이 ①효순부모孝順父母 ②공경장상恭敬長上 ③화목향리和睦鄕里 ④교훈자손敎訓子孫 ⑤각안생리各安生理 ⑥무작비위毋作非爲의 유가윤리를 제시하고 있으므로 이후에는 수신서 혹은 권선서로서 역할을 하게 된다.[30]

유구 명륜당은 사실상 구메무라 자제들의 교육시설이다. 당시 유구의 한학은 주로 이곳에서 담당했기 때문이다. 그러나 수리왕부의 쇄지측鎖之側*이 관할하였으므로 유구왕부의 공식 교육기관이라고 할 수 있다. 그러나 1872년 일본 메이지정부는 유구국을 유구번琉球藩

---

* 쇄지측鎖之側 : 유구 중앙정청에 속한 행정기구.

으로 하고, 중국과의 책봉관계를 중지시켰다. 그리고 1879년 3월 27일 유구처분에 의해 약 450년간 계속되었던 유구국은 일본의 오키나와현이 되었다. 따라서 명륜당도 유구의 수리왕부 쇄지측의 관할에서 오키나와 현청 직접 관리로 변경되었다. 이후 2차 세계대전의 와중인 1944년 10월 10일 나하대공습으로 공자묘와 명륜당은 모두 불탔고, 이어 미군정의 지배를 받으며 공자묘 유적지는 대부분 도로가 되었다. 그 후 '사단법인 구메숭성회久米崇聖會'가 공자묘와 명륜당을 재건하기 위해 다각도로 노력한 결과, 1975년 1월 25일 현재의 위치인 나하시 와카사(若狹)로 옮겨 공자묘와 명륜당 낙성식 및 부흥 후 제1회 석전을 시행하였다. 현재에도 유구 명륜당에서는 『논어』 강좌와 한시 강좌 및 구메무라 역사 관련 공개강좌가 시행되고 있다.

3 공자묘 및 명륜당 건립의 의미

중국적 시스템 도입

유구는 1372년 유구 중산왕 찰도가 명나라 홍무제로부터 국교를 수교하자는 국서를 받고 이때부터 중국에 조공하게 된다. 이는 중화문화, 즉 한자문화권과의 접속이다. 그러나 유구는 섬나라 해양 국가로서 일찍이 도교가 발달하여 도교 사원인 천비궁이 존재했고, 여기서 해상 안전을 기원했다. 또한 13세기 후반 일본 승려들이 유구에 한자와 가나문자를 전하고, 이후에도 일본 오산 계통의 승려들이 유구로 와서 유구의 한문학 성립과 전개에 기여하여 당시 유구는 불교도 강했다.

그러나 17세기 후반부터 수리왕부를 중심으로 '중국화' 정책을 실시하였다.[31] 1674년 공자묘를 창건하고, 1718년 겨울 명륜당이 건립되자 1719년부터 국가적 제례로 석전을 실시한 것도 그 일환이다. 뿐만 아니라, 17세기 후반부터 도당사절渡唐使節의 일원으로 근학인勤學人이라는 이름을 붙인 사람을 청나라에 파견했다. 근학인의 목적은 '독서습례讀書習禮'로 이들은 관료가 아니라 사실상 사비유학생이다. 그러나 이들은 수리왕부의 허가를 받아야만 했으며, 유구는 청나라에게 이들을 '수주지근水主之筋'이라고 보고했다. 이는 '수초水哨[뱃사공]' 즉, 진공선의 승조원이라는 뜻이다. 따라서 이들 근학인은 북경에 가는 사절들과 달리 중국 복건성 복주에 있는 유구관琉球館에만 머물며 외교업무를 보는 존유사절存留使節의 하부조직에 속한다. 이들은 복주에서 어학·의례·의학·역법·풍수지리학 등 다양한 분야를 배우고 귀국한다. 근학인은 유구가 진공進貢할 때는 4명이 가고, 청나라 책봉사를 맞이하는 접공接貢 때에는 8명이 파견된다. 유구왕부에서 근학인들에게 기대한 것은 중국문화를 유구에 도입하는 것이었다.[32]

한편 공식적인 국비유학생인 관생이 있었다. 관생은 유구 찰도왕 43년(1392)에 처음으로 중국 남경과 북경의 국자감에 입학했다. 관생은 상사소왕 8년(1413)까지 약 38명이었는데, 이후 상진왕 5년(1481)까지 중단되었다가 상진왕 5년에 재개되었다. 이 유학생들은 유구 측이 자주적으로 한문화漢文化와 한문학漢文學을 수용하기 위한 것으로서 중요한 의미를 갖지만, 초기 유학생들이 유구의 한문화와 한문학 성립에 어느 정도의 영향을 주었는지는 불분명하다. 이후에도 관생의 파견은 부침을 거듭한다. 그리고 명나라와 청나라 교체기로 혼란하던 때에는 관생의 파견도 오랫동안 단절되었다. 그러다가

1686년 관생제도가 부활되었다. 관생제도의 부활은 1674년 공자묘 창건과 함께 유구의 중국화 추진과 관계가 깊다. 관생은 중국 최고 학부인 북경 국자감에 3년간 머물면서 유학儒學을 중심으로 배우므로 이들은 유가사상으로 무장될 수밖에 없다. 그리고 이들이 유구로 귀국하면 최고 엘리트로서 유구의 학계와 정계에서 활약하게 되므로 이들은 유구에 유교문화를 도입하는 중요한 역할을 맡게 되는 것이다. 물론 관생은 파견할 때에도 집안이 좋은 인재가 선발된다. 이즈음 관생은 4명씩 파견되었다.

유가사상의 수용

유구는 14세기 말부터 관생을 파견했고, 17세기 후반부터는 근학인을 파견하여 중국 문화와 학문을 수입하는 이른바 '중국화'를 시도했다. 그 중심에 있는 것이 유가사상이다. 국비유학생인 관생은 중국 최고 학부인 북경 국자감에 3년간 머물면서 유학儒學를 중심으로 배우므로 이들을 통해 유구에 유가사상이 수입되는 것은 당연할 것이다. 사비유학생에 해당하는 근학인 역시 유구왕부의 허락을 받아야했으므로 아무나 갈 수 없었다. 또한 이들 근학인은 중국 복주에서 어학·의례·의학·역법·풍수지리학 등 다양한 분야를 공부하는데, 특히 의례나 역법 및 풍수지리학 등은 유가사상을 근간으로 하고 있다. 이들은 이후 유구왕부의 핵심 요직에서 일하게 된다. 이런 과정에서 공자묘를 창건하고 명륜당을 건립한 것은 유구 국내에서 본격적으로 유가사상을 수용하고 실천하며 학습한다는 의미가 있다.

앞에서 서술한 것처럼 유구는 1676년부터 구메무라 교육기관에 강해사와 훈고사를 두어 자제들을 교육했다. 강해사는 사서오경의 뜻을 해석하는 교수직이고, 훈고사는 자구字句의 읽기 및 훈점을 지도하는 교수직이다. 이런 교육 전임직이 이른바 본격적 교육시설인 명륜당이 건립되기 42년 전부터 시행되었던 것이다. 이들 강해사와 훈고사는 관생들이 귀국 직후 맡게 되는 직임이기도 했다. 이런 과정이 있었기 때문에 왕과 왕가의 지원 하에 1674년 공자묘가 창건되었고, 1718년 겨울 명륜당이 건립될 수 있었다. 이는 유구가 유가사상을 수용했다는 분명한 증거이다.

1719년에 유구에 온 책봉부사 서보광은 '8월 상정上丁 석전일에 공경대부와 선비들이 모두 백작帛爵을 잡고 온 나라가 기뻐하며 전례典禮를 행하며, 3일간 재숙齋宿한다.'라고 하였다. 그리고 '유구 대부 정순칙의 요청으로 계성공사 · 명륜당 · 유학이라는 세 단어를 큰 나무판에 썼으며, 유구가 불교가 아닌 유교의 나라임을 알았다.'[33]라고 하였다. 서보광의 말처럼, 유구의 공자묘 창건과 명륜당 건립의 의미를 결론적으로 말하면 ①중국적 시스템 도입과 ②유가사상의 수용이다.

4장

유구 유학의 계보와 학통

유구는 1372년 중산왕 찰도가 명나라 홍무제로부터 국교를 수교하자는 국서를 받으면서 동아시아 한자문화권에 편입되었다. 이에 대해 『명사明史』[1]에서는 당시 찰도를 '유구국 중산왕'으로 책봉하고, 왕이라 불렀다고 한다. 이때부터 유구는 명의 책봉국이 된다. 이에 대해 찰도는 동생 태기泰期를 입공入貢 사신으로 하여 공물을 주어 파견했다.

유구 유학儒學의 계보와 학통은 구메무라(久米村) 계보와 수리왕부首里王府 계보로 나눌 수 있다. 구메무라 계보는 유구 본섬인 현재 오키나와 나하시의 구메무라 출신들을 말하는 것이고, 수리왕부 계보는 당시 왕성이 있던 수리의 국학 출신들을 말한다. 그러나 수리계는 그 출발도 늦고, 인적 및 학적으로도 큰 성과를 내지 못해 실상은 구메무라계가 유구의 유학을 대표한다고 해도 과언이 아니다.

또한 구메무라의 유학 계보와 학통에 대해서는 간략하지만 그곳 출신인 정순칙이 「묘학기략廟學紀略」*으로 정리해 놓았으므로 어느 정

---

* 「묘학기략廟學紀略」: 구메무라의 유학 계보와 학통에 대해 개괄적으로 서술한 글.

도 파악할 수 있는 데 반해, 수리왕부의 유학 계보를 정리한 당대 인물의 기록은 현재 없다. 즉, 「묘학기략」은 구메무라 출신의 관료이자 학자인 정순칙이 1706년 11월 18일 저술한 것인데, 당시 그는 중산왕부*의 진공정의대부進貢正議大夫였다.

묘학廟學이란 묘학일체廟學一體를 뜻하고, 이를 다시 풀면, 공자의 위패를 모시는 문묘文廟에서 제사를 올림과 동시에 그 앞에 명륜당을 짓고 공자를 비롯한 성현들을 스승으로 삼아 학문하는 것을 뜻한다. 그러므로 「묘학기략」이란 '유구의 유학에 대해 요약 기록한 역사'라고 할 수 있다.

한편, 오키나와 출신의 한학자이자 역사학자인 마에다 기켄(真栄田義見)에 의하면, 「묘학기략」은 유구에서 유학을 이어받은 도통을 분명하게 한 귀중한 사료이다. 그에 의하면, 정순칙은 1706년 진공사절 마원훈馬元勳을 따라 정의대부로서 북경에 갔다. 귀국길에 공자의 구택을 방문했으며, 공자의 탄생지인 궐리의 공자묘를 예방하고, 자신의 저서 「묘학기략」을 헌상했다. 이는 「묘학기략」이 유구 유학에 대한 확실한 기록이라고 하는 자신감을 갖고 있었기 때문이라는 것이다.[2] 그러므로 이 장에서는 「묘학기략」을 중심으로 구메무라의 유학 계보를 밝히고, 그 외의 자료를 통해 수리왕부의 유학 계보를 규명한다.

매우 중요한 글인데 분량 면에서는 짧은 한 편의 논설문이라 하겠다. 전체 한자 글자 수가 953자이다.

* 중산왕부 : 수리왕부를 통상 중산왕부로 부른다. 통일왕국시대 이전 유구는 남산-중산-북산 즉, 삼산시대였는데 이를 중산왕이 통일하였기 때문이다.

1 명明의 지원으로 시작된 유구 유학

「묘학기략」에 의하면 유구 유학의 시작은 명에서 파견한 36성에서 시작한다. 잠깐 그 내용을 살펴보자.

유구국은 해외 구석진 곳에 있으며, 풍속이 소박하다. 명나라 초기부터 중국과 교통하며 왕의 작위를 받았다. 당시 왕자가 신하와 자제들을 이끌고 처음으로 태학에 들어갔다. 홍무 25년(1392)에 다시 민인閩人 36성을 파견하여 유구에서 가르치게 하였다.[3]

인용문에 의하면, 명나라 초기부터 중국과 교통하였다고 했는데, 이는 앞장에서 서술한 것처럼 1372년 정도를 가리킨다. 이때 유구의 왕자가 신하와 자제들을 이끌고 중국의 태학에 들어갔다고 하지만, 태학생들의 활동에 관한 내용은 찾기 어렵다. 따라서 눈에 띄는 것은 '1392년에 민인 36성'을 명나라가 파견했다는 내용과 이들에게 유구에서 가르치게 했다는 점이다. 물론 이들 36성의 학문적 실력이 그다지 높지 않았다는 견해도 있고, 또 36성이라고 해서 반드시 36성이 아니고 여러 성씨의 민인들이 도래했다는 의미로 파악하기도 한다.

뿐만 아니라 이들이 유구로 이주한 목적에 대해서도, 명나라 황제가 유구와 중국의 교역 편리를 위해 보냈다는 설과 상업이나 그 외의 목적으로 유구에 왔던 사람들이 돌아가지 않고 정주定住해서 마을을 형성하고, 여기에 공적인 목적을 띤 사람들이 더해지면서 점차 발전했다는 설이 있다. 그러나 정순칙은 「묘학기략」 서두에서 이들이 명나라에 의해 파견되었으며, 유구인들에게 가르침을 주기 위해서라고 쓰고 있다. 따라서 이는 어느 정도 타당성이 있다고 보아야 할 것이다. 이때 유구인들은 공자와 유학儒學에 대해 들었을 가능성이 있다. 그러나 이들 민인 36성이 유구에 학문적으로 어떤 영향을 주었는지는 분명하지 않다. 「묘학기략」에서는 유구의 흥학興學에 대해 다음과 같이 말하고 있다.

> 흥학興學의 처음을 살펴보면 으레 중국의 큰 학자를 맞이하여 생도를 가르치게 했으니, 명나라의 모정毛鼎, 증득로曾得魯, 장오관張五官, 양명주楊明州 등 네 선생은 지금까지도 나라 사람들이 그들에 대해 말한다. 무릇 나무에 뿌리가 있듯이 학문에 연원이 있으니, 네 선생의 가르침과 은택이 우리나라에 미치니 밝기가 해와 별과 같다. 지금 기록하지 않으면 뒤에 그들에 대해 전하는 자가 없을 것이다. 네 선생 이전에는 상고할 수가 없다. 그러므로 나 정순칙은 의심 나는 것은 함부로 붓을 대지 않고 또한 믿을 만한 것만 전하고, 의심이 나는 것은 뺐다.[4]

민인 36성 이후 유구에 학문을 일으킨 네 명의 학자는 모정·증득로·장오관·양명주로 모두 명나라 학자이다. 이들은 유구의 상녕왕尙寧王(재위 1589~1620) 집권기인 1603년경에 유구로 왔다. 그중 모정은 1607년에 유구 국적을 취득했다고 『오키나와 일천년사沖繩一千年史』에 적혀 있다. 증득로는 명청 교체기에 유구로 망명했다. 『사령가전糸嶺家傳』*에 의하면, 증득로의 위패가 주가周家에 있다고 한다. 이

---

* 『사령가전糸嶺家傳』: 주·린周藺 두 성씨에 대해 기록하고 있다.

는 아마도 증득로에게 후사가 없어서 주가周家가 그의 저택을 물려받았고, 위패도 차마 외면하지 못한 것이라 한다. 그리고 증득로의 내력에 대해 전하는 것이 없는 것은 청의 책봉을 받는 유구로서 명나라 유신遺臣인 증득로를 드러내기 어려웠을 것이란 추측이 있다.[5] 또 그를 '재능과 지혜가 있고 학문이 넓어 다른 사람의 스승이 되어 많이 가르쳤고, 군주에게 벼슬을 받아 정의대부가 되었다.'라고 하였다. 또한 그는 거북등무덤[귀갑묘龜甲墓]의 시작이라고 일컬어지는 이강어전가伊江御殿家*의 묘를 조영할 때, 풍수를 본 사람이라고도 전해진다.[6]

그리고 이즈음, 유학 중심의 당학唐學 학교가 정동鄭週(1549~1611)에 의해 천비궁 한쪽 방에서 시작되었다. 학교에서는 매월 9번[매 3, 6, 9일] 자금대부 한 사람을 사교司敎로 하여 학습을 감독했다고 한다. 상녕왕의 책봉사인 하자양의 『사유구록』에 '천비신당 오른쪽 한 방은 관제關帝[관우]를 모시고, 왼쪽 방을 구메무라 아동의 책 읽는 곳으로 했다.'라고 기록되어 있다. 학교를 시작했다고 하는 정동 역시 관생 출신으로 장사長史 벼슬을 받고 이 직책을 수행했다. 이와 관련한 내용은 「묘학기략」에도 나온다.

또 구례舊例를 살펴보면, 자금대부 한 사람을 사교司敎로 하여 매 3, 6, 9일에 강당에 모여 여러 생도의 근무 성적을 계찰稽察하고, 겸하여 중국에 왕래하는 공전貢典을 다스리고, 아울러 대례大禮를 돕게 했다. 역대로 오래된 자는 그 성씨를 적은 것이 없다. 지금 고찰할

---

* 이강어전가伊江御殿家 : 상청왕의 7남인 이강왕자伊江王子 조의朝義[상종현尚宗賢]를 원조로 하는 유구왕족. 대대로 이강도伊江島의 안사지두按司地頭를 맡았다.

수 있는 사람은 명나라 만력 연간에 정동이 관생으로 국자감에 들어가서 귀국한 뒤에 장사 벼슬을 받고 이 직책에 뽑힌 것이다.[7]

한편 「묘학기략」에서 정순칙은, '비록 공자의 가르침과 은택이 점점 젖어들었으나 공자의 모습은 볼 수 없었다.'라고 하며 공자묘 건립과 석전에 대해 서술하고 있다.

비록 공자의 가르침과 은택이 점점 젖어들었으나 공자의 모습은 볼 수 없었다. 만력 연간에 자금대부인 채견이 처음 공자의 영정으로 집에서 제사를 지냈다. 바라보면 근엄한 모습에 사람들로 하여금 우러러 사모하여 뒤를 이을 생각을 일으켰다. 그러나 자금대부 김정춘이 집에서 제사하는 것이 성인을 욕되게 하고, 성인을 존숭하고 도를 무겁게 하는 뜻이 아님을 염려하였다. 이에 강희 11년 (1672)에 사당 건립을 청하자 임금이 그 논의를 윤허하였다. 이에 구메무라에 부지를 마련하였다. 강희 13년(1674)이 되어 장인과 재목을 마련하여 며칠 안 걸려서 건립하였다. 다음 해 1675년, 사당에 소상塑像을 안치하고, 또 그다음 해 1676년에 춘추로 석채례를 행했다. 새로 지은 사당이 장대하고 아름다웠으며, 다시 엄숙하게 제물을 갖추니 그 찬란함이 마치 궐리의 사당에 오른 듯, 몸소 그 성대함을 맞이하였다. 처음 창건한 공이 참으로 크도다. 이어서 강희 22년(1683)에 책봉 정사 한림원 검토 왕즙과 부사 내각 중서사인 임린창이 황제가 쓴 '중산세토中山世土'라는 커다란 네 글자를 가지고 와서 우리 왕에게 주었다.[8]

유구에서 석전을 시작한 것은 1612년 이후부터이다. 1610년 구메무라의 총역이며 자금대부인 채견蔡堅이 진공사의 일원으로 북경에 파견되었다. 이때, 채견은 1611년 8월에 왕세자의 관복을 주청하는 사절의 부사로 북경에 간 조선 사신 이수광李睟光을 1612년 정월에 북경 오만관烏蠻館*에서 만나 창화唱和했다. 당시 채견은 산동성 곡부의 공자묘를 참배하고, 공자·안자·증자·자사·맹자의 초상화를 구입하여 귀국했다. 그리고 자신의 향촌인 구메무라 유지들과 의논하여 각자 돈을 내어 구메무라 안의 사대부 집을 돌아가면서 선비들을 모아 제전祭典을 행했다. 이로부터 3년여 만인 1674년에 유구에 공자묘가 창건되었고, 1675년에 소상을 안치했고, 1676년부터 춘추로 석채례를 행했다. 그리고 1683년에 청나라 책봉 정사 왕즙과 부사 임린창이 강희황제가 쓴 '중산세토'라는 커다란 네 글자를 하사했다. 이처럼 유구의 유학은 명나라의 직접 지원에 의해 시작되었다.

2 구메무라 계보와 학통

유구 유학의 시작

정순칙이 「묘학기략」에서 언급한 유자儒者들의 계보와 학통은 사실상 구메무라 사족의 계보와 학통이며, 이는 유구 유학의 계보와 학통이라고 할 수 있다. 앞 절에서 서술한 인물들 모두 구메무라 출신

---

* 　오만관烏蠻館 : 중국 남쪽 지방의 오랑캐인 오만烏蠻의 사신들이 북경에 왔을 때 묵던 관소館所.

이고, 공자묘와 명륜당 역시 구메무라 지역에 있었다. 다음 절에서 수리왕부의 계보를 언급할 예정이지만, 사실상 유구의 유학은 구메무라에서 시작되었고, 중간에 침체되었지만 이후 정책적으로 부활되었으며, 현재까지도 그 명맥을 이어가고 있다. 반면 수리왕부 계보는 매우 미미하다.

앞 절에서 서술한 바와 같이, 유구 유학은 1603년경에 유구로 건너온 네 명의 학자에 의해 시작되었으며, 이는 구메무라 유학 계보의 시작이다. 따라서 이들 네 선생에게서 배운 생도들이 있을 것이고, 이들이 다시 사교司教가 되어 후학들을 지도했을 것이다. 그런데 그들에 대해서는 기록이 없어 알 수 없다. 기록된 인물 중에서 가장 앞선 이는 정동鄭迴이다. 「묘학기략」의 내용을 살펴보자.

역대로 오래된 자는 그 성씨를 적은 것이 없다. 지금 고찰할 수 있는 사람은 명나라 만력 연간에 정동이 관생으로 국자감에 들어가서 귀국한 뒤에 장사 벼슬을 받고 이 직책(司教)에 다시 뽑힌 것이다. 그 뒤에는 채견蔡堅·김정춘金正春·정사선鄭思善·주국준周國俊(주국준은 정의대부로서 자금대부의 직책을 받았다.)이 이어받았다. 왕명좌王明佐·채국기蔡國器·채탁蔡鐸이 뒤를 이었다. 또 살펴보면, 김정춘이 사교司教였을 때, 주국준에게 경학經學의 강해를 명했고, 이어서 왕의 뜻을 받들어 구메무라 안에 머물게 했다. 대부도통사 및 통사 등을 논할 것도 없이 그들 중에 문리에 정통한 한 사람을 뽑아서 강해사로 삼았다. 처음에는 정홍량鄭弘良이 했고, 이어서 증기曾夔(원래 이름은 익益이었는데, 왕세손의 이름을 피하여 개명했다.)·정명량鄭明良·채응서蔡應瑞·채조공蔡肇功·정순칙·양진梁津·왕사장王司章·정사륜鄭

士綸이 차례로 이어서 했다. 또 구두句讀에 밝은 한 사람을 뽑아서 훈고사로 삼았다. 처음에는 정영안鄭永安이 했고, 이어서 정명량·왕가법王可法·채응상蔡應祥·채작蔡灼·정사륜·임겸林謙·양승종梁承宗이 차례로 이어서 했다.[9]

정동은 유구로 이주한 민인 36성 가운데 한 사람인 정의재鄭義才를 시조로 하는 구메무라 명문 정씨 집안에서 태어났다. 자字는 이산利山이다. 17세 때 관비유학생으로 중국 명나라 국자감에 유학했고, 귀국 후 통역 및 외교관으로 활약하며 여러 번 중국에 파견되었다. 그 공적으로 현재 오키나와 의야만시宜野灣市 대사명大謝名의 총지두[촌장]에 임명되어 사명친방謝名親方*이 되었다. 그는 구메무라 당학唐學의 사교司敎로서 유구 유학자 계보에 사실상 제일 처음으로 이름을 올렸다. 한편 그는 1606년 삼사관三司官이 되어 반사츠마 정책을 취했다. 때문에 1609년 사츠마가 유구를 침략했을 때, 상녕왕과 함께 가고시마에 연행되었다. 사츠마는 유구왕 상녕을 비롯하여 100여 명의 유구 중신重臣들에게 충성을 맹세하는 서약서를 쓰게 했지만,[10] 정동은 이 서약서 작성을 거부하여 1611년 9월 19일 참수되었다.

정동을 이어 사교가 된 학자는 채견-김정춘-정사선-주국준-왕명좌-채국기-채탁이다. 채견은 1612년 정월에 북경에서 이수광과

---

* 친방親房 : 유구 신분제도에서 가장 상층부에 해당한다. 유구는 1689년 상정왕 21년에 계도좌를 창설하고 가보를 편집하여 신분제도를 확립했다. 이에 따르면 유구 신분은 대명大名[경卿, 대부大夫]·사士·계지系持[준사분准士分]·무계無系[평민]로 나뉜다. 대명에 왕자, 안사, 친방이 속한다. 정1품에서 종2품을 친방이라고 부른다.(宮里朝光 監修, 『琉球歷史便覽』, 月刊沖繩社, 1987.)

만나 필담하고 창수했던 인물이다. 이수광은 1611년 8월에 왕세자의 관복을 주청하는 사절의 부사로 북경에 갔고, 채견 일행 역시 중국 사절로 1610년 9월에 유구를 떠나 1611년 8월에 북경에 도착했다. 이들 조선과 유구 사신은 다음 해 1월, 북경의 오만관에서 만났다. 그리고 앞장에서 서술한 것처럼 당시 채견은 곡부를 방문하여 공자의 영정을 구입하여 왔고, 이것이 유구에서 공자를 배향한 첫 사례이다.

김정춘(1618~1674, 城間親方)은 1671년 겨울, 구메무라 총역이자 자금대부로서 당시 섭정인 향상현向象賢을 경유하여 상정왕에게 공자묘 건립을 요청했던 인물이다. 그의 건의에 의해 1674년에 공자묘가 창건되었다. 정사선 역시 정의대부를 역임한 인물이다. 채국기(1632~1702)는 1653년 국왕청봉國王請封과 명나라 조정의 칙인반환勅印返還을 위해 중국에 파견되어 청국清国과의 교역을 허락받은 인물이다. 특히 명청 교체기에 중국의 정세를 정확하게 파악하기 어렵게 되자, 명과 청 각각에 대한 문서를 가지고 갔다가 청의 우세를 판단하고 청과의 관계 유지를 추진했다.

채탁(1644~1724)은 『역대보안』과 『중산세보』 등을 편집한 인물이며, 지다백친방志多伯親方이다. 어릴 적 이름은 사덕思德이고, 자는 천장天將이며, 호는 성정聲亭이다. 원래는 양택민梁澤民[수리금성친운상首里金城親雲上]의 장자로 태어났으나 8세 때에 채금蔡錦[도복친운상稻福親雲上]의 양자가 되어 그의 집안을 이었다. 즉 그는 당시 구메무라를 부흥시키기 위한 정책에 의해 채씨 집안의 양자가 되었다. 1663년 20세에 통사가 되었고, 23세 때에 면학勉學을 위해 중국에 건너갔는데 병이 들어 같은 해 귀국했다. 24세에 한자필자漢字筆者가 되었으며, 이후

1691년 신구좌申口座*에 임명되었고, 다음 해 정월 27일 구메무라 총역인 총리당영사에 선발되어 1713년까지 22년간 근무했다.[11]

앞에 인용한 「묘학기략」의 내용을 보면, 당시 학교에서는 경학을 강해했다고 하는데 이는 유가경전일 것이다. 또 문리에 밝은 사람을 강해사로, 구두에 밝은 한 사람을 훈고사로 뽑아 생도들을 가르쳤다. 여기에 종사한 학자들은 모두 구메무라 유학 계보와 학통을 잇는 인물들이다.

구메무라 출신의 유자儒者들

구메무라에서는 명륜당이 건립되기 전, 천비궁 한쪽 방을 강당으로 하는 이른바 당학唐學에서 자제들을 교육했다. 앞 절에서 인용한 「묘학기략」의 내용에 의하면 이 당학에서 처음 강해사가 된 인물은 정홍량이고, 이어서 증기-정명량-채웅서-채조공-정순칙-양진-왕사장-정사륜이 차례로 이어서 했다. 이들은 대개 관생으로 중국 국자감에서 공부하였다.

정홍량鄭弘良(?~?)은 구메무라 정씨의 12대손으로 자금대부이며, 대령친방大嶺親方으로 호는 기교基橋이다. 1678년에 훈고사가 되었고, 이어서 강해사가 되었다. 1696년에는 정의대부로 진공사가 되어 북경에 갔다. 이때 토지군상土地君像[토제군土帝君]을 가지고 귀국하여 이를 대령촌大嶺村[현재 나하시]에 주었고, 대령촌에서는 석당石堂을 세워 봉안했다. 1701년에는 상정왕의 세자인 상순尙純의 스승이 되어 『역경』, 『서경』, 『예기』 등을 진강했다. 또한 뒤에 강해사가 되며, 「묘학

---

* 　신구좌申口座 : 종3품에 해당하는 위계位階.

기략」을 저술한 정순칙의 스승이기도 하다. 1677년에는 「안리교비기安里橋碑記」를 찬했다.[12]

증기曾夔(1645~1705)는 구메무라 증씨의 6세손으로 어릴 적 이름은 가로미加路美였다. 초명은 영태永泰였으나 뒤에 익益으로 고쳤는데, 다시 상익왕尙益王의 이름을 피해 기夔로 고쳤다. 호는 우신虞臣이다. 1663년 19세 때, 채빈蔡彬·주국준과 셋이서 학문 습례를 위해 중국 복건성 복주에 건너가 2년간 머물고 1665년 6월에 귀국했다. 37세 때인 1681년에 장사長史가 되었고, 1686년에 정의대부로 진공했다. 1702년에 자금대부에 올랐다. 시집 『집규당시초執圭堂詩艸』가 있다.

채조공蔡肇功(1656~1737)은 조력관造曆官이며 시인이다. 칭호는 호성친방湖城親方이다. 어릴 적 이름은 사오랑思五郞이며, 호는 소재紹齋이다. 채사명蔡嗣明의 장남으로 구메무라에서 태어났다. 1703년에 정의대부, 1706년에 신구좌, 1721년에 자금대부로 승진했다. 1673년부터 1704년까지 총관·존유통사存留通事·소당선통사小唐船通事·역법학습曆法學習·정의대부 등의 직책으로 5번 청나라를 여행했다. 특히 1679년부터 3년 반 동안 중국 복건성에 머물면서 역법을 배우고, 귀국 후 『대청시헌력大淸時憲曆』(중국 청대의 정식 력曆)을 처음으로 인쇄해서 유구에 널리 알렸다. 시집으로 『한창기사寒窓紀事』가 있다.[13]

「묘학기략」의 작자이기도 한 정순칙에 대해서는 7장에 서술하였으므로 이를 참고하면 될 것이다. 다시 「묘학기략」의 내용을 살펴보자.

강희 22년(1683) 책봉사 왕즙과 임린창이 우리나라 관생이 국학에 입학하여 동문同文의 문화를 배우게 할 것을 주청하자 왕은 이에 양성즙梁成楫·완유신阮維新·채문부蔡文溥를 보내었다. 뜻을 받들고 귀국한 뒤에는 곧 강해사, 훈고사로 임명하였는데 세 사람이 차례로 하였다. 그 뒤 또 정순성程順性·주신명周新命이 강해사가 되었고, 채문한蔡文漢·채온蔡溫·진기상陳其湘·채적蔡績·양천기梁天驥가 훈고사가 되었다.[14]

청나라 책봉사의 주청으로 중국 국자감에서 유학하고 돌아와 강해사와 훈고사로 구메무라 유학 계보를 이은 양성즙·완유신·채문부 세 사람 역시 구메무라 출신이다. 이 중 채문부(1671~1745)의 어릴 적 이름은 백세百歲, 자는 천장天章, 호는 여정如亭이다. 채응서의 장남으로 구메무라에서 태어났다. 1686년 16세 때, 양성즙·정병균·완유신 세 사람과 함께 관생으로 11월 14일 진공선을 타고 나하에서 출발했다. 게라마(慶良間)에서 바람을 기다려 17일에 출항했다가 18일에 구메지마(久米島) 남쪽에서 광풍을 만나 배의 돛대가 넘어져 정병균이 죽었다. 위의 인용문에서 세 사람만 거론한 것은 정병균이 이때 죽어 중국에 가지 못했기 때문이다. 풍파로 죽을 고비를 넘긴 나머지 세 사람은 1688년 11월 7일, 국자감에 입감하여 4년간 배우고 귀국하여 강해사 겸 훈고사가 되었다.

채문부는 24세부터 26세까지 왕부에서 사서四書와 『시경』, 『통감』을 진강했다. 29세 때에는 접공존유통사가 되어 다시 복건성 복주에 3년간 머물렀고, 귀국한 뒤 왕부에서 사서와 당시唐詩를 진강했는데, 34세에 병으로 사임했다. 중국 책봉사 서보광은 채문부를 유구 제일의 천재라고 칭송했다. 46세에 정의대부가 되고, 50세에는 자금대부가 되었으며, 칭호는 축령친방祝嶺親方이다. 채문부는 당호를 사본당四本堂이라하고 『사본당시문집四本堂詩文集』을 남겼다. 65세 때에는 『사본당가례四本堂家禮』를 편집하기도 했다.

주신명周新命(1666~1716)은 주씨 3세世로 목취진친운상目取眞親雲上이다. 어릴 적 이름은 진우眞牛, 자는 희신熙臣이다. 1677년에 약수재若秀才*가 되었으며, 그다음 해에는 가독家督을 이어 대리간절大里間切** 목취진지두직目取眞地頭職이 되었다. 1681년에 수재秀才가 되고, 1687년에는 22세로 통사에 승진, 다음 해에는 독서와 습례를 위해 복주에 갈 것을 허락받아 7년간 머무르고 1695년 30세에 귀국했다. 1707년에는 왕세손 상익에게 사서와 『시경』을 진강했는데 상익이 즉위한 뒤에도 계속되었다. 1701년 36세에는 도통사에, 1710년에는 중의대부, 1711년에는 다시 구메무라 강해사에 등용되었으며, 1713년 48세에는 정의대부가 되었다. 시집으로 『취운루시전翠雲樓詩箋』이 있다.

그 외, 위에 언급된 많은 학자들이 있지만 여기서 모두 서술할 수는 없으므로 대표적인 인물들만 거론하였다. 그렇지만 빠뜨릴 수 없는 인물이 채온蔡溫인데, 채온에 대해서는 8장에서 서술하였다.

---

* 약수재若秀才 : 구메무라의 자제들은 성인식을 하기 전인 12세경부터 약수재(와카슈사이)라고 하여 연봉이 지급되었다. 이는 수리의 자제들에게는 없는 제도로 구메무라가 수리보다 더 왕부의 보호를 받았음을 알 수 있는 대목이다.

** 간절間切[마기리] : 유구 왕국시대의 행정 구분으로 현재의 시市·구區에 해당된다.

3 수리왕부首里王府 계보와 학통

수리왕부의 문교文敎 및 교권敎權 확보

유구에서 유학은 오랫동안 나하의 구메무라에서 독점해왔고, 구메무라는 사실상 유구 유학의 메카였다. 그런데 이런 현상에 균열이 생기기 시작했다. 그 배경은 1632년에 사츠마의 유학자 도마리 조치쿠(泊如竹)가 유구에 와서 일본식 훈독법인 문지점文之點을 전했기 때문이다. 도마리 조치쿠가 전한 문지점의 일본식 읽기는 중국식 읽기를 위주로 하는 구메무라 학습법과 달랐고, 이 방식은 한문 읽기를 쉽게 했다. 그러자 유구왕부에서는 왕부가 있는 수리에도 구메무라의 명륜당과 같은 학교를 세워 왕부의 자제들을 가르치고, 인재를 양성해야만 한다는 분위기가 높았다. 이른바 국학의 설립이다.

원래 문지점은 무로마치시대 말기 고덕승高德僧인 게이안 겐쥬(桂庵玄樹)가 시작한 훈독법이다. 게이안 겐쥬는 이를 제자인 난포 분시(南浦文之)에게 전했고, 난포 분시는 이것을 받아서 문지점이라는 훈독법을 연구했으며, 그의 고제高弟인 도마리 조치쿠에게 전했다. 도마리 조치쿠에 의한 문지점의 보급으로 유구인들은 한문 전적을 일본음으로 읽기 시작했다. 문지점 이전에 유구는 경서를 읽을 때 모두 중국음으로 읽었다. 도마리 조치쿠가 문지점으로 사서四書를 가르치면서 유구에 처음으로 일본식 읽기 이른바 화독和讀이 통용된 것이다. 이후 유구의 한문학 수준은 이전과는 다르게 확대 보급되고 깊어졌다.

하지만 수리에 국학을 설치하기까지는 오랜 시간이 걸린 것으로 보인다. 예컨대, 상경왕尙敬王(재위 1712~1752)이 왕부의 왕자들에게

"젊은이들에게 학문을 시키고 싶은데 그 방법이 없을까. 학교가 설립되기 전까지는 구메무라에서 선생을 초대하여 매월 2회 강담 자리를 마련하고 싶다."라고 했고, 상경왕의 이 말에 따라 수리의 귀족이 강사를 초대해서 강의를 받은 것은 상경왕 38년인 1751년이었다.[15] 이 때는 아직 국학이 설치된 것은 아니고, 단지 수리의 사족 젊은이들에게 본격적으로 학문을 하게 했던 때이다.

한편 구메무라와 수리왕부의 교권教權 및 문권文敎경쟁은 이른바 관생소동官生騷動으로 집약된다. 상온왕尙溫王* 때인 1796년, 채세창蔡世昌**은 구메무라 사람들에 의한 관생의 독점으로 관생의 수준이 저하되는 것을 우려한 상온왕에게 관생 후보자를 육성하기 위한 공설학교公設學校[뒤의 국학] 설치를 건의하였다. 왕은 그의 건의를 받아들여 2년 뒤인 1798년에 채세창을 국사國師로 임명하고, 12월에 표십오인表十五人***에 의한 평의評議로 관생을 구메무라와 수리에서 절반씩 선발함과 함께 공설학교를 설치하는 방침을 내렸다. 그리고 3년 뒤 1월, 구메무라에 그 취지와 함께 이의가 있으면 의견을 제시하라고 하달했

---

* 상온왕尙溫王(1784~1802) : 12세인 1795년에 즉위하여 재위 8년 만에 타계했다. 그러나 그는 1798년에 유구 최고학부인 국학을 목표로 하는 공학교소公學校所를 창건하고, 1801년에 국학으로 개칭했다. 그리고 자필로 「해방양수海邦養秀」라는 편액을 걸었다.

** 채세창蔡世昌(1737~1798) : 1760년 관생으로 중국에 유학했다. 유구의 국학 설립을 건의했고, 『유구과률琉球科律』을 편집했다.

*** 표십오인表十五人 : 최고사법기관인 평정소評定所의 자문기관으로, 섭정과 삼사관 다음 가는 중요한 직책. 각 행정기관의 장관 및 차관급 15인으로 구성되므로 이렇게 이름하였다. 좌장은 어물봉행御物奉行이라고 부르는 경제, 재무 분야의 장관이 맡는다. 나라의 중요한 일과 안건을 평의하여 삼사관과 섭정에게 보고하고, 국왕의 재가를 얻는다.

다. 구메무라에서는 사활이 걸린 긴급한 문제였지만, 갑작스런 일이기도 하고 곧바로 반대할 명분도 없어 심사숙고를 거듭하던 중에 왕부에서는 같은 해 4월 23일 선발시험을 행할 강담사장講談師匠을 제출하라고 거듭 하달했다. 6월에는 강담사장의 임명을 마치는 등, 새로운 제도하에서의 관생 파견 준비를 착착 진행했다.

일이 이렇게 진행되자 같은 해 7월 1일, 구메무라에서는 비로소 도통사 이하 수재秀才의 의견서를 첨부한 「제대부음미서諸大夫吟味書」라는 반대 의견서를 제출하였다. 이로 인해 왕부와 구메무라 간에 교섭이 행해졌지만 타협에 이르지는 못했다. 마침내 같은 달 9일에는 삼사관 명의로 구메무라의 총역 장사에게 왕명에 복종하라고 요구하는 명령서가 하달되었다. 그러자 여기에 반발하는 구메무라 측의 반대운동, 이른바 관생소동이 시작되었다.

구메무라 측은 왕부뿐만 아니라 사츠마에도 문제를 제기하는 한편, 구메무라 출신임에도 불구하고 제도개혁을 건의한 채세창과 정효덕鄭孝德(1735~?, 屋部親方)을 향당의 배신자로 규탄하고, 구메무라에 있던 그들의 집과 가족들을 습격했다. 그러자 같은 해 8월 12일에 평등소平等所[재판소]에서 구메무라의 장사를 소환하여 즉시 소동을 멈추라고 주의를 주었다. 그러나 폭동은 진정되지 않았다. 격노한 왕부에서는 같은 달 14일에 주모자와 관련자들을 체포 구류하였고, 관련된 정부요인을 포함하여 다수의 사람들이 처분되었다. 전하는 말에 의하면, 체포자는 평등소에서 고문을 받았다고 하고, 또 구류자들은 관리가 알아듣지 못하도록 자기들끼리 중국어로 말했다고 한다.

같은 해 9월, 소동의 진압과 함께 상온왕은 임가괴林家槐에게 명하여 「국학훈칙사자유國學訓飭士子諭」를 초안하게 하여 제도개혁이 의

도하는 바를 밝혔다. 그리고 당대의 관생 파견 즈음해서는 구메무라의 요청을 받아들여 관생공官生供*의 절반인 2명을 관생 2명과 함께 구메무라에서 파견하도록 허락해주었다. 이는 소동 후의 인심을 누그러뜨리려는 목적도 있었다. 소동이 진정됨에 따라 관생개혁과 국학설치가 실현되었고, 다양한 인재가 관생에 선발되었지만, 소동으로 인해 김문화金文和 같은 우수한 인재가 연좌되어 죄를 받았고, 채세창도 마음의 병으로 죽는 등, 큰 희생을 치렀다.[16]

관생제도 개혁에 대해 히가시온나 간준(東恩納寬惇)은『식장록植杖錄』에서 이렇게 말했다. '상진과 상청**시대의 비문은 전부 오산 계통의 승려 손에서 이루어졌다. 그 뒤 상경과 상목***시대에는 전부 구메무라 사람의 찬문이다. 그리고 상온****을 중심으로 했던 제3기라고 말해지는 시대에는 전부 수리인에 의해 이루어졌다. 이상의 것을 염두에 두고 생각하면, 구메무라 중심의 학문이 채온과 정순칙 두 인물의 전성시대를 절정으로 하여 쇠퇴하고, 수리에 국학이 창건되어 북경 유학생 4명 중 2명을 수리에서 배출하게 되면서 예문藝文의 중심도 수리로 옮겨갔다는 것이 확인되었다.'[17]

---

* 관생공 : 관생官生에는 부관생副官生이 따라가는데 이를 관생공官生供이라고 한다.

** 상진왕尚眞王(1465~1526)의 재위기간은 1477~1526년, 상청왕尚淸王(1497~1555)의 재위기간은 1527~1555년.

*** 상경왕尚敬王(1700~1751)의 재위기간은 1713~1751년, 상목왕尚穆王(1739~1794)의 재위기간은 1752~1794년.

**** 상온왕尚溫王(1784~1802) : 재위기간은 1795~1802년.

수리왕부 출신의 유자儒者들

수리왕부의 유학은 앞에서 언급한 것처럼 역사가 짧다. 겨우 18세기 말에 가서야 관생을 보냈다. 또한 1879년 일본 메이지정부에 의해 유구처분되면서 유구왕국이 역사에서 완전히 사라진 것을 생각하면 채 100년도 안 되는 기간이다. 뿐만 아니라 유구처분의 소용돌이까지 생각하면 수리왕부에서 차분하게 유학자를 배출한 시기는 더욱 짧을 것이다. 따라서 유자儒者들은 구메무라 출신에 비교할 수 없이 적고, 업적 역시 많지 않다.

수리왕부가 문교文教를 세울 수 있게 된 배경에는 왕부 중심의 학문을 진작하고 인재를 키우고자 했던 상온왕이 있었고, 이 뜻을 받아 수리 출신의 관생 파견을 건의하고 도운 채세창, 정효덕이란 신하가 있었기 때문에 가능했다. 상온왕은 12세인 1795년에 왕위에 올라 19세에 타계하는 불운한 왕이었지만, 불과 8년의 재위로 학문을 진작하고, 국학을 설립하여 인재 등용의 길을 열었다. 그는 즉위 3년 만에 수리에 공학교소를 창건하고, 1801년에 이를 국학으로 개칭했다. 이른바 구메무라에 있던 유구의 교권과 문교를 왕부가 있는 수리로 가져온 것이다. 그는 글씨도 잘 썼다고 하는데, 국학에 걸었던 「해방양수海邦養秀」라는 편액은 그의 글씨이다.

한편 상온왕을 도와 수리의 교권을 확립한 채세창은 구메무라 출신이다. 그는 수리에 국학을 설립하는 것에 비판적 발언을 했던 채온의 가까운 친척이기도 하다. 그는 1758년 상목왕 7년의 관생으로 1782년 진공부사를 거쳐 자금대부에 승진하고 고도친방高島親方이 되었다. 상온의 즉위와 동시에 사실상 국사가 되었다. 그리고 곧바로 왕에게 진언하여 관생제도를 개혁하였고, 자신은 수리에 설립되는 국학의 최초 학사學師에 내정되었는데 그 실현을 보지 못하고 병으로 죽었다. 그러나 채세창의 문하에서 양문봉楊文鳳이라는 학자가 배출되었다.

양문봉(1744~1806)은 수리 적평촌赤平村 출신이다. 1800년 상온왕의 책봉사로 유구에 왔던 청나라 사신 이정원李鼎元*과는 필담하며 시를 창수했고, 이정원으로부터 '유구 제일의 학자(中山第一學者)'라는 칭송을 들었다. 58세 때에 진공사로 가던 도중 대만에 표착했는데, 그곳에서 시재詩才를 인정받아 후의厚意를 받았다. 그리고 이 해에 사츠마에서도 문명을 날렸다. 62세 때에 사츠마를 거쳐 에도로 가던 도중에 병사했다. 시집 『사지당시고四知堂詩稿』가 있다.

양문봉 외에는 마집굉馬執宏 · 모세휘毛世輝 · 마원해馬元楷 · 향화헌向和憲 · 상량현尙良顯 · 향화성向和聲 · 상선모尙宣謨 등의 유자가 있다. 마집굉과 모세휘는 상호왕尙灝王 때에 수리 출신의 관생이었다.

마집굉(1786~1848)은 수리 의보촌儀保村에서 태어났다. 호는 죽서竹西, 용재容齋이다. 1809년에 관생으로 선발되어 1811년에 국자감에 입감하였고, 1816년에 귀국하였다. 귀국 후에는 국학의 관화시문사장官話詩文師匠, 강담사장講談師匠을 역임했다. 1828년에는 왕세자 상육尙育의 강담독상근講談読上勤이 되었다. 1836년에는 일장주취日帳主取에 임명됨과 동시에 대리간절대성지두직大里間切大城地頭職이 되어 풍평친운상豊平親雲上이라고 일컬어졌다. 그 뒤에도 국학봉행国學奉行, 감정봉행勘定奉行, 서지평등학교봉행西之平等學校奉行 등에 제수되었다. 「신조좌아천

---

* 이정원李鼎元(1750~1805) : 청나라 관료이자 문인. 1800년 유구책봉부사로 유구에 갔으며, 사행록 『사유구기使琉球記』를 남겼다.

교비문新造佐阿天橋碑文」과 「수리신건성묘비문首里新建聖廟碑文」을 쓰기도 했다.[18] 수묵화에도 뛰어났다.

모세휘(1787~1830)는 수리 금성촌에서 태어났다. 호는 필산筆山이고, 아사친방我謝親方이다. 1809년 마집굉과 함께 관생으로 중국 북경에서 유학했다. 모세휘는 글씨와 그림에도 뛰어났는데, 그중에서도 특히 난蘭·죽竹·연蓮이 빼어났다. 저서에『모세휘시집毛世輝詩集』이 있으며, 「개조지성교비문改造池城橋碑文」도 썼다. 그 외 향화헌, 상량현, 향화성, 상선모 등은 모두 왕족이다. 향화헌, 상량현, 향화성은 「삼천비森川碑」의 찬자이고, 상선모는 「산북금귀인성감수내력비기山北今歸仁城監守來歷碑記」를 찬했다.

이상의 내용을 정리하면, 유구의 유학은 중국 복건성 민인 36성과 명청 교체기에 유구로 건너온 네 명의 학자에 의해 토대가 마련되었다. 구메무라는 처음 유구로 건너온 민인 36성이 모여 산 곳으로 이른바 유구 한문학의 시발지이다. 네 명의 중국학자도 이곳에 거주했다고 보인다.

유구의 유학 계보와 학통은 둘로 나뉜다. 하나는 구메무라 계보이고 다른 하나는 수리왕부 계보이다. 구메무라 계보는 유구 유학이 시작된 곳일 뿐만 아니라, 양적으로나 질적으로 유구 유학을 대표한다. 공자묘와 명륜당도 이곳에 설립되어 사실상 유구 유학의 메카였다. 그러나 이곳은 중국에서 건너온 사람들과 그 후손들로 형성된 곳이다. 즉, 당학唐學 계보이다. 그러므로 18세기 말, 젊은 상온왕은 왕성王城이 있는 수리에 관생 후보자를 육성하기 위한 국학을 설치하는 내용을 포함한 관생제도개혁을 단행했다. 말할 것도 없이 구메무라

에서는 극심한 저항을 하는 등, 이른바 관생소동을 일으켰다. 관생제
도개혁이 의미하는 것은 구메무라에서 독점하던 문교文教와 교권教權
이 수리로 넘어간다는 뜻이기 때문이다. 그러나 왕의 권위를 당할 수
는 없었다. 이른바 수리왕부의 국학 계보가 성립되는 순간이었다.

　이렇게 해서 1798년, 유구 왕성이 있는 수리에 공학교소가 창건
되었고, 이는 1801년에 국학으로 개칭되었다. 그리고 이곳에 상온왕
자필의 「해방양수」라는 편액이 걸렸다. 이후 수리 출신이 관생으로
파견되면서 수리왕부에 의한 국학 계보의 유학이 성립되었다. 이 수
리왕부의 국학 계보에는 왕족도 다수 포함되어 있다. 그러나 이 시
기는 유구 역사의 결과로 보면, 매우 늦었다. 수리에 국학이 설립된
지, 채 100년도 되기 전인 1879년에 일본 메이지정부에 의해 유구처
분 되면서 유구왕국이 역사에서 완전히 사라지기 때문이다. 여기에
유구처분 되기 이전의 소용돌이 상황까지 생각하면 수리의 국학에
서 차분하게 유학자를 기르고 배출한 시기는 더욱 짧다. 따라서 수리
출신의 유학자들은 구메무라 출신보다 적고, 업적 역시 많지 않다.
하지만 왕부가 끝나기 전, 수리에 국학을 설립하고, 수리 출신의 유
학자를 배출하여 왕부의 자존심을 세운 것은 의미가 있다.

2부

유구 한문학의 인물과 사상

조선에 망명한 유구 산남왕 승찰도^{承察度}

한반도와 유구의 외교 관계는 고려 때부터 있었음이 공식 기록에 나온다. 『고려사절요』 공양왕 1년(1389) 8월에 '유구국의 중산왕 찰도가 사신을 보내와서 방문하고 왜적에게 잡혀간 고려인을 돌려보냈다.'는 기사가 있고, 『조선왕조실록』 태조 1년(1392) 8월 18일 기사에도 '유구국 중산왕이 사신을 보내어 조회하였다.'라는 내용이 있다. 조선과의 관계는 이후에도 이어져 조선전기에 유구에서 조선에 사절을 보낸 것만 46회나 된다. 물론 조선도 유구에 사절을 보냈다. 조선후기에도 직접 교류와 북경을 통한 우회 외교 등 두 나라의 관계는 조선조 말기까지 이어졌다.

공식적인 기록 외에 설로 전하는 두 나라의 관계와 비중도 적지 않다. 먼저 고려 삼별초가 김통정의 지휘 하에 제주도로 피신하여 항전을 이어가다가 1273년 여원麗元연합군의 공격에 완전히 진압되었다고 하지만 잔존 세력이 유구로 건너가 왕국을 세웠거나 유구왕국 건설에 영향을 주었다는 주장이 끊임없이 제기되고 있다. 또 하나의 설은, 허균의 『홍길동전』에 나오는 홍길동이 실존 인물이며, 홍길동 집단이 관군에 쫓겨 달아난 곳이 유구라는 것이다. 실제로 유구의 부

속섬인 야에야마제도(八重山諸島)의 정치·경제·교육·교통의 중심
지 이시가키섬(石垣島) 오하마마을(大浜村)에 '오야케 아카하치(遠弥
計赤蜂)'라는 인물의 동상과 기념비가 있는데, 이것이 홍길동과 관련
있다는 주장이 있다. 물론 이 두 설을 뒷받침하는 분명하고도 불가역
적인 문헌 자료는 없지만, 제주와 유구의 다양한 문화와 풍습 등을
비교 연구한 논문과 보고서 및 다큐 프로그램을 통해서 이 설은 거
의 정설로 받아들여지고 있는 실정이다.[1]

또 '계유년에 고려 기와 장인이 만들었다(계유년고려와장조癸酉年高
麗瓦匠造).'라는 문구가 적힌 기와가 유구 우라소에성에서 발견된 것[2]
에서도 두 설은 정설이 되어가고 있다. 물론 여기 적힌 '계유년'은 정
확하지 않아, 삼별초가 멸망했던 1273년이라는 설, 1333년이라는 설,
1393년이라는 설이 존재한다. 뿐만 아니라 '유구 왕세자가 조선에서
살해되었다.'라는 설과 이를 문학에 담은 김려金鑢의 「유구왕세자외
전琉球王世子外傳」도 있다. 그러나 유구 왕세자의 조선 살해설은 연구에
의해 사실이 아님이 밝혀졌다.[3] 이런 공식 비공식 기록과 설은 조선
과 유구가 정치적·외교적·문화적으로 매우 밀접한 관계라는 것을
방증한다.

그런데 아직 해결하지 못했거나 고찰되지 않은 설이 하나 있다.
그것은 '조선에 망명한 유구 산남왕 승찰도承察度'에 관한 것이다. 조
선에 망명했다고 하는 유구 산남왕 승찰도에 관해서는 ①승찰도와
온사도溫沙道가 동일인물인가 다른 사람인가 하는 점이 하나있고, ②
승찰도가 왜 조선에 망명했는가, 라는 문제가 있다. 그리고 ③승찰도
를 따라왔던 사람들은 이후 어떻게 되었는가 하는 점이다. 이는 조선
과 유구의 관계 해명을 위해 매우 중요한 문제라고 생각한다. 아울러

당시 동아시아의 관계사를 엿볼 수 있는 또 다른 열쇠이기도 하다. 그러나 유구 산남왕 승찰도에 관한 자료는 유구(오키나와)와 일본은 물론 중국과 우리나라에도 매우 적다. 그렇지만 존재하는 자료를 최대한 수집하고, 적극적으로 분석하여 '조선에 망명한 유구 산남왕 승찰도'에 대해 규명해보고자 한다.

1 『조선왕조실록』에 기록된 승찰도 관련 기사

조선에 망명한 유구 산남왕 승찰도承察度(1337?~1398?)에 대한 『조선왕조실록』의 기사는 모두 5건이다. 그중 최초의 기사는 태조 3년인 1394년 9월 9일자이다. 관련 기사를 하나씩 살펴보자.

①태조 3년 갑술(1394) 9월 9일 :「유구국 중산왕이 망명한 산남왕의 아들을 보내 달라고 청하다」"유구국의 중산왕 찰도가 사신을 보내서 전문箋文과 예물을 바치고, 피로被擄되었던 남녀 12명을 돌려보내고서, 도망간 산남왕의 아들 승찰도를 돌려보내 달라고 청하였다. 그 나라 세자 무녕武寧도 왕세자에게 글월을 올리고 예물을 바치었다."[4]

위의 기사 제목인「유구국 중산왕이 망명한 산남왕의 아들을 보내 달라고 청하다」는 한국고전번역원의 번역을 그대로 인용한 것이다. 그러나 원문에는 '도逃'라고 되어 있으므로 본문에서는 '도망간'

이라고 필자가 번역을 수정하였다. 그리고 중산왕 찰도*와 산남왕의
아들이라고 표현한 승찰도는 다른 인물이다. 혹 '찰도'라는 같은 이
름에서 오해가 있을까 해서 부기한다. 또 미리 밝히자면 승찰도를 산
남왕의 아들이라고 표현한 것도 문제적인 용어이다.

이덕무의 「유구국세계琉球國世系」에 의하면, 승찰도는 명나라 초기
의 유구 산남왕이며, 명나라에 사신을 보내 조공했다.[5] 물론 이는 중
국 쪽 사료에 근거한 것이다. 이 때문인지 우리나라에 떠도는 설도
'조선에 망명한 유구 산남왕 승찰도'이다. 그런데 앞에 인용한『조선
왕조실록』에 의하면 유구는 승찰도를 산남왕이 아니라 산남왕의 아
들이라고 하였다. 중국 쪽 사료를 인용한 이덕무의 글이 옳다면 중
산국에서는 왜 산남왕의 아들이라고 표현하였을까? 정확히 알 수 없
다. 다만 추측하자면 산남왕보다는 산남왕의 아들이라고 급을 낮추
는 것이 돌려받을 가능성이 높기 때문이라 판단했을 수 있다. 당시
사신이 왔으니 추가적인 설명이 있었을 텐데, 실록에 기록이 없어 더
이상 알 수 없다.

또 하나 중요한 점은 산남국이 아닌 중산왕이 왜 산남국 사람 승
찰도를 돌려보내 달라고 했는가이다. 먼저 생각할 수 있는 것은, 유
구 중산국과 조선은 이미 외교관계가 성립되어 있었으므로 쉽게 소
통할 수 있는 관계였다는 점이다. 유구와 한반도의 관계는 앞에서 거
론하였듯이『고려사절요』공양왕 1년(1389) 8월에 유구국의 중산왕
찰도가 사신을 보내와서 방문하고 왜적에게 잡혀간 고려인을 돌려
보냈다는 기사가 있고,『조선왕조실록』태조 1년(1392) 8월 18일 기

---

* 중산왕 찰도(1321~1395) : 재위기간은 1350~1395년.

사에도 '유구국 중산왕이 사신을 보내어 조회하였다.'라는 내용이 있다. 그러므로 산남국 쪽에서 중산왕에게 부탁하였을 개연성이 있다. 그렇다고 하더라도 이 상황은 산남국 내란과 관련된 일이 분명한데 중산왕이 이 요청을 받아 실행했다는 것은 단순하지 않다. 이에 대해서는 뒤에서 좀 더 고찰할 것이다.

아무튼 1394년 9월 9일 이전에 유구 산남왕 승찰도가 조선에 온 것은 분명한데, 정확히 언제 왔는지는 현재 알 수 없다. 또한 조선왕부가 승찰도가 조선에 온 것을 처음부터 알고 있었는지도 명확하지 않다. 뿐만 아니라 중산왕의 이 요청에 대해 어떻게 처리했는지에 대한 기사도 없다. 그러므로 다음의 기사로 내용을 유추해보자.

②태조 7년 무인(1398) 2월 16일(계사) : 「진양에 우거 중인 유구국 산남왕 온사도가 소속 15인을 거느리고 오니 의복과 양식을 주다」 "유구국의 산남왕 온사도溫沙道가 그 소속 15인을 거느리고 왔다. 온사도가 그 나라의 중산왕에게 축출당하여 우리나라의 진양晉陽에 와서 우거寓居하고 있으므로, 국가에서 해마다 옷과 식량을 주었는데, 이때에 이르러 임금이 나라를 잃고 유리流離하는 것을 불쌍히 여기어 의복과 쌀·콩을 주어 구휼하였다."

위의 기사를 통해 확인되는 내용은 산남왕의 이름이 온사도인 것이다. 그러나 중국과 일본 문헌에 온사도란 명칭은 보이지 않는다. 산남왕 승찰도와 온사도의 정체에 대해서는 다양한 학설이 제시되어 있다. 먼저 이하 후유(伊波普猷)*는 양자를 별개의 인물로 보고 있다.[6] 그러나 히가시온나 간준(東恩納寬惇)**은 양자를 동일인물로 파악하였다.[7] 반면 아사토 스스무(安里進)***는 두 사람을 부자관계라고 주장하였다.[8] 하우봉河宇鳳은 양자를 별개의 인물로 보고 있다.[9] 다음 장에서 중국과 유구 쪽 사료를 살펴보겠지만, 필자는 승찰도와 온사도를 동일인물이라고 판단한다. 즉 히가시온나 간준과 같은 견해이다.

그런데 앞 ②의『조선왕조실록』기사에서는 산남왕을 온사도로 적고 있다. 그렇다면 조선에서는 인용문 ①의 산남왕 아들 승찰도와 온사도를 다르게 보았단 말인가. 일단 온사도는 승찰도의 유구 발음인 '우후사또(承察度, うふさと)'를 음차音借한 것으로 보인다. 이에 앞서 '승찰도'라는 명칭 역시 '우후사또(大里, うふさと)'를 음차한 것이다.

　　승찰도는 '우후사또(大里)'를 음차한 것이다. 산남은 시마지리 우후사또를 거점으로 하여 본섬 남부[시마지리군島尻郡]를 지배했다.[10]

곧, 승찰도는 유구 본섬 남부에 있는 우후사또(大里)를 거점으로 남부의 시마지리군을 지배하는 산남왕이 되었으며, 본인의 명칭을

---

* 　이하 후유(伊波普猷, 1876~1947) : 오키나와 나하 출신. 민속학자이자 언어학자. 오키나와학의 아버지라고 불린다.
** 　히가시온나 간준(東恩納寬惇, 1882~1963) : 오키나와 나하 출신. 일본 역사학자이자 향토사학자이며, 오키나와 역사학자이다. 동경제국대학을 졸업했다.
*** 아사토 스스무(安里進, 1947~) : 오키나와 나하시 수리에서 태어났다. 고고학자이자 역사학자로 오키나와 현립예술대학 명예교수이다.

권력 기반인 우후사또를 음차하여 취했다고 볼 수 있다. 그럼에도 한자 표기를 왜 '승찰도承察度'로 했는지는 여전히 의문이 남는다.

다시 앞에 인용한 『조선왕조실록』 기사로 돌아가 보자. 먼저 '유구국의 산남왕 온사도가 그 소속 15인을 거느리고 왔다.'가 주목된다. 이때 '왔다'는 '진양에서 서울로 왔다.'라고 판단된다. 왜냐하면 그다음 구절 때문이다. 즉, '온사도가 그 나라의 중산왕에게 축출당하여 우리나라의 진양에 와서 우거寓居하고 있었다.' 그러므로 '국가에서 해마다 옷과 식량을 주었는데, 이때에 이르러 임금이 나라를 잃고 유리流離하는 것을 불쌍히 여기어 의복과 쌀·콩을 주어 구휼하였다.' 그러니까 온사도 곧, 승찰도 일행이 우리나라 진양[진주]에 와 있었고, 국가에서 해마다 옷과 식량을 주었는데 '이때' 서울에 온 이들 일행에게 임금이 직접 의복과 쌀·콩을 주어 구휼하였다는 것이다. 곧, 그전까지는 진양[진주] 지방에서 식량과 의복을 공급했고, 바로 이때부터 조선 중앙 정부에서 의복과 식량을 지급한 것으로 보인다. '이때에 이르러(至是)'라는 말이 그런 사정을 함의하고 있다고 유추할 수 있다.

그렇다면 이 온사도 일행은 앞서 1394년에 왔던 일행과 같은가 다른가. '온사도가 그 소속 15인을 거느리고 왔다.'라는 구절에서 온사도가 승찰도와 동일인이 맞다면 이들은 1394년에 왔던 승찰도 일행일 것이다. 그리고 이어지는 다음의 4월 기사에서 태조가 승찰도를 만난다. 따라서 1398년 2월에 승찰도 일행이 진양에서 서울에 왔다고 보는 것이 타당할 것이다. 다른 문제는 산남왕 일행이 애초에 진양에 도착했는지 아니면 다른 곳에 도착했다가 서울로 올라오는 과정에서 진양에 머물렀는지 알 수 없다는 것이다. 또한 이 기사에서는 '중산왕에게 축출당했다.'라고 쓰고 있는데 이 점도 해명해야 할 문제이다. 또 하나는 이때의 산남왕 일행이 1394년에 왔던 일행이라면 중산왕 찰도가 승찰도를 돌려보내 달라고 요청했으나, 조선이 이에 응하지 않은 것이 된다. 이런 이유로 승찰도를 온사도로 바꿔 부른 것은 아닐까? 다만 이 4년 사이에 승찰도에 대한 조선왕실의 대응 기사가 보이지 않아 아쉽다.

　③태조 7년 무인(1398) 4월 16일(임진) :「임금이 조회를 보다. 산
　　남왕 온사도가 조회에 참석하다」"임금이 조회를 보았다. 산남왕
　　온사도 등이 조회하여 뵈었다."

　④태조 7년 무인(1398) 윤 5월 21일(병신) :「산남왕 온사도 등 7인
　　이 조회에 참여하다」"산남왕 온사도 등 7인이 조회에 참여하였
　　다."

　『조선왕조실록』 기사를 근거로 하면, 태조는 산남왕 온사도를 2번 만났다. 온사도가 서울로 올라간 것이다. 진양에서 서울로 완전히 옮긴 것인지, 아니면 왕을 면담하기 위해 일시적으로 올라간 것인지는 분명하지 않지만, 앞에서 서술한 것처럼 2월경에 일행을 거느리고 서울로 간 것으로 판단된다. 이는 1394년 유구 중산왕 찰도가 사신을 보내어 '돌려달라'고 하면서 '승찰도의 조선 망명'에 대한 인식이 분명해져, 그를 서울로 불러올리는 과정이 4년 걸린 것으로 보인다. 그 결과 1398년 2월경에 서울로 왔고, 이어서 4월 16일과 5월 21일 두 차례 태조를 조회한 것으로 판단된다. 서울에서는 어디에 머물

렀는지도 궁금하고, 또한 태조와 어떤 이야기를 나누었는지도 궁금하지만 기록이 없어 알 수 없다. 또 하나는 승찰도를 포함하여 7인이 조회에 참여했는데, 이는 그가 거느리고 왔던 15인 중 6인이 간부급이었다고 볼 수 있다.

⑤ 태조 7년 무인(1398) 10월 15일(정사) : 「산남왕 온사도가 죽다」
"산남왕 온사도가 죽었다."

산남왕 온사도가 1398년 10월 15일 조선에서 죽었다. 사망일이 정확하다고는 단언하기 어려우나 일단 이 기사의 날짜를 받아들일 수밖에 없다. 그리고 온사도, 곧 승찰도는 서울에서 죽었을 것으로 유추된다. 5월 21일 서울에 머물고 있었고, 5개월 뒤, 그의 사망 소식이 짤막하게 실록에 실렸다. 태조를 만날 때, 승찰도는 노령에 건강이 좋지 않았을지도 모르겠다. 이렇게 승찰도에 대한 『조선왕조실록』의 기사는 5건으로 마무리된다. 중간에 어떤 일들이 있었는지 공백이 크다.

그러나 승찰도가 유구에서 가까운 중국이나 대만으로 가지 않고 조선으로 왔다는 점, 조선이 중산왕의 요구에도 불구하고 승찰도 일행을 돌려보내지 않은 점 등을 생각하면, 조선정부는 유구국의 중산뿐만 아니라 남산과도 독자적인 통교를 맺고 있었을 가능성이 있다. 조선과 유구 사이에는 계절풍과 쿠로시오 해류를 이용한 바닷길이 발달해 있었다.

2 『명사明史』에 기록된 승찰도 관련 기사

이 절에서는『명사明史』에 기록된 승찰도 관련 기사를 고찰하여 승찰도가 유구 산남왕이라는 사실과 조선에 망명한 내용을 보완하고자 한다. 그 외에『엄산당별집弇山堂別集』(명明, 왕세정王世貞),『유구국지략琉球國志略』(청淸, 주황周煌),『중산전신록中山傳信錄』(청淸, 서보광徐葆光),『지북우담池北偶談』(청淸, 왕사정王士禎) 등의 문헌에서『명사』의 내용과 다른 부분을 제시하여 승찰도의 문제에 좀 더 다가가고자 한다. 내용을 정리하면 다음과 같다.

> 홍무초. 그 나라에는 3왕이 있으니, 중산·산남·산북이다. 모두 상尙으로 성을 삼았는데, 중산이 가장 강하다. … 홍무 11년(1378) … 유구 산남왕 승찰도 역시 사신을 보내 조공했다. 예물을 중산과 같이 내렸다.[11]

이 기사로 알 수 있는 점은, 명나라 홍무초인 1368년에서 1370년경에 유구는 중산·산남·산북으로 나뉜 삼산시대였고, 이 삼산의 왕들은 모두 '상尙'을 성으로 한다. 그러나 유구 기록으로 보면 유구 통일왕국이 되기 전, 삼산의 왕들은 '상'을 성으로 사용하지 않았다. 이는 이후 계속 인용되는 문헌에서도 확인된다. 유구왕이 '상'씨 성을 사용한 것은 삼산이 통일되어 가던 1400년대 초, 중산의 상파지尙巴志부터이다. '상'씨 성의 사용은 중국식 이름일 것이다. 그리고 위 인용문에서 확인되는 또 하나의 내용은 홍무 11년인 1378년에 산남왕 승찰도가 명나라에 조공했다는 사실과 이때 승찰도는 유구 산남의 왕이었다는 점이다. 당시 유구 삼산의 왕들이 각기 명나라에 조공하였다.

> 홍무 20년(1387) 12월 1일 유구국 산남왕 승찰도가 사신 야사고耶師姑를 보내어 표문을 올리고, 말 30필을 바치고, 새해를 축하했다.[12]

『명사』에는 1387년에도 산남왕 승찰도가 명나라에 조공했다고 기록하고 있다. 이는 1380년, 1383년, 1384년, 1385년의 『명사』 기록과 동일한 맥락이다. 그런데 청나라 주황周煌(1714~1785)이 1759년에 편찬한 『유구국지략琉球國志略』에는 약간 다르게 적혀 있다. 살펴보자.

> 홍무 20년(1387) 중산왕이 아란포亞蘭匏 등을 보내어 방물로 조공하고, 황태자에게 전문箋文을 드리고 말을 바쳤다. 산남왕 승찰도의 숙부 왕영자씨汪英紫氏와 산북왕 파니지帕尼芝 역시 각각 사신을 보내어 조공했다.[13]

이 기사를 보면, 1387년에 산남왕 승찰도의 숙부 왕영자와 산북왕 파니지가 각각 명나라에 사신을 보내어 조공을 바쳤다. 곧, 승찰도의 숙부 왕영자의 등장이 주목된다. 이 문장에 함의된 의미를 생각해보면 명나라에 사신을 보낸 당사자는 '승찰도'가 아니라 '숙부 왕영자'가 된다. 그런데 앞에 인용한 1387년 12월 1일자 『명사』에는 산남왕 승찰도가 사신을 보냈다고 하였다. 그렇다면 『유구국지략』의 내용을 오류로 보아야 할 것인가. 일단은 정사正史인 『명사』의 기록을 따를 수밖에 없지만,『유구국지략』의 내용을 적극적으로 해석한다면, 당시 유구의 산남에서 권력투쟁이 일어나 숙부 왕영자가 권력을 장악하였을 가능성이 있다. 다음의 기사를 보자.

① 홍무 21년(1388) 정월 1일 유구국 산남왕 숙부 왕영자씨와 동생 함녕수函寧壽가 들어와서 새해를 축하하고 공물을 바쳤다.[14]

② 홍무 21년(1388) 정월 9일 유구국 산남왕 숙부 왕영자씨와 왕의 동생 함녕수 및 수행원들에게 백금과 아름다운 무늬의 비단을 내렸다.[15]

위의 두 기사에서 확인할 수 있는 내용은, 1388년 1월에 왕영자가 함녕수와 함께 명나라에 들어갔다는 사실이다. 이 두 사람이 당시 산남의 권력을 장악한 것일까.

홍무 24년(1391) 9월 1일. 고려 권국사權國事 왕요王瑤[공양왕]가 문하찬성사 조준趙俊 등을 보내고, 유구국 산남왕 숙부 왕영자씨가 사신 야사고耶師姑 및 수례급지壽禮給智 등을 보내어 각각 표문을 올리고 말과 방물을 바쳐 천수성절天壽聖節을 축하했다.[16]

1391년 9월에는 왕영자의 명의로 사신을 보내고 있다. 이때까지는 왕영자가 산남의 권력을 장악하고 있었던 것으로 보인다. 그런데 1392년『명사』에는 다시 산남왕 승찰도가 등장한다.

홍무 25년(1392) 유구국 산남왕 승찰도가 사신 남도매南都妹 등을 보내 방물을 바치고, 아울러 조카 삼오랑미三五郎尾와 채관寨官의 아들 실타노미實他盧尾와 하가지賀段志 등을 보내어 국자감에서 독서하게 했다.[17]

그런데 1393년에 또다시 왕영자가 등장한다. 물론 '산남왕의 숙부'라는 단서가 달렸지만, 이『명사』의 기록대로 권력이 유동流動되었다면 매우 혼란스러운 정국이다.

① 홍무 26년(1393) 5월 26일 유구국 산남왕 숙부 왕영자씨가 사신 불리결치不里結致를 보내어 조회하고 말과 방물을 바쳤다.[18]

② 홍무 27년(1394) 정월 25일 유구국 중산왕 찰도와 산남왕 승찰도가 사신 아란포亞蘭匏 등을 보내어 표문을 올리고, 말 90여 필과 유황, 소목, 호초 등의 방물을 바쳤다.[19]

③ 홍무 28년(1395) 정월 29일 이 달에 유구국 산남왕 숙부 왕영자씨가 사신 야사고 등을 보내고, 중산왕 찰도가 아란포 등을 보내어 각각 방물을 바쳤다. 말은 모두 36필이고, 유황은 모두 4천 근이다.[20]

①의 1393년에는 왕영자의 명의로 사신을 보냈으나 ②의 1394년 정월에는 다시 승찰도의 명의로 사신을 보낸다. 그리고 ③1395년 정월에는 또다시 왕영자의 명의로 사신을 보낸다. 유구 중산왕이 조선

에 승찰도를 돌려달라고 한 것은 1394년 9월 9일이었다. 이 기사 내용을 토대로 유추하면 승찰도는 1394년 정월 이후에 조선으로 망명했다고 볼 수 있다.

①홍무 29년(1396) 유구 중산왕 찰도가 신하 외곡결치隗谷結致 등을 보내어 표문을 올리고 말 27필과 방물을 바쳤다. 산남왕 승찰도가 사신을 보내어 표문을 올리고, 방물과 말 21필을 바쳤다. 그 숙부 왕영자씨 역시 사신 오의감미결치吳宜堪彌結致 등을 보내어 말 52필과 유황 7천근, 소목 천삼백 근을 바쳤다.[21]

②홍무 29년(1396) 두 왕이 사신을 보내어 방물로 조공하였다. 산북왕 반안지攀安知, 산남왕 승찰도, 산남왕 숙부 왕영자씨 역시 조공을 바쳤다.[22]

위의 ①『명사』와 ②『유구국지략』의 내용 모두 1396년에 산남왕 승찰도의 이름으로 명나라에 조공하면서 동시에 왕영자도 조공하고 있다. 앞의 『조선왕조실록』기사에 의하면 이때 승찰도는 이미 조선에 망명 중이다. 그러므로 이 조공에 승찰도의 이름을 쓴 것은 산남에서 권력 투쟁이 일어났다는 사실을 숨기기 위한 것으로 보인다. 그리고 왕영자도 함께 조공하여 명의 심기를 거스르지 않으면서 자연스럽게 왕영자로 무게중심을 이동하기 위한 수순으로 보인다. 그리고 몇 년 뒤, 승찰도의 죽음을 알린다.

①영락 2년(1404) 2월 중산왕 세자 무녕이 사신을 보내어 부왕의

죽음을 알렸다. … 4월에 산남왕 종제從第 왕응조汪應祖가 역시 사신을 보내어 승찰도의 죽음을 알렸다. 말하기를 "전왕은 아들이 없으므로 응조에게 왕위를 전하고자 하니 조정의 명과 아울러 관대를 내려주시기 바랍니다."라고 했다. 황제가 그에 따라 관리를 보내어 책봉했다.[23]

② 영락 2년(1404) 조칙을 내려 왕응조를 유구국 산남왕에 봉했다. 응조는 죽은 유구 산남왕 승찰도의 종제이다. 승찰도는 아들이 없었으므로 임종시에 응조에게 국사를 섭정하라고 명했다. 나라 사람들을 잘 어루만지고, 해마다 공물을 바쳤으며, 지금 사신 외 국결제陾國結制 등을 보내어 조공하고 방물을 바치고, … 관대와 의복을 내렸다.[24]

명나라 황제가 바뀐 영락 2년(1404) 4월에 산남왕의 종제라고 하는 왕응조가 사신을 보내어 승찰도의 죽음을 알렸다. 이때는 『조선왕조실록』에서 밝힌 승찰도가 죽은 1398년 10월 15일과는 5년이 넘은 때이다. 유구가 이때 사신을 보낸 것은 1396년 조공 이후 명나라 역시 권력 교체기로 어수선했기 때문이며, 유구의 경우도 완전한 안정기가 아니었기 때문이라 유추할 수 있다.

한편 유구 산남의 새로운 왕이라고 하는 승찰도의 종제인 왕응조는 왕영자의 아들이라고 판단된다. 승찰도에게 아들이 없다고 했는데, 이는 거짓일 가능성이 있다. 왜냐하면 '승찰도가 임종시에 왕응조에게 국사를 섭정하라.'라고 했다 하나, 알다시피 승찰도는 1394년 9월 9일 이전에 조선에 망명했고, 1398년 10월 15일 조선에서 죽

었으므로 이런 유언을 할 상황이 아니다. 또한 『조선왕조실록』 1394
년 9월 9일자 기사에는 유구국 중산왕이 '산남왕의 아들'을 보내 달
라고 했다. 아무튼 이런 사실을 아는지 모르는지 명나라는 이 요구
를 받아들여 왕응조를 유구 산남왕으로 책봉했다. 달리 보면, 왕영자
는 어떤 형태로든 권력의 표면에서 물러나고 왕응조가 공식적인 유
구 산남왕이 되었다.

복잡한 이 내용을 정리하면, 1387년 이전에 산남국에서는 국왕
인 승찰도와 숙부인 왕영자 일파 사이에 격렬한 권력투쟁이 있었고,
1387년에 이미 왕영자가 권력을 장악한 것으로 보인다. 그렇지만 명
나라의 눈치를 보지 않을 수 없기에 곧바로 '산남왕 왕영자'라고 하
지 않고, 우선 '산남왕 승찰도의 숙부 왕영자'라고 수위를 낮추어 조
공하였다. 한편 이때 승찰도가 조선으로 망명했을 가능성이 있다. 그
런데 이후의 기사에 '산남왕 승찰도'가 다시 등장한 것은 명나라가
왕영자를 산남왕으로 인정하지 않으므로 내세운 고육책苦肉策이거나,
승찰도의 세력을 완전히 소탕하지 못했기 때문일 수도 있다.

1394년에 조선 태조에게 승찰도의 소환을 요구했던 것도 이런
상황과 관련이 있을 가능성이 있다. 다만 중산왕 찰도의 명의로 조선
에 사신을 보낸 것은, 조선 초기부터 외교 관계를 맺고 있던 중산왕
의 힘을 빌린 것으로 보이면서도, 동시에 왕영자가 중산왕의 힘을 빌
려 승찰도를 축출했을 수도 있다. 또한 이 과정에서 중산이 산남을
실질적으로 지배했을 가능성이 있다. 역사적으로 산남국은 1429년
중산왕 상파지尚巴志에 의해 멸망된다. 그러나 그 이전부터 산남은 오
랫동안 내분이 있었고, 중산의 지배를 받았다는 설이 있다.[25]

3 유구 문헌에 기록된 승찰도 관련 기사

유구의 역사 기록에 의하면 산남왕국은 대리왕통大里王統으로 승찰도承察度(1337?~1396?)-왕영자汪英紫(1388~1402)-왕응조汪応祖 (1403~1413)-타로매他魯每(1415~1429)로 이어진다. 괄호 속의 기간 은 재위기간으로 파악된다. 유구 역사에서도 연대 등이 명확하지 않다. 다만 승찰도가 유구 산남왕국의 초대왕이라는 것은 공통된 의견이다.

승찰도의 거성居城은 도고대리성島尻大里城이다. 1380년에 처음으 로 명나라에 진공했고, 1383년, 1384년, 1385년에도 진공이 계속되 었으며, 1385년에는 명나라 황제로부터 산남왕으로서 도금된 은인銀 印을 하사받았다. 한편 초대 승찰도가 60여 년을 계속 통치했다기보 다는 자손으로 왕좌가 승계되면서도 승찰도로 습명襲名되었을 가능 성이 있다. 이는 유구 산북왕국의 왕을 파니지怕尼芝로 습명하는 것과 같다. 그렇다면 승찰도의 성씨는 왕씨汪氏일 가능성이 높다.[26]

왕영자는 유구 산남국의 2대 왕으로 재위기간은 1388년에서 1402년이며, 거성은 도고대리성이다. 대리왕통大里王統의 2대째 왕 이다. 왕응조는 유구 산남국의 3대 왕으로 재위기간은 1403년에서 1413년이다. 거성은 도고대리성으로 왕영자의 차남이다. 15세기 초 에 풍견성豊見城을 쌓았다. 명나라 남경에 유학한 경험이 있고, 명나라 에서 본 용주龍舟를 만들어 5월 초에 성 아래 강에서 경도競渡를 한 것 이 파룡爬竜의 시작이라는 설이 있다. 1413년에 동생의 영화를 원망한 형 달발기達勃期에 의해 살해되었다.

타로매는 왕응조의 장자長子로 유구 산남국의 4대 왕이자 산남국 최후의 왕이다. 거성은 도고대리성이다. 부친 왕응조가 숙부 달발기에게 살해되자 여러 안사들과 협력하여 달발기를 물리치고 왕위를 계승했다. 1415년에 명나라의 책봉을 받고 산남왕에 즉위했으나, 1429년 중산왕 상파지에게 멸망당했다.[27]

산남국의 역사는 다음과 같이 정리된다.

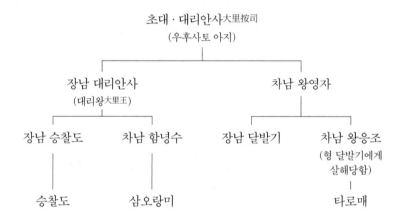

즉, 유구 산남왕통은 대리왕→승찰도→왕영자→왕응조→타로매로 이어진다. 유구 산남국은 아들에게 승찰도라는 이름을 붙이고, 그 아들에게도 승찰도라는 이름을 붙인다. 이처럼 부자간 뿐만 아니라 형제에게도 유사한 이름을 붙이기도 하였다.

유구 산남국은 그 시점은 불분명하지만 왕가가 양분되어 거성을 따로 하였다. 본가는 초대 대리안사의 장남인 대리왕이 사만시糸満市(이토만시)의 '도고대리성島尻大里城(고령성高嶺城이라고도 한다.)'을 근거로 하고, 분가는 차남 왕영자가 남성시南城市의 '도첨대리성島添大里城'을 근거로 하였다. 산남국의 이 두 집안의 권력 투쟁은 2대 왕이 되

타로매의 무덤. 오키나와 이토만시 산전모 아래

는 대리왕의 장남 승찰도가 권력을 이어받으면서 본격화되었다. 즉, 2대 왕의 숙부 왕영자가 조카를 공격했다. 이 과정에서 2대 왕이 사망하고, 그 아들 승찰도가 측근들을 데리고 조선으로 망명하였다. 권력 투쟁에서 승리한 왕영자는 이후 거성을 사만시(이토만시)의 도고 대리성으로 옮긴다.[28]

그러나 이후에도 내분이 끝이지 않는다. 그리고 산남국 마지막 왕 타로매는 중산왕 상파지에게 멸망당하고, 현재 이토만시에 있는 산전모山巓毛라고 하는 작은 산으로 내몰렸다. 산전모 아래에 타로매의 무덤이 있다.

4 승찰도는 삼별초의 후예인가

한반도에 존재하는 승씨承氏

승씨承氏는 중국 천승千乘(산동성 제남도 빈현)에서 시작된 성씨이다. 한국에서 승씨는 연일 승씨延日承氏와 광산 승씨光山承氏, 두 파가 있다. 시조는 고려 10대 왕 정종 때 대장군을 역임한 승개承愷이다. 그는 경상북도 포항시 연일읍에 대대로 살아온 선비의 후손으로 본관을 연일로 하였다. 광산 승씨도 승개의 후손으로 광산에 정착하면서 본관으로 삼았다고 한다. 승개 이후 고려사에 등장하는 인물로는 고려 명종明宗 5년(1175) 형부시랑刑部侍郞 민영모閔令謨에 의해 국자시에 장원壯元으로 합격한 승구원承丘源이 있다.

연일 승씨는 조선시대 문과 급제자 6명, 무과 급제자 3명, 사마시 7명을 배출하였다. 참고로 보면 다음과 같다.

- 고려시대 사마 : 승구원承丘源
- 조선시대 문과 급제자 : 승경항承慶恒 · 승응조承膺祚 · 승이상承履祥 · 승정술承正述 · 승진태承鎭泰 · 승헌조承憲祖
- 조선시대 무과 급제자 : 승만전承萬全 · 승익진承益珍 · 승학承欅
- 조선시대 생원시 합격자 : 승정효承正孝 · 승창조承昌朝
- 조선시대 진사시 합격자 : 승사묵承師默 · 승천일承天一 · 승언륜承彦綸 · 승정조承鼎祚 · 승진복承進福
- 조선시대 음관 : 승진태承鎭泰

집성촌은 ①평안북도 용천군 동하면 법흥동과 ②평안북도 정주

시 고안면 안흥동이다. 인구는 ①1985년 연일 승씨(378가구, 1,506명)＋광산 승씨(141가구, 649명)＝2,155명. ②2000년 연일 승씨(568가구, 1,828명)＋광산 승씨(188가구, 643명)＝2,471명이다. (다음 인터넷, 위키백과)

2015년 통계청 인구조사 결과에 의하면, 광산 승씨는 한국[남한]에 475명이 살고 있다. 광산 승씨의 광산은 전라남도 북서부에 위치한 지명으로 본래 백제의 무진주武珍州인데, 경덕왕 16년(757)에 무주武州로 고쳤다. 진성여왕 때, 견훤이 이곳에 후백제를 세워 도읍을 정하기도 했으나, 940년 고려 태조가 신검神劍을 토벌하고 군현을 정비할 때, 광주光州라고 하였다.

승찰도는 삼별초의 후예인가

승찰도는 광산 승씨로 고려 삼별초의 일원으로 오키나와에 갔던 인물이 아닐까? 역사에 의하면 고려 삼별초의 마지막 잔존 세력은 김통정의 지휘 하에 제주도로 피신하여 항전을 이어갔지만 1273년 여원연합군의 공격에 완전히 진압된다. 그러나 이때 진압되지 않은 잔존 세력이 유구로 건너가 유구왕국을 세웠거나 유구왕국에 영향을 주었다는 주장이 끊임없이 제기되고 있다.

그 한 가지 증거로 제시된 것이 1982년 오키나와 우라소에(浦添)에서 발견된 기와이다. 기와에는 '계유년고려와장조(癸酉年高麗瓦匠造)'라고 적혀 있다. 즉, '계유년에 고려 기와 장인이 만들었다.'라는 뜻이다. 여기서 말하는 계유년은 1273년, 1333년, 1393년 설이 유력하다. 1273년은 이른바 삼별초가 한반도에서 완전히 진압된 해이다.

이때 잔존 세력이 유구로 갔다고 하더라도 바로 중산 우라소에에서 기와를 만들지는 않았을 것이다. 그렇다면 1333년일까? 이는 가능성이 있다. 삼별초 잔존 세력이 유구의 산남, 중산, 산북 어느 지역에 있었든지 간에 이때 중산 우라소에서 기와 만드는 작업을 했을 가능성이 있다. 한편 이 기와는 전라남도 진도군 내면 용장리 용장산에 존재했던 용장산성龍藏山城에서 발견된 기와와 거의 일치한다.

따라서 승찰도는 당시 유구로 건너가 산남 지역에 거주하던 삼별초 잔존 세력 중, 한 사람의 아들이 아닐까 추론해본다. 만약 당시 유구 산남으로 건너간 삼별초 잔존세력이 있었다면, 그들은 그곳에서 일정한 세력을 가졌을 것이고, 무술武術과 축성築城기술 등 뛰어난 문화로 쉽게 권력층을 형성했을 가능성이 있다. 이런 과정을 겪으면서 대리왕은 부친이 쌓아놓은 기반을 바탕으로 산남왕이 될 수도 있었을 것이다. 그러나 대리왕의 장남 승찰도는 숙부 왕영자와 권력 투쟁이 있었고, 왕영자가 중산왕의 도움을 받으면서 세력을 키우자 승찰도는 사망하고 그의 아들 승찰도가 조선으로 망명한 것이 아닐까.

여기서 생각해볼 문제는, 승찰도의 숙부가 왜 왕영자이냐는 것이다. 우리나라 성씨 개념으로 이를 역으로 유추해본다면, ①승찰도는 성과 이름이 아니고 관작명官爵名일 가능성이 있으며, 승찰도의 성씨는 왕씨일 가능성이다. 그리고 이때 생각나는 인물은 승화후承化侯 왕온王溫(?~1271)이다. 승화후 왕온은 고려 현종의 후손으로 1270년에 삼별초에 의해 왕으로 추대되었다. 이후 조정에서 삼별초 명부를 압수하고 해체를 명하였지만, 배중손裵仲孫 장군을 중심으로 끝까지 응하지 않다가 이탈자가 늘어나자 진도로 옮겼으나 1271년 여몽연합군*에게 패하였다. 이때 삼별초의 왕인 승화후 왕온은 몽고장수 홍다구洪茶丘(1244~1291)에게 체포되어 아들 왕환王桓과 함께 처형되었다. 혹시 승찰도는 이 왕온의 후예가 아닐까.

현재까지는 명확하게 말할 수 없지만, 승찰도가 유구에서 가까운 중국이나 대만을 택하지 않고, 조선으로 망명한 것은 윗대로부터 들은 고향에 대한 향수가 어느 정도 영향을 미친 것은 아닐까 유추해본다. 그러나 진양에 도착하여 머문 것에 대해서는 아직까지 어떤 유추도 하기 어렵다.

---

* 몽골은 1271년 11월에 국호를 원元이라 하였다. 그러므로 진도의 삼별초를 진압할 때, 고려와 몽골 군사는 여몽연합군으로 불린다. 이후 탐라의 삼별초를 정벌할 때 부터는 여원연합군이라고 한다.

6장

유구의 천재 화가 자료^{自了}

유구왕국의 천재화가라 불리는 자료^{自了}의 유구 이름은 구스쿠마 세이호우(城間淸豊, 1614~1644)로 자료는 그의 호이다. 어릴 때 이름은 진조眞竃이고, 중국식 이름은 흠가성欽可聖이다. 그는 왕성王城이 있던 수리의 사족인 구스쿠마 세이신(城間淸信, 1598~1638)의 장남으로 태어났으며, 그의 부친은 포첨간절성간浦添間切城間의 지두地頭*였다. 현재로 말하면, 오키나와 포첨시浦添市의 성간城間 · 항천港川 · 옥부조屋富祖 세 지역의 우두머리였다. 그러나 자료는 공식적인 공부를 하지 못했다.

그의 부모는 태어나면서부터 귀가 먹어 말을 하지 못하는 선천적 농아聾啞였던 그에게 학문을 하게 하는 것이 무의미하다고 판단하여 가르치지 않았다. 하지만 그는 스스로 선천적 장애를 극복하고 왕부王府 최고의 화가가 된다. 이는 그의 타고난 영민함과 그림에 대한 천부적 자질로 인한 것이겠지만, 그를 입전한 「중산자료전中山自了

---

* 지두地頭 : 영지를 받은 왕족이나 사족을 일컫는 말. 그러나 일반적으로 지두는 영지가 아닌 수리에 살며, 현지 관리는 지두대地頭代라고 불리는 관인이 맡는다.

傳」을 보면 그의 노력이 더해졌기 때문에 가능한 일이었다. 그런데 이「중산자료전」은 유구인이 아니라 중국학자 진원보陳元輔(1656~?)에 의해 입전되었다.

이 장에서「중산자료전」을 분석하고 화가 자료의 삶을 고찰하는 것은 단지 그의 삶의 이력이 입전자 진원보처럼 필자의 시선을 사로잡았기 때문만은 아니다.「중산자료전」을 분석하는 것은 다음과 같은 몇 가지 점에서 학계와 지성계에 중요한 의미와 가치를 지니기 때문이다.

첫째, 유구의 서화와 서화가에 대한 정보를 제공함으로써 인식의 지평을 넓힐 수 있기 때문이다. 둘째, 조선시대와 다른 유구의 서화가 제도를 간략하나마 이해하고, 비교학적 시각을 가질 수 있다. 예컨대 왕실 서화가의 경우 조선은 대개 그 신분이 중인으로 사족이 아니었으며, 사족신분의 화가는 문인서화가라 부르며 직업적 화가와는 구분했다. 그런데 유구의 화가였던 자료는 사족이다. 또한 그는 문헌이 전하는 한에서 유구 최초의 화가이다. 이런 점에서 조선과 다른 유구의 서화제도를 일별할 수 있다. 셋째, 유구의「전傳」, 특히 화가의 전에 대해 우리 학계에 알려진 것이 거의 없으므로 의미 있는 자료가 될 수 있다. 마지막으로 화가 자료의 작품 또한 독특하고 뛰어나서 한 번쯤 감상할 만한 가치가 있다고 생각하여 그의 작품이 확실하고 유일한「백택지도白澤之圖」에 대해서 간략히 언급하였다.

1 유구의 회사繪師와 패접봉행소貝摺奉行所

유구의 회화는 16세기경부터 시작된다. 유구왕부가 16세기경에 일본 사츠마나 중국으로부터 화법을 도입하고 회사繪師*를 길렀다고 한다. 그 전에는 사실상 공식적인 화가와 회화 작품이 없다고 할 수 있는데, 그렇다고 그 이전에 회화 작품 자체가 없었다는 뜻은 아니다. 예컨대 1492년에 창건된 원각사 불전佛殿 뒤에는 보암선사普菴禪師가 그린 그림이 걸렸다는 기록이 있고, 1498년에는 방생지에 돌다리 석교구란우목石橋勾欄羽目이 건립되었는데 여기에 사자 · 당초唐草 · 봉황 등의 그림이 조각되어 있었다고 한다. 또 「원각선사기비圓覺禪寺記碑」 등의 비석 머리 부분에 역시 봉황의 그림이 음각되어 있었다고 한다. 그러니까 이런 조각을 위해서는 먼저 도안圖案이 있었을 것이고, 이 도안을 그린 사람-화가가 존재했을 것이라는 말이다. 뿐만 아니라 원각사 이전에 존재했던 극락사나 대안선사大安禪寺 등의 창건 때에도 회화가 필요했을 것이므로 남겨진 기록은 없지만 화가가 존재했을 것이며, 중국과의 교역을 통해 16세기 이전에 유구에 회화가 도입되었을 것이라는 합리적 추론이 제기되어 있다.[1] 이러한 추론은 충분히 타당하고 의미도 있다. 다만 이는 어디까지나 추론인 것이고, 또 이때의 화가가 직업 화가였는지 어떤지는 알 수 없다. 어쩌면 탱화를 그리는 승려 화가였을 가능성이 더 높다.

---

*   회사繪師 : 유구는 회사繪師라는 용어를 사용하므로 그대로 회사라고 한다. 다만, 글의 전체적인 맥락에서 설명할 때는 '화가'라는 용어를 사용하고, 유구의 제도에 대해 구체적으로 설명할 때는 '회사'라는 용어를 사용하였다.

패접봉행소貝摺奉行所*는 왕가에 필요한 용품과 중국 황제나 일본의 장군 및 여러 다이묘(大名) 등에게 헌상하는 헌상용과 증답용 등의 칠기를 제작하고 도안하는 일뿐만 아니라, 그 직인職人들을 지도 감독하는 유구왕부의 역소役所였다. 여기서는 제품의 수량과 재료 등에 관한 금전 출납도 관리했다고 한다. 이 패접봉행소에 회사繪師도 속해있었다. 1612년 유구왕부는 보영무친운상保榮茂親雲上**모태운毛泰運을 패접봉행貝摺奉行에 임명했다. 패접봉행은 패접봉행소를 관리 감독하는 행정직이다.

당시 패접봉행소의 체제는 봉행奉行 1명 · 필자筆者 2명 · 패접사貝摺師[주취主取] 2명 · 회사繪師[주취主取 1명, 속관屬官 6명] · 회물사繪物師[주취] 1명 · 마물사磨物師[주취] 1명 · 목지인세두木地引勢頭 1명 · 어즐작御櫛作[주취] 1명 · 삼선타三線打[주취] 1명 · 시교矢矯[주취] 1명이었다.[2] 요컨대 이때는 왕부에 속한 화가가 분명히 존재했음을 알 수 있다.

유구의 화가에 대해 기록된 최초의 것은 1633년 상풍왕尙豊王***의 책봉을 위해 유구에 온 중국 책봉정사 두삼杜三策****에게 국왕이 자료의 그림을 보여주었다는 것이다. 이를 달리 말하면 자료는 유구의 기록에 등장하는 최초의 화가라는 뜻이다. 그러나 화가 자료와 패접봉행소와의 관계는 확인되지 않는다. 이는 그가 패접봉행소에 속

---

* 패접봉행소貝摺奉行所 : 정확히 언제 창설되었는지는 알 수 없다. 다만, 1879년 오키나와현의 설치로 인해 폐지되었고, 그 자리에는 1886년에 오키나와 사범학교가 세워졌다.(나하시 역사박물관 홈페이지)

** 친운상親雲上 : 유구의 상급사족을 일컫는 칭호 중 하나. 유구의 신분은 크게 왕족-상급사족-하급사족-평민으로 나눈다.

*** 상풍왕尙豊王(1621~1640) : 제2 상씨시대의 여덟 번째 왕.

**** 두삼책杜三策 : 명나라 동평인東平人으로 자는 의재毅齋.

하지 않았다는 것을 의미한다. 이 시기 유구의 3대 화가로 꼽는 자료 · 은원량殷元良(1718~1767) · 모장희毛長禧는 모두 패접봉행소와의 관계가 불분명하다. 하지만 자료 이후에는 1645년에 기산희준崎山喜俊 (1626~1687)이 유구에 온 사츠마번의 화가 양뢰청우위문梁瀬淸右衞門에게 화법을 배우고 1648년에 회사繪師의 발령을 받았으며,[3] 1678년에는 석령전막石嶺傳莫이 회사에 임명되었다.

유구의 회화는 중국의 영향이 강하다. 찰도왕 23년(1372)에 명나라 홍무제로부터 국교를 수교하자는 국서가 오고, 이에 찰도왕이 동생 태기泰期에게 공물을 주어 보내면서 처음으로 명나라와 국교가 개시된 후, 1609년 사츠마번의 침공을 받기 전까지 유구는 오랫동안 중국에 조공하면서 그 영향권 아래에 있었다. 사츠마번의 침공을 받은 이후에는 에도막부에 경하慶賀와 사은謝恩으로 사신이 파견되었고, 그런 과정에서 막부나 교토의 공가公家 혹은 사츠마번으로부터 회화 등을 하사받아 일본화를 접할 기회가 있었지만 일본화의 영향은 약했다는 것이 유구 회화 연구자들의 공통된 인식이다. 그 이유로는 유구의 화가들 중 일본화를 배운 화가는 기산희준崎山喜俊 이후에는 없고, 대부분은 중국에 유학하거나 혹은 중국에 유학했던 화가들에게 사사師事했다는 점을 들고 있다. 물론 메이지시대로 가까이 가면 이량개성곤伊良皆盛昆(1777~1848)과 같은 수야파풍狩野派風*의 그림을 그리는 사람도 나온다.

---

* 수야파狩野派 : 일본회화사상 최대 화파로 무로마치시대 중기(15세기)부터 에도시대 말기(19세기)까지 약 400년에 걸쳐 활동했으며, 항상 화단의 중심에 있었던 전문 화가집단이다. 그림의 주제나 수묵기법에서는 중국풍이었지만 표현양식에서는 일본풍이었다.

또 다른 이유로는 당시 일본에서는 자국의 미술품보다도 당물唐物, 즉 중국 미술품을 귀하게 여겼다는 것이다. 에도 중기 이후 쇼군(將軍)이나 공가公家뿐만 아니라 일반 무사부터 상인에 이르기까지 당물에 대한 요구가 많았다. 특히 회화에 있어서는 명청明淸의 서화를 귀하게 여겼다. 심지어 유구의 칠기인데 상자에 '당물唐物…'이라고 적혀 있다는 사료에서 볼 수 있듯이 유구에서 생산된 미술공예품을 '당물'로 유통시킨 경우도 있다.[4] 이런 점 때문인지 유구의 회화는 일본화풍은 거의 없고, 중국풍의 풍속화와 문인화가 많다.

2 「중산자료전中山自了傳」 분석

자료 그림으로 전해지는 「선인도仙人圖」
『유규왕조화琉球王朝華; 미기예美技藝』

입전立傳 동기와 구성

「중산자료전」의 입전자는 유구인이 아닌 청나라 학자 진원보陳元輔(1656~?)이다. 진원보는 중국 복건성 민閩지역에서 태어났으며, 유구의 유명한 학자 정순칙程順則(1663~1734)의 스승이다.[5] 진원보는 1688년 유구의 사신에게서 화가 자료에 대한 이야기를 듣고, 자료가 문장으로 세상에 전해짐이 없음을 한스럽게 여기며, 그 사람의 기이함과 그 일의 특이함을 전하기 위해 입전했다고 한다. 이때는 자료가 죽은 지 44년 뒤의 일이며, 이 때까지 자료에 대한 이야기는 구전으로 전할 뿐, 그를 위한 공식 기록은 없었다.

사마천의 『사기 열전』을 시작점으로 보는 「전傳」문학의 기본 구성은 ①인정기술 ②일화 ③논평의 3단이다. 물론 이는 고정 불변의 정형화는 아니고 시대나 전의 성격에 따라 변화가 있었다. 논평이 본 문격인 일화의 내용을 상회하는 정도로 매우 길어지는 경우도 있고, 논평이 없는 경우도 있다. 「중산자료전」도 큰 틀에서는 이 3단 형식을 갖추고 있다. 조금 특이하다고 할 수 있는 점은 '침산枕山은 말한다(枕山曰).'라는 본 논평 앞에 입전자의 논평이 추가되어 있다는 점이다. 여기에는 입전자의 입전동기도 담고 있다. 예컨대 다음과 같다.

나는 홀로 자료가 문장으로 세상에 전해짐이 없음을 한스럽게 여길 따름이다. 그 아버지가 글 읽는 것을 가르쳤다면 옛 문사文詞와 시가詩歌는 반드시 지나간 현인들의 발자취를 따랐을 것이다. 그렇지 않다면 하늘이 아마도 그에게 나이를 빌려주어 두루 오랫동안 돌아보고 총명이 생겨 반드시 사조詞藻가 볼 만한 것이 없지 않았을 것이다. 강희 무진년(1688) 봄에 내가 머물던 경하瓊河* 고역古驛에서 국사國使인 양본녕梁本寧과 그의 조카[6] 득제得濟가 나에게 이야기해주었다. 나는 그 사람의 기이함, 그 일의 특이함을 듣고 그를 위해 입전한다.[7]

---

* 경하瓊河 : 중국 복주 민강閩江의 지류로 여기에 유구관琉球館이 있었다.

이 인용문은 진원보가 유구의 사신으로부터 화가 자료에 대한 이야기를 듣게 된 시기와 장소를 밝히고 있으며, 그가 입전하게 된 동기를 적고 있다. 동시에 이른바 한 줄 평도 덧붙이고 있는데, 여기에는 '내가[余]'라며 입전자 본인임을 밝히고 있다. 반면 이 인용문에 이어지는 논평 '침산枕山은 말한다.'의 '침산'은 물론 진원보의 호이지만, 여기서는 전문학의 형식에 따른 논평으로 입전자를 객관화하고 있다. 침산의 논평은 다음 절에서 일화를 분석한 뒤에 서술하고자 한다.

「중산자료전」의 일화는 여덟 가지인데 앞의 넷은 천재성을 바탕으로 격물치지를 이루는 이야기이고, ⑤는 서화가로서 자질을 갖추었음에 대한 것이며, ⑥과 ⑦은 서화가로 유명하게 된 이야기이다. 마지막 ⑧의 일화는 그의 죽음에 관한 것이다. 즉 「중산자료전」은 화가로서의 자료만을 조명한 것은 아니고, 아주 특이한 인간 자료를 입전한 것이라고 볼 수 있지만 앞의 일화들은 화가 자료를 조명하기 위한 소품에 해당된다고 보아 최종적으로는 화가 자료에게로 모인다.

화가 자료의 삶과 특징

화가 자료는 태어나면서부터 말을 듣지 못했고 말을 듣지 못하므로 말을 하지 못했다. 그의 집안은 사족이었고 그의 부친은 한 지역을 다스리는 지두地頭였지만 그는 공식적인 배움을 갖지 못했다. 그의 부모가 선천적 농아聾啞였던 그를 폐인으로 여겨 학문을 하게 하는 것이 무의미하다고 판단했기 때문이다. 이런 그에 대해 「중산자료전」에서는 여덟 가지 일화로 그를 묘사하고 있다. 그러므로 여덟

가지 일화를 하나씩 제시하면서 자료의 삶과 특징을 살펴보고자 한
다. 먼저 첫 번째 일화는 그가 여덟 살 때의 일이다.

> ① 여덟 살 때의 일이다. 그가 손으로 하늘의 해를 가리키며 아버지
> 를 향해 묻는 뜻을 나타냈다. 그러나 아버지는 벙어리 아들이 늘
> 그랬다고 여기며 답하지 않았다. 그러자 그는 곧바로 바다와 맞
> 닿은 산꼭대기에 올라가 해가 나오는 곳을 보았는데 새벽에 가
> 서는 저물어서 돌아왔다. 이와 같이하기를 한 달여 동안이나 하
> 더니 문득 손바닥을 치며 크게 웃었다. 마치 무릇 천지가 돌며
> 해와 달이 뜨고 지는 이치를 깨달은 듯 기뻐했다. 이 이후로 한
> 가지 일을 만나거나, 한 가지 사물을 보면 반드시 밤낮으로 골똘
> 히 생각하여 힘써 그 까닭을 얻은 뒤에야 그쳤다.[8]

이 일화는 자신을 폐인으로 취급하며 아무도 가르쳐주지 않자,
스스로 자연의 이치를 터득해가는 과정을 보여주고 있다. 이 일화를
보면 그는 천재가 아니라 탐구가 혹은 철학자라고 할 수 있다. 그는
이른바 격물치지를 잘한다고 하겠다.

> ② 다음과 같은 일화가 있다. 그의 형이 창봉법槍棒法을 배우는데 자
> 료가 그 곁에서 가만히 보면서 그 묘법을 모두 터득했다. 뒤에
> 형이 뜰에서 그 기술을 시험하는데 자료가 그것을 보더니 차갑
> 게 웃었다. 형이 화를 내며 "너는 내가 잘못한 곳이 있다고 여기
> 느냐? 그렇다면 네가 해 보거라."라고 했다. 그러자 자료가 막대
> 기를 가지고 뜰로 내려가더니 휙 돌며 날아 춤을 추는데 마치 용

자료 그림으로 전해지는 「송하삼선도松下
三仙圖」 「유규왕조화; 미기예」

이 움직이는 듯하며 다루는 것이 법에 맞지 않음이 없었다. 그 형이 비로소 부끄러워 굴복하며 감히 말하지 못했다.[9]

두 번째 일화 역시 자료의 격물치지를 통한 깨달음을 보여준다. 창봉법을 관찰만으로 터득한 것이다. 그런데 이 일화에 등장하는 그의 형은 동생의 오류이다. 현재 오키나와의 여러 역사 자료[10]를 보면 그는 장남으로 태어났다. 첫아들인 그가 태어난 날, 집안사람들과 젊은 부모는 매우 기뻐하며 성대한 잔치를 열었으나 곧 그가 소리에 반응하지 못한다는 것을 알고, 특히 그의 부모는 큰 쇼크를 받았다. 그리고 그의 동생이 태어나자 부친은 동생에게 집안의 모든 것을 맡긴다는 결정을 하고, 동생에게 학문·무술·사士로서 갖추어야 할 예능 등을 가르쳤다.

③하루는 마을의 아이들과 산을 올라가다가 양 한 마리를 보고는 높은 바위로 쫓아가다가 아래로 떨어졌는데 죽지 않았다. 자료는 눈동자를 모으고 죽지 않은 이유를 묵상했다. 한참 있다가 홀연히 크게 깨닫고는 마침내 몸을 날려 바위 아래로 떨어졌다. 사

람들이 매우 놀라 반드시 죽었을 것이라 여기며 산을 내려가 보았더니 상처 하나 없었다.[11]

이 일화도 격물치지를 이루었다고 볼 수 있는데, 일화의 서술 기법은 ①과 ②로 진행해가면서 점점 그 층위가 높아지는 점층법을 쓰고 있다. 즉 ①은 해와 달이 뜨고 지는 이치를 눈으로 보는 관찰을 통해서 터득했고, ②는 눈으로 보고 이치를 터득하고는 바로 몸으로 실현해 보였다. ③은 우연히 발생한 경험을 토대로 눈을 감고 깊은 숙고 끝에 터득한 이치이며, 이 이치의 실험은 생사와도 관련되어 주위의 많은 사람들을 놀라게 했다. 강도로 치자면 앞의 ①과 ②와는 비교가 안 되는 것으로 그의 능력이 거의 입신入神의 경지에 이르렀다고 하겠다.

④그의 동생이 이웃사람의 책을 빌려다가 책상 위에 두었다. 자료는 휙휙 넘기며 다 보았다. 동생이 책을 가져가자 자료는 붓을 찾아 빠르게 썼는데 처음부터 끝까지 한 글자도 틀림이 없었다.[12]

네 번째 일화는 그의 부모가 그에게 글을 읽고 쓰는 것을 가르치지 않았는데 그가 스스로 읽고 쓰는 것을 터득했음을 전한다. 이 일화는 자료의 천재적 능력을 보여주는 것이다. 앞의 세 일화도 범상치 않지만 특히 글자를 쓰는 것은 학습에 의해서 가능하다. 그런데 읽고 쓰는 것을 학습하지 않은 그가 한 번 본 것을 한 글자도 틀림이 없이 썼다는 것은 놀라운 기억력과 함께 회화적 기술이 동반되었다고 볼

수 있다. 이는 천재가 아니면 어렵다. 다음의 세 일화는 화가로서의
자료를 묘사하였다.

⑤연못에 가서 글씨 연습하는 것을 좋아했는데 붓이 마치 용과 뱀
    같이 움직였다. 왕희지의 필법을 터득했으며, 도장 새기기를 잘
    했다. 새긴 획은 고졸하고 소박하여 진秦 · 한漢의 기풍이 있었다.
    더욱 단청에 뛰어나 옛사람의 묵적墨蹟을 모방한 것이 거의 같아
    옛 그림 속에 섞어 놓으면 그것을 찾아내는 사람이 없었다. 뒤에
    곧 그림 잘 그리는 것으로 이름이 났다.[13]

이 일화에서 엿볼 수 있는 점은 ㉠서화가로서 성장하기 위한 자
료 스스로의 서화 학습과정 ㉡그러나 그 배경에는 천재성이 담긴 점
㉢왕희지의 필법이 등장한다는 점 ㉣전각 등 서화와 관련한 모든 것
을 잘한다는 점 ㉤자료의 필법은 고졸하고 소박하며 진秦 · 한漢의 기
풍이 있다는 점 ㉥무엇보다도 그림에 가장 뛰어나다는 점이다.
    ㉠에서 말하고자 하는 것은 자료가 천재적이지만은 않고, 천재
도 역시 노력이 곁들여져 완성된다는 점이다. ㉢의 왕희지 필법은 입
전자 진원보가 중국인이므로 중국의 대표적 서화가인 왕희지를 끌
어온 듯하다. 당시 유구에 왕희지 필법이 들어왔는지는 알 수 없다.
또한 ㉤의 경우도 진원보의 평가라고 할 수 있다. 이러한 과정을 거
쳐 자료는 마침내 화가가 되었고, 다음의 일화를 통해 그의 명성은
유구를 거쳐 중국에까지 알려지게 된다.

⑥중산왕이 그의 소문을 듣고 왕궁으로 불러들여 그림을 그리라고

명했다. 산수 · 화죽花竹 · 영모翎毛 등 붓질마다 입신의 경지였다. 왕이 그를 좋아하여 항상 옆에 있게 하고 호를 '자료自了'라고 내렸다.[14]

당시 중산왕은 상풍尚豊이었다. 상풍왕이 내린 아호雅號 '자료自了'라는 단어의 일반적 의미는 '어떤 일을 스스로의 힘으로 끝마침' 혹은 '자기의 힘으로 해냄'이다. 자료의 삶에 비추어 아주 적절한 호라고 판단된다.

⑦ 숭정 연간에 책봉사 두삼책이 중산에 오자 중산왕은 자료의 그림을 내어 제화를 요청했다. 두공杜公은 크게 칭찬하며 그를 고호두와 왕마힐에 견주며 근대近代에 없는 일이라고 하였다. 지금 그의 글씨와 그림이 나라 안에 유전流傳되고 있는데 사람들은 그것을 얻으면 귀중한 보물을 얻은 듯이 여겼다.[15]

이 일화에는 숭정崇禎* 연간이라고 했는데 중국 책봉사 두삼책이 유구에 온 것은 1633년이며, 이때 자료의 나이는 20세였다. 고호두顧虎頭(348~409)는 동진東晉의 유명한 화가 고개지顧愷之이다. 그가 호두虎頭장군이 되었기 때문에 고호두라고도 불린다. 고개지는 회화뿐만 아니라 박학다식하며 시부詩賦에도 뛰어났다. 특히 초상화를 잘 그려 인물화의 대가로 불린다.

왕마힐王摩詰은 당나라 서화가 왕유王維(699년 혹은 701~761추정)이

---

* 숭정崇禎 : 명나라 의종毅宗의 연호로 1628년에서 1644년까지 사용되었다.

다. 그의 자字인 마힐摩詰은 불교 경전 『유마힐경維摩詰經』에서 가져온 것이다. 그는 불학佛學에 정통하였다. 두삼책은 스무 살 청년 화가 자료를 중국 역대 최고의 서화가인 고개지와 왕유에 견주어 칭찬했다. 설혹 평가가 좀 부풀려졌다고 하더라도 대단한 평가이다. 다른 기록에는 두삼책이 "중국에 갖고 가도 뒤지지 않는다. 대단한 그림이다." 라고 했다고 한다.[16] 마지막 일화는 자료의 죽음에 관한 것이다.

⑧나이 18세에 병 없이 죽었다. 장사지낸 지 3일 뒤에 무덤을 열어 보니 시탈尸脫되고 오직 빈 관에는 옷과 신발만 남았으며, 이상한 향기가 감돌며 흩어지지 않았다.[17]

이 일화에도 약간 오류가 있다. 여기에는 자료가 18세에 병 없이 죽었다고 하는데, 자료는 1644년인 31세에 병으로 타계했다. 자료는 20대 후반이 되면서 몸 상태가 나빠져 책상에 엎드려 있는 날이 많았고, 결국 병이 악화되어 타계했다. 다만 구체적인 병명은 알려지지 않았다.[18] 또한 그가 시탈尸脫되었다는 등의 이야기는 자료를 설명하고 있는 현재 오키나와 자료에는 없다. 아마도 입전자 진원보가 신이성神異性을 강조하기 위해 꾸민 장치이거나, 진원보가 입전할 당시에 흘러 다니던 이야기였을 것이다.

자료에 대한 논평 및 평가
먼저 입전자 진원보의 논평을 살펴보자.

침산枕山은 말한다. 사람에게 있어 오관五官*은 그중 하나라도 없어서는 안 된다. 그러나 자료는 홀로 벙어리였으면서 신의 경지에 이르렀으니 깨달음이 어떠하겠는가. 대개 이목구비 중에 오직 입의 해로움이 가장 크다. 자료는 아마도 입을 얻지 못하였지만 마음을 얻었을 것이다. 그렇지 않다면 어찌 세상에 말을 교묘히 잘하는 자는 많고, 마음을 얻은 자는 적겠는가.[19]

유학자인 진원보는 역시 유가적 사유로 평하고 있다. '이목구비 중에 오직 입의 해로움이 가장 크다.'라는 언급에서 정이程頤**의 「사물잠四勿箴·언잠言箴」이 떠오른다. 즉, '사람 마음의 움직임은 말로 인하여 베풀어지니, 말을 할 때에 조급하고 경망함을 금하여야 마음이 고요하고 전일하게 된다. 하물며 말은 추기樞機이므로 전쟁을 일으키기도 하고, 좋은 관계를 만들기도 하니, 길흉영욕은 오직 말이 불러오는 것이다.'[20] 따라서 입-말을 얻지 못한 자료는 대신 마음-깨달음을 얻었고, 그러므로 천재적인 화가가 될 수 있었다는 평가이다. 담박하지만 선천적 농아에서 천재화가로 등극한 자료에 대한 최고의 평가라 할 수 있다. 그러나 역시 천재성 보다는 깨달음-격물치지에 무게를 둔 평가라고 판단된다.

또한 일곱 번째 일화에서 중국 사신 두삼책은 중국 역대 최고의 서화가인 고개지와 왕유에 견주어 칭찬했지만, 최근 유구에서 발간되는 서책에는 자료의 작품이 일본 막부에 헌상된 점을 강조하고 있

---

* 오관五官 : 다섯 가지 감각 기관으로, 눈·코·입·귀·혀·피부를 말한다.
** 정이程頤(1033~1107) : 중국 송나라 도학의 대표적인 학자. 이천선생伊川先生으로 불린다.

다. 즉 1643년 에도에 파견되는 사절의 헌상품으로 유구의 독자적인 직물·칠기 등과 함께 자료의 작품 3폭이 헌상되었는데, 에도로 간 자료의 작품을 본 수야파狩野派의 화가 가노 야스노부(狩野安信)*는 "붓을 놀리는 교묘함은 말로 표현할 수가 없고, 독특한 향기를 내는 대단한 그림이다."라고 절찬했다. 동시에 그는 "그가 우리나라[당시 일본]에 있다면 친구하고 싶다."[21]라고 했다는 언급을 빌려 자료를 평가하고 있다. 이는 책봉사 두삼책의 안목도 평가절하 할 수는 없지만, 일본 최대의 화파 화가 중 한 명인 가노 야스노부의 말로 평가의 전문성을 확보하려 한 것으로 보인다.

「중산자료전」을 조선의 예인전藝人傳과 간단히 비교하면, 조선후기 이전에 창작된 예인전과 유사하다. 무슨 말인가 하면, '조선후기 이전에 창작된 예인전은 예외 없이 입전인물의 예술적 비범성만을 표창하고 있을 따름이고 입전인물의 예술적 고뇌나 예술가로서의 자의식은 전혀 그리고 있지 않은데'[22] 이 자료전도 그렇다. 조선후기의 예인전에서는 하나의 현저한 경향으로서 예술가의 자의식과 그에 따른 갈등이 형상화되고 있는데 자료전에서는 아직 그런 현상이 보이지 않는다. 여기서 말하는 조선후기는 화가 김명국金明國(1600~?)·김홍도金弘道(1745~?)·최북崔北(1712~1786) 등이 활동하던 17세기 이후를 뜻한다. 특히 자료전은 이인전異人傳에서나 볼 수 있는 시탈尸脫의 문제까지 거론하여 리얼리티를 떨어뜨리고 있다.

---

* 가노 야스노부(狩野安信, 1614~1685) : 에도시대 수야파의 화가. 호는 영진永真·목심재牧心齋이며, 가노 다카노부(狩野孝信)의 삼남으로, 가노 탄유(狩野探幽)·가노 나오노부(狩野尚信)의 동생이다.

3 자료의 그림 「백택지도白澤之圖」

현재 자료의 작품으로 분명하게 확인된 것은 「백택지도白澤之圖」한 점뿐이다. 오키나와 전쟁* 전에는 「죽림칠현도竹林七賢圖」「야국청모명마도野菊靑毛名馬圖」「선인도仙人圖」「고사소요도高士逍遙圖」「송하삼선도松下三仙圖」 등이 있었다고 하는데, 전쟁으로 수리와 나하의 옛집에 남아있던 작품이 거의 다 소실되었다고 한다. 오키나와 현립박물관에 현존하는 자료의 작품이라고 전해지는 「이백관폭도李白觀瀑圖」·「고사소요도」 등이나 『유구왕조화琉球王朝華; 미기예美技藝』에서 언급하는 「송하삼선도」·「선인도」 등은 낙관이 없으므로 말 그대로 '자료의 작품으로 전해지는 것'일 뿐, 자료의 작품으로 단정하지 못한다. 따라서 자료의 작품으로 남아 전해지는 분명한 것은 사실상 「백택지도」 한 점뿐이다.

「백택지도白澤圖」『삼재도회집성三才圖會集成』
「조수鳥獸 · 수류獸類」

「백택지도」의 크기는 종80cm 횡35.6cm로 오키나와현 지정문화재이다. 그림 상단 2/3는 그림에 대한 제화이고, 아래 1/3 부분에 백택

자료自了「백택지도白澤之圖」
『유구왕조화; 미기예』

이 그려져 있다. '자료근사自了謹寫'
라는 낙관도 분명하다.

'백택'은 중국 전설상의 인물인
황제黃帝가 천하를 순수하다가 동
해에서 만난 동물로 사자 모양에
사람의 말을 하는 신령한 동물이
다. 이 신수神獸는 눈이 9개로 얼굴
에 3개, 배[胴]에 6개가 있으며, 덕
이 있는 임금이 다스리는 때에 나
타난다고 한다. 또 백택이 나타나
면 재앙이 사라진다고도 한다. 그
러므로 중국을 비롯한 한국·일
본·유구 등 여러 나라에서 묘사하
고 있다. 중국 명청시대에는 관리
의 옷 앞과 등에 덧붙여 관인의 계
급을 표시하는 그림의 하나로 백택
이 사용되었고, 조선시대에는 「백
택기白澤旗」를 사용한 것이 『조선왕조실록』에 나온다.[23] 먼저 『삼재도
회』의 백택 기록을 보자.

동망산에 택수澤獸라는 놈이 있는데 백택이라고도 하며, 말을 할 줄
안다. 왕이 덕과 총명으로 구석구석 멀리까지 비추면 나타난다. 옛
날 황제가 전국을 돌아보다가 동해에 이르러 이 짐승을 만나 말을
했더니 당시 재해가 사라졌다.[24]

자료가 어떤 의미로 「백택지도」를 그렸는지는 알 수 없다. 일반적으로 자신의 시대가 백택이 나타나는 시대이기를 바라면서 그렸을 수도 있다. 한편 그의 삶을 생각하면 백택은 인간 자료를 조금 닮았다고 생각된다. 태어나면서 귀머거리에 벙어리로 부모로부터도 인간적 교육을 받지 못했지만 뛰어난 관찰력을 통해 세상의 여러 이치를 깨닫고 체득했으며, 화가로서 탁월한 능력을 발휘했던 그가 인간도 아니고 동물도 아닌 백택을 특히 눈여겨봤던 것이 아닐까 생각한다. 그런 점에서 「백택지도」는 자료 자신의 처지를 염두에 두면서 그렸다고 추측해본다. 자료가 쓴 제화는 다음과 같다.

옛날 헌원씨 황제가 천하를 순수하다가 동해 가에 이르렀다. 그때 백택이 나왔다. 황제가 쫓아가 물으니 백택은 말을 할 줄 알고 만물에 대해 알았다. 황제가 말했다. "천하의 기이함이로다. 이 고요한 세상에 어찌하여 괴이함을 드러내는가?" 백택이 답했다. "때에 어진 임금이 밝은 덕을 베풀어 천지가 상서로우니 바름이 나온 것이다. 다만 괴이함을 풀고자 하면 백택의 그림을 집의 벽 위에 걸어라. 비록 요망함이 있어도 해를 일으키지는 못할 것이다. 붉은 뱀이 땅에 떨어지고, 까마귀의 똥이 옷을 더럽히고, 개가 집 위에 올라가고, 쥐가 찍찍거리는 소리를 내고, 암컷이 수컷의 소리를 내며, 들의 새가 집으로 비껴 들어오고, 쥐가 일정하게 밥을 먹고, 시루가 소리를 내고, 가마솥이 울며, 여우가 개와 교미하고, 밤에 꿈이 상서롭지 않고, 항상 귀신이 실내에서 우는 것이 보이는 등, 이러한 여러 괴이함은 모두 사라질 것이다." 이것은 『견천섭세록』 권29에 전한다. 자료

가 삼가 그림.[25]

위의 제화는 백택이 출몰하는 때의 의미를 설명하고, 백택의 그림으로 벽사辟邪할 수 있음을 알리고 있다. 특히 벽사의 내용을 세세히 제시하고 있는 점이 눈에 띈다.

이상의 내용을 정리하면, 「중산자료전」은 자료 사후 44년이 되어 유구인이 아닌 중국인 진원보에 의해 입전되었다. 자료에 대한 총 8개의 일화를 제시하고, 논평 앞에 세미논평형식으로 입전동기를 적고 있으며, 8개의 일화는 출생부터 죽음까지 일대기적 서술형식으로 되어 있다. 곧, 선천적 농아로 태어났으나 스스로의 관찰력과 집중력 혹은 천재성으로 사물에 대한 이치를 깨달아 비범한 인간으로, 또 유구 최고의 화가로 성장하는 과정을 파노라마처럼 구성하고 있다. 그러나 예인전으로서 「중산자료전」은 입전인물의 예술적 비범성만을 표창하고 있을 따름이고, 입전인물의 예술적 고뇌나 예술가로서의 자의식은 전혀 그리고 있지 않다.

7장

정순칙의 「중산동원팔경시」로 본
유구의 경관

이른바 팔경시八景詩*의 시작은 중국 위진남북조시대 인물인 심약沈約
(441~513)에서 시작된다. 그는 494년에 태수로 있던 절강성 금화시의
현창루玄暢樓에서 「팔영시八詠詩」를 지었다. 이 팔영시는 송나라 소식蘇
軾(1036~1101)의 「건주팔경도시虔州八景圖詩」와 북송의 문인화가 송적宋
迪의 「소상팔경도瀟湘八景圖」로 이어지면서 이후 '팔경시'와 '팔경도'가
장르화하여 동아시아 일대에 유행하였다. 고려와 조선에서도 팔경시
가 창작되었고, 일본과 유구에서도 예외 없이 팔경시가 제작되었다.
이런 팔경시의 역사는 현재에도 이어져 곳곳에 '팔경'이란 이름으로
정의된 지역 경관이 존재한다.

자연 경관은 장소가 같고 주변 상황이 크게 변하지 않았다면 옛
사람이 느끼는 정취나 지금 사람이 느끼는 정취는 별반 다르지 않을
것이다. 하지만 보다 더 의미 있는 것은 옛사람이 느꼈던 아름다운
장소에서 세월과 함께 변한 경관 혹은 시간이 흘러도 변하지 않는
모습을 바라보며 역사를 반추하는 것이다. 이는 고전을 통한 현대의

---

* 하필 8경으로 한 것은 『주역周易』 8괘卦에서 가져온 것으로 보인다.

이해일 뿐만 아니라, 고전을 통한 역사의 이해이며, 지역에 대한 이해
와 애정이라고 생각한다.

1 정순칙의 생애

구메무라에서 태어남

정순칙程順則(1663~1734)은 중국식 이름이며, 어릴 때의 이름은 총
문寵文이고, 작위는 나고친방名護親方이다. 유구왕국시대의 사족이며
유명한 학자로 구메무라에서 태어났다. 원래 그의 집안은 나하 사족
계통이었는데 1656년에 그의 부친 정태조程泰祚(1634~1675)가 어학실
력을 인정받아 단절되었던 정씨程氏를 이으며 구메무라로 들어갔다.
부친은 진화지간절고파장眞和志間切古波藏*의 지두地頭였다.

당시 구메무라가 유구에서 차지하는 의미는 조금 특별하다. 구
메무라는 중국 복건성 쪽에 살던 사람들 36성이 건너와 모여 사는
마을이다. 즉, 중국 귀화인들의 집단 거주지로 그들 스스로는 '당영唐
榮'이라고 불렀다. 이들은 한문 소양을 지니고 있었을 뿐만 아니라 항
해 기술자로 외교문서의 작성과 관리, 명청 및 주변 여러 나라의 사
신과 통역 등 유구의 외교와 무역의 중요한 임무를 담당했다. 이들의
직능職能은 유구왕국을 지탱하는 데 매우 중요한 것으로 유구왕부에
의해 보호받았고 따라서 이들은 이러한 직능을 독점했으며, 그 공로

---

* 진화지간절고파장 : 현재 오키나와 나하시 고하구라(古波藏) · 츠보가와(壺川) · 소
베(楚邊) · 니츄마에(二中前) · 마츠오(松尾) 일대이다.

| 정순칙 생가 표지. 오키나와 나하시 구메무라 | 정순칙 동상.
오키나와 나고박물관 입구 |

로 왕부의 중앙 관료로 승진했다. 중국에 파견되는 관생이라는 유학생도 오랫동안 구메무라 출신들이 독점했다. 예컨대 이들은 중국어와 한문학적 지식으로 인해 유구사회에서 사회적 지위와 직업이 보장되었으며, 그들 스스로도 진공進貢으로 중국에 사신가는 것을 최고의 일, 천직이라고 생각했다.

정순칙이 이런 구메무라에서 태어났다는 것은 그의 삶이 어느 정도는 보장되어 있다고 볼 수 있다. 그러나 그의 부친 정태조는 1673년 진공도통사가 되어 중국 복주로 가는 중에 바다에서 해적선 13척의 습격을 받고 싸우다가 부상을 입게 된다. 다행히 복주에서 치료를하고 다음 해 북경까지 가서 사명使命을 완수했으나 귀국길에 중국 강소성 소주 교외 천비궁에 머무르는 사이에 병으로 사망했다. 정태조의 시신은 유구로 오지 못하고 그곳에 안장되었다. 당시 정순칙은 13세로 중국 유학을 지망했는데 부친의 일로 보류하였다.

나고성인(名護聖人)으로 칭송됨

정순칙은 공부를 좋아하여 내버려두면 밥 먹는 것도 잊고 책에 심취했다고 한다. 1683년 21세 때, 중국으로 갔다. 유학이 목적이었지만 뛰어난 어학실력을 인정받아 사은사를 따라 북경까지 가게 된다. 그리고 도중에 부친 묘소를 참배하기도 했다. 유구관이 있는 복주에 돌아와서는 유명한 학자 진원보陳元輔의 가르침을 받고 4년간 자는 시간도 아끼며 공부에 매진했다. 아버지의 뜻을 이어서 훌륭한 관인이 되겠다는 결심을 하였다고 한다. 귀국 후에는 구메무라의 선생이 되었다.

27세 때에는 통역으로 중국에 갔는데 그때에도 3년 정도 복주에 머무르며 면학에 힘썼다. 그 사이 중국에서 죽은 유구인의 영령을 위로하고, 항해 안전을 기원하기 위한 사당을 건립했다. 당시는 죽는 것을 '당려唐旅에 간다.'라고 할 정도로 중국에 가는 것은 대단히 위험한 일이었다. 귀국할 때에는 사비를 들여 서책을 사서 구메무라의 공자묘에 기증했다. 그 뒤에도 여러 번 중국에 파견되었고 귀중한 서적을 가지고 돌아왔다.

1706년에는 진공사절의 실질적인 책임자로 중국에 건너가 2년 뒤에 『육유연의六論衍義』와 『지남광의指南廣義』라는 책을 자비로 인쇄해서 가지고 돌아왔는데, 46세 때였다. 『육유연의』는 명나라 태조 홍무제가 1398년에 반포했던 여섯 가지 가르침으로, '육유'는 사람으로서 살아가는 방법을 깨우친 여섯 가지 가르침이고, '연의'는 그 해설서라는 의미이다. 이 책은 뒤에 사츠마를 통해 일본 8대 장군 도쿠가와 요시무네(德川吉宗)에게 헌상되었고, 오규 소라이(荻生徂徠)*와 무로 규소(室鳩巢)** 등에 의해 일본어로 번역되었다. 이것이 한코(藩校)***와 데라코야(寺子屋)****의 교과서로 보급되면서 정순칙의 이름도 전국에 알려지게 되었다.『지남광의』는 정순칙의 저서로 유구와 중국 간의 항로를 알기 쉽게 표시한 책이다.

1714년 52세가 된 정순칙은 7대 장군 도쿠가와 이에츠구(德川家繼)의 취임을 축하하는 사절이 되어 에도에 파견되었다. 그때 장군에게 보낸 유구 상경왕*****의 문서가 아라이 하쿠세키(新井白石)****** 등의 항의를 받아 큰 문제가 되었다. 문서의 양식이 일본어가 아니고 한문으로 쓰여 있고, 게다가 대등한 관계로 되어 있었기 때문이었다. 그런데 문서 작성의 책임자인 정순칙이 엄하게 문책을 당하지는 않았다. 이미 당대 굴지의 학자로 알려져 있었기 때문이라고 한다.

1718년 정순칙은 인재 육성의 중요성을 느끼고 구메무라에 학교 건립을 제안했다. 이로 인해 탄생한 것이 유구에 있어서 최초의 학교

---

* 오규 소라이(荻生徂徠, 1666~1728) : 일본 에도시대 유학자이자 사상가. 소라이는 호이고, 본래 이름은 오규 나베마쓰(荻生雙松)이다.
** 무로 규소(室鳩巢, 1658~1734) : 일본 에도시대 유학자. 정부의 고위관리로 주자학을 일본에 널리 보급하는 데 이바지했다.
*** 한코(藩校) : 지방 영주들이 자제들의 교육을 위해 세운 학교.
**** 데라코야(寺子屋) : 일본 에도시대에 서민 자제에게 초보적인 읽기 · 쓰기 · 산술을 가르친 사설 교육기관.
***** 상경尙敬(1700~1751, 재위 1713~1751) : 유구 13대왕으로 채온蔡溫을 삼사관에 기용하고, 근대 유구에서 가장 안정된 시기를 구축하여 명군이라고 일컬어진다.
****** 아라이 하쿠세키(新井白石, 1657~1725) : 에도 중기의 유학자이자 정치가. 낮은 가문의 사무라이 아들이었는데, 학문이 뛰어나 6대장군 도쿠가와 이에노부(德川家宣)와 그의 아들 도쿠가와 이에츠구(德川家繼)에게 종사하여 막부정치를 보좌했다.

정순칙 송덕비. 오키나와 나하시 구메무라 천비궁 경내

인 명륜당이다. 많은 젊은이가 여기서 배우고 중국과의 교역에서 혹은 교육자로서 활약했다. 다음 해에는 상경을 국왕으로 임명하기 위해 중국에서 온 책봉부사 서보광徐葆光*과 시를 주고받으며 교류했는데 작품의 비평을 구할 정도로 교류가 깊었다. 정순칙은 『설당연유초雪堂燕遊草』, 『설당잡조雪堂雜俎』 등의 시집을 편집했다.

66세 때에는 나고간절(名護間切, 현재 나고시 서부)의 총지두에 임명되어 나고친방이라고 불리는 동시에 '나고성인'으로 불렸다. 그러

---

* 　서보광徐葆光(1671~1740) : 상경을 왕으로 임명하기 위해 중국 황제로부터 파견된 책봉부사. 시인이며 서예가로도 알려져, 수리와 구메무라의 학자들에게 큰 영향을 주었다. 유구에 약 8개월간 체재하면서 유구의 지리와 풍속 등을 정리한 『중산전신록中山傳信錄』을 저술하였다.

나 불행하게도 4명의 자식이 모두 젊은 나이에 죽고 말았다. 마지막으로 남은 막내가 죽자 그는 문을 닫고 사람 만나는 것을 피하다가 1734년에 72세로 생애를 마감했다.

2 동원東苑의 위치와 기능

동원東苑은 현재 오키나와 나하시 사키야마쵸(崎山町)에 있던 옛 왕가의 별장으로 상정왕尙貞王 9년인 1677년에 축조되었는데 흔히 어다옥어전御茶屋御殿이라고 부르는 다실茶室이었다. '동원'이라는 명칭은 1683년 유구에 온 상정왕의 책봉정사 왕즙汪楫이 수리성의 동쪽에 있다고 하여 붙인 이름이다. 왕즙의 『사유구잡록使琉球雜錄』에 의하면, 국왕이 자신에게 요청하여 동원이라는 이름을 짓고 방榜을 문에 걸었다고 하며, 중산에서 가장 경치가 좋은 곳이라고 하였다. 따라서 이곳은 국왕이 유람하거나 책봉사 등 국빈을 환대하는 곳으로 사용되었다.

동원, 즉 어다옥어전이 있던 자리에
들어선 오키나와 수리가톨릭교회

왕즙의 『사유구잡록』과 서보광의 『중산전신록』에 의하면, 동원의 한쪽에는 잔디가 깔린 우걸단雨

동원 표지석. 오키나와 수리가톨릭교회 앞

乞壇이 있고, 언덕과 바위가 있으며, 석호石虎와 유어지溜魚池가 있었다고 한다. 또 불각佛閣이라고 할 수 있는 작은 판각이 있고, 다실은 향목으로 만들었으며 조각한 난간이 있었다고 한다. 다실 주변의 모습은 작은 대나무로 만든 다리가 있는데 다리로부터 숲과 작은 오솔길의 양쪽에는 꾸불꾸불하게 이어지는 대나무 울타리가 있었다. 그야말로 한적한 다실에 어울리는 정원이었다. 이 정원에서는 상태왕 시대까지 시가詩歌와 관현악이 연주되었고, 그 외에도 다양한 예능이 행해졌다고 한다. 1682년에는 우걸단 아래 동쪽에 동원의 별저別邸로서 새로운 다정茶亭이 만들어지기도 했다. 이는 '기산어전崎山御殿'이라고 불렸는데, 뒤에는 왕가의 산실産室이나 은거지로 쓰였다고 한다.

『구양』에 의하면 동원에는 머리를 깎은 당관當官 두 사람이 있었는데 1734년에 어다도御茶道 한 사람, 상부相附 한 사람, 그리고 처음으로 필자筆者 두 사람을 두었다고 한다. 또 정원 내에 약종藥種을 재배했다고 한다. 이처럼 유구에서는 오래전부터 다도가 성행했다. 이미 1534년 진간陳侃의 『사유구록』에 유구에 다도가 있었다고 기록하고 있다. 또 「수리고지도」에 다방주茶坊主라고 생각되는 이름의 택지 십수 개소가 있는 것을 보면 다도의 보급이 성행했음을 알 수 있다.[1]

1874년 메이지 7년 구 정월 일본 궁내성으로부터 유구인들이 부르기를 희망한다며 「영년언지迎年言志」라는 제목의 와카(和歌)가 전달되었다. 이 연락을 받은 유구 측에서는 의만조보宜灣朝保*가 번왕藩王**상태尚泰의 명을 받고 수리·나하·토마리·구메무라의 여러 선비를 동원에 불러 모았다. 당일인 구 정월 18일에는 번왕 상태가 동원에 왔으며, 관리와 고급 관료로부터 여러 선비에 이르기까지 동호인 백여 인이 모였다. 와카 「영년언지」는 의만조보가, 한시는 「앵출곡鶯出谷」이란 제목으로 진파고정정津波古政正***이 찬자가 되어 하나하나 점검하고 수정하여 번왕 앞에서 개독開讀하였다. 당시 참가자 일동에게 다과를 내렸으며 유구 역사상 일찍이 없었던 문학의 성대한 행사로 온 나라 사람들에게 커다란 감명을 주었다고 한다. 그러나 이 행사에 대한 시각은 나뉜다.

이 행사를 순수한 노래 교류로 보는 사람은, 1872년 메이지 5년에 경하사 일행으로 도쿄에 갔던 의만조보가 뛰어난 가작歌作으로 궁중어가소宮中御歌所 직원들을 경탄시킨 바 있다고 하며, 도쿄의 문인과

---

*   의만조보宜灣朝保(1823~1876) : 유구왕국 말기의 유명한 정치가이자 가인歌人. 당시 정식 명칭은 의만친방조보宜灣親方朝保이다. 유구 오위인五偉人의 한 사람이다.
** 이때 유구는 일본의 일방에 의해 오키나와번藩이 되었다.
*** 진파고정정津波古政正(1816~1877) : 유구왕국의 정치가. 당명唐名은 동국흥東国興이다.

일본 노래와 한시로 접촉한 것이 많았기 때문에 당시 궁내부 당사자가 순수하게 의도한 노래 교류였다고 보는 것이다. 그러나 이하 후유伊波普猷는 「유구처분과 의만조보」에서 "나는 의만조보의 와카 장려는 단순히 그의 취미에서 나온 것이 아니고 향상현이나 채온이 일본의 예술을 장려하려는 것과 같은 마음이 들어가 있었다고 생각한다. 혹 그런 것이 아니라고 해도 이 고금 미증유의 일본 예술의 유행이 장차 다가올 새로운 시대와 전혀 교섭이 없었다고는 생각하지 않는다."라고 했다.

즉 이하 후유는 일본에 복속된 유구에 와카를 비롯한 일본 예술을 전파하는 것이 일련의 정치적 의도에 의한 것이며, 따라서 장차 유구 고유의 음악이 사라질 것을 염려한 것이다. 이런 시각으로 보면 이 행사는 메이지 정부에 의한 이른바 문화정치라고 할 수 있으며, 동원은 유구의 아픈 역사가 있는 곳이라고 할 수 있다.

1872년 메이지 5년 6월 25일에는 메이지정부의 유구처분 제일보로서 '왕자 한 사람, 삼사관 한 사람을 왕정의 메이지유신 축하 사절로 조회에 참석시켜라.'라는 이른바 유구 사신 초치招致에 관한 내의內意를 의만조보와 구천성무龜川盛武*가 어다옥어전에서 상태왕에게 알렸다. 이에 상태왕은 이강伊江왕자**와 의만조보 두 사람을 정사와 부사로 지명하고 다음 날인 26일 내유內諭를 따르겠다는 뜻을 일본사신

---

* 구천성무龜川盛武 : 생몰년 미상. 유구왕국 말기의 삼사관으로 당명은 모윤량毛允良이다. 삼사관을 치사致仕한 뒤, 왕국체제유지를 주장하는 완고당頑固党의 중심적 위치에 있었으며, 당시 사족집단에 압도적인 영향력을 발휘했다.
** 이강伊江왕자 : 이강조직伊江朝直(1818~1896). 유구왕국 말기의 왕족. 유구 17대 상호왕尙灝王의 4남이자, 유구 최후의 왕인 상태왕尙泰王의 숙부이다.

에게 전달했다.

동원은 메이지 31년인 1898년에 처분되었는데,[2] 당시 매매 광고에 의하면, 옥부屋敷 2492평(약8224㎡)정도·산부山敷 766평(2528㎡)정도·건물177평(584㎡)정도였다고 한다. 오키나와 전쟁 뒤에 이 정원의 건물이 있던 자리에는 수리가톨릭교회가 세워졌고, 채소밭이었던 자리는 성남소학교가 건립되었다.

3 팔경시의 연원과 유구 팔경시 현황

팔경시의 연원

한자문화권인 동아시아에서 어떤 지역의 산수자연 경관을 여덟 가지로 구성하고 그에 맞는 경관 이미지를 제목으로 하여 시를 짓는 팔경시는 중국 위진남북조시대 인물인 심약沈約에서 시작되었다. 심약은 494년에 태수로 있던 현재 절강성 금화시의 현창루에서 「팔영시」를 지었다고 하는데 이 팔영시 때문에 현창루는 '팔영루'라는 이름을 얻었다.

심약의 팔영시는 ①대에 올라 가을 달을 바라봄(登臺望秋月) ②밭에 모여 봄바람을 맞음(會圃臨春風) ③세모에 시든 풀을 안타까워함(歲暮愍衰草) ④서리 내려 떨어지는 오동잎을 슬퍼함(霜來悲落桐) ⑤밤길에 학 울음소리를 들음(夕行聞夜鶴) ⑥새벽길에 기러기 울음소리를 들음(晨征聽曉鴻) ⑦패를 풀고 조시를 떠남(解佩去朝市) ⑧삼베옷 입고 산동을 지킴(被褐守山東)이다. 심약의 팔영시는 두 경관씩 병렬적으로 배열되어 있다. 즉, 가을과 봄엔 달과 바람을 즐기고, 세모와 서리 내릴 때는 시든 풀과 떨어지는 오동잎을 안타까워하고, 저녁과 새벽엔 학과 기러기 울음을 들으며, 이런 산수미를 즐기기 위해 관직을 상징하는 패佩를 풀고 조시朝市를 떠나 관복이 아닌 허름한 베옷을 입고 산동을 지키겠다는 것이다.[3]

심약이 살았던 위진남북조시대는 정치적으로 혼란기였고, 이에 문학은 은둔과 산수유락으로 흘렀으며 사상은 노장사상이 유행했다. 문인지식인들은 혼탁한 현실과 도시를 벗어나 조용하고 아름다운 전원과 산림에서 살고자 했다. 그 대표적인 인물이 「귀거래사」를 노래한 도잠陶潛(365~427)으로 그는 이상세계를 찾아가는 「도화원기」도 썼다. 심약은 건창현후에 봉해지는 등, 73세로 세상을 떠날 때까지 높은 자리에 머물렀지만 그의 팔영시는 당시 문학적 분위기속에서 지어진 것으로 보인다. 이 팔영시는 소식蘇軾의 「건주팔경도시」와 송적宋迪의 「소상팔경도」로 이어지면서 '팔경시'와 '팔경도'가 장르화하여 고려와 조선에도 수입되어 유행하였다.

소식의 「건주팔경도시」는 남강군의 군수였던 공종한孔宗翰(?~?)이 그린 「남강팔경도」를 보고 쓴 시인데, 공종한의 팔경도나 소식의 팔경시는 8수의 표제 구분이 없이 그저 8수라고 일컬었다. 반면 「소상팔경도」는 ①평평한 모래밭에 내려앉는 기러기(平沙落雁) ②멀리 강에서 돌아오는 돛단배(遠浦歸帆) ③산마을에 피어오르는 맑은 아지랑이(山市晴嵐) ④강과 산에 내린 저녁 눈(江天暮雪) ⑤동정호에 뜬 가을 달(洞庭秋月) ⑥소상강에 내리는 밤비(瀟湘夜雨) ⑦안개 쌓인 절에서 들려오는 저녁종 소리(煙寺晩鐘) ⑧어촌 마을의 해질녘 노을(漁村夕照) 등으로 구성되었다. 소상瀟湘은 소수瀟水가 상수湘水에 합류하여 동정호로 들어가는 곳의 물 이름인데, 동정호는 물론 그 주변의 아름다운 경관으로 일찍부터 시인묵객과 화가의 소재로 많이 이용되었다. 이것을 여덟 항으로 나누어 팔경이란 명칭을 붙인 이 소상팔경은 북송 때부터 유행하기 시작한 것으로 보인다.

한국 팔경시 현황

유구 팔경시의 현황을 살펴보기 전에 한국의 상황을 간략히 살펴보고자 한다. 이는 중국의 문화조류를 오랫동안 넓고 깊게 받아들인 한국과 유구를 소박하지만 비교학적 견지에서 대비해 볼 수 있기 때문이다. 한국에는 소상팔경시가 널리 유행했다. 고려 명종 15년 (1185)에 왕명으로 신하들에게 소상팔경시를 지어 바치게 한 일이 있었다. 소상팔경시의 고려 유입 시기와 근원을 확실하게 알 길은 없지만 이러한 사실로 미루어 볼 때, 명종 당시에 이미 소상팔경시가 유행하고 있었음을 짐작할 수 있다.[4]

소상팔경시는 조선에서도 유행했는데 가장 대표적인 작품이 「비해당소상팔경시첩匪懈堂瀟湘八景詩帖」이다. 이 시첩은 1442년 세종대왕의 셋째 아들인 안평대군의 주선으로 송나라 영종이 쓴 소상팔경시를 모사하고 그림을 그린 다음, 고려의 이인로·진화의 시와 김종서를 비롯한 당시 조선의 문사 19명[5]의 친필 시문을 두루마리로 만든 것으로 비해당은 안평대군의 호이다.[6] 이 시첩은 원래 소상팔경도와 함께 짝을 이루었던 것으로 보이지만 이후 영종의 팔경시와 팔경도가 탈락된 채 첩으로 장정된 것이다.

한편, 고려시대 말경부터 팔경시의 공간을 중국이 아닌 한국으로 하는 팔경시가 창작되기 시작하였다. 8경 외에도 10경, 12경도 있으나 여기서는 8경이라 한 것에 한정하여 작자와 제목만을 제시하면 다음과 같다.

김극기金克己 「강릉팔경江陵八景」(『東國輿地勝覽』)

이규보李奎報 「차혜문장로수다사팔영次惠文長老水多寺八詠」(『東國李相
國集』)

「기상서퇴식재팔영奇尙書退食齋八詠」(『東國李相國集』)

안축安軸 「삼척서루팔영三陟西樓八詠」(『謙齋集』)

「백문보안부상요팔수白文寶按部上謠八首」(『謙齋集』)

이제현李齊賢 「억송도팔영憶松都八詠」(『益齋亂藁』)

「송도팔경松都八景」(『益齋亂藁』)

이곡李穀 「차삼척죽서루팔영시운次三陟竹西樓八詠詩韻」(『稼亭集』)

「차정중부울주팔영次鄭仲浮蔚州八詠」(『稼亭集』)

정포鄭誧 「울주팔영蔚州八詠」(『雪谷集』)

이달충李達衷 「삼척팔경三陟八景」(『霽亭集』)

「한산팔영韓山八詠」(『霽亭集』)

이색李穡 「금사팔영金沙八詠」(『牧隱藁』)[7]

이상은 조선시대 이전의 상황이고, 조선시대에는 더 많은 팔경
시가 창작되었다. 특히 조선 초기에는 도읍을 개경에서 서울로 천도
한 뒤에 새 왕조의 건국과 천도라는 문제를 연결한 정치적 의도를 띠
는 정도전의 「진신도팔경시進新都八景詩」, 권근의 「신도팔경차삼봉정공
도전운新都八景次三峯鄭公道傳韻」, 권우의 「신도팔경시新都八景詩」 등이 창작
되었고, 서거정의 「한도십영시漢都十詠詩」, 강희맹의 「한도십영시漢都十
詠詩」 등 많은 8경 및 10영시가 창작되었다. 이런 팔경시는 시대와 시

기 혹은 창작 담당층의 다름에 따라 표제구성방식이나 내용표현방식 등에도 차이가 있지만 큰 틀에서 팔경시의 전통은 근대와 현대에도 이어져 현재에도 우리 주변에서 볼 수 있다.

유구 팔경시 현황

먼저 일본의 경우를 간략히 살피면, 일본 최초의 팔경은 한시집인 『둔철집鈍鐵集』에 수록된 「하카다 팔경(博多八景)」이다. 「하카다 팔경」은 가마쿠라시대 말기 성복사 선승인 데츠안 도우쇼우(鐵庵道生)가 하카다 주변의 8개 풍경을 7언 절구 한시로 읊은 것에서 시작된다. 데츠안 도우쇼우가 읊은 「하카다 팔경」 역시 중국 북송시대 「소상팔경」에서 영향을 받은 것으로 하카다만灣을 중국 동정호에 비긴 것이다.[8] 이외에도 「근강팔경近江八景」, 「금택팔경金澤八景」 등이 있으며, 에도시대에는 「하카다 팔경」이라고 제목 붙인 한시와 회화가 많이 제작되었다. 이후에도 각 지역마다 많은 팔경이 선정되었으니 전국적으로 400개소 이상이라고 한다. 그중에는 에도시대에 선정된 것이 가장 많은데 우키요에(浮世繪) 연작을 위해 고안된 「에도팔경(江戶八景)」 등이 있다. 메이지시대 이후에는 관광지에서 관광객을 유치하기 위해 팔경을 선정했고, 고도성장기 이후에는 교외도시에 주민의 애착을 높이기 위해 팔경이 선정되기도 했다.[9]

유구의 팔경은 중국과의 교류와 교역 과정에서 책봉사 등에 의해 전래되었다. 유구에 있어 최초의 팔경은 1463년에 지어진 「중산팔경中山八景」이다. '중산'은 유구 역사에 있어서 중산왕의 지배지 혹은 유구왕국의 중심지역을 뜻하는 것으로 특별한 의미를 갖는다. 반영

潘榮*의 「중산팔경기」에 의하면, '산수가 맑고 아름다워 화공에게 팔경을 그리게 했다.'라고 한다. 그림의 내용은 구메지역에 한정되었다고 생각되지만 현재 그림의 존재는 분명하지 않다. 「중산팔경」이 제작된 이후 유구의 여러 아름다운 지역의 다양한 경관과 특색을 적용하고 표현한 팔경시와 팔경도가 그려졌다. 1603년경에 「유구팔경」, 1696년에 「중산동원팔경」, 1700년대 초기 「구장천동악원팔경」, 1719년경에 「동원팔경」과 「원각사팔경」, 1755년경에 「구양팔경」, 1832년에 「유구팔경」, 1800년대 중엽 「수리팔경」, 1800년대 중엽 「기산별궁팔경」, 1800년대 중엽 「남원팔경」, 1800년대[불명] 「박팔경泊八景」 등이다.[10]

유구팔경의 내용과 특징은 17세기 초에 지어진 「유구팔경」과 17세기 말에 지어진 「중산동원팔경」을 기점으로 나누어진다. 「유구팔경」은 '박정낙안泊汀落雁' '서기귀범西崎歸帆' '수리청람首里淸嵐' '금악모설金岳暮雪' '경만추월景滿秋月' '나하야우那覇夜雨' '말호만종末好晩鐘' '양성석조洋城夕照'로 어두 두 글자는 지역 고유어이고, 어미 두 글자는 완벽하게 「소상팔경」에서 가져왔다. 그러나 「중산동원팔경」은 다음 절에서 자세히 살피겠지만 소상팔경의 정취를 취하지 않고 유구 고유의 정취를 취하고 있다. 즉 표제의 선택에서부터 실제적인 정취까지 독자적인 실경을 노래했다. 이는 자신이 살고 있는 지역에 대한 관심과 이해 및 자부심이 높아진 결과라고 보인다. 약간의 차이는 있지만 「중산동원팔경」 이후 대체로 소상팔경의 표제에서 벗어나 독자적 방

---

* 반영潘榮(1419~1496) : 명나라 관리. 자는 존용尊用, 호는 소암疏庵. 유구 상태구왕이 타계하자 치제致祭와 상덕의 책봉정사로 유구에 갔다. 이때 『중산팔경기』를 썼다.

식을 취하고 있다.

4 「중산동원팔경시」로 본 유구의 경관

팔경시의 소표제는 '경관명'으로 이루어지거나, 누정 등 경물명으로 이루어지는 경우 혹은 '지명+경관'으로 구성되기도 한다. 예컨대 소상팔경시는 '평평한 모래밭에 내려앉는 기러기(平沙落雁)' 등의 경관명으로 이루어져 있고, 이제현의 송도팔경시는 '용산의 늦가을(龍山秋晩)'처럼 지명+경관으로 되어 있으며, 김극기의 강릉팔경시는 '녹균루', '한송정'과 같이 누정명으로 되어 있다.

「중산동원팔경시」의 소표제는 경관명으로 이루어진 것과 경물+경관으로 이루어진 것이 혼합되어 있다. 예컨대, '동해조희東海朝曦' '서서유하西嶼流霞' '남교맥랑南郊麥浪' '북봉적취北峯積翠' '송경도성松徑濤聲'은 경관명이고, '석동사준石洞獅蹲'은 경물명이며, '운정용연雲亭龍涎'과 '인당월색仁堂月色'은 경물+경관이다. 이 중에서도 '송경도성'은 엄밀히 말하면 보이는 경관이 아니라 들리는 경관이다. 이 점이 특이하다. 즉 경관을 시각적인 보는 것에서 청각적인 듣는 것까지 확대하고 있다.

아래에서 이 팔경을 네 수씩 나누어 분석하고자 한다. 먼저 동서남북의 네 방향으로 바라본 경관을 묶고, 나머지 네 경관을 묶었다. 동서남북으로 바라본 경관은 인위적 작용이 전혀 없는 시공적 자연미로 명명할 수 있겠으나, 나머지 경관은 인공적 조형물에 의한 경관과 자연미가 혼합되어 있으므로 단순하게 이름붙이기 어렵지만 자연과 조화된 인공적 자연미로 명명한다.

동서남북의 시공적 자연미
먼저 중산 동원에서 바라본 동서남북의 정경이다.

동해의 아침 햇살(東海朝曦)

宿霧新開敞海東	자욱한 안개 걷히니 넓은 동해가 펼쳐져
扶桑萬里渺飛鴻	부상 만 리 아득히 기러기 날아가네.
打魚小艇初移棹	고기 잡는 작은 배 처음 노를 움직이니
搖得波光幾點紅	흔들흔들 파도 타며 햇살을 받아 붉은 점을 이루네.

정순칙의 『설당잡조』에 가장 먼저 나오는 시로 수리성 동쪽에 위치한 어다옥어전御茶屋御殿, 즉 동원에서 바다위로 떠오른 해와 그 주변 자연 경관을 바라보며 읊었다. 붉은 아침 해가 떠오르며 지난밤에 낀 안개를 말끔히 걷어내자 저 멀리 기러기 나는 것이 눈에 들어오고, 하루를 시작하는 고기잡이배도 보인다. 마치 창문을 가렸던 커튼을 걷듯이 아침 햇살이 안개를 걷어내고 동해의 아름다운 정경을 펼쳐 보인다. 바로 이 때문에 첫 구에 '신新' 자를 넣었다. 세 번째 구의 '처음 노를 움직인다.'라는 표현은 단순히 '오늘 아침 처음'이란 의미도 있겠으나 안개로 며칠 고기잡이를 못하고 배를 묶어두었다는 뜻이 담겨 있다고 본다. 그러다 마침 오늘 안개가 걷혀 오랜만에 노를 젓는 것인지도 모르겠다. 1구의 '숙무宿霧'와 3구의 '초初' 자가 그 열쇠를 쥐고 있는데, 정확히 판단하기는 어렵다.

4구는 이 시 전체를 편안한 서정으로 이끌어감과 동시에 한 폭의 동양화 이미지를 만든다. 아침 햇살을 받아 반짝이는 물결 위에 붉은 점이 되어 넓은 동해 바다를 흔들흔들 가는 고기잡이배, 이는 동양화에서 흔히 보는 풍경이다. 마치 팔경도의 한 폭을 보는 듯하다. 그러나 이 시의 시안詩眼을 꼽는다면 1구의 '개開'이다. 아침 햇살이 묵은 안개를 걷어냈기 때문에 이런 정경을 볼 수 있기 때문이다.

서쪽 섬으로 지는 노을(西嶼流霞)

海角晴明嶼色丹	바다 모퉁이 청명하여 섬 빛이 붉은데
流霞早晩漲西巒	흐르는 노을은 조만간 서쪽 산을 물들이겠네.
若敎搦管詩人見	붓 잡은 시인에게 이 풍경 보게 한다면
定作箋頭錦繡看	분명 종이 위에 금수강산을 보게 되겠지.

1구의 '해각海角'은 바다에 돌출되어 나온 육지의 뾰족한 부분으로 '갑', 혹은 '곶'을 뜻하는데, 이는 동원에서 바라본 게라마제도의 모습을 묘사한 것이다. 섬나라이고 또한 주변에 섬이 많은 유구에서 노을은 서쪽 섬들을 붉게 물들이고 이어 서쪽 산을 물들인다. 만약 화가가 이 정경을 그린다면 종이 위에는 아름다운 금수강산이 펼쳐지리라고 노래했다. 시의 제목을 '서쪽 섬의 노을'이 아니고 '서쪽 섬으로 지는 노을' 즉 '유流' 자를 써서 동적으로 표현했다.

아침에 떠오르는 햇살이 청춘을 상징한다면 서쪽으로 지는 노을은 원숙함의 표상이다. 아침의 햇살은 너무 이글거려서 정면으로 바라보기 어렵지만 해질녘 노을은 오랫동안 바라볼 수 있다. 또 아침 햇살은 동그랗게 그 자체로 떠오르지만 저녁노을은 많은 산과 바다를 넓게 물들이고 품으며 내려앉는다. 그런 점에서 서쪽으로 지는 노을은 사람들을 사색하게 하고 차분하게 만든다. 정순칙이 「중산동원팔경시」에서 아침 햇살과 지는 노을을 먼저 제시한 것은 단지 자연의 아름다움뿐만 아니라 유구의 역동적 힘과 따뜻한 마음을 드러내며, 하루의 시작과 끝이 어떠해야 하는지를 보여주고 있다고 생각된다.

남쪽들의 보리 물결(南郊麥浪)

錦阡繡陌麗南塘	사방이 비단 물결 고운 남쪽 둑
天氣淸和長麥秧	날씨가 화창하여 보리가 잘 자랐구나.
一自東風吹浪起	봄바람이 불어와 물결을 일으키자
綠紋千頃映溪光	푸른 무늬 천 이랑이 냇물에 비쳐 반짝이네.

이 시 역시 매우 동적이다. 봄바람이 불어와 보리 이삭이 흔들리는데 마치 물결이 출렁이는 듯하다. 동시에 이 보리 물결은 냇물에 비춰져 반짝이는데 움직임은 매우 잔잔하고 따스한 느낌이다. 1구에서 묘사한 사방의 비단 물결은 잘 자란 보리이다. 이 보리는 화창한 날씨, 자연 덕분에 잘 자랐다. 행간에는 자연의 고마움을 담고 있다. 그러므로 이 시에서 중요한 단어를 하나 찾는다면 2구의 '맥앙麥秧'이다. 왜냐하면 잘 자란 보리는 백성들의 식량이기 때문이다. 많은 사람들이 이를 먹고 삶을 이어간다. 따라서 이 시를 읊은 시인이 관료가 아니라도 잘 자라서 물결처럼 출렁이는 보리를 보면 기쁠 것이다. 하물며 정순칙은 유구 백성들의 삶을 챙겨야하는 사족이자 고급관료이다. 이 시에는 보리 물결을 바라보며 흐뭇해하는 시인의 마음이

담겨 있다.

북쪽 봉우리에 가득한 비취빛(北峯積翠)

北來山勢獨嵯峨	북쪽으로 뻗은 산 홀로 우뚝 솟아
葱鬱層層翠較多	겹겹 쌓인 울창함이 비취빛을 견주네.
始識三春風雨後	이제야 알겠다, 봄날 비바람 뒤에
奇峯如黛擁靑螺	기이한 봉우리 눈썹같이 푸른 소라처럼 감싼 것을.

이 시는 『논어』 「자한편」에 나오는 '날씨가 추워진 뒤에야 소나무와 잣나무가 늦게 시듦을 안다.(歲寒然後, 知松柏之後彫也.)'라는 글귀를 떠오르게 한다. 1구에 홀로 우뚝 솟은 산은 고고함이며, 2구에 겹겹 쌓인 울창함은 오랜 세월을 뜻한다. 그리고 3구에서 비로소 알아챘다. 봄날 비바람이 몰아친 뒤, 한껏 아름다움을 뽐내던 많은 화려한 꽃들이 소리 없이 져버린 뒤, 빼어난 산봉우리는 마치 눈썹같이 혹은 푸른 소라처럼 푸름을 간직하며 고고하게 서 있다는 것을. 3구의 '삼춘'은 봄 석 달을 말하는 것으로, 1월의 맹춘孟春, 2월의 중춘仲春, 3월의 계춘季春을 뜻한다.

첫 번째, 두 번째 시는 해가 뜨고 지는 자연의 섭리를 읊었고, 이는 인간의 어떤 힘도 닿을 수 없는 영역이다. 반면 세 번째 시는 인간의 힘이 아주 약간 가미된 아름다움이다. 보리는 날씨와 물이 중요하지만 인간이 심고 가꾸는 노력이 필요하다. 네 번째 시의 산과 푸름 역시 자연이 준 아름다움이다. 이 4수의 시는 동원에서 바라본 동서남북 사방의 아름다운 유구를 노래했다.

자연과 조화된 인공적 자연미

「중산동원팔경시」의 앞 4수가 동서남북의 자연 경관을 대상으로 했다면, 뒤 4수는 인공적 조형물과 어우러진 아름다운 유구를 노래했다. 먼저 산 아래에 설치된 돌사자-백택이다.

석동의 웅크린 사자(石洞獅蹲)

仙桃花發洞門開	복사꽃이 피고 동문이 열리니
猛獸成群安在哉	맹수가 어찌 무리지어 있겠는가.
將石琢爲新白澤	돌을 깨어 새로 백택을 만드니
四山虎豹敢前來	사방의 범과 표범이 어찌 감히 앞으로 오리.

복사꽃이 피고 동문이 열리며 돌을 깨어 새로 백택을 만들어 놓자, 사방의 범과 표범들이 감히 앞으로 나오지 못하리라는 것이다.

이는 조형물의 뛰어난 사실성을 표현한 것이기도 하겠지만 그보다는 상징적 의미 부여로 보인다. 제목에 '사獅'라고 표현된 이 동물은 바로 '백택白澤'이다. 오키나와에서는 '시사(シーサー)'라고 한다.

즉, 3구에서 분명하게 적시하고 있는 이 동물, '백택'은 신수神獸이다. 백택은 중국 전설상의 인물인 황제黃帝가 천하를 돌아보다가

어다옥어전의 석조시사

동해에서 만난 동물로 사자 모양에 사람의 말을 하는 신령한 동물이다. 이 신수는 눈이 9개로 얼굴에 3개, 배[胴]에 6개가 있으며, 덕이 있는 임금이 다스리는 때에 나타난다고 한다. 또 백택이 나타나면 재앙이 사라진다고도 한다. 『삼재도회』에 나오는 백택에 관한 내용은 6장에서 서술하였고, 9장에서도 다시 한 번 인용할 예정이므로 여기서는 생략한다.

당시 유구는 이 백택의 의미를 알고 이곳에 백택을 조성했으며, 정순칙 역시 이를 노래했다 또한 이를 뒷받침하는 그림 「백택지도」가 유구의 천재화가라고 불리는 자료自了에 의해서 그려진 바가 있다.

1683년 유구에 왔던 청나라 사신 왕즙에 의하면 이곳에 석조 호랑이가 있었다고 하고, 1719년에 왔던 서보광은 『중산전신록』에서 사자와 호랑이 이수二獸가 있었다고 한다. 그러나 이후 1756년에 왔던 주황周煌과 1800년에 왔던 이정원李鼎元은 사자만 보았다고 한다. 이들의 말을 정리하면 이곳에 석조 호랑이가 먼저 조성되었고 이후 시사, 즉 백택이 추가되었다가 앞의 호랑이 조형이 사라지고 백택만 남은 것이다.

운정의 용연(雲亭龍涎)

凌雲亭子有龍眠	능운정 옆, 용이 잠자는 곳 있어
吐出珠璣滾滾圓	토해내는 구슬은 반지르르 둥그네.
今日東封文筆秀	오늘 동봉에 문필이 빼어나니
好題新賦續甘泉	좋은 시제로 새로이 시를 지어 감천을 이어가네.

「중산동원팔경시」의 여섯 번째인 「운정용연」은 능운정 옆에 조성된 샘물을 노래하였다. 이 샘물은 용의 입 모양을 한 조각에서 물이 흘러나오게 만든 형태이다. 그러므로 '용의 침(龍涎)'이라고 표현했다. 1구에서 이를 능운정 옆에 용이 잠자는 곳이 있다고 읊었다. 2구의 토해내는 구슬은 용의 입에서 떨어지는 샘물이다. 3구의 동봉東封은 제왕帝王이 동쪽 태산에 올라 흙으로 제단을 쌓고 하늘에 제사하는 봉선封禪의식을 거행하는 것인데 여기서는 기우제를 지내는 것을 뜻한다고 보인다. 능운정 서쪽에 기우제를 지내는 우단雩壇이 있고, 용은 비를 불러온다는 상징이 있으니 이 용연은 가뭄을 대비한 것으로 보인다. 4구의 좋은 시제로 시를 지어 감천을 잇는다는 말은 좋은 글귀로 하늘에 기우제를 지내 가뭄을 해소하겠다는 의지의 표현이다. 이는 이 시를 노래한 정순칙의 애국애민의 마음이라고 하겠다. 정순칙은 앞의 시 「석동사준」에서도 '백택'을 노래함으로써 유구왕국의 덕치를 바랐다.

'능운凌雲'이란 편액은 1683년 책봉정사 왕즙과 함께 왔던 책봉부사 임린창이 썼으며, 이 편액은 망선각望仙閣에 있다고 주황은 기록하고 있다. 또 임린창의 시 중에 「제망선각題望仙閣」이란 시가 있는데 1683년 10월 16일 왕즙과 함께 동원을 방문하여 지었다고 한다. 즉 능운정은 망선각의 별칭이다.

소나무길 파도 소리(松徑濤聲)

行到徂徠萬籟淸　산길을 걸으니 솔바람 소리 맑고
銀河天半早潮生　하늘 가운데 은하는 아침 조수를 이루네.
細聽又在高松上　가늘게 들리는 소리 높은 소나무 위에 있는데

葉葉迎風作水聲　나뭇잎은 바람을 맞아 파도소리를 내네.

　1구에서 사용한 '조래徂徠'는 일반적으로는 '왕래, 오고 감'이라는 뜻이지만, 이 단어는 중국 산동성 태안현의 동남쪽에 있는 산 이름이기도 하다. 『시경』「노송魯頌」〈비궁閟宮〉에 '조래산의 소나무, 신보산의 잣나무(徂來之松, 新甫之柏).'라는 말이 있는데, 시인이 이를 염두에 둔 중의적 표현이라 생각된다.

　즉, 이곳에 소나무가 많다는 것을 묘사하기 위해 『시경』의 권위를 빌렸다고 보인다. 2구에 나오는 은하는 남북으로 길게 보이는 수억 개의 항성 무리로 맑은 밤하늘에 보이는 회백색의 성운星雲이다. 이로 보면 이 시는 저물녘에 읊은 것이다. 맑게 들리는 소리는 키 큰 소나무 끝에서 들려오는 듯한데, 그 소리는 바람을 맞아 파도 소리를 낸다.

인당의 달빛(仁堂月色)
東方初月上山堂　동방의 초승달 당 위로 오르자
萬木玲瓏帶晚霜　온갖 나무 영롱하게 늦서리를 띠었네.
照見皇華新鐵筆　중국 사신이 쓴 새로운 글씨를 비춰보니
千秋東苑有輝光　'동원'이란 글씨, 천추에 빛나리.
(중국 사신 왕즙이 '동원'이라고 편액했다. 天使翰林汪公扁曰東苑)

　인당은 능인당을 말하는데, '능인能仁'이란 용어는 범어로 석가를 뜻한다. 따라서 능인당은 석가당이라는 의미이다. 또한 이 시와 시에 붙은 주석을 보면, 당시 중국 책봉정사인 왕즙이 이 능인당에서 동원이란 편액 글씨를 쓴 것처럼 보이지만, 왕즙이 왔을 당시 능인당은 아직 건립되지 않았을 가능성이 있다. 왜냐하면 왕즙이 남긴『중산연혁지』『사유구잡록』『책봉소초』등에는 능인당과 관련한 기술이 없는 반면, 서보광의『중산전신록』에는 보이기 때문이다.

서보광은 1718~1719년에 책봉부사로 유구에 왔는데 능인당은 망선각 뒤에 있으며, 작은 규모의 불당으로 능인당이라는 편액이 걸려 있었다고 한다. 그렇다면 능인당은 1683~1718년 사이에 건립되었다고 볼 수 있는데,『전성가보田姓家譜』등에 의하면 1688~1689년 사이에 건립되었다고 한다.[11] 다만 정순칙이 읊은 위의 시를 보면 왕즙이 쓴 동원이란 현판이 당시 능인당에 걸려 있었음을 알 수 있다.

2구에 나오는 서리는 초가을부터 늦은 봄에 걸쳐 기온의 일교차가 크고 바람이 없는 맑은 날 밤에 잘 내린다고 하고, 늦서리는 이보다 늦게 내리는 것인데 당시 책봉사 왕즙 일행이 동원에 온 것이 1683년 10월 16일이라고 한다. 능인이란 당호의 의미로만 보면 당시 유구왕부의 불교사상에 대한 친밀도를 알 수 있다.

정순칙이 노래한「중산동원팔경시」의 소표제는 경관명으로 이루어진 것과 경물+경관으로 이루어진 것이 혼합되어 있다. 이런 표제 방식은 소상팔경의 표제 방식을 벗어난 독자적 방식이다. 이는 17세기 초에 지어진「유구팔경」이 어두 두 글자는 지역 고유어이고, 어미 두 글자는 소상팔경에서 가져온 방식과도 다르다. 이는 내용에서도 소상팔경의 정취를 따르지 않고 유구 고유의 정취를 취하겠다는 의미로 판단된다.

즉, 표제의 명명에서부터 실제적인 정취까지 유구의 독자적인 실경을 노래하겠다는 의지이다. 이는 자신이 살고 있는 지역에 대한 관심과 이해 및 자부심의 결과라고 보인다. 또 「중산동원팔경시」 이후 약간의 차이는 있지만 일반적으로 유구의 팔경시가 소상팔경식의 표제에서 벗어나 독자적 방식을 취하고 있다는 점에서도 「중산동원팔경시」가 일정한 기여를 했을 것이다.

「중산동원팔경시」를 통해 본 유구의 아름다움은 바다로 둘러싸인 섬나라의 아름다운 자연미와 조형물이 가미된 인공적 자연미이다. 동해에 떠오르는 아침 햇살은 사방에 펼쳐진 바다로 인해 더욱 밝고 넓어 아름다우며, 서쪽으로 지는 노을은 점같이 많은 섬들과 그 산을 물들이며 바다로 가라앉는 아름다움을 펼친다. 여기에 백성들의 넉넉한 양식을 뜻하는 보리 물결과 덕이 있는 임금이 다스릴 때 나타나며 온갖 재앙을 물리친다고 하는 백택, 그리고 가뭄에 대비한 능운정 용연의 인공미는 조형물의 아름다움과 함께 덕치德治에 대한 바람과 위정자의 애민사상이 함의되어 있다.

8장

유구 문인 채온^{蔡溫}의
유·불·도에 대한 사유

유구는 중세 동아시아의 한자문화권에 속했던 나라이다. 당시 유구
는 동중국해의 남동쪽 일대에 위치하였던 독립왕국이었다. 근 100여
년간 삼국으로 분할되어 있던 것을 1429년에 중산국이 통일하여 유
구왕국을 건국하였다. 현재는 일본의 오키나와현에 속하지만 중세에
는 조선과 마찬가지로 중국에 조공朝貢했고, 조선과도 교류했다.

　유구의 문인인 채온蔡溫은 상경왕尚敬王이 취임한 1712년부터 상
경왕이 타계한 1752년까지 근 40여 년 동안 유구왕국의 최고 권력자
였다. 그 이전의 벼슬과 이후의 막후 권력까지 합한다면 그는 80평
생을 유구 정치계에 몸담았다. 곧, 그는 18세기 유구에서 매우 중요
한 인물이다. 특히 당시 유구는 중국과 일본 사츠마번의 지배를 받
는 이른바 양속기兩屬期로 매우 어려운 시기였다. 그러므로 채온이 어
떤 사상을 소유했는가는 유구뿐만이 아니라 동아시아적 견지에서
도 의미가 적지 않다. 중국의 사상과 문예사조가 당시 조선을 비롯
한 유구의 지식인에게 어떤 영향을 미쳤는지도 의미가 있고, 또 조선
과 유구도 교류가 있었으므로 당시 유구의 실력자인 채온의 사유는
관심거리이기도 하다. 그러나 그의 저작 모두를 여기서 다루기는 어

려우므로 우선 『사옹편언簑翁片言』에 함의된 사유를 살펴보기로 한다. 텍스트로 삼은 것은 『채온전집蔡溫全集』(崎浜秀明編著, 東京 本邦書籍, 1984.2)에 게재된 『사옹편언』이다.

『사옹편언』은 대화체 형식으로 구성된 47편의 담론집이다. 47편의 일화에는 모두 사옹簑翁이 등장하고, 그의 대화 상대자는 진인縉人[관료], 옥리獄吏, 승僧, 사士, 향인鄕人 등으로 다양하다. 『사옹편언』의 내용에 대해서는 아래에서 살펴볼 터인데, 우선 『사옹편언』에 대한 선행논문은 2편이 있다.

김헌선은 「유구의 중세문화와 채온의 우언작품집 〈사옹편언〉」[1]에서, 사옹의 언어는 양지적良知的 언어관이며, 채온의 사상은 기철학적氣哲學的이나 불교, 유교, 실학, 양명학이 한데 뭉뚱그려져 독자적인 사상을 창출했다고 했다. 그러나 독자적인 사상이 무엇인지는 밝히지 못한 채 다소 모호하게 끝맺고 있다. 좀 냉정하게 말하자면 김헌선의 이 글은 논문이 아니라 책의 해제 성격이다. 그렇다고 해도 채온의 사상이 불교, 유교, 실학, 양명학이 한데 뭉뚱그려져 있다는 것에는 동의하기 어렵다. 차차 밝히겠지만 채온의 사상은 유학儒學을 정학正學으로 보는 사고가 분명하다.

윤주필은 「류큐 사이온(蔡溫)의 〈사옹편언〉과 18세기 동아시아 담론의 가능성」[2]에서 『사옹편언』의 우언성에 주목하였다. 윤주필의 논문은 『사옹편언』의 구성과 내용을 도표로 제시하였다는 점에 의미가 있다. 그러나 그가 주목한 18세기 동아시아 담론의 공통성과 그 주제에 대해서는 심도 있는 논의가 이루어지지 않았다. 그의 말 그대로 '비교문학적 가능성을 제시'하는 데 그쳤다.

이 글은 위에 제시한 2편의 선행논문과는 시각을 달리한다. 이 장에서는 『사옹편언』을 통해 사옹으로 분신한 채온의 유·불·도 사상에 대한 사유思惟를 분명하게 제시하고자 한다. 즉, 채온의 사상은 유·불·도 등의 제가諸家가 한데 뭉뚱그려진 것이 아니다. 채온은 유학이 정학正學이라는 사상의 소유자이며, 유학에 대한 존숭의 사유를 견지하고 있다.

1 채온의 생애

채온(1682~1762)은 유구의 정치가이자 사상가로 구메무라 출신이다. 부친 채탁蔡鐸과 모친 진오서真吳瑞의 차남[정실正室의 아들로서는 장남이다.]으로 구메무라에서 태어났다. 2살 위인 형 채연蔡淵은 측실인 진다만眞多滿의 아들이다. 부친 채탁은 구메무라 최고 실력자인 총역이었다.

채온은 12세에 약수재若秀才가 되었고, 15세에 수재秀才가 되었다. 그의 자서전에 의하면 소년시절 그는 반항적이고 게을렀다고 한다. 그가 반항적이었던 이유는 부모의 불화가 그에게 영향을 미쳤기 때문으로 보이는데, 그 불화의 원인은 후사後嗣 문제였으니 그와도 관련된 것이다. 정실인 채온의 생모가 아이를 낳지 못하자 그의 부친 채탁은 측실을 맞이하게 된다. 그리고 측실을 맞이할 때 장남을 낳으면 후사로 한다는 약속을 했다. 그러나 후에 채온이 태어나자 채온의 모친인 진오서가 이 약속을 받아들이지 않아 부모는 갈등을 빚었다. 어릴 적 반항적이던 채온은 17세가 되자 학문에 눈을 떠 『논어』를 비롯하여 많은 서적을 읽었다. 19세에는 통사通事에 임명되었고,

채온 송덕비. 오키나와 나하시 구메무라 천비궁 경내

21세에는 훈고사, 25세에는 강해사가 되었다.

　27세 때에는 진공존유역進貢存留役이 되어 현지에서 통역을 하는 존유통사存留通事로서 청나라 복주에 부임했다. 1709년 복주에 머무르던 중, 복주의 유구관 근처 금계산錦鷄山 능운사凌雲寺의 주지와 친하게 되었고, 그의 소개로 '호광사람(湖広者)'이라고 하는 은자隱者를 만났다. 이 은자와 5개월에 걸쳐 교유했는데 은자는 채온의 시문을 보고 채온의 학문을 통절하게 비평했다. 비평의 내용은, 글을 읽고 시문을 엮는 것만으로는 자기만족의 예능인인데 채온의 학문이 그러하다는 것이다. 또한 학문의 근본 목적은 뜻을 정성스럽게 하여 국가를 어떻게 다스릴 것인가, 인민의 행복을 어떻게 실현할 것인가, 라는 것을 고민해야 하는데 그러지 못한 채온은 예능인보다도 열등하다는 혹평이었다. 은자의 이러한 비평 이후 그의 학문은 실리와 실용으로 천하국가를 위해 도움이 되는 방향으로 변해갔다. 양명학자로 판단되는 이 은자로부터 채온은 양명학에 관한 가르침을 받고 1710년 1월에 귀국했다. 귀국 후 곧바로 유구 북부를 시찰했으며, 그해 6월 도통사로 승격하였다.

1711년 그의 나이 30세에는 당시 태자였던 상경尚敬의 교사가 되었다. 다음 해 7월 15일 상익왕尚益王이 서거하자 태자 상경이 왕이 되었고, 채온은 국사國師의 지위에 취임한다. 국사는 유구에 있어서 채온 이전에도 이후에도 취임한 자가 없는 지위이다. 채온은 나이 서른한 살에 유구 전체를 지도하는 역할을 담당하게 된 것이다. 1714년 8월 1일에는 33세로 정의대부가 되었다. 그해 8월 15일에 장남 채익蔡翼이 태어났다. 그리고 1715년 8월에『요무휘편要務彙編』을 저술했는데, 이는 이른바 제왕학帝王學에 관한 것이다.

1716년에는 상경왕의 취임과 관련하여 중국의 책봉을 받기 위해 사절단의 부사로 선발되어 11월 15일 나하를 출발하여 북경으로 향했으나 도중에 폭풍을 만나 구메섬(久米島)에 표착했다. 다음 해 10월 북경에 도착했고, 그다음 해 1월 8일에야 북경 왕부에 공물을 주고 칙서를 받아 귀국할 수 있었다. 1728년에는 정부 고관들의 선거에 의해 47세로 삼사관에 임명되었다. 1730년에『계도좌규모장系圖座規模帳』과『대여좌규모장大與座規模帳』, 1731년에『위계정位階定』을 편찬했다. 그의 저서『가내물어家内物語』도 이즈음 저술된 것으로 보인다. 1732년 11월 18일에는 민중 지도서인『어교조御教條』를 공포했다. 이후 유구 각지에서는『어교조』를 읽는 모임이 열렸으며, 1879년 일본 메이지정부에 의해 유구처분이 되기까지 교과서로 사용되었다.

1734년 8월에는 농업의 제도와 경영에 대한 해설서인『농무장農務帳』을 저술했다. 다음 해 우지대천羽地大川에 수해가 발생하자 8월 16일에 하천 개수改修의 지시를 받고 8월 22일에 현지에 들어가서 11월 17일에 완성하였다. 1736년 11월부터 다음 해 3월까지 유구 북부의 산림을 순시하고 각지의 치산治山 지도를 하면서 산림관리방법에 대한 것을『산산법식杣山法式』으로 정리하였다. 1746년에는『사옹편언』을 저술했고, 1750년에는『독물어獨物語』를 저술했다. 1752년 상경왕이 서거하자 물러나기를 청하여 사츠마번의 지시에 의하여 삼사관의 벼슬에서 물러났다. 1754년에『성몽요론醒夢要論』을 저술했으며, 1762년 80세로 사망했다.

채온은 20대의 학문기를 제외한 80세의 삶 대부분을 유구왕국의 핵심 권력자로서 유구의 18세기 역사와 함께했다. 정치 · 경제 · 교육 · 외교 · 문화 · 풍속 등 유구의 전반에 관여하며 영향을 미쳤으며, 그 과정에서 많은 관련 서적도 저술했다. 그 저술들은 민중과 풍속의 교화를 위한 내용이 많은데,『독물어』,『어교조』,『가내물어』 등의 서적이 특히 그러하다. 그러나 많은 그의 서적은 오키나와 전쟁에서 사라졌다.[3]

2 채온과 사옹의 거리

앞 절의 생애에서 언급한 것처럼 채온은 1711년 나이 서른에 황태자의 교사가 되고, 서른한 살에 국사가 된 이후 1752년 상경왕이 타계할 때까지 근 40여 년을 유구 권력의 핵심에 있었던 정치가이자 문인이다. 그는 이 기간에 유구의 정치 · 경제 · 교육 · 외교 · 역사 · 풍속 · 농업 등 전 분야에 걸쳐 정책을 입안하고 실행했다. 19세에 통사에 임명되고, 21세에 훈고사가 된 것부터 말하자면 그는 학문하던 소년기를 제외한 전 시기를 유구 최고 권력층에 있었다. 거의 50여 년이다.

『사옹편언』을 저술한 1746년에도 그는 여전히 높은 관직에 있는 관료였다. 그런데『사옹편언』에 나오는 사옹은 은자이다. 직접 농사를 짓고 초가집에 거처한다. 사옹의 '사簑'는 '도롱이', '옹翁'은 '늙은이'로 표면적 의미는 '비옷을 걸친 늙은이'이지만 선비가 이를 사용할 때는 은거를 뜻한다.

채온에게 은거라고 할 만한 삶은 1752년 나이 일흔이 넘어서 이루어진다. 그러나 이때는 그의 정치 기반이 되었던 상경왕이 타계하여 물러날 수밖에 없는 외부적 환경이 존재했다. 즉 자발적 은거가 아니라는 뜻이다. 또 '대부는 일흔 살이 되면 관직에서 물러난다.(大夫七十而致事)'라는『예기』「곡례」의 말로 미루어 보더라도 은거라고 말하기 민망한 점이 있다. 그렇다면 채온은 왜 은자인 사옹을 내세웠을까? 사옹과 채온을 동일시 할 수 있을지, 사옹과 채온의 거리는 어느 정도일지 한 번 생각해 보고자 한다. 먼저 사옹의 모습을 잠시 살펴보자.

①사옹이 밭을 가는데, 즐거운 빛이 있었다.(簑翁耕田, 而有樂色. 1화)*

---

* 원 텍스트에는 번호가 붙어 있지 않은데, 필자가 임의로 부여하였다.

②숲 속에 절이 있는데 사옹이 가래를 지고 그 문 앞을 지나가게 되었다.(林間有寺, 簑翁負鋤而過其門. 2화)

③두 선비와 한 승려가 함께 사옹을 방문했다. 초가집 앞에 매화나무 한 그루가 있는데(二士一僧, 俱訪簑翁. 見茅廬前有梅一株. 4화)

④젊은 선비가 우연히 사옹의 초가집을 방문했다.(少年之士, 偶過簑翁茅廬. 5화)

⑤솔 바위 곁에 두 승려가 단정히 앉아 샘에서 물을 길어 차를 달이고 있었다. 사옹이 우연히 그 앞을 지나가는데 한 승려가 사옹을 향해 말했다. "앉아서 함께 말씀을 나누었으면 합니다." 그러자 사옹이, "나는 야인이니 나눌 말이 없습니다."라고 했다.(松岩之側, 二僧端坐, 汲泉烹茶. 簑翁偶過其前, 一僧向翁曰, "請坐俱語." 翁曰, "吾野人也, 無語可談." 6화)

⑥사옹이 우연히 절을 지나가게 되었다. 승려가 희롱하며 말했다. "농군은 몸을 수고로이 하며 밭을 갈고, 승려는 몸을 편안히 해서 염불하네."(簑翁偶過僧寺, 僧戲曰, "農也身勞耕田, 僧也身逸念經." 8화)

위 인용문을 통해 사옹은 직접 농사를 짓고, 초가집에 거처하는 은자임이 확인되었다. 그렇다면 채온이 현실적 자신과 다른 은자를 내세운 이유는 무엇일까? 이에 대한 해명은 18세기 동아시아 담론의 방식에서 찾을 수 있을 것이다. 즉 우언적 글쓰기이다.[4] 우언은 기본적으로 의견이나 교훈을 직접적으로 드러내지 않고 은연중에 나타내므로 거부감이 적다. 안도 쇼에키(安藤昌益)*의 「법세물어法世物語」, 박지원의 「양반전」, 홍대용의 「의산문답醫山問答」 등이 좋은 예이다.

또 하나, 유가 선비들이 동경하는 귀거래적 사유도 있었을 것으로 보인다. 동진東晉의 도연명이 「귀거래사」를 노래한 이후 유가의 관료들에게 귀거래는 로망이었다. 특히 채온 당시 유구는 청나라와 함께 사츠마번의 지배를 받고 있는 이른바 양속기兩屬期였다. 이로써 청나라와 사츠마번, 양쪽의 눈치를 보지 않을 수 없게 되었다. 따라서 당시 국가 전반에 대한 정책을 입안하고 집행하던 채온으로서는 어려움과 고민도 많았을 것이며, 귀거래를 동경하지 않을 수 없었을 것이다.

또한 그는 직접 농토를 경작하지는 않았지만 직접 농촌 현장에 가서 농업정책을 지도했다. 농민에게 경지耕地의 영구경작권을 주어 농지의 지력보호地力保護를 도모한다거나, 농업용수로의 정비를 진행하기도 했다. 이런 점에서 채온은 자신의 분신으로 농은農隱이라 할 수 있는 사용을 내세워 관료, 옥리, 승려, 선비, 향인 등 다양한 인물들과의 대화를 통해 그들, 유구의 백성들을 교화하고자 했던 것이다. 그리고 그 중심사상은 유교사상이다. 그러므로 사용과 채온은

---

* 안도 쇼에키(安藤昌益, 1703~1762) : 에도시대 중기의 의사, 사상가, 철학자. 농업 중심의 계급 없는 사회를 이상으로 삼았다. 무신론과 아나키즘적 사상의 소유자이다.

동일시해도 무방할 것이며, 사옹과 채온의 거리는 매우 밀접하다고 하겠다.

3 『사옹편언』에 함의된 유·불·도에 대한 사유

유학儒學은 정학正學

『사옹편언』은 대화체 형식으로 구성된 47편의 담론집이다. 47편의 일화에는 모두 사옹이 등장하는데, 그 대상이 되는 대화자는 관료, 옥리, 승려, 선비, 향인 등으로 다양하다. 이는 채온의 아바타로서 사옹의 욕심, 곧 채온의 우환憂患의식과 널리 깨우치고자 하는 계몽의식에서 비롯된 것으로 보인다. 즉, 한 사람과의 대화만으로는 아무리 많은 일화를 제시한다고 하더라도 다양한 분야의 백성들에 대한 계몽이 어려우므로 각 분야의 사람들과 대화하는 방식을 택한 것이다. 이는 사실상 평생을 유구왕국의 일인지하 만인지상(一人之下 萬人之上)의 위치에 있었던 그에게는 자연스런 사유였다. 이런 점에서 실옹實翁과 허자虛子 두 사람의 문답체로 이루어진 홍대용의『의산문답』과는 차이가 있다.[5]

『사옹편언』에는 다양한 대화 상대가 등장하는 만큼, 얼핏 보면 다양한 사상들이 있다. 노장적, 불교적 사유도 있다. 그러나 결론적으로 말하면 유교적 사유가 지배적이며, 유학은 정학正學이라는 사상이 주를 이룬다. 그러나 채온은 27세 때에 존유통사로 청나라 복주에 부임했을 때, 복주의 유구관 근처에 있던 능운사라고 하는 절에서 '호광사람(湖広者)'이라고 하는 양명학자로 보이는 은자를 만나 많은 영향을 받았다. 또한 채온은 불경을 공부한 적이 있고, 승려들과도 매우 가깝게 지내는 등 친불교적 성향을 갖고 있기도 하다. 그 때문인지 『사옹편언』에는 유독 승려가 많이 등장한다. 그렇다고 그의 사상을 불교라고 할 수는 없다. 아래에서 제시하겠지만 「사옹편언」에는 유교를 불교보다 우위에 둔다.

따라서 여기서는 유학을 정학으로 보며 존숭하는 사유를 선명히 드러낸 일화를 제시하여 『사옹편언』에 함의된 채온의 유교사상을 논증해 보이고자 한다.[6]

학문하는 선비가 사옹에게 물었다. "노자와 불자는 각각 그들의 종조宗祖를 높여 사해의 스승이라고 합니다. 감히 묻자오니 그러한지요?" 사옹이 말했다. "대개 가르침을 주는 사람을 스승이라 하고, 가르침을 받는 사람을 제자라고 합니다. 이로 말미암아 보건대 사해의 사람들은 모두 유교의 가르침을 받았으니 유교야말로 사해의 스승입니다." 선비가 말했다. "노자 장자 불가의 무리들은 유가의 업을 물거품과 아침이슬과 같다고 보는데 어찌 유가의 가르침을 받아들이려고 하겠습니까?" 사옹이 말했다. "노자 장자 불가 또한 유가의 사람입니다만, 오로지 사사로이 함이 있어 이를 닦음에 온전히 힘쓰지 않을 따름입니다. 그러므로 유가의 사람은 노자 장자 불가를 가리켜 타가他家[7]라고 외치는 것입니다." 선비가 말했다. "자세히 깨우쳐 주십시오." 사옹이 말했다. "천지가 처음 열릴 때, 사람과 사물이 함께 생겨났으며, 그때는 사람이 짐승과 거의 다름이 없었습니다. 그러나 천황씨가 처음으로 간지를 만들고, 해와 달을 정했으며, 수황씨가 처음으로 불을 사용하여 음식물을 익혀 먹게 되었으며, 고황씨가 처음으로 집을 엮었으며, 태황씨 때 처음으로 오곡을 먹었으며, 헌원씨가 처음으로 옷을 입었으며, 창힐이 비로소 문자를 만들었습니다. 이러한 종류는 매우 많아 손가락으로 다 헤아릴 수 없습니다. 모든 옛 성현들이 하늘을 따르고 법칙을 닦아서 유가의 조종祖宗이 되었습니다. 이로부터 사해의 안에는 비록 이단의 무리라고 해도 모두 이를 따르며, 모두 이를 배우며 감히 성인의 가르침을 저버리지 않습니다. 그러니 예나 지금이나 사해의 안에 누가 유교의 가르침 안에 있는 사람이 아니라고 하겠습니까."(10화)⁸

사실 이 한 편의 글만으로도 채온의 유교사상에 대한 존숭을 확인하기에 충분하다. '사해의 사람들은 모두 유교의 가르침을 받았으니 유교야말로 사해의 스승'이라는 그의 말은 다른 어떤 것도 들어갈 틈이 없는 정언적 선언이다. 그의 말은 천지가 개벽한 뒤 삼황오제三皇五帝*의 덕으로 인간이 금수와 구별되는 시점부터 온 세상은 유교적 자장磁場 속에 있게 되었다는 뜻이다. 그러니 사해 안에 있으면서 유교의 가르침 안에 있지 않은 사람은 없다는 것이다. 삼황오제는 유가의 조종이니, 그는 유학을 정학으로 보고 있다. 그러나 그의 사유를 좀 더 분명하게 확인하기 위해 역시 조금 길지만 인용문을 제시한다.

사옹이 앉아 있는데 한 승려가 찾아와 말했다. "공자는 '나는 무언無言하고자 한다.'라고 하고, 단목씨** 역시 '문장 밖에서 듣는 것이 있

---

* 삼황오제三皇五帝 : 일반적으로 삼황은 수인燧人 · 복희伏羲 · 신농神農이고, 오제는 황제黃帝 · 전욱顓頊 · 곡嚳 · 요堯 · 순舜이다.

** 단목씨 : 단목사端木賜를 말한다. 성이 단목端木이고, 이름은 사賜, 자는 자공子貢

다.'라고 했습니다. 이것은 곧 우리 불교가 사람과 하늘을 초월하는 실법이며, 이치를 궁구하고 성품을 다하는 실학입니다. 이것으로 말미암아 논한다면 선각자들이 이른바 '유불도 삼교는 하나의 이치이다.'라고 하는 것이 또한 마땅하지 않겠습니까. 그러나 유가는 기강을 세우고, 예악을 일으키며, 정법을 펼치고, 상벌을 설정하여 중생을 유교 경전에 속박하였으며, 명名과 상相에 집착하게 했습니다. 그런즉 명과 상의 구분이 도리어 질곡의 바탕이 되었으니, 이것이 어찌 성인이 세상을 어루만지는 본뜻이겠습니까?" 사옹이 웃으며 말했다. "천축의 중생은 모두 석씨입니까? 중국의 중생은 모두 성현입니까? 무릇 중생의 삶은 비록 천성의 덕을 받아 형체가 생기고 신명이 발하더라도 각기 욕망에 쏠려서 선에 나아가는 것이 가장 어렵습니다. 만약 단속하여 막지 않는다면 금수와 멀지 않게 될까 두렵습니다. 이러한 까닭에 성인이 시세로 말미암아 인정을 살펴 이를 위하여 인의를 말하고, 정교를 펴며 풍속을 바르게 하고, 억조창생을 편안하게 하였습니다. 이것이 예나 지금이나 바뀌지 않고 통하는 도리입니다. 그러므로 천하는 하루라도 우리 유학이 없어서는 안 된다는 것이니 대개 이러한 이유 때문입니다."[9](17화)

승려는 유교의 실질적 종조宗祖인 공자와 공문십철孔門十哲의 한 사람인 자공의 말을 인용하여 먼저 유·불·도를 동일선상에 놓고, 그다음에는 유교가 예교라는 명목 하에 오히려 중생을 질곡에 빠뜨린다며 은근히 유교를 한 수 아래에 두고자 하였다. 그러나 사옹은

이다. 춘추말기 위衛나라 사람으로 공문십철孔門十哲 중 한 사람이다.

이에 대해 단호하게 말한다. 유교의 가르침이 있기 때문에 욕망에 이끌리는 중생을 성선性善으로 되돌릴 수 있으며, 따라서 금수와 다른 인간사회를 이룰 수 있다는 것이다. 이는 예나 지금이나 바뀌지 않는 도리이므로 '천하는 하루라도 유학이 없어서는 안 된다.'라고 단정하였다.

이외에도 『사옹편언』에는 유교사상에 대한 존숭과 다른 사상보다 우위라는 사유가 무척 많다. 대표적인 것만 거론하면, 37화와 39화는 탕왕湯王과 주공周公에 대한 존숭이고, 40화는 정이程頤와 주희朱熹의 대유大儒로서의 의미를 설파하고 있다. 41화는 예의禮義와 정법正法 그리고 임금에 대한 은혜를 설명한다. 43화는 『논어』「위정편」을 떠올리게 하는 내용이다. 곧 공자는 '열다섯에 학문에 뜻을 두었고, 서른에 일가를 이루었으며, 마흔에 불혹했으며, 오십에 천명을 알았으며, 예순에 귀가 순해졌다.'[10]라고 했는데, 채온은 '스물에 책 읽기를 좋아했고, 서른에 처음 학문에 뜻을 두었고, 마흔에 자신의 몸을 사랑할 줄을 알았고, 오십에 혼자 있을 때도 삼가는 것을 깨달았으며, 예순에 의심을 면할 수 있었다.'[11]라고 했다. 44화에서는 독서의 방법에 대한 강령을 성인과 범부, 천자와 서인을 예로 들며 공자와 맹자의 말을 인용하면서 처세접물處世接物에 대해 서술하고 있다.

그 외 천리天理, 인욕人慾, 충효, 인의, 하학상달 등 유교사상에 대한 존숭과 우위적 사유, 이를 통한 대화 상대자에 대한 교훈은 일일이 열거 할 수 없을 만큼 『사옹편언』 전편에 걸쳐 있다. 이를 통해 채온은 유학儒學을 바른 학문으로 받아들이고 있음을 확인할 수 있다.

불교에 대한 긍정

『사옹편언』에는 유교사상에 대한 존숭과 우위적 사유가 대부분이다. 그 서술방식은 유교의 우위를 직접적으로 말하기도 하지만, 승려의 우매함을 말함으로써 유교를 높이는 우회적 서술도 많다. 또 대화 상대자를 깨우치는 방편이 모두 유교적 사유이다. 그러나 『사옹편언』에는 승려가 특히 많이 등장하고 불교에 대한 긍정적 사유가 표출되어 있다. 많은 승려가 등장하는 것은 그만큼 친숙하다는 의미도 있을 것이다.

또 도가에 대해서는 '이단'이란 용어를 사용하는 데 반해 불가에 대해서는 그런 용어를 쓰지 않는다. 유가와 대립적인 위치의 제가諸家에 대해서는 타가他家라는 용어를 사용하는데, 이때 타가는 사실상 노장과 불교를 일컫는 것으로 보인다. 그런데 이때 이단이라고 하지 않고 타가라고 하는 것은 불교가 포함되었기 때문이라고 판단된다. 예컨대 이렇다.

①사옹이 말했다. "노자 · 장자 · 불가 또한 유가의 사람입니다만, 오로지 사사로이 함이 있어 이 법칙을 온전히 닦는데 힘쓰지 않을 따름입니다. 그러므로 유가의 사람은 노자 · 장자 · 불가를 가리켜 **타가**라고 외치는 것입니다."(10화)[12]

②사옹이 말했다. "하늘에서 가르침을 받아 이 법칙을 닦는 것을 일컬어 성인의 도라고 하고, 사사로이 일을 좋아해서 이 법칙을 빠뜨리니 곧 이는 **타가의 부류**입니다."(15화)[13]

③사옹이 말했다. "노자가 어찌 하늘로 올라가 신선이 되는 술법을 했단 말입니까. 노자는 무위에 들어가는 것을 말하였으니 그 뜻이 족히 잡음이 있습니다. 다만 오직 현학적인 말로 인하여 예법을 버리니 이런 까닭으로 우리 유가는 그들을 **이단**이라 할 따름입니다."(34화)[14]

①과 ②는 노자·장자·불가를 함께 일컬으며 '타가'라고 하였고, ③은 불가를 뺀 노자만을 지칭하며 '이단'이라고 하였다. 『사옹편언』에 승려가 특히 많이 등장하고 불교에 대해 긍정과 친숙함이 많이 표출되는 것은 그가 27세 때에 존유통사로서 청나라 복주에 머무르면서 능운사 주지와 친하게 되었고, 불교에 대한 공부가 깊었기 때문으로 보인다. 먼저 불교에 대한 그의 사유를 보자.

학문하는 선비가 사옹에게 물었다. "노장과 불가는 각각 그 도를 세웠는데 성인과 상반되는 것은 왜 그렇습니까?" 사옹이 말했다. "도라는 것은 본디 하늘에서 나오는 것으로 사사로이 할 수 없습니다. 이런 까닭에 성인은 천리를 따르는 것을 천통天通이라 하고, 그 법칙을 닦는 것을 인도人道라고 하는데 인도는 곧 천도이고, 천도는 곧 인도입니다. 이것이 이른바 천인일리天人一理이니 성인이 정일精一하게 하여 그 중을 잡는 은밀한 뜻이 온전히 여기에 있는 것입니다. 석씨가 중생을 제도하는 본뜻도 또한 이와 같습니다. … 석씨는 홀로 천축에서 태어났는데 앞에도 성인의 무리가 없었고 뒤에도 남긴 족속이 없었습니다. 다만 천축의 중생들이 사악하고 포악하여 하지 않는 일이 없는 것을 보고 석씨가 부득이하게 시세를 따르고 풍속을 살펴서 유명을 빌려 말했고 임의로 법교를 베풀었으니 중생에게 악을 징계하고 선을 행하게 하여 포악하고 사악한 병폐를 제거하고 자 했을 따름입니다. 이것이 석씨가 오로지 천축을 위해 마음과 힘을 다하여 자비를 깊고 넓게 펼친 공덕입니다. 한나라 명제明帝 시기에 그 법과 가르침이 중국에 유입된 이래 석씨를 배우는 사람들이 중국을 천축과 같이 여기니 이는 석씨를 배우는 자들의 잘못이지 어찌 석씨의 본뜻이겠습니까. 세월이 흘러 시대가 멀어지니 잘못이 더욱 심해졌습니다. 이로 말미암아 송나라 선비들이 불교를 금하기를 '불가의 말은 양주楊朱와 묵적墨翟*에 견줄 수 있으니 그 해로움이 더욱 심하다.'라고 했습니다. 그러나 이것은 불교를 배우는 사람들이 석씨를 해친 바이니, 내가 석씨를 위하여 깊이 애석히 여기는 것입니다."(36화)[15]

위 인용문에서 사옹은 도라는 것은 인간이 인위적으로 만들 수 없는 자연의 이치이며, 인도가 곧 천도이고 천도가 곧 인도이므로 천인일리天人一理의 이치를 정일하게 실천해야 한다고 전제하였다. 물론 이는 유교의 사상이다. 그리고 사옹은 불교에서 중생을 제도하고자 하는 뜻도 본래는 여기에 있었다고 한다. 다만 석가가 태어난 당시 인도의 중생들이 사악하고 포악하여 부득이 시세의 상황에 맞게 유명幽冥의 논리를 빌렸다는 것이다. 그렇지만 결국 석가의 뜻은 중생에게 악을 징계하고 선을 행하게 하여 포악하고 사악한 병폐를 제

---

* 양주楊朱는 위아爲我를 주장하였고, 묵적墨翟은 겸애兼愛를 주장하였다. 유가儒家에서는 양주를 지나친 개인주의, 묵적을 지나친 평등주의라고 비판했다.

거하고자 했을 따름이라고 한다. 그런데 이 불교가 중국으로 건너와서 약간 왜곡되었는데 그것은 석가를 배우는 자들의 잘못이지 석가의 본뜻은 아니란다. 곧, 중생을 깨우치고자 하는 불교의 기본 교리를 긍정한 것이다.

32화에서도 불교에서 말하는 천당과 지옥에 대한 선비의 질문을 받고 사옹은, '석가는 가르침을 베풀 때에 선을 쌓는 집을 천당이라 하고, 악을 쌓는 집을 지옥이라고 하였다.'[16]라고 답한다. 곧 불교의 가르침을 긍정적으로 해석한 것이다. 그러나 사옹은 이어서, '천당과 지옥은 오직 생전에만 있을 따름이니 어찌 죽음 뒤에 있겠는가. 오늘날 사람들은 석씨가 가르침을 세운 것은 알지만 석씨가 가르침을 세운 본뜻은 알지 못한다.'[17]라고 하며 불교의 사후 천당·지옥론에는 문제가 있음을 분명히 했다. 다만 이러한 불교의 문제를 불교를 공부하는 자들에게로 돌리고 있다.

불교에 대한 이러한 시각은 『사옹편언』의 여러 일화에 나온다. 대표적인 것만 거론하면, 18, 31, 35, 38화에도 있다. 그러나 사옹, 곧 채온이 불교에 대한 긍정적 시각을 가졌다고 해서 그가 유·불을 겸했다고 말할 수는 없다. 이 점에 대해서는 사옹 자신이 직접 말하고 있다.

선비가 사옹에게 말했다. "사옹의 사람됨은 유가이면서 불가를 겸한 것이 아닙니까?" 사옹이 웃으며 말했다. "불가의 행적과 유가의 행적은 하늘과 땅만큼 차이가 있습니다. 만약 이를 겸했다면 어찌 유가라고 하며, 어찌 불가라고 일컬을 수 있겠습니까. 무릇 불가와 유가는 비록 크게 다르지만 그 마음을 다스리는 것은 하나입니다. 그러므로 내가 승려를 만나면 심술의 요체를 말하고, 또한 선비를 만나면 덕행의 요체를 말합니다. 모두의 요체는 다른 사람으로 하여금 의혹을 풀고 몸을 닦게 하는 데 있을 따름입니다. 어찌 유가이면서 불가를 겸할 수 있겠습니까."(7화)[18]

채온은 불교에 대한 긍정적 시각을 가진 자신에 대해 사람들이 유교와 불교를 겸했다고 생각할 것이라는 점을 인식하고 선비의 질문을 통해 해명하고 있다. 곧 유교와 불교는 겸할 수 없으니 자신은 유교사상의 소유자라는 것이다. 또한 유교와 불교사상은 그 다름이 하늘과 땅만큼이나 현격한 차이가 있지만 마음을 다스린다고 하는 점에서는 일치하며 긍정할 만한 점이 있다고 한다. 그러나 도교에 대해서는 매우 비판적이다.

도교에 대한 이단적 시각

채온은 유교에 대해서는 존숭하고, 불교에 대해서도 일정한 긍정과 의미를 부여하지만 도교에 대해서는 이단異端이라는 단호한 표현을 쓴다. 예문을 통해서 확인해 보자.

향인이 사옹에게 말했다. "무릇 책 속에 신선술의 기이한 일이 많이 실려 있으니, 감히 묻건대 이러한 신선술을 배울 수 있습니까?" 사옹이 말했다. "신선이라고 하는 것은 곧 요술입니다. … 무릇 신선이란 천륜과 오상의 도리를 떠나 구름을 타고 안개를 타기도 하고, 나타났다 숨었다 변했다 바뀌었다 하니 세간에서 가장 천한 자의 요술입니다. 어찌 귀하다 하겠습니까?" 향인이 말했다. "제가 듣건대 하늘로 올라가 신선이 되는 술법은 노자에서 나왔으므로 그 술법이 볼 만하다고 합니다." 사옹이 말했다. "노자가 어찌 하늘로 올라가 신선이 되는 술법을 했단 말입니까. 노자는 무위에 들어가는 것을 말하였으니 그 뜻에 족히 잡음이 있습니다. 다만 오직 현학적인 말로 인하여 예법을 버리니 이런 까닭으로 우리 유가는 그들을 이단이라 할 따름입니다."(34화)[19]

도교의 신선술에 대한 향인의 질문에 사옹은 천한 자의 요술로 단정한다. 무엇보다 신선술이란 천륜과 오상의 도리를 떠난 것이므로 논할 가치가 없다는 것이다. 향인이 재차 하늘로 올라가 신선이 된다거나, 기이한 술법으로 변화하는 것이 노자의 법이라고 주장하자 사옹은 노자는 무위無爲를 주장하여 그 뜻에 의미는 있지만 현학적인 말로 대중을 현혹하며 예법을 버리기 때문에 이단이라고 한다.

앞에서 서술한 바 있듯이 『사옹편언』에서는 유교가 아닌 불교 등을 일컬을 때 '타가'라고 한 데 반해 도교에 대해서는 '이단'이란 단어를 사용하였다. 이는 향인이 이치에 많이 벗어난 신선술로 거듭 질문함에 그 우매함을 깨우치기 위한 단호함의 언술로 보이기도 하지만 결국 사옹, 곧 채온의 언술이고 그의 사유라는 점에서 주목된다. 그리고 이러한 예는 또 있다.

학문하는 선비가 사옹에게 물었다. "노장과 불가는 각각 그 도를 세웠는데 성인과 상반되는 것은 왜 그렇습니까?" 사옹이 말했다. "도라는 것은 본디 하늘에서 나오는 것으로 사사로이 훔칠 수 없습니다. 이런 까닭에 성인은 천리를 따르는 것을 천통天通이라 하고, 그 법칙을 닦는 것을 인도人道라고 하는데 인도는 곧 천도이고, 천도는 곧 인도입니다. 이것이 이른바 천인일리天人一理이니 성인이 정일하게 하여 그 중을 잡는 은밀한 뜻이 온전히 여기에 있는 것입니다. 석씨가 중생을 제도하는 본뜻도 또한 이와 같습니다. 오직 노장만이 사사로이 말하는 것이 있으니 성인의 은밀한 뜻에 거스름이 있습니다." 선비가 놀라서 말했다. "석씨는 곧 노장의 무리이므로 그 해로움이 가볍지 않은데 어찌 성인과 비교할 수 있겠습니까?" 사옹이 말했다. "그대는 모르시오? 무릇 중국은 많은 성인들이 나오는 땅입니다. 노장은 그 땅에서 나서 자랐지만 그 무리들이 허무를 이야기해서 인도를 교란시켰습니다. 이것이 성문聖門의 죄인이 아니고 무엇이겠습니까."(36화)[20]

채온이 사유하는 도는 하늘에서 나오는 것으로 이 천리를 따르는 것이 인도이고, 인도는 곧 천도이다. 그리고 그가 말한 정일집중精一執中은 『서경』 「대우모」에 나오는 '사람의 마음은 위태롭고, 도의 마음은 잘 드러나지 않으니, 정밀하게 살피고 한결같이 하여 진실로 그 중심을 잡아야 한다.(人心惟危, 道心惟微, 惟精惟一, 允執厥中.)'에서 가져온 말이다. 곧 채온은 이러한 유교사상을 존숭하고 믿고 따른다. 그런데 오직 도교는 그렇지 않다는 것이다. 도교는 천리가 아닌 사사로운 사유를 하고 특히 허무를 이야기하는 점이 문제이다. 이는 성문聖門의 죄인이라고 비판한다. 앞의 인용에서 말한 '이단'이나 '성문의 죄인'은 상당히 높은 수준의 비판이다.

이로써 『사옹편언』에 함의된 채온의 사상은 유·불·도 등의 제가諸家가 한데 뭉뚱그려진 것이 아님을 확인하였다. 그는 유교에 대해 '사해의 사람들은 모두 유교의 가르침을 받았으니 유교야말로 사

해의 스승'이라거나, '천하는 하루라도 유학이 없어서는 안 된다.'라
는 등, 유학을 바른 학문으로 존숭하였다. 불교에 대해서는 석가가
중생을 깨우치고자 한 기본 교리를 긍정하였다. 다만 불교의 사후
천당·지옥론에는 문제가 있는데 이는 불교를 공부하는 자들의 잘못
으로 돌리고 있다. 반면 도교에 대해서는 천리가 아닌 사사로운 사
유를 하고, 허무를 이야기하며 현학적인 말로 대중을 현혹하며 예법
을 버린다며 이단이라고 비판했다.

곧, 『사옹편언』에 함의된 채온의 유·불·도에 대한 사유는 유교
의 사상 속에 불교와 도교가 포함되며, 그중에서도 불교가 도교 보
다는 유교적 사유에 좀 더 가깝다고 여긴다.

9장

오키나와의 상징인 시사(シーサー)의 정체正體

정체正體(Identity)란 사물이나 사람이 본디 지니고 있는 형상 혹은 본질적으로 가지고 있는 특성을 뜻한다. 그리고 문화적 정체성(Cultural identity)이란 어떤 집단 구성원들 사이에 공유되는 추상적이고 관념적인 정체성 혹은 감정이다. 이 문화적 정체성은 보통 민족, 민속, 종교, 사회계급, 세대, 지역 등의 사회그룹과 연결되어 있으며, 문화표상으로 드러난다.

오키나와의 문화적 정체성을 드러낸 문화표상, 상징은 시사(シーサー, 獅子)이다. 그런데 시사의 정체에 대해서는 명확하지 않다. 일부 학자들은 이를 글자 그대로 사자(lion)로 보고 있다. 그러나 필자는 여기에 의문을 제기한다. 필자가 판단하기에 오키나와 시사의 정체는 사자(lion)가 아닌 백택白澤이다. 왜냐하면 이 시사의 유래는 유구왕국시대로 거슬러 올라가는데, 유구왕국시대의 기록에 백택이 등장한다. 뿐만 아니라 오키나와 시사와 관련한 선행연구에서 최초의 시사를 유구 영조왕英祖王(재위 1260~1299)의 석관에 조각되어 있는 것으로 보고 있는데[1] 이 영조왕의 석관에 조각되어 있는 시사 역시 백택일 가능성이 높다.

그리고 또 하나의 중요한 이유는 이 시사가 사자(lion)라는 명확한 역사적 문헌이 하나도 없다는 것이다. 즉, 유구왕국시대에 시사를 사자(lion)로 언급한 문헌이 현재 없다. 따라서 시사를 사자(lion)라고 주장하는 선행연구는 단지 '사獅'라는 글자에 얽매였기 때문이라고 할 수 있다. 또한 이와 별개로 유구왕국시대에 사자(lion)가 존재했다는 설도 없다.

필자는 처음 오키나와에 갔던 때부터 시사의 정체에 대해 관심을 가졌다. 오키나와 나하국제공항에 들어서면서부터 곳곳에서 만나게 되는 시사에 대해 궁금했다. 궁금증을 해소하기 위해 오키나와 현지 사람들과 몇몇 학자들에게 물었지만 분명하게 답을 주는 사람은 없었다. 계속된 궁금증 속에 유구 한문학과 관련한 연구를 이어가던 중, 『중산시문집』을 보게 되었다. 『중산시문집』 속에 게재된 「중산자료전」과 정순칙의 「중산동원팔경시」를 읽으면서 시사의 정체에 대해 확신을 갖게 되었고, 글을 쓸 필요성을 느꼈다.

1 오키나와의 상징인 시사獅子

1879년 유구처분에 의해 일본에 복속된 오키나와는 현재 일본의 오키나와현에 불과하다. 그러나 1879년 이전에는 독립왕국으로 중국에 조공하고 책봉 받던 관계였다. 즉, 일본보다는 중국과 가까운 한자문화권이었다.

현재 오키나와의 문화표상은 시사(獅子)이다. 여기에 대해서는 이론의 여지가 없는 듯하다. 오키나와 곳곳에서 시사를 만날 수 있

현재 오키나와에서 판매되고 있는 다양한 시사 모습들

다. 집집마다 문 입구 혹은 기와지붕 위에 시사가 놓여 있다. 관공서 건물이나 기업의 빌딩 벽에도 시사가 새겨져 있거나 조각상이 설치되어 있다. 관광객을 위한 문화상품의 디자인뿐만 아니라 상품화한 시사 조형물도 형형색색으로 제작되어 진열되어 있다.

그러나 시사에 대한 연구는 많지 않다. 많지 않은 선행연구는 주로 시사의 유형에 관한 것, 풍수적 관점의 고찰, 사자춤과의 연관성 분석, 그리고 문화표상으로서의 시사에 관한 것이다. 하지만 이 선행연구들 중에 시사의 정체에 대한 연구는 없다. 오키나와의 문화표상으로서 시사의 문화적 정체성에 대해 분석한 김창민 교수 역시 시사의 정체를 정확하게 파악하지 못하고 있다. 그런 가운데 이들 선행연구는 시사를 사자(lion)로 보고 있다. 그러나 시사가 처음 등장하는 유구왕국시절부터 사자(lion)였는지, 왜 사자(lion)인지를 정확하게 짚어내지 못했다. 단지 분명하지 않다는 것으로 정리하고 있다.

이는 시사에 대한 선행 연구자들이 대부분 현상적인 것에 주목하여 참고할 만한 역사 문헌 중에서 빠뜨린 것이 있기 때문이라고 생각한다. 예컨대, 고고학적인 관점에서 시사의 유형 분류에 초점을 맞춘 나카미네(長嶺),[2] 풍수적 관점에서 길흉과 비보裨補로 분석한 스즈키(鈴木),[3] 민속학적 관점에서 사자춤과의 연관성을 설명한 오시로(大城),[4] 인류학적 관점에서 문화적 정체성에 대해 연구한 김창민 교수가 그러하다. 여기에는 심각한 문제가 있다고 생각한다. 예를 들어 한 지역 혹은 그 이전에 한 국가의 문화표상으로서 어떤 사물이 존재하는데, 그 존재의 정확한 정체를 알지 못한다면 그 문화표상이 갖는 상징과 의미는 왜곡된다. 이는 문제가 아닐 수 없다.

일단 선행연구에 의하면, 오키나와 시사의 정체가 정확하게 무엇인지에 대해서는 알지 못한다. 다만 사자(lion)로 인식하고 있다. 즉, 시사는 한자로 사자獅子라고 쓰고, 그 형태도 사자와 유사하여 시사를 사자(lion)로 보는 것이 오키나와 사람들의 일반적인 인식이다. 그러나 사자(lion)는 오키나와에 자생하는 동물이 아니다. 그러므로 아프리카와 중동 일대에서 자생하는 사자가 실크로드를 거쳐 중국에 전래된 후, 다시 일본과 오키나와로 전래되었다고 보는 견해가 하나 있다. 또 다른 견해는 형태가 아닌 관념의 차원에서 시사는 오키나와 자생적 문화라는 설명이다. 즉, 마을이나 집을 지키는 수호신의 개념으로 존재했던 시사가 어느 시기에 중국에서 전래된 사자와 모습이 유사하다고 느끼면서 시사가 사자가 되었다는 주장이다.[5]

그런가 하면 시사가 개라는 견해도 있다. 일본 본토에서 신사神社를 지키는 사자 모양의 수호신상을 '코마이누(狛犬)'라고 하는데 오키나와의 시사 역시 '코마이누'라는 견해이다.[6] 또한 이때 '코마(狛)'는 고려라는 뜻으로 '고려 개'라는 의미로도 해석된다고 한다. 그러나 이 주장은 설득력을 얻지는 못한 듯한데, 그럼에도 시사가 사자와

개 양자를 포함하는 오키나와 고유의 개념으로 인식하는 것이 더 적합하다는 견해가 있다.[7]

하지만 필자는 앞에서 언급한 것처럼 이 견해에 동의하지 않는다. 분명 오키나와 시사의 본래 정체가 있었을 것이다. 그런데 이것이 시간을 지나오면서 역사 속에서 변했거나, 아니면 사라졌다가 다시 등장해 다른 정체의 동물이 되었을 가능성이 있다. 혹은 앞의 경우를 포함하여 사람들의 무지無知 속에 왜곡되었을 가능성도 있다. 그러므로 시사의 정체를 고찰하고 규명하는 것은 유구왕국시대에 탄생한 시사의 본래 의미를 바로잡는다는 측면이 있다. 혹여 역사 과정에서 이유를 불문하고 시사의 의미가 바뀌었다고 해도, 그 본래의 의미를 규명할 필요는 있다.

또 한편으로는 현재 오키나와의 문화표상인 시사의 이미지가 '마을이나 집에 사악한 기운이 들어오는 것을 막는다.'라는 고유 관념의 형상화라는 비상징적 의미를 보다 적극적으로 해명할 수도 있다. 필자가 여기서 '비상징적 의미'라고 말한 것은, 문화표상이란 선행연구에서 말하는 것처럼 '아무 동물이라도 괜찮은, 단지 마을이나 집에 사악한 기운이 들어오는 것을 막는다는 고유관념의 형상화'는 아니라는 것이다. 따라서 시사의 정체는 사자(lion)가 아닐 것이라는 주장이다. 결론적으로 오키나와 시사의 정체는 백택이라는 것이 필자의 주장이다. 이에 대한 논증은 아래에서 한다.

2 시사獅子의 정체는 백택白澤

영조왕 석관에 부조浮彫된 시사의 백택 가능성

먼저 오키나와 지역에 최초로 등장한 시사라고 간주되는 것은
유구가 아직 통일왕국[8]을 이루기 전인 삼산시대 중산왕이었던 영조
왕英祖王의 석관에 부조된 시사이다. 석관의 위치는 현재 오키나와 우
라소에시(浦添市)로 유구왕국의 능묘陵墓가 있는 우라소에 요우도레
이다. 그러므로 영조왕의 석관이 언제 제작되었는가에 따라 시사의
최초 존재 시기도 정해진다고 할 수 있다.

영조왕의 석관 제작 시기에 관해서는 두 가지 견해가 있다. 하나
는 영조왕 사망 직후설이고, 다른 하나는 상진왕尙眞王* 시기설이다.
전자는 14세기이고, 후자는 15세기 후반이 된다. 하지만 제작 시기와
관련해서 현재 확실한 문헌이 없는 상태이다.

필자가 주목하는 것은 이 석관에 부조된 시사의 모습이다. 먼저
옆의 사진을 보자. 옆에 제시한 영조왕 석관에 부조된 시사를 자세히
보면, 두 마리의 시사가 오른쪽과 왼쪽으로 각각 나누어 있고, 그 가
운데에는 어떤 물건이 있는데 이 물건을 굵은 끈으로 연결하여 양쪽
의 시사가 각각 목에 걸고 있다. 이 가운데 있는 물건이 무엇인지 정
확히 알 수는 없지만 혹 영조왕의 영구靈柩가 아닐까 생각한다. 왜냐
하면 영조왕의 석관에 부조된 것이기 때문이다. 만약 그렇다면 두 마
리의 시사가 영조왕을 운구運柩하는 것이 된다. 그런데 왼쪽 시사는

---

*　상진왕尙眞王(1465~1526) : 유구 상원尙圓왕통(제2상씨)의 3대왕. 1477년 13살로 즉
　　위했다. 재위 50년.

영조왕 석관의 시사 부조

영조왕 석관의 시사 부조 확대[9]

왼쪽으로 향하고, 오른쪽 시사는 오른쪽으로 향하고 있다. 이를 어떻게 해석해야 할지 현재로서는 난감하다. 다만 이 글에서는 그 방향보다도 시사의 정체를 분석하는 것이므로 여기에 집중해 보기로 한다. 정면을 향하고 있는 시사의 안면顏面은 사납기보다는 귀여운 어린아이의 모습이다. 그런데 이 모습은 아래에 제시하는 「백택지도」의 백택 모습과 매우 유사하다. 유사하다는 것은 전체의 형태와 정면을 바라보는 자세, 그리고 사람의 얼굴을 한 모습을 말한다.

이 그림은 6장에서 설명한 바와 같이 유구왕국시대 천재화가라고 일컬어지는 자료가 그린 「백택지도」이다. 자료가 그린 「백택지도」는 오키나와현 지정문화재이다. 그림 상단 2/3는 그림에 대한 제화이고, 아래 1/3부분에 백택이 그려져 있다. 그러나 자료가 그린 백택은 17세기 작품으로 위에 서술한 영조왕 석관의 제작 시기와는 2세기 정도 차이가 난다. 그런데도 그림이 매우 유사하다. 그러므로 6장에서 백택과 관련한 내용을 거론하였지만 다시 한 번 백택에 대해 확인하고 영조왕 석관 시사와의 관련성을 유추해보기로 한다.

백택은 중국 전설상의 인물인 황제黃帝가 천하를 두루 살피며 다니다가 동해에서 만난 동물로 사자 모양에 사람의 말을 하는 신령한

유구 화가 자료가 그린
「백택지도白澤之圖」

「백택지도」 하단 부분

동물이다. 이 신수神獸는 눈이 9개로 얼굴에 3개, 배[胴]에 6개가 있으며, 덕이 있는 임금이 다스리는 때에 나타난다고 한다. 또 그가 나타나면 재앙이 사라진다고도 한다. 그러므로 중국을 비롯한 한국·일본·유구 등 여러 나라에서 묘사하고 있다. 예컨대 중국 명청明淸시대에는 관리의 옷 앞과 등에 덧붙여 관인의 계급을 표시하는 그림의 하나로 백택이 사용되었고, 조선시대에는 「백택기」[10]를 사용한 것이 『조선왕조실록』에 나온다.[11] 『삼재도회三才圖會』에도 백택에 관한 내용이 나온다.

> 동망산에 택수澤獸라는 놈이 있는데 백택이라고도 하며 말을 할 줄 안다. 왕이 덕과 총명으로 그윽하고 멀리까지 비추면 이른다. 옛날 황제가 전국을 돌아보다가 동해에 이르러 이 짐승을 만나 말을 했더니 당시 재해가 사라졌다.[12]

『삼재도회』의 「백택」 설명에서 주목할 점은, 덕 있는 임금의 시대에 나타나며, 백택이 나타나면 재해가 사라진다는 설명이다. 그리고 『삼재도회』에 실린 백택은 사자 모습과 닮았다. 여기까지만 봐도 영조왕 석관에 부조된 시사는 백택이라고 할 수 있다. 즉, 백택을 등장시켜 영조왕의 치세治世를 칭송함과 동시에 재해를 물리치고자 하는 것이다.

특히 필자의 추론을 근거로, 두 마리의 백택으로 하여금 영조왕의 영구靈柩를 이끌게 하는 발상이라면 영조왕에 대한 그 어떤 칭송을 능가한다. 그런데 뜬금없이 사자(lion)가 왜 여기 등장하겠는가. 고려 개라는 견해 역시 뜬금없기는 마찬가지이다. 그리고 앞에서 서술한 것처럼 중국의 명청시대, 조선의 세종시대 등, 동아시아에서는 백택에 대해 이미 알고 있었으며, 그 이미지를 다양하게 활용하고 있었다. 유구 역시 14세기 말부터 중국 및 조선과 교류하면서 동아시아 한자문화권에 편입되어 있었다. 그러므로 백택의 존재와 의미를 알았을 가능성이 높다.[13]

또한 화가 자료는 영조왕의 시대와는 한참 떨어진 인물이고, 수리에서 태어났지만 그의 부친은 포첨간절성간浦添間切城間의 지두였다. 즉, 화가 자료는 포첨시가 아닌 왕성이 있던 수리에서 태어났지만 그의 부친이 포첨시를 영지領地로 받은 지두인 만큼 포첨시에 대해서도 잘 알고 있었을 것이다. 따라서 포첨시 요우도레에 있던 영조왕의 능묘에 대해서도 알았을 것이고, 그 석관에 부조된 시사에 대해서도 몰랐을 리 없다. 특히 그가 그린 「백택지도」가 영조왕 석관에 부조된 시사와 유난히도 닮았다는 것은 이런 점을 증명하기 충분하다.

그렇지만 좀 더 부연하자면, 『삼재도회』의 「백택도」는 자료가 그린 백택과 구성이나 모습이 약간 다르다. 즉, 화가 자료는 『삼재도회』의 「백택도」보다는 영조왕 석관에 부조된 시사를 보고 「백택지도」를 그렸다고 유추할 수 있다. 정리하면, 영조왕 석관에 부조된 시사를 보고 그린 그림을 그는 '백택'이라고 한 것이다.

「백택도」『삼재도회집성』「조수·수류」

시사 조각상의 백택 가능성

부조가 아닌 조각상으로는 유구왕국의 도성都城이었던 수리성 환회문歡會門(칸카이몬) 앞에 있는 한 쌍의 시사상像이 있다. 이 시사상이 조각상으로는 가장 오래된 것으로 연구자들은 보고 있다.[14]

환회문은 수리성 외곽 제1문으로 수리성 정문에 해당하며, 중국 책봉사를 환영한다는 뜻으로 이렇게 이름하였다. 그리고 이 환회문은 국왕, 고급관원, 외국사절 등 남성전용 문이다. 석문 위에 목조 누각이 있고, 한 쌍의 시사상이 문 앞 양쪽에 배치되어 있다. 이 환회문은 상진왕(재위 1477~1526) 시기에 건립되었으므로 환회문 건립 당시 곧바로 시사상이 세워졌다면 이 시사는 15세기 말 혹은 16세기 초에 건립되었다.

이외에도 원각사의 방생교放生橋 기둥 위에 새겨진 시사상, 옥릉玉陵(다마우둔) 지붕 위에 놓인 시사상, 우라소에 요우도레에 있는 시사상 등이 있다. 원각사는 유구 제2상씨왕가의 원찰願刹로 유구 3대 사찰 중 하나이며, 유구 임제종 총본산으로 수리성 경내 북쪽에 인접해 있던 사찰로 1494년에 건립되었다. 옥릉은 유구 제2상씨왕가의 일족을 기리는 능묘로 1501년에 완성되었다. 그리고 우라소에 요우도레의 시사상은 상녕왕尙寧王(1564~1620, 재위1589~1620)의 무덤 옆 구릉 위에서 무덤의 문을 바라보는 형상으로 17세기에 제작되었다고 볼 수 있다.

이들 시사상은 앞에 서술한 영조왕의 석관에 부조된 시사와 화가 자료가 그린 백택의 모습과는 조금 다른 구조이다. 이는 부조와 그림, 그리고 조각의 차이로 보인다. 또 영조왕의 석관에 부조된 시사와 화가 자료가 그린 백택의 안면 모습은 사람의 얼굴 모습과 흡사하다. 반면 조각상은 그렇지는 않고, 얼핏 보면 오히려『삼재도회』
의 백택 모습과 유사하다. 그러나 이들 시사상도 자세히 보면 사자
보다는 백택의 모습이 보인다. 아래에 제시한 환회문 앞의 시사상을
자세히 보기 바란다.

두 시사의 시선은 약간 먼 곳을 향하고 있다. 두 시사의 안면을

유구 수리성 환회문歡會門

환회문 앞 왼쪽 시사   환회문 앞 왼쪽 시사 옆모습   환회문 앞 오른쪽 시사
(사진 설명에서 오른쪽과 왼쪽은 사진을 찍는 입장에서 말한 것이다.)

자세히 보면 역시 사자보다는 앞에 제시한 백택의 모습에서 볼 수 있는 인간적 얼굴이 엿보인다. 그리고 이 두 시사의 목 앞에는 일견 목걸이 같은 장식이 있다. 왼쪽 시사의 것은 나비모양 아래 세로로 늘어뜨린 시계추 모양의 막대와 그 옆에 두 개의 나비 장식이 있는 반면, 오른쪽 시사의 것은 한 개의 나비 장식이 있을 뿐이다. 입을 벌리고 있는 모습은 같은데 왼쪽 시사는 입이 옆으로 길며 혀가 입 안에 있는 반면, 오른쪽 시사는 어금니로 추정되는 것이 양쪽으로 뻗어 나와 입모양은 좁고 혀도 나와 있다.

이 나비모양과 시계추 모양의 장식은 무엇을 상징할까? 혹 백택에게 있다는 9개의 눈들을 상징하는 것은 아닐까? 아니면 단순한 장식일까? 현재로서는 단정하기 어렵다. 보다 다양한 후속 연구들이 이어져야 할 것이다. 그리고 다시 한 번 강조하자면 백택은 사자 모양을 하고 있다. 따라서 사자 모양을 하고 있다고 해서 모두 사자가 아니다. 이 점 매우 유의해야 할 것이다.

「중산동원팔경시中山東苑八景詩」에 등장한 백택

「중산동원팔경시」는 유구왕국시대의 사족이며 '나고성인(名護聖人)'으로 유명한 학자 정순칙이 노래한 여덟 수의 연작시이다. 「중산동원팔경시」에 대해서는 7장에서 서술하였는데, 시사의 정체인 백택에 대해 중요한 정보를 제공하고 있으므로 여기서 다시 필요한 부분을 재론하고자 한다. 「중산동원팔경시」는 1696년에 창작되었다. 우선 중산은 유구를 뜻한다.

동원은 현재 오키나와 나하시 사키야마초(崎山町)에 있던 옛 왕가의 별장으로 상정왕 9년인 1677년에 축조되었는데 흔히 어다옥어전御茶屋御殿이라고 부르는 다실이다. 동원이라는 명칭은 1683년 유구에 온 상정왕의 책봉정사 왕즙이 수리성의 동쪽에 있다고 하여 붙인 것이다. 왕즙의 『사유구잡록』에 의하면, 상정왕이 자신에게 요청하여 동원이라는 이름을 짓고 방榜을 문에 걸었다고 한다. 이곳은 중산에서 가장 경치가 좋은 곳으로 국왕이 유람하거나 책봉사 등 국빈을 환대하는 곳으로 사용되었다.

즉, 「중산동원팔경시」는 수리성 동쪽의 동원에서 바라본 유구의 아름다운 모습을 읊은 시이다. 이 여덟 수의 연작시 중에 제5수에 백택이 등장한다. 이 시를 다시 한 번 읽어보자.

석동의 웅크린 사자(石洞獅蹲)

仙桃花發洞門開	복사꽃이 피고 동문이 열리니
猛獸成群安在哉	맹수가 어찌 무리지어 있겠는가.
將石琢爲新白澤	돌을 깨어 새로 백택을 만드니
四山虎豹敢前來	사방의 범과 표범이 어찌 감히 앞으로 나오리.

이 시의 한문 제목은 「석동사준石洞獅蹲」으로 '사獅' 자를 넣고 있지만, '돌을 깨어 새로 백택을 만든다.'라는 3번째 구절을 보면 이 '사獅'의 정체는 '백택白澤'이 분명하다. 그러므로 시 제목을 「석동의 웅크린 사자」로 번역해야 할지, 아니면 「석동의 웅크린 시사」로 해야 할지, 혹은 「석동의 웅크린 백택」으로 해야 할지 무척 고민했다.

아무튼 이렇게 백택을 만드니 사방의 범과 표범이 감히 앞으로 나올 수 없다는 4번째 구절은 '백택이 나타나면 재해가 사라진다.'라는 신수神獸 백택의 능력을 묘사한 것이다. 즉, 이 시가 창작된 1696

년, 그리고 이 시를 창작한 시인 정순칙이 살았던 1734년까지는 유구에서 말하는 시사는 백택이 분명하다. '나고성인'으로 불리는 유구의 대학자인 정순칙이 이를 모르고 제목에 '사獅'를 넣고 본문에서 '백택'이라고 했을 리 없다.

그리고 일명 어다옥어전인 동원의 석조 시사상은 태평양전쟁 와중에 일어난 오키나와 전쟁 때 파괴되었다가 1979년경 전전戰前의 사진을 바탕으로 복원된 것이다. 원래는 동원이 있던 자리인 현재의 수리가톨릭교회 부지 내에 있었으나 붕괴의 우려가 있다고 판단하여 우걸어악雨乞御嶽(아마고이 우타키) 옆으로 이설移設하였다.

정면이 아닌 옆으로 비스듬한 모습을 한 이 시사상은 앞에 서술

어다옥어전의 석조 시사상

한 영조왕의 석관 부조와 화가 자료가 그린 백택의 형태와 닮았다. 또한 이 시사의 모습은 환회문 앞의 시사보다 소박하고 일견 귀엽다는 인상마저 준다. 매우 친근함을 느끼게 한다. 이는 현재 오키나와 전역에서 볼 수 있는 시사의 안면 모습과 크게 다르지 않다. 이 시사상 역시 재해災害로부터 동원을 보호하기 위해 제작되었을 것이다. 이처럼 18세기 초까지 백택이던 시사는 왜 사자(lion)가 되었을까? 아래에서 그 배경을 유추해보고자 한다.

3 백택이 사자가 된 배경

앞에서 논증한 것처럼 영조왕의 석관 부조 제작 시기를 가장 빠르게 잡아 14세기로 본다면, 14세기부터 「중산동원팔경시」에서 백택을 읊은 정순칙이 살았던 18세기 초까지 유구 시사의 정체가 백택이었던 것은 분명하다고 하겠다. 그런데 시사 관련 선행연구에서는 왜 시사의 정체를 사자(lion)로 보고 있는지 이해하기 어렵다. 다만 이 글을 집필하는 과정에서 유추되는 바를 간략하게 언급하고자 한다.

첫째는 유구 역사의 단절로 인한 오류라고 보인다. 정순칙의 시 「석동의 웅크린 사자(石洞獅蹲)」에 백택이 등장한 이후, 1879년에 유구는 일본 메이지정부의 유구처분에 의해 일본의 오키나와현이 되었다. 그리고 태평양전쟁 와중에 오키나와 전쟁을 겪으며 많은 문헌과 문화재가 소실되었다. 전쟁 이후에는 미군정의 지배를 받다가 1972년 일본에 반환되어 현재에 이른다. 이런 역사 속에서 시사 관련 선행연구자들이 백택에 대한 문헌 고찰 없이, '시사(獅子)'라고 표기된 글자만으로 성급하게 사자(lion)로 본 것으로 판단된다. 즉, 앞에서 제시한 한문학 자료들이 검토되지 못했기 때문에 이런 오류가 빚어졌을 것이다.

두 번째는 이런 단절과 오류 속에 시사를 사자(lion)로 인식하는 논문이 학계에 제출되면서 시사가 사자(lion)로 굳어지는 계기가 되었을 것이다. 또한 일부 학자가 시사를 사자(lion)라는 근거로 제시하는 유구 전통의 사자무獅子舞(시시마이)는 유구를 상징하는 백택과 별개이거나 아니면 이 역시 백택의 변형이 아닐까라는 생각을 해본다. 왜냐하면 유구의 사자무는 유구왕국시절 천연두가 창궐하자 역신을 다스리기 위해 시작되었으며, 이후 질병을 피하고 풍년을 기원하기 위해 연행되었다고 전해진다. 그렇다면 더더욱 이 사자무에 등장하는 사자의 정체는 백택이어야 한다. 그렇지 않은가. 역신을 다스리려고 하는데 왜 갑자기 사자(lion)가 등장하는가.

또 다른 학자는 '사자후獅子吼'라는 말이 불경佛經에서 유래했고, 유구도 불교를 숭상했으니 사자(lion)와 관련이 있지 않을까라고 한다. 물론 유구는 해양국으로서 항해 안전의 수호신으로 초기 도교의 마조신앙을 숭배했고, 이후 일본 승려가 도래하면서 불교신앙도 두터웠다. 그리고 『유마경維摩經』「불국품佛國品」에 '법을 연설할 때에는 사자가 포효하듯이 두려움이 없고, 그 강설하는 바는 우레가 울려 퍼지는 것과 같았다.(演法無畏, 猶獅子吼, 其所講說, 乃如雷震.)'라는 말이 있다. 그러나 여기에 나오는 '사자후'는 뭇 짐승들이 사자의 울부짖음 앞에서 꼼짝 못하듯이 석가의 설법이 악마를 조복調伏시키는 위력이 있음을 말하고 있는 것이지, 사자가 재해 혹은 역신을 다스린다는 말은 아니다.

필자의 논증을 강화하기 위해 한국의 해태[해치, 獬豸]의 사례를 잠시 살펴보고자 한다. 우리가 흔히 해태라고 발음하는 해치獬豸 역시 화재나 재앙을 물리치는 신수神獸이다. 해치는 소와 닮았다고도 하고 양과 닮았다고도 하며, 또한 사자와 비슷하다고도 한다. 한나라 양부楊孚가 지은 『이물지異物志』에 의하면, '동북 변방에 짐승이 있는데, 이름은 해치라고 하며, 한 개의 뿔을 가지고 있다. 성품이 충직하여 사람이 싸우는 것을 보면 바르지 못한 사람을 뿔로 받고, 사람이 논쟁하는 것을 들으면 옳지 않은 사람을 받는다.(東北荒中有兽, 名獬豸 一角. 性忠見人鬪, 則触不直者, 聞人論, 則咋不正者.)'라고 하였다.

이 기록에 의하면 해치는 정의를 상징하는 동물이다. 따라서 법을 심판하는 사람은 해치관이라 하여 해치가 새겨진 관모를 쓰기도 하였다. 우리나라에서는 대사헌의 흉배에 장식되기도 하였고, 광화문 앞과 경복궁 근정전의 처마마루에도 놓여 있다. 또한 순종 유릉裕陵의 신도神道 양쪽에도 해치상이 있다. 경복궁 근정전 처마마루에 놓인 것은 이 전각 안에서 정사를 돌보는 임금의 공평무사를 비는 뜻이 담겨 있다고 하겠다.

이처럼 왕궁과 관련한 곳에 두는 짐승은 통치철학을 담아내는 신수神獸이다. 이는 유구도 예외가 아닐 것이다. 다만 이들 신수는 사실상 상상의 동물이므로 그것을 표현하기 위해서는 현존하는 동물의 모습을 빌리지 않을 수 없다. 따라서 사자 모습을 빌린 신수가 많다. 그 이유는 아마도 동양에 실재하는 사자가 밀림의 왕이기 때문일 것이다.

한편, 유구왕국의 통치철학인 덕치를 상징하고, 동시에 제해除害를 기원하며 왕가와 관련한 곳에 부조하거나 조각해 놓았던 시사-백택은 17세기 말부터 마을로 확산되었다. 이에 대해 선행연구에서는 풍수관념의 보급으로 설명하고 있다. 17세기에 중국으로부터 풍수관념이 도입되었는데 그 핵심이 마을 풍수라는 것이다. 이 풍수관념에 따라 제해의 의미로 마을 경계 곳곳에 시사가 설치되었다는 것이다.[15] 이른바 무라시사(村獅子)이다. 특히 이 시기 오키나와 남부 지역에 화재가 빈번하게 발생하면서 이런 재난으로부터 마을을 보호하기 위한 비보裨補로써 무라시사가 확대되었다고 한다.

17세기 말 유구가 중국으로부터 풍수관념을 도입했다는 주장은 아마도 타당할 것이다. 그런데 풍수관념과 함께 재앙을 물리치기 위해 마을로 확대된 시사가 왜 하필 사자(lion)이냐는 것이다. 이 물음과 관련한 역사적 문헌 근거는 없다. 따라서 이 무라시사의 정체 역시 유구왕국시대의 백택이라고 필자는 생각한다.

왜냐하면 무라시사 중 가장 오래된 것이 동풍평東風平의 부성富盛에 있는 시사인데, 유구의 역사서 『구양』에 의하면 이 시사는 상정왕 21년인 1689년 마을에 빈번하게 발생하는 화재를 막기 위해서 설치되었다.[16] 즉, 이 시사는 왕부에 의해 설치된 무라시사이다. 또한 상정왕 21년(1689)은 앞에서 서술한 정순칙이 「중산동원팔경」 중, 「석동의 웅크린 사자(石洞獅蹲)」에서 백택을 읊은 1696년보다 7년 전이다. 만약 이 무라시사가 사자(lion)이라면 7년 뒤 정순칙이 어다옥어전인 동원의 석조 시사상을 백택이라고 노래할 리가 없다. 따라서 이 무라시사 역시 백택이어야 논리가 맞다.

이처럼 왕가와 왕궁 주변에 설치하던 시사-백택이 마을로 내려오자 일반 사람들도 이를 인지하게 되면서 시사를 설치하여 재앙을 물리치는 문화가 마을 여기저기로 확대되었다고 보인다. 이렇게 확대된 무라시사는 20세기 초부터는 지붕 위에 시사를 두는 야네시사(屋根獅子)로 바뀐다. 야네시사의 등장은 오키나와에 기와 주택을 건설하게 된 1889년부터라고 한다. 야네시사의 시작은 초기 기와지붕을 만든 장인이 집주인에게 축하의 뜻으로 기와 조각을 이용하여 사자, 호랑이, 개 등의 형상을 만들어 지붕에 올려 두는 것에서 시작되었다고 한다.[17] 이른바 잡상雜像이다. 그런데 사람들은 야네시사라고 불렀다.

하지만 이 주장도 명확한 근거가 없으므로 야네시사를 보다 적극적으로 유추하자면, 그 배경이 분명하지는 않지만 1879년 유구왕

야네시사의 모습. 오키나와 나하시 구메무라

국의 멸망과 근대화도 일정한 역할을 한 것으로 보인다. 즉, 유구왕국의 통치철학을 나타내는 것으로 시작되었던 시사-백택이 왕국의 멸망으로 더 이상 제작할 필요가 없어졌을 것이다. 또한 근대화로 인한 도시화의 진행과 도시로의 이주로 무라시사 역시 존재의 의미를 잃었을 것이다. 그러나 사람들의 마음과 뇌리 속에 있던 시사에 대한 인식은 일거에 사라지기 어렵다. 따라서 시사[백택]의 크기를 줄여서 지붕 위에 올려 조용히 옛 유구를 기억하며 주민 개개인의 재앙이 사라지기를 기원했을지도 모르겠다. 그리고 내용은 생략된 채, 형태로만 전해지면서 문화 전통이 되었을 개연성이 높다.

이런 과정을 거치면서 시사의 정체가 백택이라는 것을 전하는 문헌과 사람들이 사라지자, 선행연구를 포함한 후대 사람들은 단지 '사獅'라는 표기글자에 얽매여 시사를 사자(lion)로 판단하고, 사자

(lion)와의 관련성을 찾았을 것이다. 이제 시사는 다양한 형태와 색으로 제작되어 개인의 취향에 따라 곳곳에 놓이는 장식품이 되었다. 그리고 시사가 유구왕국이 염원했던 통치철학을 담고 있는 백택이었다는 사실을 아는 사람은 거의 없는 듯하다.

하지만 다시 한 번 강조하면, 현재 오키나와의 문화표상이자 상징인 시사의 정체는 과거 유구왕국의 통치철학을 담고 있던 백택이다. 선행연구에서 시사의 정체를 사자(lion)로 오인한 것은 유구왕국 시대의 한문학적 자료들이 검토되지 못했기 때문에 빚어진 왜곡이라고 생각한다.

즉, 선행연구에서는 오키나와 문화표상인 시사가 유구왕국시대에는 왕의 권위와 권력의 표상으로 사용되다가 17세기 사츠마에 의한 유구왕국의 실질적 지배로 유구왕의 권위가 추락하면서 왕궁을 떠나 일반 대중에게로 이동하였다고 보았다. 이를 뒷받침하는 근거로 '사자는 백수의 왕으로 강력한 힘을 상징하므로 많은 지역에서 사자는 왕의 권위를 상징하는 수단으로 사용되었다.'라는 것이다. 또 '도입 초기의 시사는 외부로부터의 재앙을 방비하기 위한 비보神補로서의 의미보다 왕권의 상징이라는 의미가 더 강하였다.'[18]라고 하였다.

그러나 이는 오류라고 생각한다. 유구왕국이 택한 시사의 정체인 백택은 왕권의 상징을 힘에 두는 것이 아니고 덕德에 둔다. 덕이 있는 임금이 다스릴 때에만 나타나는 것이 백택이다. 왕권의 상징으로서 사자(lion)를 일컫는 것은 강한 힘을 뜻한다. 그러나 유구의 역사를 보면, 유구는 사자(lion)와 같은 강한 힘을 원하지 않았다. 또한 유구 역시 중세 동아시아 한자문화권으로서 중국과 책봉 및 조공의 관계에 있으면서 유가사상을 받아들였다. 유가사상에서 군주는 덕을 내세우지 힘을 내세우지 않는다.

3부

조 선 문 인 과 유 구 문 인 의 만 남

永和九年歲在癸丑
暮春之初會于會稽山
陰之蘭亭修禊事也群
賢畢至少長咸集此地

有崇山峻嶺茂林脩竹
又有清流激湍映帶左
右引以為流觴曲水列
坐其次雖無絲竹管絃之盛

10장

조선 전기 조선 문인과 유구 사신 동자단^{東自端}의 증답시^{贈答詩}

조선과 유구의 관계는『조선왕조실록』태조 1년(1392) 8월 18일 기사에 '유구국 중산왕이 사신을 보내어 조회하였다.'라는 내용을 시작으로 중종시대까지 직접적인 외교관계가 이어졌다. 그러나 조선 사신이 유구로 직접 간 것은 3번에 그치는 반면 유구의 사신은 46회나 조선으로 왔다.[1] 조선의 경우, 태종 16년(1416) 1월 27일에 '왜에 잡혀 유구로 팔려간 자를 쇄환하기 위해 전 호군 이예^{李藝}*를 유구에 파견하였고, 세종 때 통사^{通事} 김원진^{金源珍}[2]이 2번 유구로 갔다 왔는데, 김원진은 조선의 사신이 아니라는 설이 있다.

반면 유구의 사신은 46차례나 조선에 왔지만 16번이나 위사^{僞使}[가짜사신] 논란이 있었다. 이처럼 조선에 온 유구 사신에 대해 위사 문제가 적지 않지만, 조선 측은 유구 국왕의 대리 사신이든, 위사든 가리지 않고 동등하게 응대한 것으로 보인다. 여기에는 조선 문물의 우수함을 동남아 여러 나라에 과시하려는 의도도 있고, 또 동남아 해

---

* 이예^{李藝}(1373~1445) : 울산군의 기관^{記官} 출신이었으나, 1396년 왜적에게 잡혀간 지울산군사 이은^{李殷} 등을 시종한 공으로 아전의 역에서 면제되고 벼슬을 받았다. 회례부사, 첨지중추원사 등을 역임했던 문신이다.

상에 관한 정보를 얻기 위함도 있었던 것으로 보인다.[3]

한편 이처럼 조선과 유구는 조선 중기까지 직접 교류를 하였고, 중기 이후에는 북경을 통한 우회 외교가 이어졌지만, 조선 전기 유구 사신과의 수창酬唱 혹은 증답贈答한 시에 대한 연구는 거의 다루어지지 않았다. 조선과 유구 사신 간에 주고받은 시에 대해서는 연행 기록인 이수광의 「유구사신증답록琉球使臣贈答錄」에 관한 논문이 2편 정도 있을 뿐이다.[4] 또한 이수광이 유구 사신을 만나 문답하고 시를 시은 때는 1612년 정월로 조선 후기에 속하며, 북경에서 이루어졌다. 다시 강조하면, 조선 전기 조선에 온 유구 사신과 주고받은 한시에 대해서는 거의 연구되지 않았다.

그 이유는 아마도 외교적으로 주고받아 상투적인 수사로 이루어진 전별시나 수창시에서 특별한 의미를 찾기 어렵거나, 작은 실마리라도 분석해야 할 만큼 유구에 대한 관심이 크지 않기 때문이라 생각한다. 또는 다른 외교 문서나 기타 기록에서 두 나라 관계의 의미를 찾을 수 있다고 생각했기 때문일 수도 있다. 그러나 시를 통해 당시 외교 이면裏面을 볼 수 있을 뿐만 아니라, 두 나라의 관계사를 엿볼 수도 있다.

즉, 시는 인간의 감성에 관계된 것이므로 외교적이라 해도 내면의 감정이 표출될 수밖에 없다. 물론 외교 자리에서 읊조리는 시라는 것은 의례적이라 상대방에 대한 칭송 일변도가 많다. 그럼에도 시를 통해 서로의 마음을 전하고, 우호를 다지며, 문학적 실력을 겨루기도 하고, 정보를 교환하기도 한다. 이 또한 중세 외교의 한 문화이다. 그러므로 양국 사신과의 수창시 혹은 증답시를 고찰하는 것은 양국의 관계사를 고찰하는 또 다른 창구가 된다.

조선과 유구 사신이 만날 때마다 수창하거나 많은 증답시가 있는 것은 아니지만 그렇다고 없지도 않다. 그러므로 이 장에서는 조선과 유구가 직접 교류하던 조선 전기에 조선에 온 유구 사신 동자단東自端과 조선 문인들이 주고받은 증답시를 분석하고자 한다. 이를 통해 조선과 유구의 외교 및 문학 교류 양상의 일단을 규명하고자 한다.

1 유구 사신 동혼東渾와 동자단東自端

유구 사신은 조선 태조 때부터 조선에 왔다. 손승철의 논문에 의하면[5] 태조 때부터 단종 때까지 13번 유구 사신이 조선에 왔지만 양국 문인 간에 주고받은 시는 보이지 않는다. 세조 7년(1461)에도 8명의 조선인 표류민을 송환해 주고자 유구 사신 채경蔡璟과 보수고普須古가 왔지만 남긴 시문은 없다.

이후 7년 뒤인 세조 13년(1467)에 승려인 동조同照와 동혼東渾이 유구국왕의 사신으로 조선에 왔는데, 이때 서거정徐居正(1420~1488)이 쓴 「유구국 사신 동조상인을 보내다(送琉球國使同照上人)」와 「유구국 부사 동조상인을 보내다(送琉球國副使東照上人)」라는 제목의 시가 있다. 이 시에 대해서는 다음 절에서 고찰할 것이고, 우선 이 절에서는 '동조'와 '동혼' 중, 누가 동자단東自端인지에 대해 검토하고자 한다. 즉, 성종 2년(1471)에 자단서당自端西堂이라는 유구 사신이 왔는데, 이 인물은 '자단상인自端上人' 혹은 '동자단'으로도 불리며, 1467년에 온 동조 혹은 동혼 중 한 명이다.

먼저 세조 13년(1467) 7월 13일자 『조선왕조실록』에, '유구국왕

이 승려인 동조와 동혼 등을 보내어 앵무새·큰 닭·호초·서각犀角·
서적·침향·천축주天竺酒 등의 물건을 바쳤다.'라고 기록하고 있다.
이 기사에서 얻을 수 있는 정보는 동조·동혼이 승려라는 점과 이들
이 유구 사신의 대표자들이라는 점이다. 이들 두 사신은 일본 규슈
사람인데[6] 당시 일본 승려가 유구 사신을 대행하는 경우가 종종 있
었다. 이 점에 대해서는 아래에 인용하는 신숙주의 글「유구국 사신
동자단 시에 차운하고 아울러 짧은 서문을 붙임(次琉球國使東自端詩
幷小序)」에서도 확인된다. 즉, 신숙주는 "삼가 보건대 해동의 여러 나
라에서는 무릇 사신을 보낼 적에 반드시 승려들에게 명하여 보낸다.
나는 오래도록 예관을 맡아서 날마다 스님을 대하였다."라고 하였다.

일단 동조와 동혼에 대해 좀 더 유추하자면, 동조는 정사正使이
고 동혼은 부사副使로 파악된다. 이는 이름을 거명하는 순서상 짐작
할 수 있는 사항이기도 하고, 서거정의 시「유구국 사신 동조상인을
보내다」와「유구국 부사 동조상인을 보내다」라는 2편의 시에서도 얻
을 수 있는 정보이다. 그런데 문제는 서거정은 왜 '동혼東渾'을 '동조東
照'라고 했을까 하는 점이다. 이는 일단 서거정의 착각이나 오기誤記라
고 판단해둔다. 그나마 다행인 것은 서거정이 두 수의 시를 남겼다는
점이다. 만약 서거정이「유구국 부사 동조상인을 보내다(送琉球國副
使東照上人)」한 수의 시만 남겼다면 '동조東照'가 '동조同照'인지 '동혼
東渾'인지 유추하기 어려웠을 것이다.

'상인上人'이란 보통 승려에 대한 존칭으로 붙이는 것이므로 대상
인물이 승려임을 나타낼 뿐 특별한 의미는 없다. 이때의 사신에 대한
유구측 기록은『역대보안』에서 확인할 수 있다.『역대보안』1467년 8
월 19일 기사에는「조선 국왕 이유가 유구 국왕에게 답례한 편지와

별폭(朝鮮國王李琿より琉球國王あて, 返禮の書簡と別幅)」이라는 제목 하에 세조가 보낸 문서 내용과 물품 목록을 적고 있다.[7]

이후 성종 2년(1471) 11월 2일, 유구 상덕왕의 사신으로 자단서 당이 조선에 온다.[8] 이 사신의 목적은 뒤에서 다루기로 하고, 이 자단 서당이 세조 13년에 왔던 동조인지 동혼인지에 대해 먼저 검토하고 자 한다. 당시 신숙주申叔舟(1417~1475)는 「유구국 사신 동자단 시에 차운하고 아울러 짧은 서문을 붙임(次琉球國使東自端詩 幷小序)」이라 는 글을 썼다. 내용을 잠시 읽어보자.

> 자단 스님은 일본 승려 중에 뛰어난 사람이다. 그가 일찍이 참방參
> 訪*을 위하여 유구에 갔었는데, 유구 국왕이 우리 혜장왕〔세조〕을
> 사모하여 막 사신을 보내려고 하던 참이었다. 유구 국왕은 그때 자
> 단스님의 현명함을 알고 마침내 국서를 주어 보냈으니, 성화 정해
> 년(1467년) 가을이었다. 우리 혜장왕께서는 국내 정치가 이미 높은
> 경지에 이르렀으므로 먼 지방과 교제를 하려고 생각하여 특별한 예
> 로 대우하였다. 그런데 지금 또 자단 스님이 새로 등극한 유구왕의
> 명을 받들고 선왕〔세조〕에게 드리는 향폐를 가지고 와서 바쳤다.
> 우리 전하께서는 온 나라의 신민들과 함께 선왕을 추모하여 자단
> 스님을 정중히 대접하였다. 삼가 보건대 해동의 여러 나라에서는
> 무릇 사신을 보낼 적에 반드시 승려들에게 명하여 보낸다. 나는 오
> 래도록 예관을 맡아서 날마다 스님을 대하였다. 나는 또 일찍이 일
> 본에 가서 그 나라 사람들을 많이 만나보았지만 이 자단 스님처럼

---

* 참방參訪: 중이 여러 곳을 돌아다니면서 도道를 구하고 수행하는 일.

훌륭한 사람은 없었다. 자단 스님은 대궐 아래에서 배명拜命하고 물러나 예조의 연회에 참석하였으므로 조용히 하룻밤을 같이 보내게 되었다. 연회가 끝난 다음 날 스님이 칠언근체시 1편을 나에게 주었는데, 그 시에 쓰인 내용이 너무 높아 내가 감당할 수는 없으나 시는 참으로 잘된 작품이었다. 나는 그 시를 받아 보배처럼 간직하였는데, 떠나는 날이 되자 자기 시에 화답을 요구하며, "작별할 때 시를 지어 주던 옛사람들의 풍류를 따르기 바란다."라고 하였다. 나는 단지 스님의 고상한 풍모를 좋아하여 사양하지 않고 거친 말 몇 구절을 모아 운에 맞추어 회포를 써서 전별하는 노자처럼 주었다.[9]

신숙주는 1466년 의정부 영의정에 임명되었다. 1467년에는 이시애의 난이 일어나 함길도관찰사로 있던 둘째아들이 사망하기도 하였고, 그 자신도 무고로 의금부에 갇히는 일이 있었지만 곧 석방되어 예조판서까지 겸하였다. 그리고 세조에서 성종으로 임금이 바뀐 1471년 10월에 다시 대광보국숭록대부 의정부 영의정에 임명되었으며, 12월에 임금의 명을 받들어 『해동제국기』를 지었다.[10] 그런 신숙주가 1467년에 온 유구 사신과 1471년에 온 유구 사신이 모두 동일인 동자단이라고 말한다. 하지만 이 문구로만 보면 동자단이 동조인지 동혼인지 불분명하다. 그런데 『조선왕조실록』 성종 11년(1480) 7월 8일자 「유구 국왕의 사승 경종이 하직하다」라는 기사를 보면 좀 더 명확하다.

유구 국왕의 사승使僧 경종敬宗이 하직하였다. 그 답서에 이르기를, "창해가 멀리 막혔으니, 살피지 못하건대 기거起居가 어떠하십니까?

… 지난번에 폐방敝邦의 백성이 배가 풍파를 만나서 귀도貴島에 표류·기착하였는데 보호를 해주어서 본토에 돌아오게 하였으니, 능히 전날의 화호和好를 닦았다고 하겠습니다. 보낸 상관인上官人 동조同照가 불행하게도 중도에서 운명하였으니, 참으로 슬프고 애석하여 관원을 보내어서 조제弔祭하고 거두어 장례하기를 의례와 같이 하였으니, 조실照悉하기 바랍니다.

이 기사의 내용에서 눈여겨 볼 것은 '보낸 상관인上官人 동조同照가 불행하게도 중도에서 운명하였다.'라는 말이다. 그리고 조선에서 시신을 거두어 장례를 행했다고 한다. 한편 동조의 타계 시점을 좀 더 유추해보면, 위의 기사에서 말하는 '지난번'은 ①1467년일 수도 있고, ②1471년일 수도 있다. 그런데 1467년에는 서거정이 「유구국 사신 동조상인을 보내다(送琉球國使同照上人)」라는 시를 시어 준 것으로 보아 당시 동조는 무사히 귀국한 것으로 보인다. 그렇다면 1471년에 동조와 동혼이 이전과 마찬가지로 함께 사신으로 오다가 동조에게 불행한 일이 생긴 것으로 파악된다.

그리고 또 하나 필자는 '동東'이란 글자에 무게를 두어서 자단서당은 '동혼東渾'이라고 판단한다. '동자단東自端'은 '동혼東渾'과 '자단서당自端西堂'을 합쳐 부른 것이다. 그런데 '서당西堂'이란 용어에 대해서도 알려진 것은 거의 없다. 유구 사료에도 보이지 않는다.[11] 다만 『유구국유래기琉球國由來記』에 '서당'에 대한 간략한 설명이 있다.

①조당방주의 일: 조당방주는 시진侍眞이 그 직분이다. 시진이라는 것은 본디 개산의 탑주塔主이다. 그 예에 준해서 지금 임금이 선

왕의 사당을 짓고 사당에 관한 일에 근무하게 하였다. 덕을 좋아
하는 자로 하여금 그 일을 주관하게 하였다. 그러므로 서당西堂의
지위에 오른다.[12]

②정방주의 일: 정방주는 유나維那가 그 직분이다. 유나라는 것은
범어이다. 번역하면 차제가 되며, 승려 일의 차례를 안다는 말이
다. 지금 변재천당의 향정香灯을 받든다. 그러므로 '정亭'이라고
일컫는다. '방주'는 승려의 별명이다. 덕행이 있는 사람을 뽑아서
그 직분을 맡긴다. 그러므로 서당西堂의 지위로 전임된다.[13]

위의 두 인용문에 의하면 유구의 제일 사찰인 원각사에 '서당'이
라는 지위의 승려가 있었다. 그러므로 이때 유구 사신 자격으로 조선
에 온 동자단[자단서당]은 유구의 원각사와 관계가 있을 것으로 파악
된다. 위의 인용문 내용을 조금 더 풀어보면, ①의 '시진侍眞'이란 선
종禪宗에서 조사祖師의 진영眞影에 급시給侍하는 소임을 말하고, '탑주塔
主'란 탑두塔頭, 즉 고승의 사리탑을 모신 곳을 총감독하는 역할 또는
그 역승役僧을 말한다. 인용문 ②의 '유維'는 사찰의 대소사를 관장하
고 불사를 관리하는 직임인 강유綱維를 뜻하고, '나那'는 범어 '갈마타
나羯磨陀那'의 준말로 부처와 보살의 형상과 위의를 관리하는 사람을
뜻한다. 즉, '유나'는 사찰의 대소사와 승려들의 규율 등을 맡은 의식
승을 말한다. 향정香灯은 불전佛前이나 신상神像 앞에 밤낮으로 켜두는
등불이다.

즉, 1467년에 왔던 동혼은 그 사이에 '서당'이라는 지위에 오른
것으로 유추된다. 따라서 1467년에 왔던 동혼과 1471년에 왔던 유구

사신 동자단은 같은 인물로 파악된다.

2 세조 13년(1467)의 전별시餞別詩

세조 13년인 1467년 5월 14일 유구 사신이 부산포에 이르자 이극돈을 선위사로 보냈다.[14] 그리고 7월 13일자『조선왕조실록』에 의하면, '유구 국왕이 승려인 동조·동혼 등을 보내어 앵무새·큰 닭·호초·서각·서적·침향·천축주 등의 물건을 바쳤다.' 이때 유구 사신이 가져온 앵무새는 세조 7년에 왔던 유구 사신 채경과 보수고에게 세조가 부탁했던 물건이다. 곧, 세조 7년인 1461년 연말에 유구국왕이 사신 보수고와 채경을 보내 8명의 조선인 표류민을 송환했다. 이때 유구에서는 신축한 천계사天界寺에 소장하여 나라의 안녕을 기원하려고 한다면서『대장경』을 요청했다. 조선에서는 이 요구에 응해『대장경』을 보내주면서 다음에 올 때는 ①중국에서 해외로 유실한 책을 찾아 달라는 것과 ②앵무새와 공작을 보내달라고 요청했다.[15] 유구 역시 조선의 요청을 받아들여 앵무새와 공작 그리고 중국에서 유실한『사찬록史纂錄』·『임간어록林間語錄』·『나선생문집羅先生文集』을 보내왔다.[16] 이때 온 앵무새에 대해서는 점필재 김종직이 읊은 시가 있다.

앵무鸚鵡

김종직

珍禽隻影到東陲　진기한 새 한 그림자 동쪽 변방에 이르렀으니

幾伴檣烏日夜馳　　몇 번이나 장오를 짝해 주야로 달렸던가.

嗚咽秖應悲故土　　슬퍼 우는 건 응당 고국을 슬퍼함인데

嫋婳還欲學癡姬　　머뭇거림은 도리어 어리석은 계집을 배우려
　　　　　　　　　는 듯.

翠衿自惜菱花照　　푸른 옷깃 능화경에 비침을 스스로 아끼어

紺趾難辭玉鏁縻　　검푸른 발은 옥 사슬 빠져나가기 어렵네.

爭似九苞丹穴鳳　　어찌 단혈에 사는 구포의 봉황새가

不言猶瑞太平時　　말없이 태평시대 상서로움 알려줌과 같으랴.

　　　　　　　　　(『점필재집佔畢齋集』 권3)

　　김종직은 '유구왕이 사신을 보내서 앵무새 한 마리를 바쳐왔으
므로, 동도東都에서 그것을 보고 짓다.'라고 추가로 적었다. 2구에 나
오는 '장오檣烏'는 후풍候風[배가 떠날 때, 순풍을 기다림]의 용도로 쓰이
는 새의 깃으로 만든 까마귀를 뜻하는데, 이것을 돛대 위에 장치하였
으므로 장오라고 한다. 즉 이 구절은 앵무새가 유구의 배에 실려 조
선으로 온 것을 말한다. 3구에서는 앵무새가 우는 소리를 유구를 그
리워하여 우는 것으로 묘사했다. 7구의 '구포九苞'는 아홉 가지 색깔
의 깃을 가진 봉황새를 가리킨다.

　　위의 시를 통해 봉황새만큼은 아니지만 앵무새 역시 태평성세의
상서로운 존재로 여겨졌음을 알 수 있다. 최항 역시 「하앵무전賀鸚鵡
箋」을 통해 '외국에서 바친 진귀한 새, 천하태평의 상징'이라 했다. 이
때 유구 사신은 40~50일 정도 서울에 머물렀는데, 그들이 떠날 때 서
거정이 전별시를 지어주었다. 서거정은 동조와 동혼에게 각각 시를
주었다. 먼저 동조상인에게 준 시를 읽어보자.

유구국 사신 동조상인을 보내다(送琉球國使同照上人)

秋風百丈健帆開	가을바람에 백 길 건장하게 펼친 돛
知是球陽使者回	알고 보니 유구국 사신이 돌아가는 길이라네.
日出鯨濤明瀚渤	해는 동해에서 나와 고비사막 발해를 다 밝히고
天低鼇岫護蓬萊	하늘은 오수에 닿아 봉래산을 보호하네.
慣識倚舷平似馬	말 타듯 편안히 뱃전에 기대는 걸 잘 알기에
等閑渡海小於杯	바다를 술잔처럼 여겨 무난하게 건너가겠지.
歸來萬里乾坤眼	돌아가거든 만 리 천지를 유람한 눈으로
唫對窓前一樹梅	창 앞의 매화나무를 대하여 읊조리겠지. (서거정 『사가집』제14권)

1, 2구는 음력 5월에 왔던 유구 사신들이 한 달 반 정도 머물고 가을에 돌아감을 알리고 있다. 3구의 '경도鯨濤'는 일반적으로 '고래처럼 커다란 물결'이라는 뜻으로 바다에서 이는 큰 파도를 비유적으로 이르는 말이지만, 여기서는 바다에서 해가 뜨는 것을 비유한 것으로 보인다. 그리고 '한瀚'은 '한해瀚海'를 말하는 것이고, '한해'는 고비사막의 옛 이름이다. 4구의 '오수鼇岫'는 큰 자라가 이고 있다는 신산神山을 가리키며, 봉래는 신산의 하나인데, 여기서는 유구를 가리키는 것으로 보인다. 발해의 동쪽에는 대여岱興, 원교員嶠, 방호方壺, 영주瀛州, 봉래蓬萊 다섯 신산이 있는데, 이 산들이 조수에 표류하지 않도록 천제의 명에 따라 금빛자라[金鼇] 15마리가 이 산들을 머리에 이고 있다는 고사에서 온 말이다.

5, 6구는 바닷길에 익숙한 유구 사신들을 육지에서 말을 타는 것으로 비유하고 있다. 그러므로 바다를 술잔처럼 가볍게 여겨 무사히 귀국하라는 바람이 담겨 있다. 그렇게 편안히 귀국한 뒤에 창 앞의 매화나무를 감상하면서 시를 지으라는 것이다. 8구에서 매화를 등장시킨 것은 유구 사신들이 돌아가면 겨울일 것이고, 따라서 동지섣달에 가장 먼저 꽃을 피워 봄을 알리는 매화가 필 것이기 때문이다. 유구는 아열대 지역이므로 조선과 같은 동지섣달은 없다. 그러나 1월 초순은 가장 추운 시기로 14도 내외의 기온을 나타내는데 이때 매화가 핀다. 7구의 '만 리 천지'는 조선으로 보아야 할 것이다. 이 시에는 특별한 외교적 언급 없이 유구 사신들이 험한 바닷길을 무사히 돌아가기를 바라고 있다.

다음은 부사인 동혼에게 준 시이다. '동조東照'라고 한 것은 잘못 표기한 것이라고 생각되지만, 제목을 수정하지 않고 그대로 둔다.

유구국의 부사 동조상인을 보내다(送琉球國副使東照上人)

球陽使者日本師	유구국의 사자는 본디 일본 스님인데
文彩照輝珊瑚枝	문채가 산호 가지에 광휘를 발하네.
去年發棹球陽口	작년 유구국 어귀에서 배를 띄울 땐
江樹江花飛作雨	강가의 꽃잎이 비처럼 날렸지.
今年維舟漢水皐	올해 한강 언덕에 닻줄을 매고 나니
漢水綠漲金葡萄	한강은 포도 빛깔 푸른 물결이 넘실대네.
隴西鸚鵡出雕籠	농서의 앵무는 새장에 넣어 가져왔고
江南美酒琥珀濃	강남의 좋은 술은 호박잔에 농후하네.
稽首拜獻黃金殿	머리 조아려 절하고 황금전에 올리니

黃金殿前催賜宴	황금전 앞, 주연을 재촉하시네.
百年文物全盛時	백 년의 문물 전성기를 만나
四海一家同春熙	사해가 한집 되어 봄의 화기를 함께했네.
師乎專對古無倫	스님의 전대는 예전에 없던 재능이니
九州之外豈無人	구주 밖이라고 어찌 인재 없을까.
秋風策策理歸舟	쌀쌀한 가을바람에 떠날 배를 손질하니
驪駒一曲生遠愁	여구곡 한 가락에 아득한 시름 일어나네.
酒盡江樓雙玉缸	강루에서 두 항아리 술 다 기울이고
目斷牙檣飛鷁雙	돛 펼친 배 두 척 빨리 감을 끝까지 바라보네.
蓬萊淸淺弱水深	봉래는 맑고 얕지만 약수는 깊으니
天涯南北相思心	하늘 끝, 남과 북에서 그리워만 하네. (서거정
	『사가집』 제14권)

2구의 '문채가 산호 가지에 광휘를 발한다(文彩照輝珊瑚枝).'라는
내용은 당나라 시인 두보杜甫의 시 「유인幽人」에서 차용한 것이다. 두
보는 「유인」에서 '우뚝하게 떠오른 동방의 태양, 산호 가지에 광휘를
발한다(崔嵬扶桑日 照曜珊瑚枝).'라고 노래했다. 서거정은 이를 차용
하여 유구 사신 동혼의 문학 실력이 높음을 말하고 있다. 이 평가는
다음 절에서도 확인된다. 성종 2년(1471)에 유구 사신으로 온 동자단
동혼은 작시作詩 실력이 뛰어나 조선 문인들과 수창酬唱하고, 특히 신
숙주에게 문학적 실력이 높다는 평가를 받는다.

3, 4구는 유구 사신이 조선으로 오기 위해 이미 작년 봄에 출발
했음을 말한다. 그런데 한강에 닻줄을 맨 때는 해가 바뀐 여름이다.
그만큼 유구와 조선의 바닷길은 쉽지 않은 길이다. 오죽했으면 "유

구국에 사신을 보내어 왜구가 노략질하여 전매轉賣한 사람을 돌려보내도록 청해야 한다."라는 의견에 대해 '바다가 험하고 멀다.'라는 이유로 조선 관리가 아무도 가려고 하지 않았으며, 논의 끝에 이예를 파견하기로 하였지만 호조판서인 황희가 '물길이 험하고 멀며, 비용도 대단히 많이 드니 파견하지 않는 것이 낫겠다.'라고 건의하였겠는가.(『태종실록』 1415년 8월 5일 기사)

7구의 '앵무'는 앞에서 언급한 것처럼, 세조 7년(1461)에 왔던 유구 사신에게 조선이 요청한 물건이다. 이를 유구 사신이 잊지 않고 가져왔다. 『금경禽經』에 의하면 '앵무새는 농서 지방에서 나오는데, 말을 하는 새이다(鸚鵡出隴西, 能言鳥也).' 8구 '강남의 좋은 술은 호박잔에 농후하네(江南美酒琥珀濃).'는 두보의 시 「정부마댁연동중鄭駙馬宅宴洞中」에서 '봄에 빚은 술은 엷은 호박잔에 농후하고, 얼음물은 푸른 마노사발에 차갑구나.(春酒盃濃琥珀薄, 冰漿椀碧瑪瑙寒.)'에서 가져왔다. 9, 10구는 이 술을 세조에게 올리고, 세조가 유구 사신들을 위해 연회를 베풀었음을 말한다. 11, 12구는 외교적인 수사로서 조선과 유구가 잘 지내고 있다는 뜻이다.

13구의 '전대專對'는 외국에 사신으로 나가서 독자적으로 응대를 잘하여 사명을 완수하는 것을 이르는 말로 유구부사 동혼의 작시 능력을 높이 평가한 것이다. 일찍이 공자가 "시경 삼백 편을 줄줄 외면서도 정사를 맡겨주면 알지 못하고, 사방에 사명을 받들고 나가서 독자적으로 응대를 하지 못한다면, 아무리 많은 것을 알고 있다 한들 또한 어디에 쓰겠는가."[17]라고 한 말에서 유래하였다. 15구는 떠나는 유구 사신의 모습이고, 16구는 서거정의 마음이라고 하겠다. '여

구려구驪駒'는 『일시逸詩』[*]의 편명으로 송별할 때에 부르는 노래이다. 그 가사는 다음과 같다. '검은 망아지가 문에 있으니, 마부가 다 함께 있도다. 검은 망아지가 길에 있으니, 마부가 멍에를 다스리도다(驪駒在門, 僕夫具存. 驪駒在路, 僕夫整駕).'

'강루에서 두 항아리 술 다 기울였다.'라는 17구는 이별의 아쉬움에 차마 헤어지지 못하고 한 잔 한 잔 수작하다 보니 어느새 두 항아리나 되는 술을 마셨다는 뜻이다. 18구는 드디어 유구 사신들이 배를 띄우고 돛을 펼쳐 출발하였다. '익새[鷁]'는 큰 새의 이름인데, 옛날에 이 새를 뱃머리에 그려 붙였으므로 배의 별칭으로 쓰이기도 한다. 그러므로 쌍익雙鷁은 익새를 그린 배 두 척, 즉 정사와 부사의 배를 말한다. 배가 시야에서 벗어날 때까지 끝까지 바라보고 있다.

19구의 봉래는 동해에 있다는 신산神山이다. '봉래가 맑고 얕다'는 말은, 옛날 마고麻姑가 왕방평王方平[**]에게 "만나 뵌 이래로 벌써 동해가 세 차례 뽕나무밭으로 변하는 것을 보았는데, 아래 봉래산에 이르러 보니 물이 또 지난번 만났을 때보다 대략 절반쯤 얕아졌습니다. 어찌 다시 육지로 변하지 않겠습니까?(接侍以來, 已見東海三爲桑田, 向到蓬萊, 水又淺于往者會時略半也. 豈將復還爲陵陸乎?)"라고 했다는 설에서 가져왔다. 즉, 세상일의 무상한 변천을 의미한다. '약수弱水'는 서해의 중앙에 위치한 선경仙境 봉린주鳳麟洲를 둘러싸고 있다는 강 이름으로, 이 물은 아주 먼 곳에 있어 사람이 갈 수가 없다고 한다. 송나라 문인 소식蘇軾은 「금산묘고대金山妙高臺」 시에서, "봉래산은 도달

[*] 『일시逸詩』: 『시경』에 수록되지 않은 고시古詩.
[**] 마고와 왕방평은 전설 속의 신선으로 중국 한나라 효환제孝桓帝 때인 147년, 지상에 내려왔다는 전설이 전한다.

할 수 없고, 약수는 삼만 리나 떨어져 있네(蓬萊不可到, 弱水三萬里)."
라고 하였다.

동조상인에게 준 시와 달리 이 시는 전고典故를 많이 사용하는
등, 지적 능력을 한껏 과시하고 있다. 아마도 동조상인보다 동혼상인
이 작시와 한문 실력이 뛰어남으로 이를 의식하여 조선 문인의 실력
을 드러내고자 한 듯하다. 한편 아쉬운 점은 이때 동혼이 지은 시가
있을 법한데, 알려진 것이 없다는 것이다.

3 성종 2년(1471)의 증답시贈答詩

동자단이 신숙주에게 보낸 시

『조선왕조실록』 성종 2년(1471) 11월 2일 기사에 의하면, '유구
상덕왕이 사신 자단서당을 보내 내빙하고 서계를 올렸다.' 유구왕이
보낸 서계를 보면 이때의 유구 사신은 ①세조의 죽음에 대한 조문과
②성종의 즉위에 대한 축하 ③유구 상덕왕의 즉위를 알리기 위한 세
가지 목적을 띠고 있다. 즉, 서계에는 "상덕은 진실로 황공하게 머리
를 조아리며 조선 국왕 전하께 글을 바치옵니다. 선왕께서 안가晏駕
하셨으므로 조례弔禮를 하기 위하여 중[僧] 자단서당을 차견差遣하여
범묘梵妙한 두루兜樓를 가지고 가서 우러러 변변치 못한 뜻의 만에 하
나라도 펴게 하옵니다."라고 하였다. 그리고 "상덕의 부친 또한 (세조
께서 승하하신 이듬해인) 성화 5년(1469) 8월 18일에 훙薨하였는데, 또
한 선왕의 용염龍髥을 휘어잡음이 아니겠습니까?"라고 하여 상덕왕의
부왕이 타계했음과 동시에 자신이 왕위를 이었음을 전하고 있다. 또

한 부친의 유언이라며, '조선과 친교 맺기'를 희망했다.

그런데 유구 역사를 보면, 1469년에 타계한 왕이 상덕이다. 상덕은 1441년에 태어나서 21세 때인 1461년에 즉위했고, 재위 9년 만인 1469년 4월 22일 29세로 타계했다. 상덕왕의 타계로 7대 64년간 이어오던 유구의 상사소尙思紹왕통(제1 상씨시대)은 사실상 막을 내렸다. 1470년 상원尙圓(1415~1476)이 즉위하면서 유구는 제2 상씨시대가 시작되었다. 제2 상씨시대와 함께 상원왕통을 연 상원왕은 상덕왕의 부왕이었던 상태구왕尙泰久王 때의 중신重臣이었다. 그는 혁명으로 왕위에 올랐다.[18]

이와 관련하여 유구의 역사서인『역대보안』을 살펴보아도 이 내용과 시기에 딱 떨어지는 기사는 없다. 다만 유사한 기사로는 1470년 4월 1일 자에,「유구 국왕 상덕이 조선국에, 일본 상선에게 맡겨 반례한 자문과 별폭(琉球國王尙德より朝鮮國あて, 日本の商船に託して返禮する咨と別幅)」이 있다.[19]『역대보안』의 이 항목 주석에는 다음과 같이 적고 있다. '이 문서는 1467년 8월 19일자에 대한 반서返書이다. 조선에서 받은 막대한 예물에 대해 남방에서 나는 귀중한 물건을 중심으로 많은 반례返禮를 하고 있다. 이 문서는 국왕 이름을 상덕이라 하고, 날짜를 1470년 4월 1일로 하였다는 점에 주목된다.『중산세보』에 의하면 상덕은 1469년 4월 22일 타계했다고 되어있다. …『역대보안』에는 이후 만력 40년(1612)까지 조선 국왕의 자문을 수록했다는 내용이 없는데,『조선왕조실록』에는 이 이후에도 상덕이나 상원의 이름으로 여러 번 사신을 보냈다는 기록이 있다. 여기에 대해서는 위사僞使와 위서僞書라는 연구 외에 이 시기가 쿠데타에 의한 제1 상씨와 제2 상씨의 왕통 교체기였으므로 유구 중앙 권력의 불안정한 정세를

틈탄 호족들의 행동이었을 것이라는 연구와 함께 이들 사신은 제2 상씨와는 친밀하지 않은 사람들로 구성되었다는 연구도 있다.'[20]

이 『역대보안』 각주의 내용으로 미루어보면, 1471년에 조선에 온 유구 사신은 상원왕과 대립적인 유구 호족이 상덕왕의 명의로 보낸 것으로 유구의 내분을 숨기고 조선과의 외교를 이어가기 위함일 가능성이 높다. 그러나 조선은 이런 내막을 알지 못한 듯하다. 왜냐하면 이때 온 유구 사신과 유구에서 보낸 문서에 대한 의문이 없기 때문이다. 이 역사적인 문제에 대해서는 이 정도로 서술한다.

다만 이때 사신으로 온 인물은 평좌위문위平佐衛門慰 신중信重과 자단서당 등 23인이다. 자단서당은 앞에서 서술한 바와 같이 세조 13년에 부사로 왔던 승려 동혼이다. 이때 동자단이 다시 사신으로 온 것은 그가 조선에 사신으로 왔던 경험이 있어 조선을 잘 알 뿐만 아니라, 세조와 인연이 있으므로 세조의 죽음에 대한 조문사절을 겸하기에 적당했다고 판단했기 때문일 것이다. 여기에 동자단의 작시作詩 능력과 음시吟詩 실력이 포함되었을지도 모르겠다. 그 외 앞 단락에서 서술한 바와 같이 유구 내분의 상황이 복합적으로 작용하였을 것이나 현재로서는 정확히 알기 어렵다. 유구 사신단은 1471년 11월 2일에 조선에 들어와 조회하고, 12월 13일에 하직 인사를 하고 떠났다. 유구 사신단이 서울에 머무는 동안 성종은 이들에게 연회를 베풀었다. 1471년 11월 10일 『조선왕조실록』에는 다음과 같이 적고 있다.

(성종이) 인정전에 나가 유구국 사신 자단서당 등 23인과 왜인 피고구라皮古仇羅 등 9인에게 잔치를 베푸는데, 종재 월산대군 이정·봉원부원군 정창손 등 31인이 입시하였다. 자단·신중과 계민장주啓閩

藏主 등에게 전교하기를, "너의 국왕이 선왕에게 진향進香하고 또 즉위한 것을 하례하며, 겸하여 예물을 보냈으니 내 심히 기뻐한다. 너희들이 추위를 무릅쓰고 험난함을 건너 간고艱苦하게 멀리 왔으니, 내 또 가상히 여긴다." 하니, 자단 등이 대답하기를, "상교上敎가 정녕 이에 이르니 감격함을 이기지 못하겠습니다." 하였다. 명하여 3인에게 차례로 술을 올리게 하고, 이어서 물건을 차등 있게 내려 주었다.

특히 동자단은 이때 조선 문인들과 시를 주고받았다. 조선시대를 통틀어 조선 문인과 유구 문인이 주고받은 시가 매우 적고, 더욱이 조선 전기 유구와 직접 교류하던 시기에도 조선에서 시를 수창한 사례가 극히 적다는 것을 생각하면 이때 동자단과의 수창시는 의미가 있다. 물론 동자단이 유구 사신이라는 명분으로 왔지만 그는 일본 규슈 출신이다. 이를 통해 당시 유구인의 한시 수준은 아직 낮으며, 이런 이유로 일본 승려를 사신으로 보내고 있음을 알 수 있다. 반면 동자단의 문학적 감수성 혹은 재능은 뛰어났음을 알 수 있다. 이때의 수창은 동자단이 먼저 신숙주에게 시를 보내고, 화답시를 요구하면서 이루어졌다. 동자단은 (대궐에서의) 연회가 끝난 다음 날 신숙주를 위해 칠언율시 1편을 지어 보냈다. 신숙주는 그 시에 쓰인 내용이 자신을 너무 크게 평가하여 감당할 수는 없으나 시는 참으로 잘된 작품이라 평가하였다.[21] 먼저 동자단의 시를 살펴보자.

동자단이 시서詩敍에 말하기를, "나의 품성이 비록 우둔하지만 외람되게도 유구국 전하의 사신으로 임명을 받고 두 번째 상국을 찾아와 뵈었는데, 조정의 성대한 일들을 대체로 둘러보면 비록 중국의 하은주 3대와 겨누어도 부끄러울 것이 없습니다. 어제 겸판서 신공 [신숙주] 각하를 모시었는데, 각하의 아름다운 이름은 본래 일본과 유구에 넘쳐났지만, 어제 존귀한 얼굴을 보니 실로 인물 중에 으뜸이었고 문장을 관장하는 능력을 가지고 있었습니다. 그러므로 문장으로 상국인 조선을 구정처럼 중히 여기게 된 것은 바로 각하 한 사람의 능력 때문이라고 생각합니다. 이에 대롱으로 하늘을 보는 좁은 견문에 저급한 말로 글을 엮어 그 이름과 덕과 재주의 만분의 일이나마 펴보려고 하였으니 바라건대 한번 빙그레 웃어주시기 바랍니다."[22]

識荊遂願見申君	한 번 보기를 바라다가 소원대로 공을 뵈니
儀表堂堂愜素聞	드러난 모습 당당하여 소문과 같네.
調鼎鹽梅得良手	정승으로 국사를 조절하는 훌륭한 솜씨에
回瀾砥柱立鴻勳	거센 물결을 막아서 돌리는 큰 공훈을 세웠네.
飛騰名猕鵬高擧	날아오르는 명성은 봉새처럼 높이 올라가고
芬馥德香蘭更薰	풍겨 나오는 덕의 향기는 난초처럼 퍼져가네.
王室猶榮賢佐力	왕실이 어진 신하가 보좌함을 영광스러워하니
輪困凝瑞九重雲	구불구불 좋은 기운 겹겹이 구름처럼 쌓였네.

동자단은 평성 문文 운韻으로 군君, 문聞, 훈勳, 훈薰, 운雲 자를 운자로 하여 신숙주의 풍모와 덕 및 관료로서의 능력을 칭송했다. 앞에서 신숙주가 '감당할 수 없다.'라고 언급한 말이 이해도 될 법하다. 그러나 당시 신숙주의 조선에서의 위치와 능력을 생각하면 그리 과장되

었다고 하기도 어렵다.

1구의 '식형識荊'은 당나라 때 형주자사를 지낸 한조종韓朝宗의 고사를 가리킨다. 이백의 「여한형주서與韓荊州書」에 '천하 선비들 모여 말하기를, 살아서 만호후에 봉해지는 것보다 단 한 번 한형주가 알아주기를 바라네.'[23]라고 하였다. 당시 한조종은 명성이 매우 높아서 모든 사람이 사모하고 만나 보기를 원했다. 그러므로 '식형'은 훌륭한 사람과 사귀고 싶다는 말로 쓰인다. 3구의 '염매鹽梅'는 상商나라 왕이 부열傅說에게 한 말을 가져왔다. 『서경』「열명 하」에 상나라 고종이 부열에게 다음과 같이 말했다. "내가 술이나 단술을 빚으려고 할 때, 그대가 누룩과 엿기름이 되어 주고, 내가 국을 끓이려고 할 때, 그대가 소금과 매실이 되어 주오."[24] 즉, 염매는 나라의 어진 재상을 비유한 말이다. 4구의 '지주砥柱'는 황하의 중류에 우뚝 서있는 바위기둥인데, 홍수가 아무리 범람하여도 끄덕도 하지 않는다. 동자단은 이 두 단어로 신숙주의 재상으로서의 능력과 인품 및 임금의 신임까지 칭송하고 있다. 8구에 나오는 '윤균輪囷'은 구불구불 서려 있는 모양이다.

위의 시는 수련首聯에서 신숙주를 본 첫인상을 언급하고, 함련頷聯에서는 앞 단락에서 분석한 것처럼 신숙주의 능력과 공력을, 경련頸聯에서는 신숙주의 명망과 인품을 노래했다. 미련尾聯에서는 조선 왕실에 좋은 기운이 서려 있다는 덕담으로 마무리하였다.

신숙주가 동자단에게 증답한 시

신숙주는 동자단의 운자를 받아 칠언율시 두 수로 화답했다. 감상해보자.

유구국 사신 동자단 시에 차운함(次琉球國使東自端詩)

東方沒世慕吾君　동방의 우리 임금을 영원히 사모하니

聖烈應從海外聞　성덕과 공렬이 응당 해외에도 알려졌기 때문이네.

協我重華升舜德　덕으로 화합시킴은 순임금의 경지이고

光于四表放堯勳　사방에 빛을 밝힘은 요임금의 공훈이라네.

荊山神鼎千年恨　선왕께서 남기신 훌륭한 업적 천고에 남았으며

蓬島仙香一炷薰　유구에서 보내온 좋은 향, 향기를 뿜네.

白首老臣猶未死　머리 흰 늙은 신하 아직 죽지 못해

玄宮望斷暗愁雲　능침에서 근심으로 어두운 구름만 바라보네.

禪林挺幹獨惟君　승려 중에 빼어난 이는 오직 그대뿐

敦禮能詩衆所聞　예절 돈독하고 시도 잘 한다고 소문 많이 들었네.

萬里函書傳信義　만 리 먼 길 국서 들고 신의를 전하러

頻年航海策名勳　여러 번 바다 건너니 그 공훈 책명에 적혔네.

幸同偉量杯盤促　다행히도 주량이 같아 술잔을 재촉하고

更喜高懷臭味薰　다시 고상한 회포 기뻐하며 향기에 젖네.

一別何時還把手　지금 이별하면 어느 때 다시 손을 잡을까

洪濤浩浩隔重雲　넓고 큰 파도에 겹겹이 쌓인 구름 가렸으니.

첫 번째 시는 세조를 칭송함과 동시에 조선을 칭송하고 있다. 함련에서 순임금의 덕과 요임금의 공을 끌어온 것은 좀 심하다는 생각

도 들지만, 유구에 대한 외교적 입지를 확실히 심어주려는 의도된 과장이다. 경련의 '형산신정荊山神鼎'은 전설상의 제왕인 황제黃帝가 수산首山의 구리를 캐어서 형산 아래에서 솥[鼎]을 주조하여 완성하자 하늘에서 용이 수염을 드리우고 내려와 황제를 태우고 승천하였다. 그러므로 그곳의 지명을 정호鼎湖라 부르게 되었다고 한다. 당시 황제가 승천할 때 신하들과 후궁 70여 명이 용의 수염을 잡고 따라 올라갔는데, 수염이 뽑히면서 땅에 떨어져 하늘을 우러러 울부짖었다고 한다.[25] 또 일설에는 이때 주조한 보정寶鼎에 단사丹砂를 제조하여 복용한 후, 신선이 되었다고 한다. 따라서 '형산신정'은 왕의 죽음을 뜻한다. 미련尾聯의 '현궁玄宮'은 제왕의 능침을 일컫는 말이다.

두 번째 시에서는 동자단을 칭송했다. 수련에서 동자단 개인의 문학 실력을 칭송하였고, 함련에서는 사신으로 두 번이나 조선에 온 공을 높였다. '책명策名'은 『좌전』에 나오는 말로, 신하된 자를 기록한 간책簡策에다 이름을 기입한다는 뜻이다. 경련에서는 두 사람이 술로써 교유하는 모습을 묘사했고, 미련에서는 이별을 아쉬워하고 있다. 특히 조선과 유구, 두 나라 사이에는 험한 바다가 가로놓여 있기 때문에 '지금 이별하면 어느 때 다시 손을 잡을까.'라는 말은 상투적 표현이라고 하기 어렵다.

이승소가 동자단에게 증답한 시

다음은 이승소李承召(1422~1484)가 동자단에게 화답한 시이다. 이승소는 세조가 즉위한 뒤 집현전 직제학으로 원종공신 2등에 책록되었다. 동자단이 사신으로 온 1471년에는 순성좌리공신 4등에 책록되고, 양성군陽城君에 봉해졌다. 그는 여러 차례 과거를 주관하고 인재 등용에 힘썼으며, 왜인과 야인의 접대도 주관하였다.

유구국 사신 자단상인의 시운을 받들어 화답함(奉和琉球國使自端上人詩韻)

征途風雪正蕭條	눈보라 치는 나그네 길 참으로 쓸쓸한데
瓶錫飄然再入朝	표연히 병석 들고 다시 조선에 들어왔네.
穩泛仙槎遊萬里	신선 뗏목 띄워서 만 리 먼 길 유람 와서
欣瞻瑞日上重霄	상서로운 해 중천에 뜸을 기쁘게 바라봤네.
興來揮翰詩無敵	흥이 일어 붓을 들자 시는 상대할 이 없고
睡罷煎茶手自調	졸다 깨어 끓는 차를 손으로 가늠하네.
隨世應緣多伎倆	세속 인연 따르는 건 기량 많은 탓이거니
隱居休問爛柯樵	은거하여 도끼 자루 썩는 것 묻지 마시게.

漸覺春風動柳條	봄바람이 버들가지 흔드는 걸 알았으니
故園旋旆趁花朝	고향으로 가는 깃발 꽃 핀 아침 출발하네.
身隨蘆葉經三島	몸은 갈대 잎을 따라 삼도를 지나왔고
夢想仙韶下九霄	꿈은 선소 생각하며 구소로 내려왔네.
欲和郢歌那可得	영가 화답하려 하나 어찌할 수 있으리오
自慙齊瑟不相調	제슬이라 서로 간에 안 어울려 부끄럽네.
舊房松已枝西偃	옛 선방에 솔은 이미 가지가 다 누웠는데
煮茗何時拾墮樵	어느 때나 차 끓이려 나뭇가지 주우려나. (이승소『삼탄집三灘集』제6권)

이 시는 평성 소蕭 운으로 條, 조朝, 소霄, 조調, 초樵 자를 운자로

한다. 신숙주에게 준 시와는 다른 운자를 사용하였다. 「유구국 사신 자단상인의 시운에 받들어 화답함」이라는 제목으로 보아 이 운자를 사용한 동자단의 시가 먼저 있었을 것으로 보이지만 현재 동자단의 시를 알 수 없다.

첫 번째 시는 동자단이 조선으로 오는 것을, 두 번째 시는 유구로 돌아가는 모습을 묘사했다. 첫 번째 시의 1구 '풍설風雪'은 1471년 11월 2일 겨울에 조선으로 오는 고생스런 모습을 묘사했다. 2구의 '병석甁錫'은 중들이 여행할 때 가지고 다니는 물병과 지팡이를 말한다. 그리고 '재입조再入朝'라는 구절에서 동자단이 1467년에도 왔음을 상기시킨다. 경련에서는 동자단의 작시 능력과 다도의 경지를 칭송하였다. 미련에서는 승려나 사신으로 온 동자단을 변명해주듯 능력이 출중하여 어쩔 수 없다고 하면서도 선방에 있어야 할 승려가 속세의 정치 현장을 바쁘게 다님에 대해 슬쩍 찌르고 있다.

즉, 마지막 구의 '난가초爛柯樵'는 『술이기述異記』에 나오는 진晉나라 왕질王質의 고사이다. 왕질이 석실산石室山으로 나무를 하러 갔다가 동자 몇 명이 바둑을 두면서 노래하는 것을 보고는 곁에서 구경하였다. 동자가 대추씨처럼 생긴 것을 주기에 먹었는데, 배가 고픈 줄을 몰랐다. 얼마 있다가 동자가 "어찌하여 돌아가지 않는가?" 하기에, 왕질이 일어나 도끼를 보니 자루가 다 썩어 있었다. 그리고 집으로 돌아오니 함께 살던 사람들은 한 명도 남아 있지 않았다는 것이다. 그런데 이승소는 위의 시에서 도끼 자루 썩는 것을 묻지 말라고 했다.

두 번째 시의 수련은 겨울에 조선에 왔던 동자단 일행이 봄이 되어 유구로 돌아감을 읊었다. 함련의 '삼도三島'는 중국 동쪽, 발해 가운데 있다고 하는 삼신산으로, 봉래산·방장산·영주산을 말한다.
이 삼신산에는 신선들이 살고 불사약이 있으며, 새와 짐승이 모두 희
고 궁궐이 황금으로 지어졌다고 한다. 동자단 일행이 배를 타고 이
바다를 건너왔다는 뜻이다. '선소仙韶'는 신선의 음악으로 하늘나라
의 음악을 말하고, '구소九霄'는 하늘의 가장 높은 곳을 말하는데, 대
궐을 뜻하는 말로 쓰인다. 곧, 조선을 묘사한 것으로 보인다.

　경련의 '영가郢歌'는 전국시대 초나라의 고아한 가곡으로 일반적
으로 고상하고 아취 있는 곡이나 아름다운 시를 뜻하는 「양춘곡陽春
曲」을 말한다.* 여기서는 동자단이 창작한 증시贈詩를 칭송하여 묘사
하였다. '제슬齊瑟'**은 세상일에 오활하여 제대로 어울리지 못하는 것
을 비유하는 말로, 이승소가 자신을 낮추어 표현한 것이다. 그리고
마지막 두 구절, 미련에서는 승려로서 정치 현장에 다니는 것을 비판
적인 시선으로 읊고 있다. '어느 때나 차 끓이려 나뭇가지 주우려나.'
라는 말은 그만 산속으로 돌아가라는 의미이다.

　두 나라의 관계사를 파악하는 통로에는 여러 학문 갈래가 있을
수 있다. 먼저 외교문서를 통한 역사학을 떠올릴 수 있겠으나, 시를

---

*　　영가 : 옛날 초나라 서울 영郢에서 노래를 잘 부르는 어떤 사람이 처음에는 보통
　　유행인 「하리파인下里巴人」을 불렀더니, 같이 합창하여 부르는 자가 수백 명이나
　　되었다. 그런데 수준 높은 노래를 부르자 따라서 합창하는 자가 10여 명에 지나지
　　않았고, 「양춘백설陽春白雪」이라는 최고급의 노래를 부르자 따라 부르는 사람이
　　한 사람도 없었다고 한다.

**　제슬 : 제齊나라 왕이 음률을 좋아한다는 말을 듣고 어떤 사람이 비파[瑟]를 가지
　　고 제나라 왕을 찾아가 대궐 문에서 3년을 기다렸으나 왕을 만나지 못했다. 그러
　　자 어떤 사람이 "제나라 왕은 피리를 좋아하는데 그대가 비파를 가져왔으니 조화
　　될 수 없다."라고 하였다.(『한비자』「해로」)

통한 문학 역시 중요하다. 특히 중세 동아시아 한자문화권에서는 한시가 중요한 역할을 하였다. 시는 형식적 외교 의전에서 벗어나 인간의 감성과 관계된 것이므로 외교적이라 해도 내면의 감정이 표출될 수밖에 없다. 물론 외교 자리에서 읊조리는 시는 의례적이라 상대방에 대한 칭송이 많다. 그럼에도 시를 통해 서로의 마음을 전하고, 우호를 다지며, 문학적 실력을 겨루기도 하고, 정보를 교환하기도 한다. 이 또한 중세 외교의 한 문화이기도 하다. 그러므로 양국 사신과의 창수시 혹은 증답시를 고찰하는 것은 양국의 관계사를 이해하는 또 다른 중요한 창문을 여는 것이다.

동자단과의 전별시 및 증답시는 조선 문인과 유구 사신과의 문학적 교류양상을 보여주는 초기 모습으로 의미가 있다. 동자단의 시와 글에는 조선과 신숙주에 대한 일방적 칭송이 담겨 있는 반면, 신숙주는 조선에 대한 강한 자부를 먼저 드러내고, 동자단의 시적 능력을 높이 평가했다. 서거정은 해양국가 유구를 아름답게 묘사하면서 바닷길에 익숙한 유구 사신을 노래했다. 또한 유구 사신의 시적 능력을 치켜세우면서 동아시아의 평화와 번영을 담았다. 이승소는 유구 사신들이 험한 바닷길을 헤치고 조선에 옴에 대해 감사한 마음을 행간에 살짝 깔고, 동자단의 작시와 다도의 높은 실력을 칭송하면서도 선방에 있어야 할 승려가 속세의 정치 현장을 바쁘게 다님에 대해 슬쩍 찌르고 있다.

조선 전기 조선과 유구의 문학교류 및 양상은 조선이 일방적인 우위에 있다고 할 수 있다. 물론 이는 당시 서로 간에 주고받은 작품이 많지 않고, 혹은 많이 남아 있지 않다는 한계가 있지만, 그 한계 역시 당시 상황을 보여준다. 당시까지 유구인으로 조선에 온 유구 사신의 경우 시를 창작했다는 기사가 없다. 당시 유구는 일본 승려를 유구 사신으로 많이 보냈는데, 여기에는 한문 실력도 중요한 요소가 된 것으로 보인다.

11장

북경에서 만난 조선과 유구 사신

2015년 8월 7일 국립외교원은 열상고전연구회에서 주관한 '류쿠(오키나와)와 조선(한국)의 문화교류 육백년 학술대회'를 개최하였다. 이는 600년 전인 1415년에 유구와 문화교류를 시작했다는 말이 된다. 그러나 『고려사절요』 공양왕 1년(1389)에 유구국의 중산왕 찰도가 사신을 보내와서 방문하고 왜적에게 잡혀간 고려인을 돌려보냈다는 기사가 있고, 이때 유구가 '칭신稱臣'한 이래 일본과 동등한 예로 접대받았다고 하였으니[1] 이때부터 두 나라의 공적인 교류가 있었다고 할 수 있다.

조선과의 관계는 『조선왕조실록』 태조 1년(1392) 8월 18일 기사에 '유구국의 중산왕이 사신을 보내어 조회하였다.'라는 내용이 있다. 그러나 1524년을 마지막으로 유구 사신의 조선 내빙이 끝나고 1530년부터는 북경을 통한 우회 외교가 시작되었고,[2] 이마저도 1634년 이후에는 끊어졌다.[3] 부마진夫馬進의 연구에 의하면 조선이 유구인을 송환한 사례는 1612년부터 1790년간 약 180년 동안 확인되지 않는다. 이는 1636년에 조선이 일본에 통신사를 보내 정식으로 국교를 재개하였기 때문에 일본의 눈치를 보지 않을 수 없는 것으로 판단하고 있다. 물론 조선의 이런 태도와 달리 유구는 1728년에도 제주 표류민을 북경을 통해 송환해주었다.

즉, 조선과 유구는 정치적인 부침 속에 교류 관계가 소원하기도 했고, 끊어지기도 했지만 『조선왕조실록』에는 조선 태조 원년부터 고종 때까지 유구와 관련된 기사가 있다. 이들 기록에 의하면, 조선과 유구는 표류민의 송환 문제를 위해 왕래했고, 유구의 선박기술자를 초치한 경우도 있으며, 민간 상인들의 교역을 통해 남방의 식품이나 약재, 동물까지 들어온 적이 있다. 문학적으로도 유구 사신이 조선에 왔을 때 주고받은 시가 여러 문집에 전한다. 곧, 조선과 유구는 비교적 가까운 거리로 고려 말부터 서로가 내빙하는 외교관계가 있었지만 1530년부터 북경을 통한 우회 외교가 시작되었고, 북경을 통한 우회 외교도 1596년까지 만난 횟수가 겨우 3회에 지나지 않아[4] 서로에 대한 정보는 매우 부족하다고 하겠다. 따라서 조선과 유구의 사신은 북경에서 만나 서로의 국서와 자문咨文을 주고받는 한편 상대 국가에 대한 정보를 얻거나 확인했다. 이러한 교류의 기회에 유구 쪽이 더욱 적극적이기는 했으나 조선 사신도 이를 외면하지는 않았다.

이수광의 경우는 1590년 연행을 다녀온 뒤, 북경에서 만난 주변국 사신과 주변 국가에 대한 선조의 질문에 답하지 못해 이후 연행에서는 적극적으로 주변 국가에 대한 정보를 수집, 기록하고 있다. 따라서 이 장에서는 북경에서 만난 조선과 유구 사신이 어떤 정보를 주고받았는지, 어떻게 민간외교를 이어갔는지를 이수광의 「유구사신증답록琉球使臣贈答錄」을 통해 살펴보고자 한다.

1 중세 동아시아 외교 무대로서의 북경

북경*은 화북의 대평원 북쪽 끝자락에 위치한 작은 평원이지만 서북의 몽고고원과 동북의 송평원松平原 그리고 동남으로는 발해만에 이르는 교통의 요지이다. 13세기 말 남쪽 송나라마저 완전히 정벌하고 이른바 팍스 몽골리카(Pax Mongolica: 몽골의 평화)라고 불리는 시대를 이룩한 대원大元제국의 건국자 쿠빌라이는 수도를 몽골고원의 카라코람에서 북경[당시 대도大都라 칭함]으로 옮겼다. 이와 함께 북경은 실크로드 교역의 호황을 이루었다. 원나라의 수도인 북경은 몽골 제국의 정치 경제의 센터가 되어 마르코 폴로 등 수많은 서방의 여행자가 방문하였고, 그 번영은 유럽에까지 전해졌다. 강남의 항만도시에서는 해상무역이 융성하였고, 일본 원정을 통해 국교가 단절되었던 일본에서도 사적인 무역선 및 유학승의 방문이 끊이지 않아 어느 정도 교류가 지속되었다.

명나라 최전성기를 이끌었다고 평가받는 영락제永樂帝(재위 1402~1424)는 남경을 함락시키고 스스로 즉위하면서 수도를 북경으로 옮겼다. 그는 친히 대군을 이끌고 대외 정벌에 나서 주변국을 정벌하거나 정복하여 종주권을 확립하였다. 북쪽으로는 헤이룽강 하류까지 진출했고, 남으로는 일본과 동남아시아 국가들에 대한 패권을 확립

---

* 북경 : 연경이라고도 한다. 연경이란 명칭은 춘주전국시대 연나라 수도였으므로 그렇게 불렸다고도 하고, 당나라 때 안록산과 사사명이 북경지역을 기반으로 난을 일으키며 스스로를 연제燕帝라고 칭하고 이 일대를 연경으로 승격하면서 연경이라는 명칭이 공식화되었다고도 한다. 북경이란 명칭은 명나라 영락제가 당시 북평부를 북경으로 승격하면서 사용되었다.

했으며, 베트남을 점령하여 한때 중국의 영토로 편입시키기도 했다. 동시에 해외 무역로 확장 정책을 펼치고, 내정內政에서는 홍무제의 정책을 계승하면서 황권을 강화하였다. 이러한 영락제의 치세로 명나라는 전성기를 맞이하였다.

이수광李晬光(1563~1628)이 사신으로 연행을 가던 16세기 말과 17세기 초는 명나라가 그 명운을 다해가는 시기이기는 하지만 북경은 여전히 중국의 정치, 경제, 문화의 중심이었고 조선, 안남[베트남], 유구, 섬라[타이] 등 동아시아 여러 나라가 조공을 위해 모이는 외교의 무대였다. 이수광이 성절사聖節使의 서장관으로 처음 북경에 갔던 1590년 그는 북경에서 안남의 사신을 만났다. 그러나 그는 안남의 사신과는 별다른 접촉을 하지 않았다. 좀 더 정확하게 말하면 접촉의 필요성을 알지 못한 것으로 보인다. 그러나 그가 귀국하자 선조는 그를 승정원으로 불러 안남 사신의 의복제도와 그 나라의 풍속 및 주고받은 시가 있는지 등을 물었다. 이에 대해 제대로 된 답을 내놓지 못한 그는 안남의 사신과 문답하거나 수창하지 못한 것을 한스럽게 여겼다.[5]

물론 이수광은 당시 안남 사신과는 숙소가 달라 오갈 수가 없었고, 조회 때에나 한두 번 만날 뿐이었다고 적고 있기는 하다. 여러 연구에서도 당시 명나라는 외국 사신들 사이의 사적 교류를 철저히 통제했다고 한다.[6] 이는 북경이 중국의 수도이며, 외국인이 수도에서 행동할 때에는 통제를 받는다는 규정이 있었기 때문이기도 하지만[7] '신하 된 자가 외교를 하지 않는 것은 감히 임금에게 두 마음을 갖지 못하기 때문이다.(爲人臣者, 無外交, 不敢貳君.)'라는 『예기』 「교특생」의 말에 의한 것이기도 하다.

하지만 중요한 것은 이수광이 선조의 질문 이전에는 북경에서 만난 외국 사신과의 교류의 의미를 알지 못했으므로 접촉하려는 노력도 하지 않았다는 점이다. 특히 조선과 안남은 공식적인 교류가 없었으므로 북경에서 사신과의 만남은 안남에 대한 정보를 얻거나 교류를 위한 좋은 기회였음에도 이수광은 이를 깨닫지 못했던 것이다. 선조의 질문으로 뒤늦게 상황을 파악한 그는 1597년 겨울 진위사進慰使로 두 번째 북경에 갔을 때, 「안남국사신창화문답록」을 남겼다. 그리고 1611년 8월에 왕세자의 관복冠服을 주청하는 사절의 부사로 북경에 갔을 때에는 유구와 섬라[타이]의 사신을 만나 교류하고 「유구사신증답록」을 남겼다.[8]

북경에서 이루어진 이국 사신들과의 만남과 그들에 관한 시문은 당시 국제 분위기를 전하는 소중한 기록이다. 또한 이를 통해 공식적인 교류가 없던 베트남이나 타이 등 주변국에 대한 정보를 얻거나 주는 등 민간외교의 단초가 되기도 한다. 그런 점에서 당시 북경은 중세 동아시아 외교의 장이었다.

사실 조선시대 연행은 세계 문명과 만나는 공식적인 통로였다. 새로운 지식에 목말랐던 조선의 지식인들은 이 길을 통해 북경에 집결한 새로운 문물을 접할 수 있었다. 물론 한양에서 북경까지 오가는 데에만 두 달이 넘게 걸리고 체류 기간을 포함하면 6개월 내외가 걸리는 사행이 결코 쉬운 길은 아니었다. 또한 이것이 자의에 의한 것도 아니었지만, 이 기회가 아니면 조선을 벗어나 세계를 볼 기회가 없었다. 즉, 당시 북경은 조선의 지식인들이 세계를 견문하고, 세계인과 만나 교류하고 외교하는 공간이기도 했다.

2 문답을 통한 정보 교환

이미 2회의 연행 경험이 있던 이수광은 1611년 8월에 왕세자의
관복을 주청하는 사절의 부사로 갔던 북경의 오만관烏蠻館*⁹에서 유구
사신 채견蔡堅과 마성기馬成驥를 만난다. 정확하게 말하면 1612년 정월
에 만났다.¹⁰ 15세기부터 19세기까지 독립왕국이었던 유구는 초기 조
선과 교린 외교를 활발히 이어나갔다. 조선과 유구는 일찍부터 상품
이 교역되었으며, 표류의 문제 등으로 인해 양국 간의 사신도 오고
갔다. 그러나 1530년부터는 북경을 통한 우회 외교가 시작되었고, 북
경을 통한 우회 외교도 1596년까지 만난 횟수가 겨우 3회에 지나지
않아 서로에 대한 정보는 매우 소략했다. 이런 와중에 유구 사신과의
만남은 유구에 관한 정보를 얻을 좋은 기회였다.

이수광이 유구 사신을 통해 보고 들은 정보는, 유구 사신단은 채
견과 마성기가 17명을 거느리고 왔는데 모두 명나라 조정의 관복을
입고 있었다. 그들은 1610년 9월에 본국을 떠나 바닷길 5일 만에 복
건성에 이르렀고, 복건성을 경유하여 육로로 7천 리를 지나 1611년 8
월에 북경에 도착했다.¹¹ 그들의 말을 그대로 따른다면 그들은 근 1
년 만에 북경에 도착한 것이다. 그리고 이수광과는 1612년 정월에 만
났으니 햇수로 3년째이다. 유구인들은 온돌을 사용하지 않고, 비록
한겨울이라도 반드시 목욕을 하는 등 조선의 문화와는 많이 달랐다.

---

*   오만관烏蠻館 : 중국 남쪽 지방의 오랑캐인 오만烏蠻의 사신들이 북경에 왔을 때
     묵던 관소館所.

또 그들의 용모와 언어는 일본과 같았다[12]고 하는데, 유구 사신이 일본과 같은 용모와 언어를 사용했다는 것은 유구가 이미 일본 사츠마번의 지배체재에 들어갔기 때문일 것이다. 다만 언어의 문제는 분명하게 확인할 수 없지만 의문이 있다. 왜냐하면 유구에는 유구 고유어가 있기 때문이다. 1609년 사츠마번의 지배와 1879년 일본 메이지정부에 의해 유구처분이 되어 지금은 일본 오키나와현이 되었지만 지금도 몇몇 고로古老들은 유구어를 사용하고 있다.[13] 곧, 당시 유구 사신은 사츠마번의 지배를 받는 관료로서 일본어를 사용했을 수도 있고, 일본어와 유구어를 혼합하여 사용했을 가능성도 있으며, 유구어를 사용했는데 이것이 이수광이 듣기에 일본어와 같다고 느꼈을 수도 있다. 이수광이 말한 '약여왜동略與倭同'에서 '약略'이 '왜어였다'가 아니고, '대개 왜어와 같았다'이기 때문이다.

채견과의 대화는 중국어로 진행했다. 그들의 대화는 대체로 이수광이 묻고 채견이 답하는 문답 방식이다. 이수광이 질문한 내용은, 유구의 면적, 사상, 과거제도, 날씨, 국왕의 성씨와 왕대王代 역사, 주변국과의 외교 관계, 국가의 형태 등에 관한 것이었다. 이는 외교를 위한 가장 기본적이면서도 중요한 내용이다. 이에 대해 채견은, 유구는 땅이 협소하여 동서가 겨우 만 리이고, 남북은 칠천 리이며, 사상은 유교와 불교가 공존한다고 답했다. 유구 역시 3년에 한 번 과거를 시행하여 문무과 각 120명씩 선발하며 나라에 경사가 있을 때는 별과를 실시하며, 채견 자신도 별과로 급제했다고 하였다. 이를 통해 유구 역시 조선과 마찬가지로 유학을 신봉하며 과거제도를 시행하는 한자문화권, 동문동궤同文同軌의 나라라는 동질성을 확인하게 된 것이다. 기후는 매우 따뜻하여 벼가 일 년에 두 번 익는 곳도 있으며,

당시 왕은 상녕尙寧이고, 건국 후 250여 년 동안 24세世를 전해왔다고
하였다. 타이와 통교를 하느냐에 대한 질문에는 멀어서 통교하지 못
한다고 하였다. 문답의 구체적인 내용을 몇 가지만 살펴보자.

> 질문: 귀국의 땅은 몇 리나 됩니까?(問, 貴國地方幾里?)
> 답: 땅은 협소하여 조선의 일 포정에 미치지 못합니다. 동서로 겨우
> 만 리이고, 남북은 칠천 리입니다.(答曰, 壤地褊小, 不及朝鮮一布政
> 所, 東西僅萬里, 南北七千里.)

그런데 이수광은 이 말을 그대로 받아들이지 않는다. 예컨대 중
국 쪽 자료인『속문헌통고』*에 유구는 '매우 작다.'라고 기록되어 있
기 때문에 유구가 만 리, 칠천 리라는 답은 잘못되었다고 판단한다.[14]
또 일본과의 거리가 '만여 리쯤 된다.'라는 말에 대해서도『속문헌통
고』에 '사츠마에서 배를 타면 4일이면 유구에 도착한다.'라고 하였으
므로 이는 잠꼬대 같은 말이라고 치부했다.[15] 그는 유구 사신에게 직
접 유구에 대한 정보를 수집하고 있으면서도『속문헌통고』등을 통
해 정보의 내용을 검증하고 있다. 이는 기본적으로 유구에 대한 조선
의 인식을 보여주는 것이다. 약간의 불신 내지는 폄하가 담겨 있다.
그럼에도 불구하고 유구 사신과의 직접 대화라는 점에서는 역시 의
미가 있다.

---

* 『속문헌통고』: 1586년에 명나라 왕기王圻가 찬집한 것으로 254권이다. 원나라 마
  단림馬端臨의『문헌통고』에 이어, 남송 말부터 요·금·원을 거쳐 명나라 만력 초
  년까지의 기사가 수록되어 있다.

질문: 당신 나라는 유교의 도를 숭상합니까, 불교의 도를 숭상합니까?(問, 貴國尙儒道乎, 釋道乎?)

답: 공자의 도를 숭상하지만, 석가의 도 역시 반을 차지합니다.(答曰, 尊尙孔子之道, 而釋子亦參半焉.)

질문: 과거로 사람을 뽑는 제도가 있습니까?(問, 科擧取人之規?)

답: 3년에 한 번 과거를 시행하여 문무과 각 120명을 선발합니다. 나라에 경사가 있으면, 별과를 실시하기도 하는데, 제가 별과로 급제한 사람입니다.(答曰, 三年一大比, 取文武科各一百二十人. 國有慶事則有別擧, 俺等亦登第之人.)

유구는 조선만큼 유교가 성행하지는 않았다. 「묘학기략廟學紀略」은 유구 학자 정순칙의 저술로 일컬어지는데, 이 글은 유구에 유학을 전해 이어준 도통을 밝히고 있다. 이 글에 의하면 사츠마가 유구를 침공하기 이전까지 유구에는 유학이 없었고, 만력 연간에 도래한 모毛·증曾·장張·양楊의 네 선생에 의해 유학의 기초가 열렸다고 한다.[16] 따라서 유구의 유교적 전통이 당시에는 빈약했음을 알 수 있다. 3년에 한 번씩 과거제도가 열려 문무과로 인재를 선발한다고 하니 중국식 과거제도가 정착한 것으로도 보이지만 추가 질문이 없어 시험 과목이나 처음 실시하게 된 시기는 알 수 없다.

그 외에도 가까이 지내는 나라가 어디냐는 질문에는 중국에 이어 조선을 거론하면서 조선에 표해漂海했던 유구인을 조선이 송환해 주었는데 그 사람이 북산에 살고 있다고 전하였다.[17] 또한 유구 사신들은 태조 1년(1392)에 조선과 통빙通聘한 내용을 여러 차례 거론하였다.[18] 이 내용은 『조선왕조실록』 태조 1년(1392) 8월 18일 기사에 나와 있는데, 유구 사신이 이때의 일을 여러 차례 거론한 것은 두 나라의 우호 관계가 깊다는 점을 강조하려는 것으로 보인다. 이때 이수광은 세종 때에 유구에서 사신을 보내 앵무새를 바쳤다는 말을 기억하고는 유구에 앵무새가 있는지 물었다. 그러자 앵무새는 없고 대모玳瑁, 유황, 파초포芭蕉布와 같은 토산품이 있다고 하였다.

귀국 후 이수광은 『용재총화』의 내용을 빌려, 성종 때 유구에서 사신을 보내 조공을 요구했으며, 성종조 이후로 유구와의 관계가 끊어져 불통했는데, 선조 때인 1590년에 유구인 요우要宇 등이 조선의 한 지방에 표도漂到하여 요동으로 압해押解한 일이 있고, 이 인물이 유구 사신이 '북산에 살고 있다.'라고 말한 그 사람이라고 확인하고 있다.[19] 요우에 관한 기록은 『조선왕조실록』 선조 37년(1604) 3월 17일 조에 실려 있다.

이처럼 북경에서 만난 조선과 유구의 사신은 충분하지는 않지만 서로의 관심사를 물으며 상대국에 대한 이해를 넓히고, 또 두 나라 외교 역사를 거론하면서 두 나라의 관계를 친밀하게 하는 민간외교의 작은 역할을 하고 있다.

3. 시를 통한 우호 증진

이수광과 유구 사신 간의 창화는 이수광에 의하면 유구 사신의 요청으로 이루어졌다. 유구 사신들은 이수광 일행이 숙소에 이르자 다가와 시문을 요청했다. 보배로 삼겠다는 이유였다. 이수광도 그들의 시문을 보고자 하여 시를 지어 주었으나 채견 등은 문장력이 짧아 창화하기가 충분하지 못했다고 한다.[20] 이 말이 일견 과장되었다고 볼 수 있겠으나, 이수광이 14수를 짓는 동안 채견과 마성기는 겨우 1수의 시를 지었으니 과장이라고 하기는 어렵다. 사실 이수광의 학문과 시문詩文 실력은 조선에서도 당할 자가 없을 만큼 뛰어났다. 그러니 웬만한 실력이 아니고선 그로부터 좋은 평가를 받기가 어려울 것이다. 하지만 상대가 14수를 짓는 동안 1수의 시를 짓는 실력이라면 이수광의 평가가 박하다고만 할 수도 없다.

그러나 채견은 유구 구메무라 출신으로 한문 시문詩文의 능력이 어느 정도는 갖추어졌을 것이며, 또한 그는 유구에 수용된 유학을 전수받아 가르친 초기 인물로 한문과 유학에 대한 지식을 제법 갖추었을 것으로 판단된다. 하지만 이수광과 창화하기에는 다소 부족한 것으로 보인다. 그리고 유구 사신들이 보배로 삼겠다며 조선 사신에게 시문을 요청한 것으로 봐서 유구 사신들은 조선 사신의 시문 능력을 이미 알고 있었다고 볼 수 있다. 동시에 그들 또한 시문에 대한 관심이 있다는 뜻이다. 먼저 이수광의 시를 읽어보자.

相逢萍水帝城中	우연히 황제의 성에서 서로 만나
目擊從知意自通	눈으로 보고 뜻이 절로 통함을 알았네.
金闕瑞雲朝佩響	상서로운 구름 낀 대궐에는 아침 패옥 소리 들리고
玉河明月夜尊空	달 밝은 옥하관에선 밤 술동이를 비우네.
休言海外乾坤別	해외의 하늘과 땅이 다르다 말하지 마시게
却喜天心雨露同	하늘의 비와 이슬 같음이 기쁘다네.
聞道南州梅信早	남쪽 고을 매화 소식 빠르다고 들었으니

肯將春色寄來鴻　봄빛을 기러기에 부쳐 보내주시길. (14수 중,
　　　　　　　　　제1수)[21]

　수련首聯은 북경에서의 만남을 묘사했다. 멀리 조선에서 그리고
유구에서, 특히 유구는 해로와 육로를 거쳐야 하는 먼 곳이다. 그들
은 마치 부평초처럼 어려운 여정을 거쳐 황제의 나라에 온 조공사신
이다. 그러니 특별한 말도 필요 없이 눈빛으로 뜻이 통할 수 있다. 함
련頷聯은 사신들의 하루 시작과 마침의 모습을 그렸다. 즉, 아침에 들
리는 패옥 소리는 이수광과 유구 사신 등이 천자에게 조회를 드리고,
사신의 임무를 수행하기 위해 대궐로 들어갈 때, 허리에 찬 패옥이
울리는 소리이다. 저녁에는 일과를 마친 사신들이 숙소인 옥하관으
로 돌아와 달빛 비추는 밤에 서로 술을 권하며 하루의 피로를 푸는
모습이다.
　6구의 '하늘의 비와 이슬 같음이 기쁘다네.'라는 구절은 외교적
인 수사로 보인다. 원문의 '천심天心'은 일반적인 하늘을 뜻하는 것이
지만, 여기서는 중국 황제의 은택을 뜻한다.[22] 조선과 유구 양국이 모
두 중국에 조공하는 같은 처지임을 나타낸 것이다.[23] 마지막 7, 8구는
외교 관계를 잘 이어가자는 의미이다.

神仙本自海中居　신선은 본디 바다 속에 살고
南斗星躔切太虛　남두성은 태허를 돈다네.
風汎往來徐市國　물결은 서불의 나라를 왕래하고
山川出沒祝融壚　산천은 축융의 땅에서 출몰하네.
樹浮白日連桑域　밝은 해에 떠 있는 나무는 상역과 이어지고

浪蹴青天入尾閭	푸른 하늘에 치솟는 파도는 미려로 들어가네.
安得隨君輕棹去	어찌하면 그대 따라 가벼이 노 저어
共尋蓬島跨鯨魚	함께 봉래 찾아 고래를 탈거나. (14수 중, 제 10수)

이 시는 유구의 지리적 위치를 전고典故를 동원하여 칭송하고 있다. 수련은 일본 남쪽, 곧 북위 26도 동경 127도를 중심으로 위치한 섬나라 유구를 신선의 나라로 슬쩍 띄운다. 남두성은 남방에 위치하는 6개의 별인데, 국자 모양을 이루므로 남두성이라 한다. 북두성의 성질이 굳센 반면, 남두성의 성질은 유하다. 이는 유구인들의 성질도 유할 것이라는 중의적인 의미를 담고 있다. 함련에 나오는 서불은 서복徐福이라고도 하는 고대 중국 진秦나라의 방사方士이다. 기원전 219년부터 기원전 210년 사이에 진시황의 명을 받아 5,000명의 성인과 3,000명의 동남동녀를 60척의 배에 나눠 싣고 불로초를 구하러 삼신산을 찾아 떠났다고 한다. 바로 그 삼신산이 있는 곳, 서불의 나라가 유구라는 것이다.

'축융'은 남방의 불을 담당하는 화신火神이다. 역시 남쪽에 위치한 유구를 묘사했다. 경련의 '상역'은 해가 뜨는 동쪽 바다에 있다고 하는 상목桑木이 무성한 곳 부상扶桑이며, '미려尾閭'는 바다 깊은 곳에 있어 물이 끊임없이 새어 든다는 곳이다. 시의 마무리는 함께 노 저어 봉래산*을 찾아보자는 상투적 표현이다. 외교적 묘사가 많이 동원되었다고도 보이지만 매우 자연스럽게 유구의 지리적 위치를 최고의

---

* 봉래산 : 영주산, 방장산과 함께 중국 전설상에 나오는 삼신산의 하나.

품격으로 노래했다. 이수광의 학식과 문식이 돋보이는 시이다.

이수광의 나머지 시도 대개 두 나라 사신의 만남 과정과 유구의 지리, 풍토, 문화 그리고 중국에 대한 존모 등 외교적인 수사와 묘사를 담고 있다. 예컨대, 제2수에는 북경의 만리대에서 웃으며 만난 이야기 그리고 다음 해에도 다시 만나자는 내용이 있고, 제3수는 유구의 국경이 탐라[제주]와 가깝고, 풍속은 낙월駱越*과 가깝다는 것과 조선과 유구 두 나라가 교린의 오랜 우호가 있으니 지역은 다르지만 자주 만나자는 내용이다. 그 외에도 '돌아갈 때 알리라 황제의 은택 두터운 줄, 즐거이 봄빛 따라 함께 돌아가네.(제4수)', '멀리 이별한 뒤 그리는 마음 있어, 밤마다 분명 조각달이 걸리리라.(제5수)', '오늘의 만남 전생의 인연 덕분이니(제7수)', '사람은 태어나면 모두가 형제인데, 하물며 거서車書를 같이하는** 일가임에랴.(제11수)' 등등의 내용이 있다. 이에 대해 유구 사신 채견은 다음과 같이 창화했다.

海外覿面是奇逢　해외에서 만남은 특별한 만남인데
詎知一見卽包容　한번 보고 받아줄 줄 어찌 알았으리.
皇恩浩蕩均霑被　넓은 황은은 고르게 입었지만
珠玉淋漓我獨深　화려한 주옥은 나 홀로 많이 받았네.
長才偉略靡雙匹　훌륭한 재주와 뛰어난 지략 짝할 이 없고

---

*　낙월駱越 : 만이족蠻夷族의 이름. 옛날 백월百越의 하나로 지금의 전검계滇黔桂 등 여러 성省 사이에 있었다.

**　거서車書를 같이한다는 말은 천하가 통일되었다는 뜻이다. 『중용』에 "천하가 글은 문자를 같이하고 수레는 궤를 같이한다."라는 말이 있다. 여기서는 중국을 중심으로 한 같은 문화권임을 뜻한다.

幹國謀王第一人　나라와 왕을 위한 계책 천하에 으뜸일세.
予心感佩眞忘寐　감사하는 이 마음 참으로 잊지 못하니
岦竢他年教復臨　뒷날 다시 가르쳐주기를 기다립니다.

「조선태사에게 공경히 답하여 올림(奉酬贐敬朝鮮台使-琉球使臣蔡堅)」이란 제목의 이 시는 매우 겸손하다. 제목에 붙인 '奉'자도 그렇거니와 마지막 7, 8구에서 표현한 '감사하는 이 마음 참으로 잊지 못하니, 뒷날 다시 가르쳐주기를 기다립니다.'라는 말이 더욱 그러하다. 3, 4구의 내용은 형식상 넣은 것으로 보이고, 5, 6구의 내용은 이수광을 칭송한 말이다. 이렇게 겸손한 채견이지만 유구에서 그의 위치는 만만치 않다.

채견蔡堅(1585~1647)은 중국 복건성에서 유구로 이주한 이른바 36성의 일원으로 구메무라 출신이다. 유구에서 구메무라는 사실상 유학의 메카이다. 그의 1세 선조인 채숭蔡崇은 복건성 천주부 남안현 출신으로 송나라의 유명한 서예가인 채양蔡襄의 6세손이며, 1392년 명나라가 유구로 보낸 중국 관리이다. 유구로 이주한 그의 집안은 8세 선조까지 통사通事로 일했는데, 9세인 채견에 와서 협지두직脇地頭職을 받고 상급사족으로 승격했다. 그는 희우명친방喜友名親方의 벼슬을 지냈다.[24]

방계 후손인 채탁蔡鐸과 그의 아들 채온蔡溫은 구메무라 채씨 문중에서 배출한 많은 인물 중에서도 특히 뛰어난 인물이다. 채탁은 구메무라 최고 실력자인 총역総役이었고, 채온은 30세인 1711년에 황태자의 교사가 되었으며, 다음 해 황태자 상경이 왕이 되자 국사國師의 지위에 올라 1752년 상경왕의 서거로 자리에서 물러나기까지 40여

년 동안 유구의 2인자였다. 한마디로 유구의 역사에 있어서 채씨 집안은 매우 중요한 부분을 차지하며, 채견은 그 초기 인물로 한문학적 지식도 제법 갖추었으리라 짐작된다. 다음 시는 유구 사신 마성기가 노래한 것이다.

堯天舜日照遐方　요순 같은 덕화 먼 지방을 비추니
航海梯山來帝邦　바다 건너 산 너머 황제 나라에 왔다네.
不期而會天下國　천하의 모든 나라 약속 없이 모였으니
凡有血氣悉稱降　온갖 생령 모두 복종하네.
邂逅相遇雖萍水　오다 가다 뜻밖에 만났지만
前緣夙定非偶然　전생의 인연이요 우연 아니라네.
喜承晤敎固所願　그대의 가르침 참으로 바랐는데
倏爾東南兩分還　어느새 동남으로 헤어져 가야 하네요.

「조선태사에게 전별로 삼가 드림(肅勤申贐朝鮮台使-琉球使臣馬成驥)」이란 이 시는, 1구에서 6구까지 조선 사신과 유구 사신이 만나게 된 동기를 적고 있다. 요순 같은 덕화야 외교적 수사이겠으나 결과적으로 중국에 대한 조공이 없었다면 만나지 못했을 것이라는 점은 분명하다. '천하의 모든 나라 약속 없이 모였다.'라는 3구의 말은 역시 북경이 당시 동아시아의 외교 무대라는 것을 확인시킨다. 한편 서로 숙소를 오가다가 우연히 만났지만 전생의 인연이 있었기 때문이라는 의미를 부여했다. 특히 7구는 매우 겸손하면서도 솔직한 마음을 담고 있다. 각국의 사신으로서 대등한 관계일 것인데 가르침 받기를 바란다는 표현은 외교적 수사로만 보기는 어렵다. 특히 이수광의 시에는 이런 표현이나 뉘앙스가 없다는 점을 생각하면 더욱 그러하다.[25] 마지막 구절은 이별의 아쉬움을 간명하게 표현하였다.

유구 사신은 조선 사신이 소지한 황필黃筆[황모필. 족제비의 꼬리털로 맨 붓]을 사고자 했고, 이에 이수광은 두 자루의 붓과 두 개의 먹을 선물로 주었다. 그러자 채견 등도 칼과 부채 각각 1개씩을 답례로 주었다.[26] 이수광은 이에 대해 다시 시로써 감사의 마음을 전했다.

유구 사신이 시와 칼과 부채를 줌에 감사하며(謝琉球使臣贈詩及刀扇)

燕市相逢意氣豪	연경에서 만남에 의기가 호방하더니
感君持贈重鵝毛	귀한 선물 주시니 감사드리오.
傳來妙墨披金薤	전수 받은 묘한 서법 금해를 펼치고
格外淸詞動彩毫	특별히 맑은 시구 채호를 발휘했네.
明月乍隨鸞尾扇	밝은 달은 문득 난미선鸞尾扇을 비추고
赤霜新洒鴈翎刀	붉은 서리가 새로이 안령도鴈翎刀에 뿌려진 듯.
歸裝十襲須珍玩	행장 속에 고이 싸서 감상해야 할지니
眼裏長思手亦勞	바라보며 생각하고 끊임없이 매만지리.

1구는 북경에서 그들이 만난 일, 2구는 칼과 부채를 준 것에 대한 고마움을 표시하였다. 3구는 유구 사신의 필체를 칭송한 말이고, 4구는 유구 사신의 시문을 칭찬하였다. 즉, '금해金薤'는 전서篆書의 일종인 도해서倒薤書의 미칭으로 뛰어난 필체를 뜻하고, '채호彩毫'는 채필彩筆과 같은 말로 훌륭한 시문을 비유한다. '난미선'은 백란미선白鸞尾扇으로 신선이 사용하는 흰 난새의 꼬리로 만든 부채이고, '안령도'

는 단도短刀의 이름이다. 마지막 7, 8구는 난미선과 안령도를 준 것에 대한 고마움을 다시 한번 표현하며 시를 마무리하였다.

이처럼 북경에서 만난 조선과 유구의 사신은 서로에 대한 궁금증을 문답을 통해 일부 해결하고, 시를 주고받으면서 우호를 증진하는 민간외교의 역할을 하고 있다. 시의 내용은 창화자가 양국의 사신이라는 점에서 상대 나라와 사신에 대한 의례적 묘사와 칭송이 많지만 앞에서 살펴본 것처럼 이수광의 뛰어난 문식과 작시의 능력은 의례적 묘사에도 불구하고 내용이 풍부하고 다채롭다. 사실 사신 간의 만남과 창화는 두 나라의 우호를 증진하는 데 그 목적이 있으므로 내용은 물론이거니와 창화했다는 점에 무게를 두어야 할 것이다.

12장

유구로 전파된 해강 김규진의 서예

해강海岡 김규진金圭鎭(1868~1933)은 20세기 초, 한국의 대표적인 서화가이다. 그를 대표적인 서화가로 지칭하는 것은 그가 한국에서 서화가로 본격적인 활동을 한 시기가 20세기 전후이기 때문만이 아니다. 또한 영친왕의 서예선생을 역임했기 때문도 아니다. 당시 한국 서화는 앞 시기에 싹트기 시작한 근대적 존재 방식이 어떻게 작동하고 완성되어갈지, 근대사회에서 서화는 어떤 예술적 상품 가치를 지니며 어떤 방식으로 존재할지에 대한 문제가 서화가의 존재를 결정하는 매우 중요한 문제로 대두되었던 때이다.

이러한 시기, 김규진은 뛰어난 실력으로 스스로의 존재를 입증했으며, 서화연구회를 개설하여 후진을 양성하는 한편, 서화의 생산과 유통에 근대적 방식을 도입하고, 다양한 방법과 왕성한 활동으로 서화를 상품화했다. 이 과정에서 윤단潤單[그림값 목록]을 당당하게 제시하여 서화를 상품으로, 서화가를 전문 직업인으로 자립시켰으며 자신도 예술가로서뿐만 아니라 경제적으로도 독립한 서화가였기 때문이다.[1]

특히 그가 운영했던 해강서화연구회는 이른바 사설학원이다. 학원에서는 회비를 받고 가르치면서 자신만의 제자를 기를 수도 있다. 곧, 경제문제도 해결하고 자신의 유파流派를 형성할 수도 있는 일석이조의 효과를 거둔다. 게다가 당시는 갑오개혁으로 화원畵員을 관리했던 도화서圖畵署*가 공식적으로 폐지되면서 서화가의 양성에도 공백이 생겼다. 이런 상황이었으므로 해강서화연구회는 개인이 개설한 학원이지만 서화가 양성이라는 공적인 무게도 있었다. 이 해강서화연구회에 오키나와 출신 일본인이 수강생으로 있었다.

1 해강서화연구회

해강서화연구회海岡書畵研究會는 1915년 7월에 개설되었다.[2] 매주 수요일과 토요일 두 번 강의를 하고, 한 달에 1원의 회비를 받았으며, 3년의 졸업기한을 두었다.[3] 이 운영 규칙에 따라 1918년 6월 1일 제1회 수업식修業式[졸업식]을 거행하여 실력이 인정된 회원에게 수업증을 수여하였다. 수업한 인원은 조선인과 일본인, 남자와 여자를 합하여 19명이었다.[4]

참고로 19명의 명단을 밝히면, 「서부書部」에 홍순승洪淳昇** · 이규

---

*   도화서圖畵署 : 조선시대에 그림 그리는 일을 관장하던 관청. 고려시대부터 존재했던 도화원이 1470년에 도화서로 개칭되었다.

**   홍순승洪淳昇(1886~1970) : 공주 출신으로 호는 성재省齋. 1923년 38세 때 쓴 공주 고란사皐蘭寺 현판이 유명하다.

원李圭元[*] · 윤기선尹箕善^{**} · 이병직李秉直^{***} · 아키모토 류스게(秋本龍助) · 자하나 간고우(謝花寬剛) · 이오연李五淵 · 김경억金卿億 · 김경설金卿卨 · 유환정兪煥正 · 송만식宋晩植 11명이고, 「화부畵部」에 풍영박사豊永博士 · 사세 나오에(佐瀬直衛)^{****} · 이병직李秉直 · 권현섭權賢燮 · 아키모토 류스게(秋本龍助) · 미야다테 히데코(宮舘秀子) · 미야다테 후미(宮舘夫美) · 츠가네 무츠코(津金睦子) · 김능해金綾海⁵ · 신정숙申貞淑 10명이다.⁶ 이병직과 아키모토 류스게 두 사람은 서부와 화부 모두 수료했다.⁷ 이 졸업생 중에 필자가 주목하는 사람은 서예부를 졸업한 일본인 자하나 간고우(謝花寬剛)이다.

자하나 간고우(謝花寬剛)는 오키나와의 서예가로 자하나 운세키(謝花雲石)로 알려진 인물이다. 그가 김규진의 제자라는 것은 앞에 서술한 '『매일신보』1918년 6월 1일 제1회 해강서화연구회 수업식 명단'에 한 번 등장할 뿐,⁸ 우리 학계에는 전혀 알려지지 않았다. 그러나 그는 오키나와로 돌아가서 김규진에게 배운 서예를 전파하면서 사실상 오키나와의 근대 서예를 정립한 거목 서예가가 되었다.⁹ 뿐만 아니라 그와 관련한 오키나와 지역 자료에는 '해강 김규진에게 배웠다.'라는 한 구절이 빠지지 않는다.

그렇다면 조심스런 결론이지만 오키나와 근대 서예의 뿌리는 한

---

* 이규원李圭元(1890~1945) : 호는 우금又琴. 국방장관을 지낸 이종찬의 부친이다.

** 윤기선尹箕善 : 호가 오운五雲이다.

*** 이병직李秉直(1896~1973) : 호는 송은松隱. 19살 때 해강서화연구회에 들어가 김규진에게 사사師事하였다. 1950년대 후반 대한민국 미술전람회 서예초대작가와 심사위원을 역임했다.

**** 사세 나오에(佐瀬直衛) : 당시 조선총독부 박물관 촉탁이었다.

국의 김규진이라고 할 수 있지 않을까. 이 장에서 이를 규명하고자 한다. 이를 위해 자하나 운세키의 서예 관련 생애와 서예술 및 오키나와 서예계에서 그가 차지하는 비중에 대해 살펴보면서 오키나와 서도계에 미친 김규진의 영향에 대해 규명하고자 한다. 한편 '해강서화연구회는 조선인 강사가 일본인과 조선인을 함께 가르쳤던 근대기 유일무이한 대규모 서화연구기관'[10]이었다.

2 김규진의 제자 자하나 운세키

해강 김규진에게 사사師事

자하나 운세키(謝花雲石, 1883~1975)는 오키나와 서예가로 본명은 자하나 간고우(謝花寬剛)이다. 운세키(雲石)라는 호는 소학교 때 상품으로 받은 책에 쓰여 있던 '구름바위에 앉아 책을 읽으니, 솔바람에 섞여 거문고 소리 들리네.(讀書坐雲石, 琴鼓雜松風.)'라는 문구에서 취했다. 이 문구는 원나라 시인 섭옹葉顒*의 시 「제송운재십오운題松雲齋十五韻」에 나오는 구절인데, 그는 이 문구를 소학교 때부터 생각하고 있었다고 한다.[11]

그는 1879년 유구처분으로 오키나와가 일본에 합병된 이후인 1883년 4월 1일 오키나와 나하시 서촌에서 태어났다. 두세 살 무렵부터 붓과 벼루를 좋아했다고 하며, 나하심상고등소학교 2학년 때에

---

* 섭옹葉顒(1296~?) : 원명元明 교체기 때 인물로 자는 경남景南 또는 백개伯愷. 원나라 말에 은거하며 나오지 않았고, 자신의 시를 직접 판각하여 『초운독창樵雲獨唱』을 출간했다. 명나라에서 진사에 오르고 행인사부行人司副가 되었다.

는 문부성 주최의 선서장려회選書獎勵會에 출품해서 특별 1등상을 받았다. 이 장려회는 메이지천황의 요구로 문부성이 매년 도쿄 우에노 공원 미술관에서 개최되는 서도전書圖展으로 당시 그가 쓴 글씨는 '하늘이 물과 같다.'라는 의미의 '천여수天如水'이다. 이로 보건대 운세키는 어려서부터 필재筆才가 있었다.

그는 가정 형편이 어려워 오키나와 현립중학교 3학년에서 중퇴하고, 임시로 오키나와현 토지조사사무국 제도과에 취직했다. 당시 열여섯 살이었다. 그런데 1년 정도 다녔을 때, 제도과에서 정식 제도공원製圖工員을 모집한다는 공고가 났고, 그는 한 달 정도 밤낮으로 공부하여 합격했다. 당시 열여덟 살이었는데, 합격자 중에 그가 가장 어렸다. 이후 28세인 1911년 5월 경성[현 서울]으로 건너와 조선총독부 임시토지조사국에서 근무했다. 이때부터 석정동[소공동]*에 있던 김규진에게 다니며 서화를 배웠다. 일설에 의하면, 경성에 온 처음에 교토 사조파四條派**화가인 시미즈 도운(淸水東雲)***에게 그림을 배웠는데 그림의 운필이 부자유함을 느끼던 차에 서예를 하면 그림이 좋아진다는 말을 듣고 김규진에게 입문했다고 한다. 이후 서예에서 발을 빼지 못하고 조선에 있던 8년간 김규진에게 서예를 익혔으며, 서예가

---

* 서울 석정동은 1914년 4월 1일 경성부 구역 획정에 따라 경기도 고시 제7호에 의해 남부 송현동·석정동 각 일부와 저경궁동을 합한 뒤 러일전쟁 때 조선군사령관이었던 하세가와 요시미치(長谷川好道)가 거주했다 하여 장곡천정長谷川町이라 하였다. 1946년 10월 1일 일제식 동명을 우리 동명으로 바꿀 때 소공동으로 하였다.

** 사조파四條派 : 18~19세기에 유행했던 일본 근세 화파 중 하나로 마츠무라 고슌(松村吳春)이 창시자이다.

*** 시미즈 도운(淸水東雲, 1869?~1929?) : 1908년 그림 및 사진 강습소를 서울 정동에 차려 놓고, 수십 명의 학생을 모집해서 교육하였다. 1920년 무렵까지 한국에서 활동했다.

의 길을 갔다. 그가 김규진에게 서화를 강습 받던 시절을 회상한 기록이 있다. 잠시 읽어보자.

(해강 김규진) 선생은 중국 북경에서 고전 서도를 익힌 사람으로 당시 왕세자인 영친왕의 서예 강사로 초빙되었던 이름난 사람이었다. 선생이 서도를 가르치던 곳은 장곡천정의 중심지에 벽돌로 지은 이층 건물로 현관 입구에 '서화연구회'라는 간판이 걸려 있었다. 강습은 매주 2회인데, 먼저 접수를 하고 순번이 적힌 작은 표를 받아 2층 홀로 올라가서 비치된 마분지 1장을 각자의 자리로서 바닥에 깔고 가지고 온 습자 도구를 펼쳐 먹을 갈며 강습 순서를 기다린다. 그러면 선생은 한 사람 한 사람씩 눈앞에서 집필과 운용하는 기술을 지시한다. 이렇게 순번에 따라 전서 쓰는 사람, 예서 쓰는 사람에게 글씨를 써주면서 해서, 행서, 초서를 쓰는가 싶더니 난초와 대나무를 그렸다. 그러면 모두 꽃을 그리느라 몰두하는데, 그 꽃은 모두 육조시대부터 전해진 서법의 원류, 즉 왕희지의 서법진결에 근거하지 않은 것이 없었다. 이렇게 선생의 붓끝이 약동하면서 화선지 위를 바람같이 쓸고 지나가는 기개는 참으로 천하일품이었다. 이는 허언虛言이 아니며 다른 곳에서 볼 수 없는 강력하고도 재미있는 교수법이며 또한 친절함에 머리가 숙여졌다. 선생에게 서예의 가르침을 받고자 하는 사람은 홀 한쪽에 둥글게 앉되, 남녀가 서로 섞이지 않게 조선인 · 일본인 · 중국인이 모여 성황을 이루었다. 어느 날, 일본인으로 하카마[袴]*를 입은 중년남자가 선생에게, "선생님의 필법

---

* 하카마[袴] : 기모노 위에 입는 일본 남성의 전통 바지. 주름을 잡은 넓은 치마 형

은 너무 어려워서 이해하는 사람이 없습니다. 좀 더 간단하게 가르쳐주세요."라고 다그치듯 말했다. 갑작스런 말에 당황한 선생은 답을 못하고 잠시 있다가 "아, 이해하는 사람도 있습니다. 여기 이 사람, 자하나 군입니다. 잘 이해합니다."라며 득의한 얼굴을 하였다.[12]

해강서화연구회 여자회원들의 모습. 『매일신보』 1916.11.5.

당시 해강서화연구회뿐만 아니라 김유탁金有鐸의 서화지남소書畫指南所, 안중식安中植의 경묵회耕墨會 등의 개인 서화학원이 있었지만 구체적인 강습 모습에 대해 학계에 알려진 것이 별로 없는 상황이므로 이 내용은 매우 소중한 자료이다. 김규진과 관련한 선행연구에서도 이런 강습 모습은 제시되지 못했다. 따라서 이 인용문은 당시 개인 서화연구회의 학습 모습에 대한 구체적인 한 사례이므로 의미가 크다.

———————————

태로 예장용으로 입으며, 상의는 주로 하오리와 같이 입는다.

한편 위의 회고 내용은 서화연구회 시절이다. 그렇다면 1915년 이후이다. '벽돌로 지은 이층 건물'과 '서화연구회'라는 간판, '매주 2회의 강습'은 『매일신보』 1915년 7월 13일자 2면에 게재한 「서화연구회 취지서」와 딱 맞다. 『매일신보』 1915년 3월 26일자에 의하면, '천연당사진관 원 자리에 새로 건축한 이층 양옥'은 이때 완공되었다.[13] 그리고 건물 낙성식은 5월 29일에 했다.[14] 건물의 규모는 상하가 각기 약 50평으로, 위층의 절반은 김규진이 서화실로 쓰고, 반은 남녀 회원이 서화를 공부하던 장소이며, 아래층 왼편은 천연당사진관이며, 오른쪽은 고금서화진열관이다.[15] 운세키의 경우 서화연구회 이전부터 김규진에게 서예를 배우다가 연구회가 창설되면서 자연스레 회원이 된 것으로 유추되지만 이런 시점을 정확하게 말해줄 자료가 현재는 없다. 그리고 마지막에 적은 일화는 갑작스런 항의와 요구를 받은 김규진이 당황해서 둘러댄 말이라고 여겨지면서도 평소 운세키의 서예에 대한 이해도와 열정 및 실력을 높게 평가하고 있었기에 순간적으로 나온 본심이라고 할 수 있다.

또 하나 눈여겨 볼 대목은 '왕희지 서법'이다. 난초의 꽃을 그리는데 '그 꽃은 모두 육조시대부터 전해진 서법의 원류, 즉 왕희지의 서법진결에 근거하지 않은 것이 없다.' 이를 통해 김규진이 왕희지 서법을 따르고 있으며, 제자들에게도 전수하고 있음을 단적으로 확인할 수 있다. 김규진은 어려서 외숙인 소남少南 이희수李喜秀 (1836~1909)에게 입문하여 10년간 학문과 서화를 수학한 뒤, 중국으로 가서 약 10년간 서화학습을 위해 남선북마南船北馬의 만유漫遊를 했다. 김규진이 중국에 유학하면서 중국의 다양한 시대의 서화와 서화가의 서법을 학습했지만 그의 서예는 왕희지를 바탕으로 한 유용劉墉

(1719~1804) · 성친왕成親王(1752~1825)의 영향을 많이 받았고, 그림은 정섭鄭燮(1693~1765)의 영향을 많이 받았다. 당시 중국에 유행한 오창석 계통의 신문인화풍과는 관계가 없다.[16] 그러므로 제자들에게도 자연스레 왕희지 서법이 전수되었다. 운세키 역시 스승 김규진에게서 왕희지 서법을 배우고 평생 왕희지 서법에 몰두했다. 이에 대해서는 아래에서 서술하기로 한다.

귀국 후에도 이어진 사승師承관계

운세키가 앞에서 회상한 것처럼 그는 조선에 있던 8년간 김규진에게 서화를 배우고 37세인 1919년 귀국했다. 귀국 후 오키나와 현청에 서기로 근무하면서 1922년 서도연구소*를 개설하여 오키나와에 서도를 보급했다. 이때 나하시역소[나하시청], 대전사大典寺, 호국사 등에서 서화전람회를 개최했고, 재판소와 파상궁波上宮 등에서 서도 강습을 했다. 특히 제2차 세계대전 중 일어난 오키나와전쟁이 끝난 뒤에는 오키나와의 서도부활에 힘을 쏟아 오키나와 미술전람회 서도부의 운영위원을 역임하는 등, 사실상 오키나와 서도계를 이끌었다.

한편, 운세키가 오키나와로 귀국한 1919년 이후 스승인 김규진과 연락을 취했는지, 만난 적이 있는지에 관해서는 현재 관련 자료를 찾을 수 없다. 다만 김규진이 오키나와를 방문했을 가능성을 언급한 신문 기사가 있다.『조선일보』1979년 1월 13일 자 기사인데, 신문 기사를 그대로 옮겨 적어본다.

---

* 우리나라는 서예라고 하지만, 오키나와를 포함한 일본에서는 서도書道라고 한다.

『조선일보』 1979.01.13. 5면

『美術화제』「父子가 日本에 韓國書畵 傳授」 : ○父子 2대에 걸쳐 한국의 書畵를 日本속의 오끼나와에 傳授, 옛 流球國에 우리의 전통문화를 면면히 이은 화가 家門이 있다. 舊韓末의 書畵家인 海岡 金圭鎭과 동양화가 晴江 金永基씨(68). 이들 父子는 日本의 영토이면서도 人種과 言語, 풍습제도면에서 大陸系에 가까운 문화권을 형성하고 있는 오끼나와에 한국의 書畵를 소개, 끊어지려는 韓-沖繩간에 문화예술의 架橋를 놓는 역할을 했다. ○작년10월 晴江은 日本의 雲石書道會로부터 오끼나와를 방문해 달라는 뜻하지 않은 초청을 받았다. 雲石書道會란 오끼나와의 名家로 주민들이 숭배하는 서예가 謝花雲石의 제자들의 모임. 雲石은 中國系 謝씨의 후손으로 일제 강점기 토지조사국직원으로 한국에 나와 海岡 金圭鎭의 書畵硏究會에 입문, 1912년부터 8년간 海岡에게 서예를 師事한후 귀국하여 全島에 수천명의 제자를 길러낸 인물로, 日本의 문화예술을 부인하고 中國과 한국에서 정통적 전승을 주장해온 독보적 존재다. 晴江의 오끼나와 방문은 이 雲石선생의 유언에 따른 것으로, 雲石은 76년 94세로 별세하기* 전 "반드시 나의 은사(海岡)의 자손이나 제자를 찾아 정통적인 대륙의 예술을 익히라"는 말을 남겼다고 한다. 日本의 書道는 邪道라하고, 海岡의 書야말로 정통이라 확신한 雲石의 유지가 오랜 수소문 끝에 晴江을 다시 초청한 것이다. ○부친에 이어 반세기만에 오끼나와를 찾은 晴江은 그곳에 2개월간 머물면서 文人畵발표전(11월 25일~12월 2일)을 갖는 등 한국의 水墨淡彩畵를 소개했다. 부친 海岡이 오끼나와의 명가 雲石을 통하여 書道를 전수한지 실로 50년 만에 다시 그 아들 晴江을 통하여 회화가 沖繩에 소개된 것이다. 오끼나와 주민들은 晴江의 작품을 「처음 보는 그림」이라면서 찬사와 호의를 아끼지 않았으며, 그곳 신문들도 「한국 문화예술의 沖繩 傳授에 큰 공헌」이라며 「한국과 沖繩은 형제처럼 지내야 한다」고 강조했다고 晴江은 전했다.[17]

한자가 노출된 당시 신문기사를 그대로 인용하였다. 기사 내용

* 자하나 운세키는 1975년 2월 21일 심장마비로 오키나와 자택에서 타계했다. 몰년을 1976년이라고 한 것은 잘못되었다. 향년 93세이다.

을 요약하면, 김규진의 아들이자 역시 서화가인 청강晴江 김영기金永基 (1911~2003)가 운세키의 오키나와 제자들 모임인 운석서도회雲石書道 會* 초청으로 1978년 11월과 12월 두 달간 오키나와에 머물면서 서화 전시회를 개최하였다. 여기서 먼저 주목할 내용은 '부친에 이어 반세 기만에 오끼나와를 찾은'이다.[18] 이 문장으로 보아 김규진 역시 오키 나와를 방문했다고 볼 수 있다. 그렇다면 김규진은 언제 오키나와를 방문했을까?

『경성일보』1925년 4월 13일 자 1면 기사에 의하면, 김규진은 총 독부 초청으로 오사카에서 개최되는 박람회의 조선관에 서화전람회 를 개최하기 위해 조카 김영수金永壽를 데리고 오사카로 떠났다.[19] 그 리고 같은 신문 1925년 7월 14일 자 2면에는 '김규진이 일본을 유람 하던 중 모친 병환 소식을 듣고 급히 귀국했다.'라는 기사가 있다. 『매일신보』1925년 7월 14일 자 기사에도 김규진이 7월에 일본 내지 를 유람했다고 적고 있다. 아마도 이 기간에 오키나와를 방문했을 가능성이 있다. 이후 김규진은 1930년 겨울에 양주 전원서옥田園書屋 으로 가다가 자동차 사고로 큰 부상을 입고, 1933년 6월 28일 타계 할 때까지 사실상 붓을 들지 못했다. 때문에 두 사람의 직접적인 소 통은 여기서 마무리된다.

다시 앞의 신문기사 내용으로 돌아가 보자.『조선일보』의 이 기 사가 나오게 된 계기를 적은 오키나와 쪽 글이 있다. 즉, 운세키의 유 언으로 그의 제자 모임인 운석서도회가 김규진 주변 인물을 찾으려 고 애를 썼고, 그 결과 김규진의 아들 김영기를 만나게 되는 장면을

---

* 운석서도회雲石書道會 : 1958년 운석서도학원으로 개회開會하였다.

적은 글이다.

이번에 기회를 얻어 한국을 방문하게 되었다. 서도연구소 동지의 부탁이 있어서 운세키 옹의 스승인 해강 김규진 씨의 가족이나 제자들을 찾아야만 했다. 한국의 수도 서울에 도착해서 조선일보의 유전무에게 그 뜻을 전하자 흔쾌히 수락하고는 곧바로 수배하기 시작했다. 6백만 명이나 사는 대도시에서 한 사람을 찾는 것이므로 그다지 기대하지 않았다. 그런데 신문사의 촉각은 대단해서 다음 날 김규진 씨의 장남 청강 김영기 씨가 방문했다. 김영기 씨는 존부尊父와 고제高弟가 전쟁 전에 타계했다는 등의 이야기를 해주었다. … 존부가 "유구에서 온 사람으로 매우 열심히 하는 좋은 서생書生이 있었다."라고 한 이야기를 확실하게 기억하고 있다고 말했다.[20]

이 글은 야마사토 게이슌(山里景春)이란 인물이 1977년 11월 12일자 『오키나와 타임스(沖繩タイムス)』에 쓴 「운세키 옹의 스승(雲石翁の師)」이란 글이다. 이런 과정을 거쳐 김규진의 아들 김영기가 오키나와에 초청되었던 것이다. 위의 인용문들을 보면 스승에 대한 운세키의 존모와 정성도 대단하지만 운석서도회 회원들의 정성도 놀랍다. 이는 김규진→자하나 운세키→운석서도회 회원 3대로 이어지는 아름다운 사승관계이다.[21]

운세키의 스승에 대한 존모의 마음은 여기서 그치지 않는다. 그는 스승의 가르침 역시 소홀히 하지 않았다. 1958년 3월 자신을 방문한 인사에게 "이것은 왕희지 이래 후진을 지도하는 기초적인 법식을 정한 것으로 김선생[김규진]의 저서입니다."라고 하면서 1915년 서울

해동서관에서 출판된 『서법진결書法眞訣』*을 꺼내 보여주었다. 그는 이 책을 펼쳐 보이며 책 내용과 서도에 관해 설명했다.[22] 책 내용을 설명할 뿐만 아니라, 『서법진결』의 내용을 베껴 쓰기도 했다. 이는 그가 스승의 가르침을 잊지 않으며, 여전히 수용하고 있음을 확인하는 말이다. 또한 그가 평생 바닥에 앉아 글을 쓰는 방식도 김규진에게서 배운 바일 것이다.

3 자하나 운세키의 서예술

전수받은 왕희지 서법의 추종

자하나 운세키의 서법과 예술정신에 대해 말하기 전에, 그의 스승인 김규진의 서법과 서론에 대해 간략하게 서술하고자 한다. 이를 통해 김규진과 운세키의 사승관계를 보다 명확히 하고, 운세키가 스승의 서법을 얼마나 충실히 따랐는지 아니면 귀국 후 스승의 영향을 벗어나 자신만의 독창성을 추구했는지 판단할 수 있기 때문이다.

김규진은 글씨뿐만 아니라 각종 꽃과 나무도 섭렵했던 서화가이다. 김소연은 김규진이 난죽석의 전문화가라고 말하며, 1910년대 이후 사군자 화가로 성공적으로 변신했다고 한다.[23] 말하자면 김규진은 약 10년간의 중국 유학을 마치고 귀국한 뒤, 초기에는 서예가로서의 이미지가 강했다. 여기에는 영친왕의 서예선생이라는 점도 작용

---

* 서법진결 : 김규진이 1915년 회동서관에서 발간한 『독학 서법진결』은 운양雲養 김윤식金允植이 서문을 썼다.

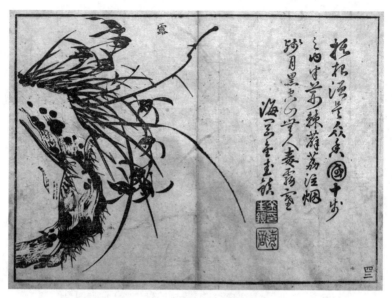

김규진 「석란石蘭」 『해강난보海岡蘭譜』에서

했다. 뿐만 아니라 일곱 살 때부터 10년간 외숙인 이희수에게 배웠는
데, 이희수 역시 눌인訥人 조광진曹匡振(1772~1840)과 석계石溪 차규헌車
奎憲 및 소눌小訥 조석신曹錫臣에게 배워 글씨에 뛰어났다. 김규진이 중
국 유학을 마치고 한국에서 서화가로 본격적인 활동을 할 때에도 그
림보다는 글씨 주문이 많았다.[24] 그가 2미터의 붓으로 큰 글씨를 휘
호하는 것도 필력에 대한 자신감의 발로이다.

　한편 이희수나 김규진의 작품 대부분은 왕희지를 근간으로 한
유용劉墉적인 경향을 보이다가 말년에 독자적인 경향을 나타내었
다. 왕희지를 근간으로 한 유용적인 경향은 조광진에게 그 연원을
찾을 수 있다.[25] 이런 왕희지 서법의 근간은 운세키에게도 그대로
이어졌다.

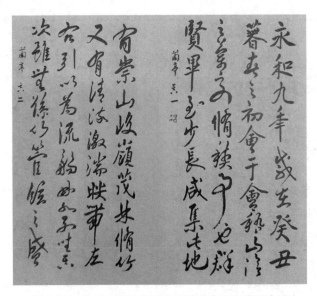

자하나 운세키 「난정기蘭亭記」 『사화운석謝花雲石(자하나 운세키)』에서

　　운세키는 오키나와를 대표하는 서예가이다. 오키나와 서예가 중, 대표적인 세 사람을 삼필三筆이라고 하는데, 이 삼필에는 유구 상태왕尙泰王*의 제4 왕자인 상순尙順**과 가인歌人이기도 한 야마시로 세이츄(山城正忠)*** 그리고 운세키를 꼽는다. 그러나 이들 삼인 중, 그 정통성이나 작품성 및 서력에서 단연 제일은 운세키이다. 유구 왕자였던

---

*　　상태왕尙泰王(1843~1901) : 유구 마지막 왕. 여섯 살 때인 1848년 왕위에 올랐지만, 1879년 메이지정부의 폐번치현으로 폐위되었다. 1901년 도쿄 자택에서 사망했다.

**　　상순尙順(1873~1945) : 유구 마지막 왕인 상태왕의 4남으로 호는 노천鷺泉이다. 1896년 남작을 받았고, 1904년에는 귀족원 의원에 당선되었다.

***　　야마시로 세이츄(山城正忠, 1884~1949) : 오키나와 나하시에서 태어났다. 당명唐名은 호지충胡之忠. 상경하여 의학을 배우고 귀향하여 치과를 개업하기도 했다. 또 요사노 데칸(與謝野鐵幹)·아키코(晶子) 부부에게 사사師事하여 가인歌人으로도 일컬어지며, 오키나와에 근대문학을 전한 공적도 있다.

상순은 능서가로 평가받지만 그는 유구가 일본에 병합된 이후, 1893
년 오키나와 최초의 신문인『유구신보琉球新報』를 창건하고, 1899년에
「오키나와은행(沖繩銀行)」을 설립하는 등 서예가로서보다는 경제인
혹은 언론인으로서의 활동이 더 많았다. 그 외에도 (주)오키나와광운
을 설립하거나 도원농원을 경영하기도 했다. 야마시로 세이츄 역시
서예에 뛰어났지만 가인이자 소설가이며, 치과의사이기도 했다. 운세
키도 오키나와 현청에 서기로 근무했지만, 1922년 서도연구소를 개
설하여 후진을 양성하는 한편 서화전람회를 개최하는 등 70여 년을
전문 서예인의 길을 걸었다. 그는 스스로 "나는 일생 동안 글씨 쓰는
것만 했다."라고 자부했다.

　운세키의 서법은 왕희지 서법을 근간으로 한다. 이는 말할 것도
없이 스승 김규진에게서 전수받은 것이다. 그러나 자신의 견해에 따
른 것이기도 하다. 그가 왕희지 서법에 몰두하는 이유는 왕희지가 이
전의 중국 서법을 집대성했으므로 이후 중국 서법은 왕희지 서법으
로 모아지기 때문이다. 중국 서법은 주나라 선왕宣王이 건립한 석고
문石鼓文의 대전大篆과 진秦나라 때의 소전으로 내려오다가 육조시대
에 진晉나라 왕희지에 의해 해서·행서·초서가 확립되었다. 즉, 왕희
지 서법에는 중국 서예 오천년의 역사가 압축되어 있다고 본다.

　반면 일본 서법에 대한 운세키의 인식은 이렇다. '일본에는 제대
로 된 서법이 없다. 그러므로 나라시대 말기의 홍법대사弘法大師* 이후

---

* 　홍법대사弘法大師(774~835) : 어릴 적 이름은 진어眞魚. 총명했던 진어는 어려서부
　터 백부인 아토노 오오타리阿刀大足에게 한어漢語와 시, 문장을 배웠다. 15세 때 백
　부를 따라 상경하여 학문을 이어가던 중, 불교를 접하고 불자가 되었다. 31세 때
　견당사선遣唐使船을 타고 당나라로 갔다. 중국 장안에 도착하여 불도를 닦고 33세

일본 서예는 볼 만한 것이 없다. 또한 홍법대사도 당나라에서 법첩을 가지고는 왔지만 정통 서법을 전하지 않았다. 오키나와의 경우에도 나고친방 정순칙 이하 서예가가 많다고 하지만 그렇지 않다. 오키나와 서예는 촌스럽다고 말할 수 있는데, 이는 당나라 서법에 머물고 왕희지까지 거슬러 올라가지 않았기 때문이다. 그러나 해강 김선생은 북경에서 왕희지를 깊이 연구했고, 나는 그 김선생에게 왕희지 서법을 배웠다. 오키나와의 서예도 왕희지 서법을 취하지 않으면 안 된다. 나는 오키나와의 사람들에게 참된 서법을 알리고 싶다. 나는 오키나와가 동양 예술을 대표하는 서도의 나라가 되었으면 한다. 이것이 나의 염원이고 사명이다.'[26]

이렇게 말하는 그의 왕희지 필법은 그 이전에 전서와 예서에 기초하고 있다. 당시 일본 서예는 해서·행서·초서가 주류를 이루었고, 전서와 예서를 쓰는 서예가는 거의 없었다. 이에 대해 그는 서예의 상도를 벗어난 행위로 보고 인정하지 않았다. 이처럼 전서와 예서를 기초로 하는 운세키의 왕희지 서법은 온전히 스승 김규진에게서 받은 영향이다.[27] 운세키의 서예관은 중국의 육조시대, 더 위로 주나라 시대까지 거슬러 올라가서 중국 오천년 서예사를 공부하지 않으면 안 된다는 것이다.

이런 운세키의 서예관은 자연스레 중국 서예 대가를 만나 담론하고자 하는 바람으로 이어진다. 그는 1963년 2월 처음으로 대만을 방문하였다. 대만의 부자 2대에 걸친 왕희지 연구가인 호종오胡鐘吾를

가을에 귀국하였다.

만나 깊이 교류하였다. 이때 호종
오의 스승인 우우임于右任*을 만나
려고 했으나 시간이 맞지 않아 만
나지 못했다. 우우임은 왕희지, 안
진경, 조맹부와 함께 중국 4대 서
예가의 한 사람으로 꼽히며, '당대
초성當代草聖', '근대서성近代書聖'으로
불린 인물이다. 운세키는 우우임을
만나지 못한 아쉬움을 풀기 위해 2
년 뒤인 1965년 5월, 83세라는 고

바닥에 앉아 글씨를 쓰고 있는 운세키.
『謝花雲石』에서

령의 나이를 무릅쓰고 두 번째 대만행을 감행했다. 그러나 타이베이
공항에 내린 그는 우우임의 사망소식을 듣고, 인생의 무정함에 낙담
했다. 우우임은 그가 대만에 오기 반년 전인 1964년 11월 10일 타계
했다.

술이부작述而不作 신이호고信而好古의 임서臨書

자하나 운세키는 한마디로 임서주의자臨書主義者이다. 그는 　제자

---

*　우우임于右任(1879~1964) : 청나라 말기부터 중화민국 초기까지 활동한 중국의 정
　치가이자 언론인이며, 교육자이자 서예가. 본명은 백순伯循, 자는 유인誘人, 호는
　태평노인太平老人이다. 「신주일보神州日報」, 「민호일보民呼日報」를 비롯한 많은 신
　문을 발행하여 청나라를 비판하고 혁명사상을 고취시키는 활동을 했다. 중화민국
　성립 후인 1912년 남경 임시정부의 교통부 차장을 역임했고, 1925년 손문이 죽자
　당내 우파의 지도자로 활약했다. 복단대학, 상해대학, 국립서북농림전과학교 등 교
　육기관을 창설하는데 큰 기여를 했다. 왕희지, 안진경, 조맹부와 함께 중국 4대 서
　예가의 한 사람으로 꼽히며, '당대초성', '근대서성'으로 불렸다.

들을 가르칠 때도, 스스로 연마할 때에도 임서를 최고로 여긴다. 임서란 글씨의 본本인 법첩을 보고 그대로 베껴 쓰는 것으로, 초보 때에는 누구나 이 과정을 거치지만 이른바 전문가가 되면 보통 개성이 드러난 자기만의 서체를 추구한다. 그러나 운세키는 개성이 드러나는 순간 서도는 망친다고 본다.

그는 이렇게 말한다. "하루라도 붓을 잡지 않으면 자신의 버릇이 나온다. 개성이 나오면 서도는 끝이다. 아무것도 안 된다. 고전적 시대로 거슬러 올라가 아득히 먼 시대에 이름을 남긴 사람의 뒤를 따라가는 것이 내가 힘써야 할 바이다. 개성만큼 시시한 것은 없다. 개성을 발휘하면 예술은 촌스럽다."[28] 그는 전통의 위에 서서 고법을 따르며 그 고법이 자연스레 드러난 글씨의 경지, 이것이 개성의 발휘라는 입장이다. 그러므로 고전을 열심히 연습한 붓으로 격조 높은 독자의 경지를 여는 것이 그가 평생 추구하는 서도이므로 고금에 운세키풍의 글씨는 존재하지 않는다고 할 수 있다. 그는 중국 육조시대 이전의 비碑에 서자書者의 이름이 기록되어 있지 않은 것을 매우 칭찬했고 감격했는데, 이는 분명 소아小我를 버린 고대인의 영지英智라는 것이다.[29]

이렇게 말하는 그의 예술정신은 공자가 말한 '서술하기만 하고 지어내지 않으며, 옛것을 믿고 좋아한다.(述而不作, 信而好古.)'로 정리된다. 중국 오천년의 서예를 집대성한 왕희지의 서법을 그대로 임서하기만 하고, 이른바 '나'라는 것을 드러내지 않는다. 옛 법을 믿고 좋아할 뿐이다. 그러나 이렇게 왕희지 서법을 철저히 임모하지만 그의 서예작품은 독창적이라고 평가받기도 한다. 이는 얼핏 형용모순 같지만 완벽한 임모로 왕희지 필법의 경지에 도달함이 아닐까 한다.

예컨대 바흐의 무반주 첼로 연주곡을 자신의 개성을 드러내려고 하는 것이 아니라 철저한 곡의 해석으로 가장 바흐스럽게 연주할 때 독창적인 연주가 되는 것과 같지 않을까.

그리고 그는 '마음이 바르면 글씨도 바르다.'라는 유공권柳公權*의 말을 서도정신의 모토로 삼았는데, 이 말은 스승인 김규진이 편찬한 『서법진결』을 통해서 취한다. 그는 제자와 주변 사람들에게 『서법진결』을 내어 보이며, "이것은 왕희지 이래 후진을 이끄는 기초적인 법식을 정한 것으로 김선생[김규진]의 저서이다."라고 말하고, 서문을 펼쳐 '글씨는 심획心劃이다. 유공권이 말하기를, 마음이 바르면 글씨도 바르다고 하였는데, 이는 한 마디 말로 글씨에 대한 뜻을 충분히 드러내었다.'[30]라는 한문 문장을 보였다.[31] 이 일화는 그의 서예정신을 드러내는 동시에 스승 김규진에 대한 존모가 담겨 있다.

오모리 소겐(大森曹玄)**은 운세키의 85세와 90세 작품을 보고는 "어떤 사람이라도 고령이 되면 노필老筆의 모습이 드러난다. 그러나 운세키의 작품에는 그런 것이 보이지 않는다. 대단한 서예가라고 본다. 특히 낙관의 작은 글씨들은 지금 막 붓을 놓은 듯 생동감이 있다."라고 평가했다.[32]

---

* 유공권(柳公權, 778~865) : 중국 당나라의 정치가이자 서예가. 자는 성현誠懸. 해서에 능했으며, 벼슬은 공부상서에 이르렀다. 작품으로 「현비탑비玄祕塔碑」가 있다.

** 오모리 소겐(大森曹玄, 1904~1994) : 임제종의 선승이자, 직심영류검술直心影流劍術 제15대 야마다 지로키치(山田次朗吉)의 제자. 서예가이기도 하며, 서예에서 필선도 筆禪道를 초안했다.

4 오키나와 서도계에 미친 운세키의 영향

이 절에서는 오키나와 서도계에 미친 운세키의 영향과 비중을 통해 그에게 서화를 가르친 해강 김규진이 오키나와 서도계에 미친 영향을 가늠해 보고자 한다.

오키나와는 '일본이면서 일본이 아닌'이라는 수식을 받는 곳이다. 이는 오키나와 역사가 증명하고 있는데, 이런 분위기는 현재에도 완전히 해소되지 않았다. 일례로 지금도 오키나와 출신들 중 적지 않은 사람들이 오키나와 독립을 주장하고, 또 많은 사람들은 정체성과 관련한 고민을 한다. 운세키의 경우도 평생 일본 서단書壇에 발을 들이지 않았다. 운세키와 함께 오키나와 삼필에 속했던 야마시로 세이츄는 "자하나 운세키를 일본 본토에 데려가더라도 다섯 손가락 안에 들 것이다."라고 평가했지만 운세키는 일본 서단에 자신의 이름을 드러내지 않았다. 이는 독립국이었던 유구의 후손이라는 자존심이 작용한 것으로 생각된다. 또한 앞에서 서술한 바대로 운세키는 일본의 서법을 인정하지 않았다. 일본의 서법에 대해서는 우리 서예가 김응현도 비슷한 평가를 한 적이 있다. 즉, 일본 서예는 역대로 대륙의 변화를 수용하지 못하고 독자적인 서풍을 유지하여 왔는데, 그 특징은 기필起筆과 수필收筆은 물론 행필行筆에서도 법도가 뚜렷하지 않다[33]고 하였다.

운세키는 오키나와 근대 서예를 이끌었다고 평가할 수 있다. 오키나와는 1879년 유구처분으로 일본에 합병되면서 이전의 유구국과 이후의 오키나와현으로 구분된다. 물론 유구국 시절의 오키나와에 서화가가 없었던 것은 아니다. 17세기와 18세기에 걸쳐 유구의 3

대 화가로 꼽히는 자료自了·은원량殷元良·모장희毛長禧가 있었고, 그 외에도 석령전막石嶺傳莫(1658~1703)과 상원진지上原眞知(1666~1702) 및 산구종계山口宗季*라는 이름이 보인다. 또 당시 왕가에 필요한 용품과 중국 황제나 일본의 장군 및 여러 다이묘[大名] 등에게 헌상하는 헌상용과 증답용 등의 칠기를 제작하고 도안하며, 그 직인職人들을 지도 감독하는 패접봉행소貝摺奉行所 관련 기록에는 회사繪師가 7명으로 나온다. 그러나 이런 서화가의 맥이 잘 정리되어 이어오지는 못한 듯하다.

운세키는 오키나와가 일본에 합병된 지 4년 뒤인 1883년에 태어나, 소학교 2학년 시절에 문부성 주최의 선서장려회에서 상을 받은 경력이 있지만, 이후 그는 일본 서단과는 거리를 둔 채, 한국과 중국을 통한 서예가의 길을 갔다. 그가 일본 서단에 대해 혹평한 것도 일본과는 다른 유구인으로서의 정체성을 염두에 둔 것이 아닐까 생각한다. 바로 이런 지점에서 그가 김규진의 제자라는 사실과 김규진의 서법이 오키나와에 전파되었다는 것은 매우 중요한 의미를 지닌다. 말하자면 오키나와 근대 서예의 뿌리는 일본이 아니라 한국의 김규진이다. 이 뿌리에서 자란 운세키가 오키나와에서 서예의 꽃을 피웠다.

오키나와 서도계에서 운세키의 역할과 영향 및 비중은 매우 크다. 그는 특히 제2차 세계대전 중 일어난 오키나와전쟁이 끝난 뒤, 오

---

* 산구종계山口宗季(1672~1743) : 자는 자경子敬, 호는 운곡雲谷. 뒤에 이름을 보방保房으로 하였으며, 당명唐名은 오사건吳師虔이다. 석령전막石嶺傳莫의 제자로 유구 왕국의 화가였다.

키나와의 서도부활에 힘을 쏟아 오키나와 미술전람회* 서도부의 운영위원을 역임하는 등, 사실상 오키나와 서도계를 이끌었다. 그러면서 1952년에 제1회 개인전을 개최했고, 1958년에 '운석서도학원'을 개설하여 제자를 길렀다. 1960년에 제2회, 1966년 제3회, 1970년 제4회, 1973년 제5회 개인전을 개최하여 서예를 활성화했다.

오키나와 서예가로서 운세키의 명성을 보여주는 대표적인 작품은 오키나와 현청의 문찰門札이다. 오키나와 현청의 문패는 전쟁 전인 1931년에 49세인 운세키가 썼다. 그리고 오키나와전쟁이 끝나고 1945년부터 1972년까지 미군정의 지배를 겪은 뒤, 일본에 복귀되어 현청을 재생한 1972년에 다시 문패를 써서 걸었는데, 이번에도 운세키가 썼다. 당시 그의 나이는 90세였다. 이것만으로도 오키나와에서 운세키의 명성과 권위 및 영향을 알 수 있다. 현청은 현의 상징이자 얼굴이다. 특히 긴 시간 간단치 않은 역사를 겪고 다시 탄생한 현청의 문패를 90세라는 고령의 운세키에게 다시 쓰게 한 것은 운세키의 실력과 인품을 아울러 인정한 것으로 해석된다. 그가 쓴 현청의 문패는 '웅혼풍윤雄渾豊潤'이다. 당시 그가 이를 거절하지 않고 문패를 쓴 이유는 '이 나이에도 이 정도의 글씨를 쓸 수 있다는 것'과 '오키나와에도 이 정도의 서예가가 있다.'는 것을 사람들에게 알리고 싶었기 때문이라고 한다. 서예가로서의 자부심과 애향심을 짐작할 수 있다.

그 외 그의 작품은 오키나와 전역에 매우 많다. 수상 경력으로는 1967년 오키나와 타임스 예술선상대상選賞大賞, 1969년 훈5등서보상

---

* 충전沖展이라고 하는 오키나와 미술전람회는 오키나와현 최대의 총합미술전으로 오키나와 타임스사 주최로 매년 봄에 개최된다. 1949년 처음으로 개최되었다.

勳五等瑞寶賞, 1972년 5월 제1회 오키나와현 지사 예술문화공로상 등을 수상했다.

그의 제자 중, 대표적인 인물은 시마부쿠로 고우유우(島袋光裕)* 이다. 시마부쿠로 역시 오키나와 나하에서 태어났으며, 소학교 2학년 때 「일본선서장려회」에 출품해서 특상을 받았다. 그는 1923년에 운세키에게 사사師事했으며, 운세키와 함께 오키나와 미술전람회 창설을 주도했고, 심사와 운영위원으로 활약했다. 그리고 1957년 유구국 시대 상온왕이 자필로 써서 국학 입구에 걸었던 '해방양수海邦養秀'라는 편액의 복원을 맡았다. 또 1964년에는 페리제독상륙기념비 휘호를 했고, 오키나와현 문화공로상을 수상했다. 시마부쿠로의 서예는 운세키를 통해 김규진과 왕희지로 연결된다.[34]

이외에도 현존하는 오키나와의 많은 서예가들은 운세키의 급문及門제자이거나 재전再傳제자이며 사숙私淑제자이다. 이를 통해 오키나와 서도계에 미친 운세키의 영향과 함께 김규진의 영향도 적지 않음을 확인할 수 있다.

덧말 : 해강 김규진은 1915년 서화연구회를 개설하면서 조선인과 일본인 및 남자와 여자를 구분하지 않고 수강생을 받아 가르쳤다. 해강서화연구회는 개인 서화가인 김규진이 개설한 사설학원이지만 당시 서화계의 사정과 상황을 생각하면 서화가 양성이라는 중요

---

* 시마부쿠로 고우유우(島袋光裕, 1893~1987) : 오키나와에서 중학교를 졸업하고 와세다 대학에 입학했는데 부친이 사업실패로 사망하자 대학을 중퇴하고 오키나와로 귀향했다. 이후 신문기자와 소학교 대용代用 교사를 역임했다. 호는 석선石扇이다.

한 공적 가치와 의미가 담겨 있었다. 당시 연구회에는 김규진 개인의 높은 실력과 명성으로 국적과 성별을 초월한 많은 수강생이 몰렸는데, 많을 때에는 100여 명에 달했다.

이들 많은 수강생 중에는 이후 전문 서화가로 이름을 알린 이가 적지 않다. 예를 들면 이규원 · 윤기선 · 이병직 · 김능해 등이다. 그 외에도 이응로 · 방무길 · 민택기 등 유명한 제자들이 많다. 그런데 여기에는 우리가 미처 주목하지 못한 일본인 제자, 좀 더 역사성을 가미해서* 말하자면 유구 오키나와 출신의 제자 자하나 운세키가 있었다.

운세키는 '오키나와 서도계의 일인자(沖繩書道界の第一人者)', '오키나와 서도계의 실력자(沖繩書道界の大御所)', '오키나와 서도계의 보물(沖繩書道界の至寶)' 등으로 평가받는다. 뿐만 아니라 운세키의 부고가 알려지자 '한 시대가 끝났다.'라고 평가하기도 했다.[35] 이런 인물이 한국에서 김규진에게 서예를 배우고, 배운 것을 평생 실천하며 오키나와에 전파하고 오키나와 서도계를 이끌었다는 것은 달리 말하면 한국의 김규진 서법과 서론이 오키나와에 그대로 이식移植되었다고 해도 무리가 없을 것이다. 한마디로 오키나와 근대 서예의 뿌리는 한국의 김규진이다.

---

* 역사성을 가미한다는 말은 일본에 속하지만 일본과 이질적인 성격이 강하며, 근대 이전까지 독립왕국이었던 유구의 역사를 뜻한다.

13장

조선 지식인의 유구 체험과 인식

1392년에 건국한 조선왕조는 1910년 한일병합으로 사실상 왕조의 막을 내리는데, 조선왕조가 주체적으로 운영되던 19세기 말까지 세계에 대한 조선 지식인*들의 직접 체험은 그리 넓지 않았다. 특히 조선 전기보다 조선 후기에 세계에 대한 접속이 더욱 좁아진 것이 아닌가 한다. 예컨대 유구만 놓고 보면, 조선 전기 직접 사신을 보내던 관계에서 조선 중기에는 북경을 통한 우회 외교로 변했고, 이마저도 1634년 이후에는 끊어졌다.

이처럼 조선 전기에 직접 교류하던 조선과 유구는 조선 후기에는 북경을 통해 만나게 된다. 그러나 이 만남도 서로 간에 미리 약속을 하는 것이 아니고, 사행의 시기가 겹쳐야 이루어질 수 있었다. 그러다 보니 유구에 대한 직접 체험과 정세 파악은 어려울 수밖에 없다. 이즈음 동남아시아로 열려 있던 조선의 바닷길은 활기를 잃은 것으로 보인다. 해로는 오직 일본 에도로 가는 통신사 길만 열려 있었으며, 북쪽 육로는 중국으로 가는 사행길이 유일했다.

---

* 여기서 말하는 '조선 지식인'은 관료를 포함한 조선의 문인文人들이다.

한편 유구에 대한 조선 지식인의 인식은 세종 25년(1443) 서장관으로 일본에 다녀온 신숙주가 왕명에 따라 편찬한 『해동제국기』[1]에 오랫동안 지배받고 있었다.[2] '해동제국'이란 일본 본국과 규슈 및 대마도와 일기도壹岐島 그리고 유구를 총칭하는 말인데, 당시 신숙주가 유구를 직접 체험한 것은 아니다.

즉, 유구에 대한 조선 지식인의 인식은 간접적인 것이 많다. 간접적이라는 말은 직접 유구 땅을 밟거나 유구인을 만나 관찰한 것이 아니라, 문헌을 통하거나 혹은 유구 땅을 밟았던 사람들의 전언에 의해 형성된 인식이라는 뜻이다. 조선시대 지식인이 유구를 체험하고 인식한 경로는 ①외교문서 ②조선에 온 유구 사신과의 대화 ③유구에 갔던 사신에 의한 전언 ④북경에서 유구 사행단과의 대화 및 관찰 ⑤조선에 표착한 유구인의 진술 ⑥유구에 표착했다가 송환된 조선인의 진술 ⑦1-6번의 내용을 기록한 문헌들을 통해서이다.

이 장에서는 이 중, ①번을 제외한 여섯 가지 경우를 통해 조선시대 지식인들의 유구에 대한 체험과 인식을 규명하고자 한다. 따라서 이 장에서 다룰 시기는 조선 초기부터 19세기 말까지이며, 자료 범위는 『조선왕조실록』과 『연행록』을 포함한 『한국문집총간』이 모두 해당된다.[3] 다만 여기에 나오는 유구 관련 자료들을 일일이 거론하지는 않고 이 장의 주제에 맞는 유의미한 내용들만을 발췌하여 서술하고 논증한다.

강조하자면, 이 장의 내용이 선행논문과 차별성을 띠는 지점은 연구 시기와 자료 범위에 있다. 선행연구가 대개 시기를 매우 좁히거나, 자료 범위를 한정시키고 있는 데[4] 반해, 이 글은 조선 전全시기에 대한 '조선 지식인의 유구 체험과 인식'에 대한 검토이다.

1 조선에 온 유구 사신, 유구로 간 조선 사신

먼저 앞에서 제시한 조선시대 지식인이 유구를 체험하고 인식한 경로 일곱 가지 중에서 '①외교문서'에 의한 조선의 유구 인식을 간략하게 서술하고자 한다. 역사학계의 선행연구에서 조선과 유구가 주고받은 왕복 문서에 의하면, 조선은 유구를 교린交隣의 관계로 보고자 하였으나, 유구는 조선을 적례敵禮[대등]의 관계로 대하려 했다. 즉, 조선은 임진왜란 전까지 유구를 신하국으로 대우하다가 광해군 1년(1609) 이후 우호적 관계로 돌아섰지만,[5] 결과적으로 조선과 유구는 명나라와 청나라의 책봉국가로서 춘추시대 제국 간의 관계처럼 대등한 관계를 전제로 하는 적례적 교린이었다고 말할 수 있다.[6]

그러나 조선과 유구가 반드시 대등한 관계는 아니었다. 특히 명나라가 조공국을 대할 때 국제적 서열 기준이 있었는데, 그 기준에 의하면 조선은 유구보다 한 등급 위의 대접을 받았다. 그 증거로 ① 명나라 황제가 각 조공국 왕에게 주는 반사품頒賜品 중, 인장印章이 있는데 조선은 금인金印, 유구는 도금은인鍍金銀印을 주었다. ②그리고 북경 조참朝參에서도 유구 사신의 좌석은 조선 사신의 뒷자리에 배치되었다. 즉, 조선이 중국 안에서 받았던 대우나 지위는 유구보다 한 등급 위에 있었던 것이 분명하며, 조선의 지식인들 특히 관료들은 이러한 점을 공유했으며, 이것이 유구 인식에 작용했을 가능성이 높다. 예컨대, 조선에서도 외국에서 온 사신이 조회 등에 참석할 때 서열을 고려하여 자리를 배정하는데[반열班列, 반차班次], 이때도 유구가 조선보다 작다거나 유구가 아직 조선보다 낮은 수준에 머물러 있다는 인식이 많이 작동되었다.

이 절에서는 이런 조선 지식인들의 유구에 대한 인식이 조선에 온 유구 사신을 직접 관찰하면서 어떻게 유지되는지 혹은 변하는지, 그리고 유구에 간 조선 사신이 체험한 유구에 대한 인식은 무엇인지 점검하고자 한다. 다만, 조선에 온 유구 사신과 유구로 간 조선 사신 관련 기록을 따로 묶어서 살피지 않고, 시기 순으로 의미 있는 내용만을 고찰한다. 이것이 시간의 흐름에 따른 인식의 변화를 파악할 수 있기 때문이다.

조선에 유구 사신이 왔다는 기사는 『태조실록』 1년(1392) 8월 18일에 나온다. '유구국의 중산왕이 사신을 보내어 조회하였다.'라는 내용이다. 그리고 9월 11일자 기사에는, 유구국 사신이 임금이 주재한 조회에 참예하였으며, 방물을 바쳤다고 한다. 또 같은 해 윤12월 28일 기사에는, 유구국 중산왕 찰도가 신하로 일컫고 글을 받들어 통사 이선李善 등을 보내어 예물을 바쳤으며, 남녀 포로 8명을 송환하였다고 적고 있다. 그러나 이때 유구에 관한 더 이상의 정보나 인식은 없다.[7]

앞에 서술한 것처럼 조선 건국 초기 왜에 잡혀 유구로 팔려간 조선인들은 유구의 송환에 의해 조선으로 돌아올 수 있었다. 이에 조선에서도 『태종실록』 1415년 8월 5일, 좌대언左代言 탁신卓愼이 제기한 "유구국에 사신을 보내어 왜구가 노략질하여 전매轉賣한 사람을 돌려보내도록 청해야 한다."라는 의견을 태종이 받아들여 사신 파견에 대해 논의하였다. 그러나 바다가 험하고 멀기 때문에 사신으로 가고자 하는 사람이 없자, 논의 끝에 이예李藝(1373~1445)를 파견하기로 하였다. 이 과정에서 호조판서인 황희가, '수로水路가 험하고 멀며, 비용도 대단히 많이 드니 파견하지 않는 것이 낫겠다.'라고 하였으나 태종이

"고향 땅을 그리워하는 정은 본래 귀천이 다름이 없다."라며 강행했다. 이예는 1416년 1월 27일 유구로 떠나, 1416년 7월 23일 왜구에게 잡혀서 유구에 팔려간 조선사람 44인을 추쇄하여 돌아왔다. 그러나 이예 혹은 쇄환된 사람들에게 유구에 관한 정보를 물은 기록은 없다.

『세종실록』12년(1430) 윤12월 26일 기사에 의하면, 풍랑으로 조선에 표착한 유구인을 송환하기 위해 유구에 갔던 통사 김원진金源珍*이 돌아왔다. 그러나 이때도 유구 사정에 대한 기록은 없다. 다만 1431년 10월 15일, 유구 사신의 접견 여부를 의논하는 과정에서 유구에 대한 인식이 살짝 드러난다. 예컨대 신상申商(1372~1435)이 임금에게 "그 사람[유구 사람]이 중조中朝의 관복을 갖추고 예의를 조금 아오니, 그를 접대하는 예는 마땅히 여러 섬의 왜인보다 나아야 될 것입니다."라든지, "이 무리들은 때때로 중국에 조현하고 있사오니, 여러 섬의 왜적에 비할 바는 아닙니다. 또 이웃 나라와 사귀는 예는 예전부터 있으므로 비록 중국이라도 이를 알고 있으니 무엇이 해롭겠습니까."라는 말에서 유구를 다른 섬나라보다는 높게 평가하고 있음을 알 수 있다. 특히 '중조의 관복을 갖추고 예의를 조금 안다.'라는 말은 직접 관찰한 내용이다.

단종 1년(1453) 5월 11일 자『조선왕조실록』에는 유구의 사신으로 조선에 온 도안道安이 유구에 대한 다양한 정보를 진술한 것을 예조가 기록한 내용이 있다. 내용은 유구의 기후, 풍토, 도로, 장례, 복식, 외교, 정치 등 다방면에 걸쳐 있다. 비록 기록관의 사적 인식은 보이지 않지만 조선 정부는 유구에 관한 생생한 정보를 들을 수 있었

---

*   김원진에 대해서는 10장에서 설명하였다.

다. 이런 내용이 조선 관료나 지식인들의 유구에 대한 인식 형성에 어느 정도 영향을 미쳤을 것이다. 다만 이는 어디까지나 유구 사신에 의한 전언이다.

『세조실록』세조 7년(1461) 6월 8일에는 유구로 표류한 나주에 살던 선군船軍 양성梁成과 금산에 살던 사노비 고석수高石壽를 유구 사신이 데려왔다는 기사가 있다. 당시 세조가 양성 등을 인견引見하고 표류한 연유와 지형 및 풍속을 묻고는 좌승지 한계희韓繼禧에게 "자세히 묻고 기록하여 아뢰라."라고 지시한 것으로 봐서 유구에 관심이 있으며, 관련 정보들을 확보하고 있는 것으로 보인다. 그 외에도 세조 8년(1462) 2월 28일에 유구 사신 선위사인 이계손李繼孫이 유구의 정사 보수고와 부사 채경과 함께『문헌통고』*에 기재된 유구의 풍속을 중심으로 대화한 내용 등이 있으나 대개는 남녀의 복식과 관대冠帶 등의 제도와 문화에 관한 것이고, 지식인 차원의 정밀한 분석은 없으며 그 역시 전언에 의한 간접 정보이다.

즉, 당시까지 조선 지식인의 유구에 대한 인식은 권건權健**이 말한 "그 나라에 들어가지 않고 그 풍속을 모르면 군자도 오히려 소경[瞽]이라 했는데, 하물며 그 땅을 밟아보지도 못하고 그 경치를 읊을 수

---

* 『문헌통고』: 원나라 마단림馬端臨이 지은 책. 3백 48권. 옛날 두우杜佑의『통전通典』에다 더 보태어 문물제도 전반을 총 24문門으로 분류하여 엮은 책이다.

** 권건權健(1458~1501) : 조선 초기 문신이며 서예가. 자는 숙강叔强 혹은 태보殆甫이고, 본관은 안동이다. 좌의정 권람의 아들로 증조부가 권근이다. 중종의 열한 번째 아들인 전성군 이변의 장인이기도 하다. 문장과 글씨에 뛰어나 1499년에『성종실록』편수관으로 참가하였고, 1500년에는 성현 등과 함께『역대명감歷代明鑑』을 편찬하였으며, 홍귀달 등과 함께『속국조보감續國朝寶鑑』을 찬술하였다. 저서로『권충민공집權忠敏公集』이 있다.

있겠는가. 비록 천하에 같이 있으나 나는 조선에서만 국한[跼繫]되어 살고 있으니, 유구를 바라보는 것이 북쪽의 연燕과 남쪽의 월越과 같아서 한 번도 본 적이 없다. 어찌 아무 산에 있는 아무 절은 맑고 기이하며 아무 물, 아무 언덕은 깨끗하며 아름다움을 알 수 있겠는가. … 듣건대 유구는 문화와 교육을 상당히 숭상한다 하니, 그중에는 어찌 몇 사람이라도 시를 잘 짓는 이가 없겠는가. … 만일 유구의 온 나라가 우리의 영향을 사모하여 계속하여 시를 요청한다면 비록 천백 명일지라도 내가 감히 사양하겠는가."[8]라는 것이다.[9]

이처럼 유구에 대한 직접 체험보다는 간접 체험에 더 많이 의존하고 있는 것으로 보이는 조선 전기 지식인의 유구에 대한 인식을 종합적으로 보여주는 것은 『조선왕조실록』 세조 13년(1467) 8월 6일자 「대사헌 양성지 상서」이다. 유구에 대한 인식을 직접 드러낸 내용만 인용하면 다음과 같다. 당시 양성지는 목면 1만 필과 면주綿紬 5천 필을 유구에 보내는 것에 반대하면서 그 이유를 이렇게 말한다.

①유구국은 본래 작은 나라이고 먼 나라입니다. 바다가 만 리에 막혀서 풍마우風馬牛처럼 서로 미치지 못하니, 비록 완급이 있을지라도 서로 구원하지 못할 것이므로 그 불가한 점의 첫째요. ②저들이 비록 감사하게 여길지라도 우리의 은사恩私를 갚지 못할 것이며, 저들이 비록 원망하고 노할지라도 우리의 변방 땅을 엿보지 못할 것이니, 불가한 점의 둘째요. ③우리가 비록 절교를 할지라도 방해될 것이 없고, 우리가 보빙報聘하고자 하더라도 길이 없으므로 또한 유익함이 없을 것이니, 불가한 점의 셋째요. ④후일에 비록 우리에게 무례할지라도 바다를 건너가서 꾸짖을 수가 없으니, 불가한 점의 넷째요. ⑤ 이제 그 예물이 별로 군국軍國에 필요한 것도 없으니, 불가한 점의 다

섯째요. ⑥이제 바야흐로 군사를 일으켜 군사를 조달하고 군량을 운반하므로 남도에 일이 많은데, 수백 필의 말에 짐바리[駄]를 싣고서 천 리의 땅을 발섭跋涉하니, 불가한 점의 여섯째요. ⑦유구는 본래 장사를 하는 나라인데, 이제 그 하사下賜를 많이 하는 것을 이롭게 여기고서 후년後年에 반드시 다시 올 것이므로, 이와 같으면 그 무궁한 욕망을 응해 주기가 어려울 것이므로 불가한 점의 일곱째요. ⑧일본은 이웃 나라이고 큰 나라인데, 만약 '유구의 예'를 인용하여 청하면 사양하기가 어려울 것이며, 혹은 뜻과 같지 않으면 반드시 분개하는 마음을 가질 것이니, 불가한 점의 여덟째요. ⑨금후에 비록 수백 필을 줄지라도 덕으로 여기지 않을 터이니, 불가한 점의 아홉째요. ⑩중국에서 이를 들으면 또한 말할 것이니, 불가한 점의 열 번째입니다.

따라서 양성지는 10분의 1에 해당하는 면포 1천 필과 면주 5백 필을 유구 사신에 부쳐 보내라고 건의하였다. 양성지의 이 건의는 조선과 유구가 처한 지리적, 정치적, 외교적 상황을 다각도에서 고려한 탁견이라고 할 수 있는 반면, 매우 근시안적이기도 하다. 아무튼 이 건의에서 엿볼 수 있는 유구에 대한 인식은 한 마디로 '작고 먼 나라'이며, '장사하는 나라'라는 것이다.

2 북경에서 만난 조선과 유구 사신

조선과 유구의 사신 내빙은 1500년 초에 끝나고 1530년부터는 북경을 통한 우회 외교가 시작되었다. 『조선왕조실록』에는 연산군 7년(1501) 1월 10일 「예조가 유구국 사신이 돌아가는 데 20일분의 양식을 주는 야박함을 아뢰니 의논하게 하다」라는 기사 이후에 유구 사신이 직접 내빙했다는 기록이 없다. 중종 25년(1530) 10월 1일에 제주도에 표착한 유구인을 중국을 통해 유구로 송환했다는 기록이 중종 29년(1534) 4월 24일 자 기사에 보인다. 그러므로 이제부터 유구에 대한 정세 파악 혹은 체험은 북경에서 이루어지게 되었고, 조선 지식인들이 유구에 대해 직접 체험하고 인식하기는 더욱 어려워졌다.

조선 사신이 북경에서 유구 사신을 만나 대화하고 유구 사정에 대해 물은 내용은 허봉許篈(1551~1588)의 「조천기」에도 나온다. 그는 1574년 8월 28일 북경 회동관에서 유구 통사에게 '유구는 과거를 설치하지 않고 효렴으로 선비를 채용한다.'라는 이야기를 들었다. 그러나 가장 잘 알려진 사례는 이수광의 「유구사신증답록」이다. 이수광은 1611년 8월에 왕세자의 관복을 주청하는 사절의 부사로 북경에 갔고, 다음 해인 1612년 정월 오만관에서 유구 사신 채견과 마성기를 만났다. 그 이전, 1590년 성절사의 서장관으로 처음 북경에 갔던 이수광은 안남[베트남]의 사신을 만났지만 별다른 접촉을 하지 않아 귀국 후에 안남에 대한 선조의 질문에 제대로 답을 하지 못해 한스럽게 여겼다. 그 경험을 바탕으로 1597년 겨울 진위사로 북경에 갔을 때는 「안남국사신창화문답록」을 남겼고, 1611년 사행에서는 「유구사신증답록」을 남겼다.

이수광은 유구 사신과 직접 문답을 통해 유구의 지리, 면적, 사상, 과거제도 등에 대해 들었지만, 그는 유구 사신의 말을 100% 신뢰하지는 않았다. 유구 사신의 말보다는 『속문헌통고』에 담긴 유구에 대한 내용을 더 신뢰하였다. 그리고 유구 사신과 수창한 경험으로 유구 사신의 문장력이 짧아 창화하기가 충분하지 못했다고 적었다. 실제 이수광이 14수를 짓는 동안 유구 사신 채견과 마성기는 겨우 1수의 시를 지었으므로 이 말이 틀린 것은 아니다. 어쨌든 당시 유구 사신에 대한 이수광의 인식은 한마디로 '문장력 짧음'이다. 조선보다 학문과 문학 실력이 낮다는 것이다. 여기에 대해서는 11장에서 자세히 서술하였으므로 생략한다.

1755년 11월에 동지사 서장관으로 북경에 간 목산木山 이기경李基敬(1713~1787)은 연행록『음빙행정력飮氷行程曆』*을 남겼다. 여기에는 1756년 1월 1일 신년하례에서 만난 유구 사신에 대한 탐문 기록이 있다. 이 탐문 기록 중, 이기경이 직접 관찰한 것은 사신의 의복과 두건 등이다. 나머지, 가령 유구 사신의 연행 여정, 사신의 규모, 왕조의 성씨, 예법, 사신의 관직명 등은 역관 이담李湛을 시켜 문답하게 하고 보고받은 것이다. 이담이 탐문한 내용들은 여타 다른 유구문답기와 비슷한 내용들이다. 따라서 눈여겨 볼 것은 직접 관찰한 유구 사신의 의복과 두건에 대한 이기경의 인식이다. 그는 유구 사신의 복장을 조선의 하급관리 복장에 비유하고, '도포도 아니고, 심의도 아닌 모양으로', '형태가 괴상하다.' 등의 언급을 하였다.[10] 이 언술에 담긴 이기경의 인식은 유구 복제服制에 대한 폄하이며, 동시에 상대적 우월이다.

이의봉李義鳳(1733~1801)은 서장관으로 선발된 부친 이휘중李徽中의 자제군관**으로 1760년 11월 2일 서울을 출발하여 1761년 4월 6일

---

* 『음빙행정력飮氷行程曆』: 목산 이기경이 1755년 11월 서울 출발부터 1756년 2월까지의 연행 사행을 기록한 연행록.

** 자제군관子弟軍官: 조선시대에 사신으로 가는 고위급 수행단의 자제나 친인척에

서울로 돌아왔다. 그는 사행에서 보고 듣고 경험한 내용을 일자별로 자세히 기록한『북원록北轅錄』을 남겼다.『북원록』권4, 1761년 1월 5일부터 2월 5일까지는 유구 공생貢生인 채세창蔡世昌과 정효덕鄭孝德 그리고 태학에서 이들을 가르치던 반상潘相과의 시문 수창 및 필담이 자세히 적혀 있다. 채세창은 유구 구메무라 출신으로 1758년 관생으로 중국에 유학했고, 이후 유구 상온왕의 시강侍講을 역임한 인물이다. 다만 이의봉이 만났을 때, 채세창은 아직 유학생에 불과했다.

당시 채세창과 정효덕을 만난 이의봉은 유구의 지리, 산천 풍토와 문물 기상, 왕가 등에 대해 묻고, 채세창이 쓴「이휘중의 부채 선물에 감사하며 화답함」시에 대해서는 훌륭한 솜씨라고 칭찬하였다. 그러나 이때 유구에 대한 자신의 인식을 직접 드러내지는 않고, 뒤에 『오잡조五雜俎』*에 나와 있는 유구 관련 내용을 인용하고 있다. 그중에는 "유구국은 나라가 작고 가난하며 약하여 자립할 수 없었다. 비록 중국의 책봉을 받았으나 또한 왜국에 신복臣服하여 왜국 사신들이 끊임없이 이르니 중국 사신과 서로 섞였다. 대개 왜국과는 땅이 접해 있는 까닭에 왜국이 공격하기 매우 쉬웠으니 중국이 어찌 큰 바다를 건너 구원할 수 있었겠는가."[11]라는 대목이 있다.

또 장학례張學禮[12]가 쓴『중산기략中山記略』**의 내용도 인용하였는

게 자제군관이라는 수행원 자격을 부여하여 견문을 넓힐 수 있도록 하는 제도가 있었다. 이 장에서는 자제군관으로 북경에 간 인물들도 지식인에 포함하였다.

* 『오잡조五雜俎』: 명나라 사조제謝肇淛(1567~1624)가 지은 16권의 책이다. 전체를 천·지·인·물·사의 5부로 나누고, 자연현상·인사人事현상 등의 넓은 범위에 걸쳐서 저자의 견문과 의견을 항목별로 정리한 책이다.

** 『중산기략中山記略』: 1664년에 간행되었다.

데, 눈에 띄는 내용은 다음과 같다. "벼슬하는 이의 집에는 모두 서실과 객실[客軒]이 갖추어져 있다. 뜰에 꽃과 대나무가 사시사철 벌여 있고 시렁에는 사서, 당시唐詩, 통감 등의 책이 진열되어 있는데 판을 뒤집어 보니 높고 넓게 그 나라 음으로 곁에 써 놓았다. 본국[중국]의 서책 또한 많은데 단지 어떤 일과 어떤 말을 기록한 것인지는 알 수 없을 뿐이었다. … 선비를 취하는 방법에 문文을 숭상하는 법이 없고 시험도 보지 않는다. 현량賢良하며 바른 사람을 천거하면 수재秀才가 되었다가 법사法司를 맡는다. 관장官長이 있지만 아문에 종사하는 사람이 없어 오로지 백성들이 돌아가며 직을 선다. 그 법을 집행함이 매우 엄하여 인정과 체면에 이끌리지 않는다. 관장의 부자나 형제라도 법을 어기면 죄가 가벼울 때는 도류徒流에 처하고, 무거울 때는 사형에 처하여 터럭만큼도 편들고 감싸주지 않는다. … 길에서는 떨어진 물건을 줍지 않고, 밤에는 문을 닫지 않는 등, 태곳적의 풍속이 있다."[13] 이의봉은 직접 만난 유구 관생보다는 이들 문헌을 통해 유구에 대한 인식을 넓히고 있다. 그 인식은 미루어 보건대, '유구는 작고 약하여 중국과 일본에 양속한다.', '관리들은 유가서적을 읽으며, 현량으로 관리를 뽑는다.', '법은 매우 엄하나, 풍속이 온후하여 태곳적 풍속이 있다.'이다.

홍대용洪大容(1731~1783)은 1765년 작은아버지 홍억洪檍(1722~1809)이 동지사의 서장관으로 청나라에 갈 때, 자제군관으로 따라갔다. 그는 이때 홍려시鴻臚寺에서 유구 사신을 보게 되는데, 그가 관찰한 유구 사신의 모습은 다음과 같다.

유구 사신들이 먼저 와 있었다. … 상사는 말끔하고 수염이 적었으며, 선비의 고아한 기상이 있었다. 부사는 나이 많은 노인이었는데 모두 순순하여 조심하였으며, 거칠거나 사나운 뜻이 없어 보였다. 두 사신은 모두 비단 자리를 깔고 중당에 앉았다가 나를 보더니, 자리를 피하며 몸을 굽혀 공손히 절을 하였다. … 두 사신은 앞 열에 있었고, 통사는 혼자 뒤에 있었다. 상사는 나아가고 물러섬에 삼가 조심조심하면서 두려운 얼굴빛이었다. 옹졸하고 기가 짧은 사람이라 하겠다.[14]

홍대용의 관찰 기록에서 눈에 띄는 구절은 '선비의 고아한 기상이 있었다.(極有儒雅氣.)', '모두 순순하여 조심하였으며, 거칠거나 사나운 뜻이 없어 보였다.(皆恂恂畏愼, 無粗厲意.)', '옹졸하고 기가 짧은 사람이라 하겠다.(端拙短氣人也.)' 등이다. 홍대용은 유구 사신이 '순박하지만 배짱은 없는 것'으로 인식하고 있다.

1791년 사행단을 따라 북경에 갔던 김정중金正中은 유구 사신에 대해 관찰한 내용을 이렇게 기록했다. '유구는 조포朝袍 자락이 넓어 옛사람의 제도다운 데가 있는데 너비가 반 자 되는 노랑 비단으로 띠를 만들어 허리를 단단히 묶고, 머리에도 노랑 비단으로 한 파帕를 만들어 썼는데 마치 우리나라의 복두 같으나 조금 다르다. 인물이 예스럽고 언어가 순박하여 조금도 저속한 맛이 없다. 내가[김정중] "귀국[유구]의 과제科題에 두시杜詩 아닌 것은 쓰지 않으며, 또 형조불용刑措不用 한다는데 그렇습니까?" 하니, 대답하기를, "과제는 과연 소문과 같으나, 형조 운운한다는 말은 곧 옛일이고, 백년 이래로 풍속이 복잡해지고 사람이 많아서 어쩔 수 없이 조금 형벌을 씁니다." 하였다.'[15]

유구 사신을 직접 체험한 김정중의 판단은 '유구의 복식이 옛사람의 제도다운 데가 있고, 언어가 순박하며 저속함이 없다.'는 것이다. 그리고 김정중의 질문에서 유구는 순박한 풍속으로 형벌제도가 없다는 인식이 널리 퍼져 있었음을 알 수 있다. 김정중이 이에 대해 직접 유구 사신에게 묻자, 과거에는 그랬지만 100년 이래로 약간의 형벌을 사용한다고 답한다. 이 글에서 김정중이 직접 유구에 대한 인식을 정리하고 있지는 않지만 유추해 보면, 유구의 조복에서 천박함보다는 예스러움을, 과거시험의 문제를 두보의 시로 하는 것에서 동아시아 한자문화권에 속해 있으며, 순박한 풍속임을 인식한 듯하다.

정조 시대에도 북경을 다녀온 사신들이 임금에게 유구에 대한 견문을 전하고 있다. 『조선왕조실록』정조 24년(1800) 3월 8일, 진하사로 북경에 갔던 정사 김재찬과 부사 이기양이 중국에서 보고 들은 것을 적은 단자에는 다음과 같은 내용이 있다. '유구 공사貢使를 만나 보았는데 얼굴 모양이 유순해 보이고 행동거지도 조용한 것이 그 나라 풍속이 그런 모양이다.' 이는 김정중이 체험한 유구에 대한 인식과 같다.

유득공柳得恭(1748~1807)은 1801년 1월 28일 '사은사 일행을 따라 연경에 가서『주자전서』선본善本을 구입해 오라.'는 명을 받고 사은사 일행보다 3일 늦게 북경으로 출발하였다. 북경에서 유득공은 홍려시에서 연례演禮할 적에 유구 사신과 만나 인사를 나누었다. 또 오문午門에서 반상頒賞할 때에도 인사했다. 그런데 이 반상할 때, 동무東廡 아래에서 사람들이 소란을 피우고 있어서 가보니, 내무부 이속吏屬들이 유구 사신이 상으로 받은 비단을 가져다가 포장을 끄르고 필마다 두서너 자씩 끊어내는 사건이 있었다. 이에 유구 사신이 예부에

'비단이 필마다 짧고 끊어낸 흔적이 있으며, 또 포장지에는 '홍紅'자 표가 찍혔는데 청단靑緞이 들어 있고, '청'자 표가 찍힌 데는 장단醬緞 이 들었으니, 무슨 연유인지 알 수 없습니다.'라는 글을 올린다. 이에 대해 유득공은 '이는 내무부 사람들이 바삐 잘라내고 아무렇게나 싸서 그렇게 된 것이니, 중국의 기강도 알 수 있으려니와, 이 일로 글을 올린 유구도 역시 오랑캐[蠻]라 이르겠다.'라며 유구에 대한 인식을 드러냈다.[16]

1832년 6월 동지겸사은사의 서장관으로 청나라에 갔던 김경선金 景善(1788~1853)은 1833년 2월 5일 기록에 이렇게 썼다. '맑음. 관소에 머물렀다. 식전에 유구국 사람 두 명이 와서 "떠나게 되어서 고별하오니, 섭섭한 마음 금할 길 없습니다." 하였다. 그들이 작년 여름 우리나라에 표류해 왔기에 이번 걸음에 데리고 와서 예부에 인계했었는데, 내일이면 그 나라의 공사貢使를 따라 떠나게 되기 때문에 와서 사례한 것이리라. 온돌 밑에서 절을 하면서 이루 헤아릴 수 없이 일어났다 엎드렸다 하니, 그 나라의 예법인 듯하였다.'[17] '그 나라의 예법인 듯하다.'라는 김경선 언술의 어감에서 '예를 아는 나라'라는 인식을 읽을 수 있다.

철종 시대인 1855년에는 종사관으로 수행했던 서경순徐慶淳*이 기록한『몽경당일사夢經堂日史』에 유구 관련 기록이 있다. 그가 관찰한 유구 사신은 다음과 같다.

---

* 서경순徐慶淳(1804~?) : 조선 후기 문신으로 본관은 달성, 자는 공선公善, 호는 해 관海觀, 몽경당夢經堂. 생원시에 합격하였으며 벼슬은 고산현감에 그쳤다. 시와 글 씨에 뛰어났다. 1855년 종사관으로 연경에 갔던 사행기록을『몽경당일사』로 남 겼다.

(유구 사신은) 그 사람됨이 준수하고 장대해서 침중해 보이고 비루하거나 경박한 빛은 없어 보인다. 말소리는 중국과 일반이며 누런 빛 갓을 썼는데 마치 우리나라 진사가 쓰는 복두와 비슷하고 높이는 4, 5치에 지나지 않으며 금을 칠했다. 의상과 신은 중국 제도와 같은데 구름무늬로 짠 비단이다. 허리띠는 야자대也字帶처럼 생긴 것을 맸는데 아주 넓고 드리운 것이 없으며 돈피獤皮로 만든 말굽 모양의 토시를 끼었다.[18]

서경순을 포함하여 북경에서 유구 사신을 직접 만나본 조선 지식인들의 유구에 대한 인식은, '문장력 짧음', '조선보다 못함', '작고 약한 나라', '유가서적을 읽고, 현량으로 관리를 뽑음', '풍속이 순박하고 온후함', '아직 오랑캐적[蠻的]임', '예를 아는 나라' 등으로 각자의 체험에 따라 약간 결이 다르다. 그러나 이는, '조선보다는 실력이 낮고 작은 나라이지만, 중국을 중심으로 하는 한자문화권의 문화에 젖어 있고, 예를 아는 풍속이 순박한 나라'로 정리할 수 있다.

3 조선에 표착한 유구인, 유구에 표착한 조선인

앞 절에서는 조선에 온 유구 사신을 만났거나, 유구로 사신 갔던 조선 지식인이 전하는 유구에 대한 인식, 그리고 북경에서 유구 사신을 만났던 인물들이 관찰하고 기록한 내용을 중심으로 유구에 대한 조선 지식인의 인식을 고찰하였다. 이 절에서는 조선에 표착漂着한 유구인의 진술과 유구에 표착한 조선인의 체험과 견문을 들은 조선 지식인의 유구에 대한 인식을 점검해 보고자 한다.[19] 이들 표착인은 조선이나 유구할 것 없이 낮은 신분의 사람들이며, 직접 생활하거나 경험한 내용을 진술하고 있다. 조선에 온 유구 사신이나 북경에서 만난 유구 사신들은 자신의 나라에 대해 약간 정치적으로 설명할 가능성도 있으나 표착인들은 그런 이유나 화술이 없을 것이다. 반면 이들이 진술하는 유구에 대한 정보는 고급 정보나 문화라기보다는 대부분 하층 민중들의 진솔한 생활상이다. 이는 유구를 인식하는 또 다른 창구가 되었을 것이다.

조선에 표착한 유구인

먼저 조선에 표착한 유구인의 행동이나 진술을 기록한 문헌에서 조선 지식인의 유구에 대한 인식을 추출해 보고자 한다. 우선 눈에 띄는 자료는 『조선왕조실록』 정조 14년(1790) 7월 11일자 기사이다. 기사 제목은 「홍양현 삼도에 딴 나라 배가 표류하여 오다」라는 것인데, 여기 나오는 '딴 나라'는 유구이다.

> 홍양현 삼도에 딴 나라 배가 표류하여 왔다. … 말은 통하지 않았으나 이명천이란 자가 약간 문자를 알아 글로 쓰기를 "유구국 중산왕의 사람으로 장사차 본국 얀바루(山原) 땅으로 가다가 풍랑을 만나서 14일 만에 이 지방에 와 닿았다." 하였다. … 관장官長을 보면 일어서서 양손을 마주잡고 무수히 머리를 조아렸으며, 관장이 묻는 말이 있으면 절을 하고 평상시에도 반드시 꿇어앉았다. … 전라도 관찰사 윤시동尹蓍東이 계문하기를, "그 사람들이 머리를 쪽진 것

이나 의복제도가 대체로 왜인과 비슷하고 돈도 왜국의 돈이니 혹시 유구국이 왜국에 복속한 것이 아니겠습니까." 하였는데, 주상主上이 입을 것과 먹을 것을 많이 주고 그들이 원하는 대로 보내주라고 명하였다.

전라도 관찰사 윤시동尹蓍東(1729~1797)은 유구 표착인들의 머리 모양과 의복제도, 그들이 소지한 돈을 관찰하고는 일본에 복속하였을 것이라 짐작한다. 이는 앞 절, 북경에서 만난 유구 사신들에게서 관찰한 내용과는 약간 결이 다르다. 물론 1755년 11월에 서장관으로 북경에 갔던 이기경이 유구 사신의 복장을 보고, '도포도 아니고, 심의도 아닌 모양으로', '형태가 괴상하다.' 등의 언급을 하였고, 이의봉도 『중산기략』을 통해 '유구가 중국과 일본에 양속한다.'라는 사실을 어느 정도 파악하였지만, 이번에는 표착한 상인층의 의복과 소지한 돈을 통해 이런 내용을 확인하고 있다. 같은 해 7월 20일에는 제주목에 유구 배가 표류하였다.

제주목에 딴 나라 배가 표류하여 왔다. 그 배는 앞뒤가 높은데 앞에는 해를 그리고 뒤에는 달을 그렸으며, 양쪽 가장자리에는 난간을 설치하였다. 난간 밖에는 태극을 그리고 그 왼편에 '해상안전순풍자재海上安全順風自在'라는 8자를 새겼으며, 돛대 위에는 바람을 가늠하는 깃발을 걸고 태극을 그린 다음 '순풍상송順風相送'이라는 4자를 썼다. 배 안에는 속미粟米 3백 64석, 말 3필, 개 2마리를 실었으며, 또 『논어』·『중용』·『소학』 각 1책, 『삼국지』 6책, 『실어교동자훈實語教童子訓』·『고가집古哥集』·『치식治式』·『대절용집大節用集』이 각각 1책씩 있었는데, 『논어』·『중용』·『소학』은 협주와 구두점이 있는 것으로써 대개 그 나라의 책이었다. 『동자훈』은 범어와 불경의 말이 많았다. 『대절용집』은 판형이 3단계로 되어 상단에 쓴 것은 유합類合과 같고, 중단에는 전자篆字로 쓰다가 전자가 끝나자 백중력百中曆을 이어 썼으며, 하단에 쓴 것은 그림과 같았는데 지사기知死期·명기名棄 등의 글자로 된 제목이 있었다. 『고가집』과 『치식』은 겨우 두어 장밖에 안 되는데 글씨가 두서없이 쓰여 있어 알아볼 수 없었다. … 그들은 대개 유구국 사람으로 중산왕의 도읍 안에 있는 나하부 서촌에 사는 사람들이었는데, 연례로 바치는 공물을 그 나라 미야코지마(宮古島)로 바치러 가다가 6월 임술일에 풍랑을 만나 같은 달 병자일에 제주의 귀일포貴日浦에 닿았다.

이 기사에는 유구인이 소지한 책이 구체적으로 거명되고 있다. 아마도 이를 통해 조선 지식인들은 유구가 유가儒家서적인 사서를 읽고 있음을 인지하였을 것이다.

이유원李裕元(1814~1888)은 「유구에서 표류해 온 사람(琉球漂人)」이란 글을 썼다. 이유원은 조부인 이석규李錫奎가 충청도 관찰사로 있을 때, 옆에서 시종한 적이 있는데, 그때 표류해 온 유구 사람을 만나 그들을 관찰하였다. 그가 쓴 「유구에서 표류해 온 사람」 끝머리에는 '바지나 잠방이 없이 두루마기만 입는 것은 왜인 역시 그러하니 이는 풍토가 같은 데에서 기인한 것이다.'[20]라고 유구의 풍속이 일본과 같음을 지적하였다.

유구에 표착한 조선인

유구에 표착했던 조선인의 유구에 대한 진술 기록은 『조선왕조실록』 세조 8년(1462) 2월 16일 자에 먼저 보인다. 양성梁成의 표류기이다. 이 표류기에는 제주에서 출발하면서부터 표류한 과정과 표착한 섬에 관한 내용, 뱃길, 그가 머문 곳의 상황, 기후 등이 매우 사실적으로 자세하게 적혀있다. 그러나 기록자의 특별한 인식은 없다. 『조선왕조실록』 성종 10년(1479) 6월 10일에는 유구에 표류했다 돌아온 제주도 사람 김비의 등으로부터 유구국 풍속과 일본국 사정을 들은 내용이 기록되어 있다.[21] 김비의 등이 진술한 내용 역시 매우 자세하다. 그러나 이 진술에서 조선 지식인의 유구에 대한 인식을 찾기는 어렵다.

명종 1년(1546) 2월 1일에는 표류하여 유구국에 갔던 박손 일행이 돌아와 그 풍속을 기록한 내용이 있다. 기록은 주서注書 윤결尹潔이 박손 등의 말에 따라 기록하였다. 내용 중에 관심을 끄는 대목은, '오직 조아朝衙에서만 사모紗帽를 쓰고 금·은·옥의 띠를 하는데 한결같이 중국의 제도처럼 하였다.' '나라의 풍속은 관후·정직하고 교사狡詐·기망欺罔하는 풍습이 없다.' '국왕이 임어하는 궁전은 그 높이가 5층인데 판자로 덮었고 왕은 홍금의紅錦衣에 평천관平天冠을 쓰고 한 중[僧]과 마주 앉아서 망궐례望闕禮를 행하였다.(명나라를 섬기기 때문에 망궐례를 행한 것이라 한다.)'이다. 박손 등의 말을 듣고 기록하였다고는 하지만 기록자 윤결의 의지에 따라 가감이나 표현의 차이는 있을 수밖에 없다. 윤결은 기록하면서 유구의 조복이 중국과 같고, 중국을 섬기며, 인심이 넉넉하고 정직하다는 점을 알았을 듯하다.

앞에 서술한 1832년 6월 동지겸사은사의 서장관으로 청나라에 갔던 김경선은 1832년 12월 25일 밤, 관소에서 유구에 표류했던 제주도 사람들을 불러 그 시말을 듣고 「제주표인문답기濟州漂人問答記」를 썼다.[22] 김경선은 '그들이 지내온 일들이 대단히 들을 만하였다.(則其所經歷, 多可聞者.)'라고 썼다. 이들은 순조 31년(1831) 11월 23일 저녁 8시 전후[戌時]에 장사하러 내지內地로 가려고 33인이 한 배를 타고 가다가 다음 날 오시午時에 역풍을 만나 표류했다. 이들의 진술 중에 관심이 가는 대목으로 다음과 같은 말이 있다. '세시의 절차가 우리나라 풍속과 대략 같았다.(歲時節次, 與東俗畧同.)' '그 사람들의 성품이 모두 유순하고 나라는 작고 힘은 약하다. 일본과 멀지 않아 일본 사람들이 늘 와서 교역하는데, 그들을 심히 두려워하여 왕성에 들어가 보는 것을 허락하지 않는다.(其人性皆柔順, 國小而力弱. 與日本不遠, 日本人常來交易, 而甚畏之, 不許入見王城.)' '더욱이 사람들의 성품이 부드럽고 착한데다가 예의를 조금 알며 부귀하다고 교만하지도 않고 모질게 싸우거나 용맹을 좋아하는 풍습도 없다.(加以人品柔善, 稍知禮義, 不以富貴驕人, 而無鬪狠好勇之習云.)' '부드럽기는 남음이 있고 강하기는 부족하니 곧 『중용』에 이른바 남방의 강함이다.(柔有餘而剛不足, 卽中庸所謂南方之强也.)' '그 나라에서는 3년에 한 번씩 중국에 조공한다. 중국에서는 유구 사람들이 한어漢語를 해득하지 못한다고 하여 옛날에 몇 사람을 유구에 보내 한어를 가르치게 했다.(其國三年一貢於中國, 中國以琉球人不解漢語, 昔送數人於琉球, 以敎漢語.)'

김경선이 쓴 「제주표인문답기」는 유구에 표류했던 사람들의 진술을 듣고 쓴 문답기로 '구술기口述記'가 아니다. 즉, 김경선이 유구에 대한 자신의 관심사를 중심으로 표류인들과 문답하였으며, 들은 내용은 김경선의 대뇌 속에 들어갔다가 그의 언어로 다시 표현된 것이다. 그런 점에서 위에 적시한 내용, '세시의 절차가 우리나라 풍속과 대략 같다.'거나 '사람들의 성품이 모두 유순하다.' '일본 사람들을 두려워한다.' '예의를 조금 안다.'라는 말은 김경선의 유구에 대한 인식으로 이해해도 좋을 것이다. 특히 '부드럽기는 남음이 있고 강하기는 부족하니 곧 『중용』에 이른바 남방의 강함이다.'[23]라는 언술은 표류인이 했다기보다는 김경선이 표류인의 진술 내용을 듣고 최종적으로 내린 유구 인식일 것이다.

4 유구는 작은 조선

역사학계의 연구에 의하면, 조선은 유구를 교린의 관계로 보고자 하였으나 유구는 조선을 적례관계로 대하려 하였다. 결국 외교적으로 조선과 유구는 명나라와 청나라의 책봉국가로서 적례적 교린 관계였다고 말할 수 있지만, 실질적으로는 중국에 의해서도 조선이 유구보다는 한 등급 위의 대접을 받았다. 이는 당시 외교에 관여했던 조선의 관료들이 공통으로 인식하였을 것이다. 그러나 앞에서 서술한 바와 같이 유구에 대한 조선 지식인의 정보와 지식은 그리 넓지도 깊지도 않았다. 유구 땅을 밟은 조선 관료는 사실 거의 없다.

조선의 관료 및 지식인들이 유구에 대한 인식을 키울 수 있었던 통로는 ①외교문서 ②조선에 온 유구 사신과의 대화 ③유구에 갔던 사신에 의한 전언 ④북경에서 유구 사행단과의 대화 및 관찰 ⑤조선에 표착한 유구인의 진술 ⑥유구에 표착했다가 송환된 조선인의 진술 ⑦1-6번의 내용들을 기록한 문헌들을 통해서이다. 그러나 이런 진술과 기록도 풍부하지는 않다.

이런 한계 속에 『조선왕조실록』과 『연행록』을 포함한 『한국문집총간』에서 포착된 유구에 대한 조선 지식인의 인식은 '조선보다는 실력이 낮고 작은 나라이지만, 중국을 중심으로 하는 한자문화권의 문화에 젖어 있고, 예를 아는 풍속이 순박한 나라'이다. 또한 지면 관계상 앞에서 많이 언급하지는 않았지만, 유구에 대한 진술과 기록에서 눈에 띄는 점은 '우리나라와 비슷하다.'라는 말이다. 예를 들면, '우리나라의 금관 제도와 비슷하다.' '문자는 대개 우리나라의 속자와 같은데', '마치 우리나라 진사가 쓰는 복두와 비슷하고', '우리나라 제품과 흡사하였다.' '우리나라의 제도와 같이 상투를 튼다.' '우리나라의 이엄耳掩과 같았으나', '우리나라 족두리[足道里] 모양과 같았으며', '우리나라에서 만든 것과 같은 것들이 많았다.' '신발 모양은 우리나라의 미투리[繩鞋]와 같은데 다만 앞에 두 귀가 있었다.' '우리나라의 삿갓과 같았다.' 등이다. 물론 이런 언급이 상대방을 쉽게 이해시키기 위한 비유라고 할 수도 있지만 반드시 그렇다고 할 수도 없다. 가령 우리나라 것과 닮지 않았다면 '다르다.'든지 '이상한 모양'이라고 했을 것이다. 즉, 유구의 문화, 풍속, 제도 등은 많은 부분이 조선과 닮았음을 알 수 있다. 이 또한 조선 지식인들의 유구에 대한 인식을 형성하는 데 기여했음이 분명하다.

이덕무李德懋(1741~1793)는 이런 유구에 대해 '유구는 작은 조선'이라는 말로 정의한 바 있다. 그의 이 말은 1692년에 유구 중산왕 상정尙貞이 청나라 황제에게 올린 주본奏本을 본 소감에서 나온 것으로 '유구 풍속이 여러 오랑캐 중에 가장 아름다워서 세상에서 작은 조선이라 이르는데, 지금 이 주본을 열람하니 참으로 그러하다.'[24]라며 자신의 말은 아니라고 하였다. 하지만 이덕무의 말대로 '세상에서 일컫는 말'이라면 이는 당시 조선 지식인들의 유구에 대한 일반적인 인식일 것이다. 또한 여기서 말하는 '세상'이란 넓게는 '중국'을 포함할 것이고, 좁게는 '조선'만을 가리킴이 분명하다.

아울러 '유구는 작은 조선'이라는 이 말은 앞에서 분석한 '유구는 조선보다는 실력이 낮고 작은 나라이지만, 중국을 중심으로 하는 한자문화권의 문화에 젖어 있고, 예를 아는 풍속이 순박한 나라'라는 조선 지식인의 유구에 대한 인식을 압축한 말이기도 하다.

이 책의 토대가 된 논문에 대한 구체적인 정보는 다음과 같다.

1장 : 「유구 한문학의 성립배경」(『퇴계학논총』 제31집, 퇴계학부산연구원, 2018.06 게재)

2장 : 「유구 한문학의 시대별 특징」(『동양한문학연구』 제50집, 동양한문학회, 2018.06 게재)

3장 : 「유구의 공자묘 창건과 명륜당 건립의 의미」(『퇴계학논총』 제33집, 퇴계학부산연구원, 2019.06 게재)

4장 : 「유구 유학의 계보와 학통」(『퇴계학논총』 제36집, 퇴계학부산연구원, 2020.12 게재)

5장 : 이 장은 이 책을 위해 새로 집필한 글이다.

6장 : 「유구의 천재 화가 자료自了」(『동양한문학연구』 제47호, 동양한문학회, 2017.06 게재)

7장 : 「정순칙의 「중산동원팔경시」로 본 오키나와의 경관」(『일본문화연구』 제65집, 동아시아일본학회, 2018.01 게재)

8장 : 「유구 문인 채온의 『사옹편언』에 함의된 유·불·도에 대한

사유思惟」(『동양한문학연구』 제43집, 동양한문학회, 2016.02 게재)

9장 : 「오키나와의 상징인 시사(シーサー)의 정체에 대하여」(『동양한문학연구』 제56집, 동양한문학회, 2020.06 게재)

10장 : 「조선전기 조선 문인과 유구사신 동자단東自端과의 증답시贈答詩」(『민족문화』 제59집, 한국고전번역원, 2021.11 게재)

11장 : 「북경에서 만난 조선과 유구 사신의 민간외교」(『포은학연구』 제18집, 포은학회, 2016.12 게재)

12장 : 「오키나와로 전파된 해강 김규진의 서예」(『퇴계학논총』 제38집, 퇴계학부산연구원, 2021.12 게재)

13장 : 「조선 지식인의 유구 체험과 인식」(『동양한문학연구』 제60집, 동양한문학연구, 2021.10 게재)

1장

1   JCC出版部, 『繪で解る琉球王國 歷史と人物』, pp.6-7; 沖繩歷史教育硏究
     會, 『琉球・沖繩 歷史人物傳』, pp.22-23.

2   上里隆史, 『尙氏と首里城』, 吉川弘文館, 2016, p.150.

3   유구왕가의 세보世譜인 『중산세보中山世譜』는 선대先代인 순천왕舜天王부터
     시작하고 있다.(原田禹雄 譯注, 『中山世譜』, 榕樹書林, 1998.) 『중산세보』는
     1697년에 채탁蔡鐸이 중심이 되어 편찬하였으며, 『중산세감中山世鑑』을 한문
     으로 번역하고 부분적으로 수정하여 1701년에 완성하였다. 그러므로 채탁
     본蔡鐸本이라고 부르기도 한다. 『중산세감』은 우지조수羽地朝秀 곧 향상현向
     象賢이 1650년에 왕명을 받고 편찬하였다.

4   『明史』 卷323, 「列傳」 第211, 外國四, 琉球, 『欽定四庫全書』.

5   與並岳生, 『察度王 南山と北山』, 新星出版, 2011, p.36.

6   찰도왕 43년(1392)에 처음으로 관생官生으로 불린 중국 유학생이 남경과
     북경의 국자감에 입학했다. 유학생은 상사소왕 8년(1413)까지 약 38명이었
     는데, 그 이후 상진왕 5년(1481)까지 중단되었다가 상진왕 5년에 재개되었
     다. 이 유학생은 유구 측이 자주적으로 한문화와 한문학을 수용하기 위한
     것으로서 중요한 의미를 갖는다. 그러나 이들 초기 유학생들이 유구의 한문
     화와 한문학 성립에 어느 정도의 영향을 주었는지는 불분명하다.

7   보다 엄밀하게 말하면 유구의 이 시기는 '한학漢學'이라고 하는 것이 더 정확할지도 모르겠다. 그러나 우리가 한문학이라고 할 때는 ①한문에 대한 학문이라는 뜻과 ②한자로 이루어진 문학, 즉 한자문학이라는 두 가지 함의를 지니고 있다. ①한문에 대한 학문이라는 것은 한자로 이루어진 모든 전적典籍을 포괄하는 학문이라는 뜻이고, ②한자문학이라고 하는 것은 한자로 이루어진 문장이나 전적典籍, 즉 문학적 문장이나 저술만을 대상으로 하는 학문이라는 뜻이다. 종래에는 전자를 한학이라 하고, 후자를 한문학이라고 하였다. 그러나 근세 이전, 특히 동아시아 한자문화권에서는 문학하면 으레 한문학을 뜻했고, 이 한문학은 사학史學과 철학 등을 아우르는 개념이다. 그러므로 이 책에서 사용하는 한문학이라는 용어는 전자의 한학이라는 넓은 의미를 뜻한다. 또한 후자의 한자문학이라는 개념으로 보더라도 한문학의 문체에는 주의奏議 · 명명銘 · 기記 · 비지碑誌 · 전장傳狀 등이 포함되므로 이 글에서는 이를 염두에 두어 한문학이라 하였다.

8   上里賢一 編, 『校訂本 中山詩文集』, 九州大學出版會, 1998, pp.3-4.

9   真栄田義見著, 『沖縄 · 世がわりの思想』, 第一敎育圖書, 1973, p.53.

10 外間守善, 波照間永吉 編著, 『琉球國由來記』권10 「琉球國諸寺舊記」, 角川書店, 1997, p.183.

11 上里賢一 編, 앞의 책, p.4.

12 "琉球國者, 南海勝地, 而鍾三韓之秀, 以大明爲輔車, 以日域爲唇齒, 在此二中間湧出之蓬萊島也. 以舟楫, 爲萬國之津梁, 異産至寶, 充滿十方刹. 地靈人物, 遠扇和夏之仁風. 故吾王大世主(庚寅)慶生, (尙泰久)茲承寶位於高天. 育蒼生於厚地, 爲興隆三寶, 報酬四恩, 新鑄巨鐘, 以就本州中山國王殿前, 掛着之. 定憲章於三代之後, 戢文武於百王之前. 下濟三界群生, 上祝萬歲寶位. 辱命相國住持溪隱安潛叟, 求銘. 銘曰: 須彌南畔 世界洪宏, 吾王出現 済苦衆生. 截流玉象 吼月華鯨, 泛溢四海 震梵音聲. 覺長夜夢 輪感天誠, 堯風永扇 舜日益明. 戊寅六月十九日辛亥, 大工藤原國善, 住相國溪隱叟 誌之."(上里賢一 編, 『校訂本 中山詩文集』, 1998, pp.4-6.)

13 真栄田義見著, 앞의 책, pp.88-89.

14 『明史』卷323,「列傳」第211, 外國四, 琉球, 『欽定四庫全書』.

15 다카라 구라요시 · 원정식 옮김, 『류큐왕국』, 小花, 2008, p.103.

16 찰도왕이 처음 명나라에 조공한 이래 진공사자進貢使者는 왕자, 안사 등 문벌 자제였다. 그러나 상진왕 49년(1525) 이후에는 구메무라 사람들이 독점했다.(東恩納寬惇, 『海外交通史』, 真栄田義見著, 앞의 책 p.84 재인용.)

17 『역대보안歷代寶案』: 유구왕국의 외교문서를 기록한 한문사료이다. 1집49권 · 2집200권 · 3집13권 · 목록4권 · 별집4권으로 모두 270권인데, 현존하는 것은 1집42권 · 2집187권 · 3집13권 · 목록4권 · 별집4권으로 모두 250권이다. 유구왕국과 중국의 명청 · 조선 · 섬라暹羅[타이] · 안남安南[베트남] · 조왜爪哇[자바] 등 동남아시아 여러 나라와의 외교문서를 집성한 것이다. 명청대의 대중국 관계 문서가 대부분을 점한다. 수록기간은 1424년(永樂22)부터 1867년(同治6)까지 443년간에 이른다. 서문에 의하면, 『역대보안』은 『구안旧案』이라고 불리는 고문서를 편집한 것으로 2부를 작성하여 1부는 왕성王城에, 다른 1부는 구메무라의 천비궁에 보관하였다. 왕성에 보관했던 본은 메이지정부의 유구처분에 의해 도쿄 내무성에 이관하였고, 구메무라본은 비밀리에 보관된 뒤, 1933년에 오키나와 현립도서관으로 이관되었다. 그 사이에 부본副本과 영인본이 작성되었다. 도쿄에 이관되었던 원본은 관동대지진 때 소실되었고, 오키나와 현립도서관에 보관되었던 원본도 제2차 세계대전 오키나와전쟁 때에 산일散逸되거나 소실되었다.

18 真栄田義見著, 앞의 책, p.79.

19 上里賢一 編, 앞의 책, p.10.

20 真栄田義見著, 앞의 책, pp.225-226.

21 와타나베 요시오 지음 · 최인택 옮김, 『오키나와 깊이읽기』, 민속원, 2014, p.5.

22 津波高志,「沖縄의 門中과 家譜-韓國과의 比較를 위해서」, 『조선왕조와 유구왕조의 역사와 문화 재조명』, 1998, pp.98-101.

23 유구의 문중제도와 한국 문중제도의 비교 등에 대해서는, 와타나베 요시오 지음 · 최인택 옮김, 『오키나와 깊이읽기』, 2014; 延恩株,「韓国および沖縄の'門中制度'とそこでの女性の役割の比較考察」, 『桜美林国際学論集』7,

桜美林国際学論集編集委員会, 2002 참조.

24 가보는 1689년 편집령 이후 1700년경까지 연이어 작성되었다.(津波高志, 앞
    의 논문, p.102.)

25 上里賢一 注釋,『琉球漢詩選』, ひるぎ社, 1990, p.21.

2장

1 真栄田義見,『沖縄·世がわりの思想』, 第一敎育圖書, 1973.

2 高良倉吉,『琉球王國』, 岩波新書, 1993, p.52.

3 原田禹雄 譯注,『中山世譜』, 榕樹書林, 1998.

4 "琉球國王大世主, 庚寅慶生, 茲現法王身. 量大慈願海, 而新鑄洪鐘, 以
   寄捨本州天妃宮. 上祝萬歲之寶位, 下濟三界之群生. 辱命相國安瀾爲其
   銘."(『琉球國由來記』p.169.)

5 이 내용은 주황周煌이 편집한『유구국지략琉球國志略』권7「사묘祠廟」〈뇌신
   묘雷神廟〉에도 나온다.

6 "幸廟內有一片舊板僅存, 而板面, 書永樂二十二年造七字."(『琉球國由來
   記』p.168.)

7 原田禹雄 譯注,『中山世譜』, 榕樹書林, 1998, pp.105-106. 이 주석의 견해
   를 따르면 상태구왕은 1410년에 태어나서 1460년에 타계했다. 재위기간은
   1454~1460년으로 7년이다.

8 "高子曰, 禹之聲尙文王之聲. 孟子曰, 何以言之. 曰: 以追蠡."(『孟子』「盡
   心章」下)

9 真栄田義見, 앞의 책, p.90에서 재인용.

10 真栄田義見, 앞의 책, p.128.

11 真栄田義見, 앞의 책, p.111, p.109.

12 물론 외교문서는 계속 작성되고 있었다.

13 塚田淸策 著,『琉球國碑文記』, 學術書出版會, 1970, pp.24-25, pp.65-70.

14 건립 연도 옆에 찬자나 건립자를 표시하지 않은 것은 원 비문에 없는 것

이다.

15 『琉球國由來記』 권10, p.179.

16 "尙眞王 … 德越漢帝, 名過梁武."(『琉球國由來記』 권10, p.179.)

17 오키나와 문중 성립이 사츠마 침입 이후라고 하는 설은 여러 학자들의 공통된 인식이다. 津波高志,「沖繩의 門中과 家譜-韓國과의 比較를 위해서」,『조선왕조와 유구왕조의 역사와 문화 재조명』, 1998, pp.98-101.

18 유구의 문중제도와 한국 문중제도와의 비교에 대해서는, 延恩株,「韓国および沖縄の'門中制度'とそこでの女性の役割の比較考察」,『桜美林国際学論集』7, 桜美林国際学論集編集委員会, 2002, pp.45-60 참조.

19 가보는 1689년 편집령 이후 1700년경까지 연이어 작성되었다. 津波高志, 앞의 논문, 1998, p.102.

20 真栄田義見, 앞의 책, p.110 재인용.

21 이와 관련한 보다 자세한 내용은, 上里賢一,「程順則の父と子-程順則の情愛と苦惱」,『日本東洋文化論集』12, 2006, p.130 및 제7장 「정순칙의 「중산동원팔경시」로 본 유구의 경관」에서 확인할 수 있다.

22 上里賢一 注釋, 앞의 책, pp.18-19.

23 당시 유구에는 유구어가 존재했으나 유구어는 중국어보다는 일본어에 가까웠다. 그러므로 중국어보다는 일본어로 읽는 것이 학습이 수월했다고 본다. 또한 조선의 구결口訣처럼 문지점에 의한 한문 훈독법은 한문 학습을 보다 수월하게 했다고 판단된다.

24 崎浜秀明編著,『蔡温全集』, 東京 本邦書籍, 1984.

25 박재덕·이성혜, 앞의 논문, pp.87-88.

3장

1 공자를 '문선왕文宣王'으로 시호한 것은 당나라 현종 개원開元 27년인 739년이고, '지성문선왕至聖文宣王'으로 고친 것은 송나라 진종 대중상부大中祥符 5년인 1012년이다. 그리고 '대성지성문선왕大成至聖文宣王'이라 고친 것은 원

나라 대덕大德 11년인 1307년이다.

2 "夫以聖人而君天下, 不如以聖人而師天下也. 君天下者, 澤及於一時. 師天下者, 舉凡古今來天之所覆, 地之所載, 舟車所至, 日月所照之處, 靡不被敎化焉."(程順則, 「琉球國新建至聖廟記」, 『中山詩文集』, 九州大學出版會, 1998, p.259.)

3 "天子將出征, 類乎上帝, 宜乎社, 造乎禰, 禡於所征之地. 受命於祖, 受成於學. 出征, 執有罪, 反, 釋奠于學, 以訊馘告."(『禮記』 「王制」 제5.)

4 "凡學, 春, 官釋奠于其先師, 秋冬亦如之. 凡始立學者, 必釋奠于先聖先師, 及行事, 必以幣. 凡釋奠者必有合也. 有國故則否."(『禮記』 「文王世子」 제8.)

5 "天子視學, 大昕鼓徵, 所以警衆也. 衆至然後天子至, 乃命有司行事, 興秩節祭先師先聖焉, 有司卒事反命. 始之養也. 適東序, 釋奠於先老, 遂設三老五更羣老之席位焉."(『禮記』 「文王世子」 제8.)

6 "天子命之敎, 然後爲學. 小學在公宮南之左, 大學在郊. 天子曰辟廱, 諸侯曰頖宮."(『禮記』 「王制」 제5.)

7 이때, 1611년 8월에 왕세자의 관복을 주청하는 사절의 부사로 북경에 갔던 조선 사신 이수광을 1612년 정월에 북경 오만관에서 만나 창화唱和했다. 이에 대해서는 11장 「북경에서 만난 조선과 유구 사신」에서 자세히 설명한다.

8 「久米至聖廟沿革槪要」, 社團法人 久米崇聖會, 1975, p.1.

9 "琉球遠在海外, 去中國萬里, 宜若不聞聖道者. 然自明初通貢獻膺王爵, 至洪武二十五年, 王子泊陪臣子弟, 皆入太學, 復遣閩人三十六姓, 往鐸焉. 雖東魯之敎澤漸濡, 而尼山之儀容未覩. 及萬曆年間, 紫金大夫蔡堅始繪聖像, 率鄕中縉紳, 祀於其家, 望之儼然, 令人興仰止之思."(程順則, 「琉球國新建至聖廟記」, 『中山詩文集』, 九州大學出版會, 1998, pp.260-261.)

10 與並岳生, 『察度王 南山と北山』, 新星出版, 2011, p.36.

11 「久米至聖廟沿革槪要」, 앞의 책, p.2.

12 "時有紫金大夫金正春, 於康熙十一年, 議請立廟, 王允其議. 迺卜地久米村, 命匠氏庀材, 運以斧斤, 施以丹艧. 至康熙十三年告竣, 越明年塑聖像於廟中, 左右列四配, 如中國制. 王乃令儒臣, 行春秋二丁釋奠禮.… 皇淸

康熙五十有五年, 歲次丙申, 十二月, 望後二日. 琉球國協理, 紫金大夫臣
程順則謹撰."(程順則,「琉球國新建至聖廟記」,『中山詩文集』, 九州大學出版
會, 1998, pp.261-262.)

13 "琉球國遠在海東萬里外, 亦建至聖廟于國門之久米村. 蓋創始于康熙之
十二年, 立國以來, 所未有也. … 廟爲屋二重, 其外臨水爲屛墻, 翼以短
栅, 如欞星門, 中倣戟門之意, 半樹塞以止行者. 堂外爲露臺, 東西拾級以
登, 皆與浮屠道士家異制. 堂內割後楹爲神座, 塑王者像, 垂旒搢圭, 而署
其主, 曰至聖先師孔子神位. 座左右顔曾思孟爲配享, 未有設十哲諸賢之
主. 且其學校之制, 又未備也. 雖然君子之擧事也, 始定其規模, 繼必求其
美善. 今日者廟旣成矣, 因廟而擴之以爲學, 則費不繁, 而制大備."(王楫,
「琉球國新建至聖廟記」, 앞의 책, pp.242-244.)

14 "曠園雜志, 琉球國至聖廟, 在久米村, 神座塑王者像, 垂旒搢圭. 而署其
主曰, 至聖先師孔子神位. 左右四人鴈行立, 各手一卷, 則詩書易春秋四
經."(李德懋,「夷狄尊孔子」,『靑莊館全書』第58권,「盎葉記五」.)

15 1683년에 책봉정사와 부사로 유구에 온 왕즙과 임린창의 주선으로 한동안
중단되었던 관생제도가 부활되어 유구 상정왕 18년인 1686년에 양성즙梁成
楫 · 정병균鄭秉均 · 완유신阮維新 · 채문부蔡文溥 4인을 관생으로 보냈다. 그러
나 정병균은 유학 도중에 죽고, 양성즙 · 완유신 · 채문부 세 사람은 귀임 후
교대로 강해사와 훈고사를 맡았다.(眞栄田義見,『沖縄 · 世がわりの思想-人
と学問の系譜』, 第一敎育圖書, 1973, pp.166-167.)

16 『논어』「술이편」"공자께서 한가로이 계실 적에는 느긋하시고 평화로우셨
다.(子之燕居, 申申如也, 夭夭如也.)"를 인용한 것이다.

17 "命封琉球, 由六石揚帆, 天風自南, 不三日而抵其國, 甫駐節. 通事官循
故事, 以謁孔子廟天妃宮爲請. 子思天妃司海道, 歷著靈異, 琉球祀之舊
矣. 若吾夫子之廟, 稽諸往載, 琉球未聞有祀者. 於是進諸大夫而詢之, 咸
跪而言曰, 聖廟之建, 肇自康熙八年. 陪臣入貢中國, 見夫學宮巍峨, 布滿
天下, 瞻慕感動. 歸而陳諸王前, 度材命工, 厥廟斯興. 子聞其言, 肅然起
敬, 爰潔齋祇謁. 至則覩輪奐具美, 丹騰黼黻. 恍登堂而親申如夭之容.
繚以周垣, 堅以甓甃, 筍簴在列, 如入室而聞金石絲竹之音. 雖講經肄業

주 333

之舍, 稍未有備, 而規制弘闊, 其與中國, 亦幾無以異焉. 夫自吾夫子春秋
後, 中國崇祀聖人, 垂三千年, 而外夷無聞. 今琉球一旦先之, 嗚呼偉矣."
(林麟焻,「琉球國新建至聖廟記」, 앞의 책, pp.247-249.)

18 "設爲庠序學校以敎之. 庠者, 養也. 校者, 敎也. 序者, 射也. 夏曰敎, 殷曰
序, 周曰庠, 學則三代共之, 皆所以明人倫也."(『孟子』「滕文公」)

19 "自州縣皆得建學, 而吾孔子之廟祀, 始遍天下. 然學以外 無所謂廟也."
(王楫,「琉球國新建至聖廟記」, 앞의 책, p.241.)

20 "中國無孔子廟皆學也. 自京師至於十回直省府州縣, 無慮千百, 靡不設
學. 學之中闢堂寢, 以釋奠於先師. 歲再擧著不忘其自, 正所以爲學也. 若
徒廟祀孔子, 與浮屠氏之宮, 何以異."(徐葆光,「琉球國新建儒學碑文」, 앞
의 책, p.253.)

21 「久米明倫堂沿革槪要」, 社團法人 久米崇聖會, 2010, p.6.

22 糸數兼治,「琉球における孔子祭祀の受容と學校」,『國立歷史民俗博物館
硏究報告』제106집, 2003.(「久米明倫堂沿革槪要」, 社團法人 久米崇聖會,
2010, p.7 재인용.)

23 『球陽』권10, 상경왕 6년 조.

24 "元文宗至順元年, 加封孔子父齊國公叔梁紇, 爲啓聖王."(李德懋,「夷狄
尊孔子」,『靑莊館全書』제58권,「盎葉記五」.)

25 "稽古帝王之興, 必以祖考配郊社, 重厥本也. 況集群聖之大成, 而為萬世
師者, 而可不尊其所自出耶. 皇帝握符御宇, 聲敎誕敷, 文命之化, 遍及遐
陬. 故琉球雖僻處東溟, 人頗知學, 已鼎建文廟, 春秋行釋奠禮矣. 唯是尼
山振響, 實發源於鄹邑. 今孔子旣有廟, 而啓聖公弗祀, 則所云尊其所自
出者之謂何. 予乃同長史等官議援中國例, 啓請建祠. 王允其請, 卽發帑
金, 令匠氏庀材, 立祠於廟左. 於康熙五十七年秋七月起工, 隨至季冬報
竣. 中設, 啓聖公神主祀之, 左右以四氏配饗. 悉遵天朝舊制, 非創也. 維
玆之擧, 而水源木本寓焉, 是亦可以敎孝矣乎. 而吾王之尊聖, 必溯其所
從生者而祀之, 亦足千古矣. 康熙五十八年春王正月 紫金大夫 後學 程
順則 爲記."(程順則,「新建啓聖公祠記」, 앞의 책, pp.263-265.)

26 "大夫程君順則, 有碑記建廟顚末, 寔成於康熙之十三年甲寅之歲. 時尙

未有所謂明倫堂也. 今觀其廟之左方, 有室新建, 堂構維傑. 上室奉啓聖
公, 泊配饗神主."(徐葆光, 「琉球國新建儒學碑文」, 앞의 책, pp.254-255.)

27 "歲立講解師訓詁師二員. 維其人豐廩餼尊體貌. 而以通事秀才若秀才等
若而人, 皆從業焉. 月有講, 歲有考. 六經之文, 與上諭十六條等書, 凡有
裨於行誼者, 皆箋刻而講明之."(徐葆光, 앞의 글, p.255.)

28 「蔡氏家譜」武嶋家. 「久米明倫堂沿革槪要」, 社團法人 久米崇聖會,
2010, p.13 재인용.

29 山田勉, 「琉球における圖書館の變遷」『沖繩國際大學文學部紀要(國文學
篇)』 제24권 제1호. 「久米明倫堂沿革槪要」, 앞의 책, p.17 재인용.

30 이에 대해서는 성해준, 「程順則의 『六諭衍義』와 서민교육」, 『退溪學論集』
제22호, 영남퇴계학연구원, 2018을 참조.

31 유구의 중국화 정책에 대한 이유와 계기는 간단하게 말하기 어렵다. 그러나
14세기 말부터 명나라와 조공 및 책봉 관계를 이어오면서 여러 방면에서 필
요성이 제기되었고, 또 자연스레 중국화가 이루어진 측면도 있다. 뿐만 아
니라 사츠마가 유구를 침공한 이후에도 무역과 통치 등의 현실적 필요성에
의해 중국과의 교류 및 중국화가 필요했다.

32 「久米明倫堂沿革槪要」, 社團法人 久米崇聖會, 2010, p.5.

33 "八月上丁釋奠之辰, 公卿人士, 咸執帛爵, 擧國欣欣以就典禮, 齋宿維三.
… 大夫又以啓聖公祠 · 明倫堂 · 儒學三大牓, 來乞余書, 余曍然知中山之
不浮屠我夫子也."(徐葆光, 앞의 글, pp.255-256.)

4장

1 『明史』 卷323, 「列傳」 第211, 外國四, 琉球, 『欽定四庫全書』.

2 真栄田義見, 『沖繩 · 世がわりの思想』, 第一敎育圖書, 1972, pp.156-157.

3 "琉球國, 僻處海外, 風俗質朴. 自明初, 通中朝, 膺王爵. 時王子泊陪臣子
弟, 始入太學. 至洪武二十五年, 復遣閩人三十六姓, 往鐸焉."(程順則, 「廟
學紀略」, 『中山詩文集』, 九州大學出版會, 1998.)

4 "按興學之始, 例延中國大儒, 教授生徒, 如明之毛擎台諱鼎 · 曾得魯 · 張
   五官 · 楊明州, 四先生, 至今國人能道之. 夫木有根本, 學有淵源, 四先生
   教澤, 及於我國, 炳若日星. 及今弗紀, 後將無有傳之者. 至於四先生以
   前, 則不可考矣. 順則不敢以疑似漫筆, 亦信則傳之, 疑則闕之之意也."
   (程順則,「廟學紀略」,『中山詩文集』, 九州大學出版會, 1998.)

5 真栄田義見, 앞의 책, p.159.

6 真栄田義見, 앞의 책, p.376.

7 "又按舊例, 以紫金大夫一員司教, 每旬三六九日, 詣講堂, 稽察諸生勤惰,
   兼理中國往來貢典, 幷參贊大禮. 歷年久遠者, 無從記其姓氏. 今所可考
   者, 明萬曆間, 鄭迴以官生入監, 返國後, 授長史, 旋擢斯職."(程順則,「廟
   學紀略」,『中山詩文集』.)

8 "雖東魯之敎澤漸濡, 而尼山之儀容未睹. 及萬曆間, 紫金大夫蔡堅, 始繪
   聖像, 祀於家. 望之儼然, 令人興仰止之思嗣. 而紫金大夫金正春, 恐家祀
   近褻, 非尊聖重道意. 於康熙十一年, 請立廟, 王允其議. 迺卜地久米村.
   至康熙十三年, 令匠氏庀材, 不日成之. 越明年, 塑像於廟, 又明年, 行春
   秋釋菜禮. 旣新輪奐, 復肅俎豆, 恍如登闕里之堂, 躬逢其盛也. 創始之
   功, 洵不泯矣. 續於康熙二十二年, 蒙冊封正使, 翰林院檢討, 汪公諱楫,
   副使內閣中書舍人, 林公諱麟焻, 齎到御書中山世土四大字, 賜王."(程順
   則,「廟學紀略」,『中山詩文集』.) 유구의 공자묘 건립에 대해서는, 林麟焻,
   「琉球國新建至聖廟記」; 徐葆光,「琉球國新建儒學碑文」; 王楫,「琉球國
   新建至聖廟記」; 程順則,「琉球國新建至聖廟記」;「新建啟聖公祠記」에서
   도 확인된다.

9 "歷年久遠者, 無從記其姓氏. 今所可考者, 明萬曆間, 鄭迴以官生入監,
   返國後授長史, 旋擢斯職. 其後則有蔡堅, 金正春, 鄭思善, 周國俊(國俊
   以正議大夫, 授紫金大夫職). 王明佐, 蔡國器, 蔡鐸爲之. 又按, 金正春司
   教時, 令周國俊 講解經學, 續奉王諭, 止於久米村內. 無論大夫都通事,
   及通事等, 中擇文理精通者一人, 爲講解師. 始於鄭弘良, 繼則曾夔(原名
   益 避王世孫諱 改今名), 鄭明良, 蔡應瑞, 蔡肇功, 程順則, 梁津, 王可章,
   鄭士綸, 節次爲之. 又擇句讀詳明者一人, 爲訓詁師. 始於鄭永安, 繼則鄭

明良, 王可法, 蔡應祥, 蔡灼, 鄭士綸, 林謙, 梁承宗, 節次爲之."(程順則, 「廟學紀略」,『中山詩文集』.)

10 참고로 서약서의 내용은 대략 다음과 같다. '사츠마의 유구 정벌은 유구가 막부와 사츠마에 대한 의무를 태만히 한 것에 대한 징벌이다. 그러므로 유구는 멸망하게 되었는데 사츠마의 은정으로 오키나와 제도 이남을 다스리게 되었다. 이 은혜는 자자손손에 이르기까지 잊지 않겠다.'

11 『沖繩大百科事典』, 沖繩タイムス社, 1983; 이성혜 역주,『琉球 漢詩選』, 소명출판, 2019.

12 塚田淸策 著,『琉球國碑文記』, 學術書出版會, 1970, p.127.

13 『沖繩大百科事典』, 沖繩タイムス社, 1983; 이성혜 역주,『琉球 漢詩選』, 소명출판, 2019 참조.

14 "康熙二十二年, 荷冊封天使汪公林公, 奏允該國官生, 入國學以沽同文之化, 王乃以梁成楫, 阮維新, 蔡文溥. 應詔, 及奉旨歸國後, 卽令爲講解訓詁之師, 三人更番爲之. 厥後又有程順性, 周新命, 爲講解師, 蔡文漢, 蔡溫, 陳其湘, 蔡績 梁天驥, 爲訓詁師."(程順則, 「廟學紀略」,『中山詩文集』.)

15 真栄田義見,『沖繩·世がわりの思想』, 第一教育圖書, 1972, p185.

16 伊波普猷, 「官生騷動に就いて」,『古琉球』, 青磁社, 1942; フリー百科事典,『ウィキペディア』참조.

17 東恩納寬惇, 「植杖錄」,『東恩納寬惇全集』5, 第一書房, 1978.

18 塚田淸策 著,『琉球國碑文記』, 學術書出版會, 1970, p.302, p.309.

5장

1 제주와 유구의 문화 풍습에 관한 비교 연구는 많기 때문에 여기서 거론할 필요는 없다고 생각한다. 쉽게 검색이 가능하다. 그 외에는 2007년 국립제주박물관 전시회『탐라와 유구왕국, Kingdom of the sea, Ryukyu』, KBS역사추적 20회, 「삼별초는 오키나와로 갔는가」(2009년 4월 20일 방송)를 참고할

만하다.

2 윤용혁, 「오키나와 출토의 고려 기와와 삼별초」, 『한국사연구』 제147집, 한
   국사연구회, 2009; 성해준, 「琉球佛敎와 高麗佛敎와의 관계」, 『한국교수불
   자연합학회지』 26, 사단법인 한국교수불자연합회, 2020.

3 대표적으로 한 편의 논문만 제시한다. 홍진옥, 「'琉球 세자 살해설'과 김려
   의 〈유구왕세자외전〉」, 『대동한문학』 47, 2016.

4 일러두기에서 말한 것처럼, 이 책에서는 『조선왕조실록』의 원문은 생략한
   다. 『한국고전번역원』 DB로 쉽게 검색할 수 있기 때문이다.

5 "承察度, 明初, 山南王承察度. 山北王帕尼芝, 亦遣使入貢."(李德懋, 『靑
   莊館全書』 卷26, 「紀年兒覽補編」 編下, 〈琉球國世系〉.)

6 伊波普猷, 「山南王の朝鮮亡命 -『李朝實錄』 所載の史實によって書直さ
   れた南山の歷史」, 『伊波普猷全集』 7권, 1975.

7 東恩納寬惇, 『黎明期の海外交通史』, 1941.

8 安里進, 「琉球國中山·南山の王位繼承と權力構造」, 『球陽論叢』, 1986.

9 河宇鳳, 「朝鮮前期의 對琉球關係」, 『國史館論叢』 第59輯, 1994.

10 承察度는, 「ウフサト(大里)」의 あて字とされる. 山南은 島尻(添)大里를 拠点
    に本島南部(島尻郡)を支配した.(嘉手納宗德, 『琉球史の再考察』, 沖繩あき
    書房, 1987.)

11 "洪武初. 其國有三王, 曰中山, 曰山南, 曰山北. 皆以尚為姓, 而中山最強.
    … 又明年 … 山南王承察度亦遣使朝貢. 禮賜如中山."(『明史』, 「外國列
    傳」, 「琉球」.)

12 "琉球國山南王承察度, 遣使耶師姑, 進表獻馬三十匹, 賀明年正旦."(『太
    祖高皇帝實錄』 187, 洪武 20년(1387) 12월 1일 2번째 기사.)

13 "二十年, 王遣亞蘭匏等貢方物, 進皇太子箋, 獻馬. 山南王承察度叔汪英
    紫民, 山北王帕尼芝, 亦各遣使入貢."(『琉球國志略』 卷三)

14 "琉球國山南王叔汪英紫氏, 及弟函寧壽, 入賀貢方物."(『太祖高皇帝實錄』
    188, 洪武 21년(1388) 정월 1일 2번째 기사.)

15 "賜琉球國山南王叔汪英紫民, 王弟函寧壽, 及儠從, 白金文綺."(『太祖高
    皇帝實錄』 188, 洪武 21년(1388) 정월 9일 1번째 기사.)

16 "洪武二十四年九月乙酉朔. 高麗權國事王瑤, 遣門下贊成事趙俊等, 琉球國山南王叔汪英紫民, 遣使耶師姑, 及壽禮給智等, 各奉表貢馬及方物, 賀天壽聖節."(『太祖高皇帝實錄』212, 洪武 24년(1391) 9월 1일 1번째 기사.)

17 "琉球國山南王承察度, 遣使南都妹等貢方物, 并遣姪三五郎尾, 及寨官之子實他盧尾賀叚志等, 赴國子監讀書."(『太祖高皇帝實錄』223, 洪武 25년(1392) 12월 14일 1번째 기사.)

18 "琉球國山南王叔汪英紫氏, 遣使不里結致, 來朝貢馬及方物."(『太祖高皇帝實錄』227, 洪武 26년(1393) 5월 26일 1번째 기사.)

19 "琉球國中山王察度, 山南王承察度, 遣其臣亞蘭匏等, 奉表貢馬九十餘匹, 及硫黃蘇木胡椒等物."(『太祖高皇帝實錄』231, 洪武 27년(1394) 정월 25일 1번째 기사.)

20 "是月, 琉球國山南王叔汪英紫氏, 遣其臣耶師姑等, 中山王察度, 遣亞蘭匏等, 各貢馬共三十六匹硫黃共四千斤."(『太祖高皇帝實錄』236, 洪武 28년(1395) 정월 29일 5번째 기사.)

21 "琉球國中山王察度, 遣其臣隗谷結致等, 表貢馬二十七匹及方物. 山南王承察度, 遣使表貢方物及馬二十一匹. 其叔汪英紫氏, 亦遣使吳宜堪彌結致等, 貢馬五十二匹, 硫黃七千斤, 蘇木一千三百斤."(『太祖高皇帝實錄』245, 洪武 29년(1396) 4월 20일 1번째 기사.)

22 "二十九年, 王兩遣使貢方物. 山北王攀安知, 山南王承察度, 山南王叔汪英紫民亦入貢."(『琉球國志略』卷三) 원문의 '民'은 '氏'의 오기라는 설이 있다.

23 "明年二月, 中山王世子武寧, 使使告父喪. … 四月, 山南王從弟王應祖, 亦使使告承察度之喪. 謂, "前王無子, 傳位應祖. 乞加朝命, 且賜冠帶."帝並從之, 遂遣官冊封."(『明史』,「外國列傳」,「琉球」.)

24 "詔封汪應祖為琉球國山南王. 應祖故琉球山南王承察度從弟. 承察度無子, 臨終命應祖攝國事. 能撫其國人, 歲修職貢, 至是遣使隗谷結制(隗谷結制:廣本谷作國)等來朝貢方物 … 賜冠帶衣服."(『太宗文皇帝實錄』卷三十, 永樂 2년(1404) 4월 12일 1번째 기사.)

25 「尙巴志」, 『琉球·沖繩 歷史人物傳』, 沖繩歷史敎育硏究會, 沖繩時事出版, 2007, p.23.

26 徐恭生 著, 西里喜行·上里賢一 訳, 『中国·琉球交流史』, ひるぎ社, 1991.

27 「琉球 沖繩 歷史文化館」 http://okinawa.town-nets.jp/ryukyu/intro16.html 참조.

28 현재 남산성적지南山城跡地의 절반 정도는 시립고령소학교의 부지가 되었다.

6장

1 『琉球王朝華; 美技藝』, 首里城公園開園10周年記念企劃展, (財)海洋博覽會記念公園管理財團, 2002, p.83.

2 『琉球王朝華; 美技藝』, 앞의 책, 2002, p.83.

3 패접봉행소의 존재가 확인되는 1612년부터 기산희준崎山喜俊이 회사繪師로 임명된 1645년, 이 사이의 33년간 누가 칠기의 도안 등을 그렸는지 알 수 없다.(『琉球王朝華; 美技藝』, 앞의 책 p.86.)

4 『琉球王朝華; 美技藝』, 앞의 책, p.86.

5 중국 복주에는 유구 사신들이 머무는 유구관이 있는데, 유구 학자인 정순칙이 복주에 와서 머무르면서 그에게 가르침을 받았다. 진원보의 저서 『침산루시집枕山楼詩集』은 유구의 지식계층뿐만 아니라 일본 본토의 시단詩壇에도 영향을 주었다.

6 원문의 소완小阮은 조카를 뜻한다. 중국 죽림칠현 가운데 완적阮籍(210~263)은 대완大阮, 완함阮鹹(229~??)은 소완小阮이라고 불렀다.

7 "余獨恨自了無文章傳世耳. 使其父敎以讀書, 則古文詞詩歌, 必能追踪往哲. 不則天或假之以年, 閱歷久而聰明生, 未必無詞藻可觀也. 康熙戊辰春, 予下榻瓊河古驛, 國使者梁本寧, 與其小阮得濟秀才, 爲予言. 余奇其人, 異其事, 爲之立傳."(上里賢一 編, 『校訂本 中山詩文集』, 「中山自了

傳」, 九州大學出版會, 1998, pp.283-286.) 이하 원문 인용은 이 책에 의하며 따로 출전을 밝히지 않는다.)

8 "八歲時, 以手指天日, 向其父欲有問狀. 父以爲啞子故態, 不之荅. 乃登海山絶頂, 觀日所自出處, 晨往暮歸. 如是者月餘, 忽鼓掌大笑. 似有得夫天地旋轉, 日月升沈之理, 而快意焉. 自是遇一事, 見一物, 必窮晝夜思索, 務得其故而後已."

9 "類如此. 其兄學槍棒法, 自了從旁竊觀, 盡得其妙. 後兄於庭中, 試其技, 自了見之, 冷然而笑. 兄怒曰; "汝以我有破綻處? 或者汝能之乎." 自了持棒下庭, 盤旋飛舞, 勢如矯天游龍, 操縱靡不如法. 其兄始愧服不敢言."

10 『琉球 · 沖繩 역사인물전』, 沖繩歷史敎育硏究會, 沖繩時事出版, 2007; JCC出版部, 『繪で解る琉球王國 歷史と人物』, JCC出版, 2012.

11 "一日同里中兒登山, 見一羊從高巖墜下不死. 自了凝眸而思, 默想所以不死之故者. 良久忽大悟, 遂飛身下岩. 衆大驚以爲必死, 下山視之無恙也."

12 "其弟借隣人書, 置案頭. 自了翻閱畢. 弟持去, 自了索筆疾書, 始末無一字錯落."

13 "喜臨池學帖, 筆如龍蛇. 得王右軍遺意, 善鐫圖章. 刻畫古朴, 有秦漢風. 尤工丹靑, 凡古人墨蹟, 摹倣逼肖, 雜之古畵中, 無有能辨之者. 後乃以善畵得名."

14 "中山王聞之, 召入內廷命畵. 凡山水花竹翎毛, 筆筆入神. 王愛之, 常侍左右, 賜號曰; 自了."

15 "崇禎年間, 冊封行人杜三策, 至中山, 王出自了畵, 索留題. 杜公大加稱賞, 比之顧虎頭王摩詰, 以爲近代無有也. 迄今字畵流傳國中, 人得之如獲重寶."

16 『琉球 · 沖繩 역사인물전』, 沖繩歷史敎育硏究會, 沖繩時事出版, 2007.01.

17 "年十八無疾而逝. 葬三日後, 塚開尸脫, 唯餘空棺衣履, 異香繚繞不散."

18 『琉球 · 沖繩 역사인물전』, 위의 책, 2007.01.

19 "枕山曰; 五官之於人, 缺一不可. 而自了獨以口啞致神悟何哉. 蓋耳目口鼻, 惟口之爲害最大. 自了豈以不得之於口者, 而得之於心耶. 不然, 何世之利口者多, 而會心者少也."

20 "人心之動, 因言以宣, 發禁躁妄, 內斯靜專. 矧是樞機, 興戎出好, 吉凶榮辱, 惟其所召."(程頤, 「四勿箴‧言箴」, 『古文眞寶』, 學民文化社.)

21 『琉球‧沖繩 역사인물전』, 앞의 책, 2007.01.

22 박희병, 『한국고전인물전연구』, 한길사, 1992, p.350.

23 『朝鮮王朝實錄‧世宗實錄』五禮 軍禮; 박성훈 편, 『한국삼재도회』, 시공사, 2002, p.1243.

24 "東望山有澤獸者, 一名曰白澤, 能言語. 王者有德明照幽遠則至. 昔黃帝巡狩, 至東海, 此獸有言, 爲時除害."(『三才圖會集成』「鳥獸‧獸類」, 민속원, 2014, p.2223; 寺島良安 編, 『和漢三才圖會』上下, 東京美術, 1970, pp.437-438.)

25 "昔軒轅黃帝巡狩, 而至東海之濱. 時白澤出. 黃帝逐問, 白澤能達言語, 知萬物矣. 帝曰; 天下奇, □靜何見怪乎? 白澤會曰; 時爲吉賢君明德, 天地瑞祥曰; '正出.' 但要解怪者, 以白澤之圖, 堂屋壁上掛之矣. 雖有妖不能作災. 赤蚘落地, 烏屎穢衣, 狗上屋, 鼠聲啁啁, 雌聲作雄聲, 野鳥入屋橫, 鼠透程飯, 甌作聲, 釜鳴, 狐交狗, 夜夢不祥, 常見鬼室鳴, 這般之諸怪, 悉皆銷滅者也. 此傳見千涉世錄廿九卷. 自了謹寫."

7장

1 沖繩タイムス社, 『沖繩大百科事典』, 1983, p.878; 原田禹雄, 『中山傳信錄』, 新譯注版, 榕樹書林, 1999, p.359.

2 마에다 기켄(真栄田義見, 1902~1992)은 동원이 근대까지 남아 있었다면 당연히 국보로서 지정되었을 것이며, 유구역사에서 특별히 중요한 문화재로서 현민들이 기억해야 할 곳이라고 했다.(真栄田義見, 『沖繩‧世がわりの思想』, 第一教育圖書, 1973, p.274.)

3 안장리, 「韓國八景詩研究」, 한국정신문화연구원 한국학대학원 박사논문, 1996, pp.18-19.

4 최은주, 「조선전기 팔경시의 창작 경향」, 『대동한문학』 15, 2001, p.301.

5   19인은 김종서·이영서·하연·정인지·조서강·안숭선·성삼문·박팽년·
    신숙주·안지·강석덕·최항·남수문·신석조·이보흠·유의손·김맹·만
    우·윤계동이다.

6   이인로와 진화의 시는 각각 8경에 대한 8수인 반면 이 시첩에 정확하게 8수
    를 쓴 사람은 성삼문 한 사람뿐이다.(안장리, 앞의 논문, pp.28-29.)

7   최은주, 앞의 논문, p.303.

8   참고로 데츠안 도우쇼우가 노래한 하카다 팔경의 제목을 제시하면, '香椎
    暮雪'·'箱崎蚕市'·'長橋春潮'·'莊濱泛月'·'志賀獨釣'·'浦山秋晩'·'一
    崎松行'·'野古歸帆'이다.

9   후쿠오카시박물관 홈페이지.

10 上間淸·靑木陽二, 「沖繩における'八景'の狀況」, 『八景の分布と最近の硏
    究動向』, p.75.

11 블로거 http://zaitaku-okinawa.com/hotaru0228/?p=3697 참조.

8장

1   김헌선, 「유구의 중세문화와 채온의 우언작품집 〈사옹편언〉」, 『유구국 사상
    가 채온의 〈사옹편언〉』, 보고사, 2014.

2   윤주필, 「류큐 사이온(蔡溫)의 〈사옹편언〉과 18세기 동아시아 담론의 가능
    성」, 『제73차 류큐(오키나와)와 조선(한국)의 문화교류 육백년 학술대회』,
    열상고전연구회 2015 제73차 학술발표회.

3   「自敍傳」 및 「蔡溫年表」 참조.(崎浜秀明編著, 『蔡溫全集』, 東京 本邦書籍,
    1984.)

4   18세기 동아시아 담론과 우언적 글쓰기 방식에 대해서는 윤주필의 논문을
    참고 바람.

5   물론 『의산문답』과 『사옹편언』은 저작 동기와 내용 등에서 많은 차이가 있
    다. 그러나 18세기 동아시아 담론의 방식 등의 시각에서 한 번쯤 비교 검토
    해도 좋을 것이다.

6 『사옹편언』각 편의 구성, 대화자, 제재 등에 대해서는 윤주필의 논문을 참
   조 바람.

7 여기서 노자, 장자, 불가를 이단異端이 아닌, 타가他家라고 지칭한 것에 주목
   할 만하다. 이는 『사옹편언』전체의 사유를 통해서 볼 때, 불교가 포함되어
   있기 때문으로 보인다. 아래에서 서술하겠지만 사옹은 불교사상이 유교사
   상과 현격한 차이가 있다고는 하지만 불교에 대해서 긍정적인 시각을 갖고
   있다. 반면 노장에 대해서는 이단이라고 단호히 말한다.

8 "參學之士, 問簑翁曰, "老者佛者, 各尊其祖, 以爲四海之師. 敢問其亦然
   乎?" 翁曰, "大抵垂敎者之謂師, 受敎者之謂弟子. 由此觀之, 四海之人,
   皆受儒敎, 則儒是四海之師也." 士曰, "老莊佛氏之徒, 視儒業如泡露, 豈
   肯受儒敎耶." 翁曰, "老莊佛氏, 亦儒門之人也, 唯私竊有爲, 而不務全修
   此則而已矣. 故儒家之人, 指老莊佛氏叫他家." 士曰, "請詳領誨." 翁曰,
   "天地初闢, 人物並生, 當此時也, 殆與獸無異. 旣而天皇始制干支, 定歲
   月, 燧皇始用火烹, 古皇始搆屋廬, 太皇始食五穀, 軒轅始着衣裳, 蒼頡
   始制文字. 此類尤多, 指弗勝屈. 皆古聖賢, 順天修則, 而儒家之祖也. 自
   爾而來, 四海之內, 雖曰他家之輩, 皆能遵之, 皆能學之, 不敢負聖人所敎
   矣. 然則往古來今, 四海之內, 孰非儒敎之內之人哉."(蔡溫,「簑翁片言」10
   話,『蔡溫全集』, 東京, 本邦書籍, 1984.)

9 "簑翁間坐, 一僧尋來而談曰, 孔子謂予欲無言, 端木氏亦有聞於文章之
   外. 此則我佛超人越天之實法, 而窮理盡性之實學也. 由此論之, 則先覺
   所謂三敎一理, 不亦宜乎. 然而儒家立紀綱, 興禮樂, 布政法 設賞罰, 而
   衆生束於儒典, 執著名相. 則名相之區, 飜爲桎梏之地, 豈聖人撫世之本
   意哉? 翁笑曰, 天竺衆生, 皆爲釋氏耶? 中國衆生, 皆爲聖賢耶? 夫衆生之
   爲生, 雖受天性之德, 而形生神發, 各趨於欲, 就善最難. 若不約以防之,
   恐去禽獸不遠. 是故聖人因時勢察人情, 爲之說仁義, 布政敎, 正風俗, 安
   兆民. 此古今不易之通道. 而天下不可一日無吾儒者, 蓋此故也."(17話)

10 "吾十有五而志于學, 三十而立, 四十而不惑, 五十而知天命, 六十而耳
    順."(『논어』「위정」)

11 "吾二十而嗜讀書, 三十而初志學, 四十而知愛身, 五十而覺愼獨, 六十而

免乎疑."(43話)

12 "翁曰, 老莊佛氏, 亦儒門之人也, 唯私竊有爲, 而不務全修此則而已矣. 故儒家之人, 指老莊佛氏叫他家."(10話)

13 "翁曰, 受敎于天, 而修此則之謂聖人之道, 私竊好事, 而缺此則, 便是他家之流也."(15話)

14 "翁曰, 老子豈有飛仙變化之術耶. 老子以入無爲言, 而其旨固足有執乎. 唯因玄語而舍禮法, 是故吾儒謂之異端耳."(34話)

15 "參學之士問簧翁曰, 老莊佛氏各立其道, 而與聖人相反獨何也? 翁曰, 道者, 原出于天, 而非私窃之可爲焉. 是故聖人指律天處曰天通, 指修則處曰人道, 人道卽天道也. 天道卽人道也. 此所謂天人一理, 而聖人精一執中之秘旨, 全在于玆. 釋氏度衆之本旨亦如此. … 釋氏獨生天竺, 前無群聖, 後無遺族. 只見天竺衆生, 奸邪暴戾無所不爲, 釋氏不得已因時勢察俗情, 假說幽冥, 權說法敎, 要使衆生, 戒惡行善以除暴邪之病耳. 此是釋氏專爲天竺, 竭心盡力而慈悲深大之功德也. 奈當漢明之時 其法其敎, 流入中國, 自爾以來, 學釋氏者, 視中國如天竺, 此學釋氏者之謬也, 豈釋氏之本旨耶. 歷年旣遠, 加謬愈甚. 由是宋儒禁之曰, 佛氏之言, 比之楊墨, 其爲害尤甚云爾. 此學佛氏者之所賊釋氏也, 吾深爲釋氏惜焉."(36話)

16 "翁曰, … 釋氏之立敎, 而積善之家, 名之曰天堂, 積惡之家, 名之曰地獄."(32話)

17 "然則天堂地獄唯在生前, 豈在死後. 今世之人, 知釋氏立敎, 而不知釋氏立敎之旨者."(32話)

18 "士語簧翁曰, 翁之爲人, 其非儒而兼佛歟? 翁笑曰, 佛行儒行, 天地懸隔. 若兼爲之, 豈謂之儒, 豈謂之佛. 夫佛與儒, 雖大異而治其心一也. 故吾逢僧則談心術之要, 亦逢士民則談德行之要. 總要使他解惑修身而已矣. 豈有儒而兼佛之方耶."(7話)

19 "鄉人謂簧翁曰, 夫簡編中, 多載仙術奇異之事, 敢問此等之術可得學乎? 翁曰, 仙乃妖術也. … 夫仙人離乎天倫五常之道 或駕雲乘霧 或出沒變革 而世間最賤者之妖術也 何足貴焉. 鄉人曰, 吾聞飛仙變化之術, 出於老子, 而其術足觀焉. 翁曰, 老子豈有飛仙變化之術耶. 老子以入無爲言,

而其旨固足有執乎. 唯因玄語而舍禮法, 是故吾儒謂之異端耳."(34話)

20 "參學之士問簧翁曰, 老莊佛氏各立其道, 而與聖人相反獨何也? 翁曰, 道者, 原出于天, 而非私窃之可爲焉. 是故聖人指律天處曰天通, 指修則處曰人道, 人道卽天道也, 天道卽人道也. 此所謂天人一理, 而聖人精一執中之秘旨, 全在于此. 釋氏度衆之本旨亦如此. 唯老莊私窃有言, 而有逆于聖人之秘旨. 士愕然曰, 釋氏卽老莊之屬, 而其爲害非輕, 豈可以較聖人乎? 翁曰, 汝不知諸? 夫中國乃群聖交出之地也. 老莊生長其地, 徒談虛無而攪人道, 此非聖門之罪人而何哉."(36話)

9장

1 김창민, 「오키나와의 시사(シーサー, 獅子)와 문화적 정체성 만들기」, 『동아시아문화연구』 제65집, 한양대학교 동아시아문화연구소, 2016, p.131.

2 長嶺 操, 『沖繩の魔除け獅子 · 寫眞集』, 沖繩村落史研究所, 1982.

3 鈴木一聲, 「琉球風水の裝置として村獅子について」, 『宗敎硏究』 86卷 4輯, 日本宗敎硏究學會, 2013.

4 大城 學, 「沖繩の獅子舞と獅子神信仰」, 『季刊 東方學』, 12, 2007.

5 김창민, 앞의 논문, p.128.

6 屋嘉宗克, 「島の民俗信仰について」, 『沖大論叢』 3(2), 沖繩大學, 1963, p.42.

7 김창민, 앞의 논문, p.129.

8 고古유구는 패총시대와 구스쿠시대 그리고 삼산시대를 거친 뒤, 1429년 상파지에 의해 통일된 유구왕국을 건국한다.

9 「영조왕 석관의 시사 부조」는 오키나와 우라소에시 요우도레 자료관에 전시된 모형의 사진이다. 필자가 오키나와 현지를 방문했을 때 이 사진을 찍었는데 유실되어, 김창민 논문 p.131에 게재된 사진을 재촬영하였다.

10 조선시대 사용한 '백택기'와 백택의 형태에 대해서는, 이은주 · 이경희, 「조선후기 白澤旗 사용자와 형태 및 재료에 관한 고찰」, 『한복문화』 제17권,

한복문화학회, 2014를 참조할 것.

11 『朝鮮王朝實錄‧世宗實錄』五禮 軍禮; 박성훈 편, 『한국삼재도회』, 시공
    사, 2002, p.1243.

12 "東望山有澤獸者, 一名曰白澤, 能言語. 王者有德明照幽遠則至. 昔黃
    帝巡狩, 至東海, 此獸有言, 爲時除害."(『三才圖會集成』「鳥獸‧獸類」, 민
    속원, 2014, p.2223; 寺島良安 編, 『和漢三才圖會』上下, 東京美術, 1970,
    pp.437-438.)

13 중국 명나라 홍무제 때, 주周나라 이후 사용되었던 의장제도를 정비하여 사용하
    였는데, 그중 백택기는 황제와 황태자 의장에만 사용하도록 하였다.(『明史』卷64,
    「志」第40, 「儀衛」. 이경희‧이은주, 앞의 논문, p.58 재인용.) 즉, 1372년(홍무5) 명나
    라와 국교를 수교하고, 사실상 책봉 관계를 맺은 유구는 최소 이 이후 백택을 인
    식했으리라고 생각된다.

14 大城 學 및 김창민 앞의 논문.

15 鈴木一聲 및 大城 學, 앞의 논문.

16 "始建獅子形, 向八重瀨岳, 以防火災."『球陽』「尙貞王」21年.

17 김창민, 앞의 논문, pp.141-142.

18 김창민, 앞의 논문, pp.134-135.

10장

1 孫承喆, 「朝琉 交隣體制의 구조와 특징」, 『朝鮮과 琉球』, 2000, p.28.

2 김원진이 어떤 인물인지 분명하지 않지만 조선인인 것은 분명하다. 세종 19
   년(1437) 7월 20일 자 『조선왕조실록』에, '본국 사람 김원진이 유구국에 가
   서 본국 사람 김용덕 등 6인을 되찾아 돌아왔다.(本國人金元珍往琉球國, 刷
   還本國人龍德等六名)'라는 기사가 있다. 그런데 일본 쪽 인터넷에는 다음
   과 같은 내용이 검색되므로 아울러 밝혀둔다. '김원진은 조선인이라고도 일
   본인이라고도 말한다. 외교 에이전트와 같은 존재로 '통사'로 등장한다. 다
   양한 언어를 구사하며 해역세계海域世界에서 살던 경계인境界人이었다. 1429

년에는 조선에 표착했던 유구인을 송환하는 등, 조선과 유구 사이를 왕래했으며, 일본 비주태수肥州太守의 사자使者로도 활약했다.'

3 양수지, 「세조대의 유구사신 응접과 문물교류」, 『동북아문화연구』 33, 동북아시아문화학회, 2012, p.200.

4 이성혜, 「북경에서 만난 조선과 琉球 사신의 민간외교」, 『포은학연구』 제18집, 2016; 엄경흠, 「李睟光의 使行問答錄에 대한 考察」, 『文化傳統論集』 Vol.2, 1994.

5 孫承喆, 「朝琉 交隣體制의 구조와 특징」, 『朝鮮과 琉球』, 2000, p.28.

6 金城正篤 譯注, 『歷代寶案』 제2책, 沖繩縣敎育委員會 發行, 2020, p.411, 각주1. 『역대보안』 원본의 책권은 제1책 권41의 17항목이다.

7 金城正篤 譯注, 『歷代寶案』 앞의 책, pp.344-349. 『역대보안』 원본의 책권은 제1책 권39의 6항목이다.

8 "琉球國王尙德, 遣僧自端西堂等來聘." (『조선왕조실록』, 성종 2년(1471) 11월 2일 기사.)

9 "自端上人, 日本禪林之秀也. 曾因參訪至瑠球, 瑠球國王慕我惠莊王, 方欲來聘. 知上人之賢, 遂授書以送. 時成化丁亥之秋也. 我惠莊王內治旣隆, 圖恢遠略, 待以殊禮, 上人今又承瑠球新王之命, 來進香幣於先王. 我殿下與一國臣民, 悲慕先王而重上人. 竊觀海東諸國, 凡於信禮, 必命緇流, 僕久典禮官, 日與相接, 且嘗東遊日本, 閱其人多矣. 未有如上人者. 上人拜命闕下, 退宴于禮曹, 得與從容一夕. 旣宴之翼日, 以七言近體詩一篇見贈, 雖其屬意太高, 所不敢當, 詩則實佳作也. 受而珍之, 及餞別之日, 乃徵賡韻. 臨別贈言, 敢希古人, 但愛上人之高雅, 不爲之辭, 謹綴荒句, 步韻敍懷, 以爲贐云." (申叔舟, 「次瑠球國使東自端詩. 幷小序」, 『保閑齋集』 卷九.)

10 신숙주 지음/신용호(외) 주해, 『해동제국기』, 범우사, pp.246-250.

11 上井久義, 「琉球の宗教と尙圓王妃」, 『關西大學學術リポジトリ』, 2001, p.16.

12 "照堂坊主事: 照堂坊主也, 侍眞其職也. 侍眞者, 本開山之塔主也. 準其例而今主○先王之廟, 而勤祠事也. 使耆德者主之, 故登西堂之位也." (外

間守善, 波照間永吉 編著,『琉球國由來記』권10,「天德山圓覺寺」, 角川書店, 1997, p.184.)

13 "亭坊主事: 亭坊主也, 維那其職也. 維那者, 梵語也. 翻爲次第, 謂知僧事次第也. 今奉弁才天堂之香灯, 故稱亭也. 坊主者, 僧別名也. 撰德行之人, 任其職. 故轉西堂之位也."(外間守善, 波照間永吉 編著,『琉球國由來記』권10,「天德山圓覺寺」, 角川書店, 1997, p.184.)

14 세조 7년에 왔던 유구 사신은 세조 8년 1월 16일 돌아가는데, 예조판서 홍윤성이 한강에서 전송하였다.(양수지 논문, p.211.)

15 『조선왕조실록』 세조 8년(1462) 1월 16일.「하직하고 돌아가는 유구국 사신에게 답서를 주고 홍윤성에게 전송하게 하다.」"앵무와 공작을 후일에 오는 사신을 통하여 보내 와서 여망에 부응하면 더욱 왕의 교린을 미덥게 하는 뜻을 보겠다."

16 세조 13년 정해 1467년 7월 18일 : 유구국 사신에게 별하정別下程을 보내 주고, 연성군 박원형·예조판서 강희맹에게 명하여 가서 대접하게 하니, 동조 등이 배사拜謝하고 소향燒香·호초胡椒·『사찬록』·『임간어록』·『나선생문집』을 바쳤다.

17 "子曰, 誦詩三百, 授之以政, 不達, 使於四方, 不能專對, 雖多, 亦奚以爲?" (『論語』「子路」)

18 宮里朝光 監修,『琉球歷史便覽』, 月刊沖繩社, 1987, pp.99-100.

19 아마도 성종 2년(1471) 11월에 조선에 온 유구 사신은 이때 출발하였을 가능성이 있다. 유구에서 조선으로 오는 경로는 험한 바닷길이므로 변수가 많다. 서거정의 시「유구국의 부사 동조상인을 보내다(送琉球國副使東照上人)」에도 1467년 여름에 온 유구 사신이 '작년 봄에 출발했다'는 구절이 있다. 이처럼 유구와 조선의 바닷길은 쉽지 않고, 변수가 많으며, 많은 시간이 걸린다.

20 金城正篤 譯注,『歷代寶案』제2책, 沖繩縣敎育委員會 發行, 2020, pp.409-411.『역대보안』 원본의 책권은 제1책 권41의 17항목이다.

21 申叔舟,「次琉球國使東自端詩 幷小序」,『保閑齋集』卷九.

22 "東自端詩敍曰, 余稟性雖魯鈍, 猥嗷瑠球國殿下使者命, 而再謁于上國,

凡見朝廷盛事, 雖比三代, 蔑以懟焉. 昨日, 辱陪于兼判書申公閣下, 閣下
美名, 素溢扶桑及球陽, 昨奉見尊容, 寔是人物領首, 而文章司命也. 能使
上國重於九鼎, 盖閣下一人力也. 於是, 以管見綴卑辭一章, 聊奉伸厥名
德才力萬一云, 伏丐莞爾."(申叔舟,「次瑠球國使東自端詩. 幷小序」,『保閑
齋集』卷九.)

23 "白聞天下談士相聚而言曰, 生不用封萬戶侯, 但願一識韓荊州."(『古文觀
止』권7「六朝唐文」.)

24 "若作酒醴, 爾惟麴糵, 若作和羹, 爾惟鹽梅."(『書經』「說命」下.)

25 『史記』卷28「封禪書」.

11장

1 양수지,「세조대의 유구사신 응접과 문물교류」,『동북아문화연구』33, 동북
아시아문화학회, 2012, pp.199-218.

2 허경진·조영심,「조선인과 류큐인의 소통 양상」,『일어일문학』제54집, 대
한일어일문학회, 2012, p.372; 이훈,「조선후기 표민의 송환을 통해서 본 조
선 유구관계」,『사학지』27, 단국사학회, 1994, pp.119-160.

3 夫馬進,「국교 두절 하, 조선 류구 양국 사절단의 북경 접촉」,『대동문화연
구』68집, 대동문화연구원, 2009, p.26.

4 허경진·조영심,「조선인과 류큐인의 소통 양상」,『일어일문학』제54집, 대
한일어일문학회, 2012, p.374.

5 李睟光,「安南國使臣唱和問答錄」識,『芝峯集』권8,『韓國文集叢刊』66,
한국민족문화추진회.

6 강동엽,「練行使와 會同館」,『비교문학』제41집, 한국비교문학회, 2007.

7 沈玉慧,「咨文交換からみた明代北京における朝鮮·琉球兩國の交流」,
『제10회 유구·오키나와학회 국제학술회의』발표문, 2015, p.35.

8 섬라[타이] 사신과의 만남은「附暹羅」와「暹羅遇暹羅使臣」(『芝峯集』권9)
으로 기록하였다.

9 이수광이 유구 사신에게 지어준 시 14수 중 8수 首聯에서, "오만관에서 만나니 웃음소리 같고, 마음으로 친하기 기다리지 못하고 역관 통해 소통했네.(傾盖烏蠻笑語同, 心親不待象胥通.)"라고 하였다. 오만관은 중국 남쪽지방의 오랑캐인 오만烏蠻의 사신들이 북경에 왔을 때 묵던 관소館所를 일컫는다. 조선의 사신이 묵던 숙소는 옥하관玉河館이라 하는데, 옥하관을 이용할 수 없을 때는 오만관을 사용했다고 한다. 김일손이 1491년 북경에 갔을 때도 오만관에 머물렀고, 청음 김상헌이 1627년 북경에 갔을 때도 오만관에 머물렀다. 그러나 김일손의 연보에 의하면, 오만관은 곧 옥하관이다.(春正月在烏蠻館. 卽今玉河館. 『濯纓先生年譜』) 정리하면, 옥하관은 회동관會同館 남관으로 옥하교의 곁에 있었기 때문에 옥하관으로 불리었다. 회동관은 명나라 초기 남경에 설치된 관원 접대 겸 역참의 장소로 출발하여 성조 영락제 때 북경에도 설치되었다. 이후 1441년에 남관(3개 소)과 북관(6개 소)으로 분리되었다. 곧, 오만관은 회동관 북관으로 판단된다.

10 "壬子正月, 僕等在北京, 與琉球國使臣相見. 五月還朝."(李睟光, 『芝峯集』 권9.)

11 "琉球國在東南海中. 使臣蔡堅馬成驥, 從人幷十七人, 皆襲天朝冠服. 自言庚戌九月離本國, 水行五日抵福建, 由福建陸行七千里, 辛亥八月達北京."(李睟光, 「琉球使臣贈答錄-辛亥 赴京時」 後, 『芝峯集』 권9.) 이하 생략한 출전은 여기에 준함.

12 "寢處不於炕突, 雖盛冬必沐浴. 狀貌言語, 略與倭同."

13 내가 만난 일본학자들은 이 고로古老들이 모두 타계하면 유구어가 완전히 사라지고, 유구어에 대한 해독이 어려워질 것을 염려하고 있었다.

14 "續文獻通考曰, 琉球最小, 則地方萬里七千里之說, 謬矣."(李睟光, 「琉球使臣贈答錄-辛亥 赴京時」 後, 『芝峯集』 권9.)

15 "答曰, 可萬餘里, 其間有諸島, 各自爲國, 修貢于琉球日本. 續文獻通考曰, 自薩摩開船, 可四日到琉球, 則此說謊矣."(李睟光, 「琉球使臣贈答錄-辛亥 赴京時」 後, 『芝峯集』 권9.)

16 真栄田義見著, 『沖繩·世がわりの思想』, 第一教育圖書, 昭和48.8. p.382.

17 "答曰, 上國最近, 貴國次之. 曩者貴國送回敝邦漂海人口, 其人尙在北山

生住. 以此知道里不遠."

18 "余頃年遇琉球使臣蔡堅等北京, 則堅等屢言洪武時通聘之事."(『芝峯集』
    권9.)

19 『芝峯集』 권9.

20 "自僕等到館, 頗致慇懃之意, 願得所製詩文以爲寶玩. 故欲見其酬答, 略
    構以贈. 而堅等短於屬文, 不足與唱和耳."(李睟光, 「琉球使臣贈答錄-辛亥
    赴京時」後, 『芝峯集』 권9.)

21 李睟光, 「琉球使臣贈答錄-辛亥 赴京時」「贈琉球國使臣近體十四首」 제
    1수. 이하 이수광의 시는 모두 여기에서 인용한 것임.

22 『서경書經』「함유일덕장咸有一德章」에는 '하늘의 마음을 지극한 정성으로 잘
    받들어, 하늘의 밝은 명을 받으셨네. 그리하여 아홉 주의 백성들을 다스리
    게 되었고, 이에 하나라를 바르게 다스리게 되었네(克享天心, 受天明命. 以
    有九有之師, 爰革夏正)'라는 구절이 있다.

23 『조선왕조실록』 광해 1년(1609) 12월 21일 자에는 유구에서 보내온 국서의
    내용이 소개되어 있는데 그 내용은 "지금부터 영원토록 맹약을 맺어 귀국은
    형이 되고, 폐방은 아우가 되어 형제가 명나라를 부모처럼 우러러 섬기며
    즐겁고 화목하게 빙문하기를 청한다.(自今以往, 請結永盟, 貴國爲兄, 弊邦
    爲弟, 以弟兄而仰事天朝父母, 歡睦騁問.)"이다.

24 沖繩縣氏姓家系大辭典 編纂委員会, 『沖繩縣氏姓家系大辭典』, 角川書
    店, 1992.

25 이 점에 대해서 표류민 관련 여러 연구에 의하면, 유구인은 매우 온순했던
    것 같다. 예컨대 유구에 표착한 조선인에 대해 유구는 대부분 좋은 대접을
    하고 조선으로 돌려보낸다. 반면 조선은 그렇지 않은 것 같다. 일례로 강호
    부姜浩溥의 『상봉록桑蓬錄』 권8의 「연행록선집보유燕行錄選集補遺」 상上에 이
    런 내용이 있다. "우리나라[유구] 사람이 너희 나라[조선]로 표류해 갈 때마
    다 너희 나라에서는 항상 이들을 죽여 송환해 주지 않는다. 옛날부터 지금
    까지 죽어 돌아오지 못한 사람이 몇 명이나 되는지 헤아릴 수조차 없다. 그
    러나 우리는 너희 나라의 방식을 따르지 않고 이렇게 구조하여 보호해서 송
    환하고 있다."(夫馬進 앞의 논문 p.36.)

26 "且聞要貿我國黃筆, 乃以二筆二墨贖之. 堅等亦以刀扇各一爲禮."(李睟
光,「琉球使臣贈答錄-辛亥 赴京時」後,『芝峯集』권9.)

12장

1 김규진에 관한 내용은 이성혜,「20세기 초, 한국 서화가의 존재 방식과 양
상-해강 김규진의 서화 활동을 중심으로」,『동양한문학연구』제28집, 동양
한문학회, 2009, pp.277-281;「서화가 김규진의 작품 활동과 수입」,『동방한
문학』제41집, 동방한문학회, pp.227-229를 참조.

2 『매일신보』1915년 7월 13일 2면.

3 이성혜,『한국 근대 서화의 생산과 유통』, 해피북미디어, 2014, p.88.

4 『매일신보』1918년 5월 31일 2면.

5 『매일신보』1922년 5월 24일 3면「朝鮮美展 出品準備에 忙殺한 書畫大
家: 金綾海의 菊蘭」.

6 『매일신보』1918년 6월 2일 3면.

7 1918년 제1회 수업식 이후, 제2회 수업식과 관련한 자료는 현재 찾을 수 없
다. 1919년 3월 1일 독립만세운동이 일어난 이후, 5월에 서화연구회 문을 열
고 새로운 회원을 모집했지만(『매일신보』1919년 5월 24일 자) 이후 졸업생
을 배출했는지, 졸업식이 거행되었는지는 알 수 없다.

8 『조선일보』1979년 1월 13일 자 5면에 다시 기사화되는데 이에 대해서는 다
음 절에서 서술한다.

9 유구 오키나와 역사인물사전에는 자하나 운세키가 빠지지 않는다. 沖繩歷
史教育研究會,『琉球沖繩 歷史人物傳』, 沖繩時事出版, 2008, p.218.

10 김소연,「해강 김규진 묵죽화와『海岡竹譜』연구」,『미술사학보』52, 미술
사학연구회, 2019, p.180.

11 曾根信一,「謝花雲石先生についての覺え書き」,『讀谷村立歷史民俗資料
館紀要第11號』. 沖繩縣立博物館,『謝花雲石』, 株式會社アシスト, 1993,
p.3에서 재인용.

12 謝花雲石,「謝花雲石書道の歩み」, 時習書道會 編,『謝花雲石資料集』, 1993, pp.3-4.

13 『매일신보』1915. 3. 26. 3면.

14 『매일신보』1915. 5. 29. 2면.

15 김영기,『중국대륙예술기행』, 예경산업사, 1990, p.25.

16 김영기,「齊白石」, 열화당, 1980, p.13.

17 『조선일보』1979년 1월 13일 자 5면.

18 낭시 오키나와 신문인『沖繩タイムス』1978년 11월 8일 자에는「바다를 건너 온 墨緣 二代 沖繩에서 韓日親善 金晴江文人畵展」이라 했고,『琉球新聞』1978년 11월 9일자에서는「親子 二代의 墨緣 金晴江文人畵展. 沖繩에서 盛況 속에서 開幕」이라고 보도했다고 한다.(김영기, 앞의 책 p.190.)

19 『京城日報』1925년 4월 13일 1면.

20 山里景春,「雲石翁の師」,「沖繩タイムス」1977년 11월 12일,「茶のみ話」欄.

21 최근에도 오키나와 미야코지마(宮古島)의「서심회書心會」회원들이 부산의 청계淸溪 안정환安定煥 선생에게 해강 김규진 관련 서적의 구입을 요청한 적이 있다. 청계 선생은 청사晴斯 안광석安光碩 선생의 자제로 부산시무형문화재 제24호 전각장이다. 서심회의 후루겐 세이후(古堅淸風) 선생과 오랫동안 서화를 통한 친선우호의 교류를 이어오고 있다. 이런 인연으로 청계 선생을 통해 후루겐 선생으로부터『謝花雲石資料集-新聞・雜志等にみる』(1993)를 받고, 오랫동안 묵혀놓았던 본 논문을 완성할 수 있었다. 지면을 빌려 두 분께 감사드린다.

22 「書道談義-謝花雲石氏にきく」,『沖繩タイムス』1958년 3월 22일(土); 時習書道會 編,『謝花雲石資料集』, 1993, p.9.

23 김규진의 사군자화는 1914년 이전 작품이 매우 드물다고 한다. 김소연, 앞의 논문, pp.176-181.

24 이성혜,「서화가 김규진의 작품 활동과 수입」,『동방한문학』제41집, 동방한문학회, 2009, pp.215-220.

25 이기범,「海岡 金圭鎭의 書藝-書論을 中心으로」, 동국대학교 석사논문,

1998, p.16.

26 曾根信一,「謝花雲石先生のことあれこれ」,『謝花雲石』, 沖繩縣立博物
   館, 株式會社アシスト, 1993, pp.41-42.

27 노파심에 한 마디 추가하면, 운세키가 오직 왕희지체만 쓴 것은 아니다. 그
   역시 다양한 서체를 학습했으며, 그의 제자들에게도 5체를 비롯한 다양한
   서체를 가르쳤다.

28 「長壽は心を整えること-八十七歳の謝花さん」,『沖繩タイムス』
   1970.09.15; 時習書道會 編,『謝花雲石資料集』, 1993, p.26.

29 山城正利,「たゆまぬ古典研究-傳統書道に生きる謝花雲石」,『新沖繩文
   學』, 1967 春季號.『謝花雲石資料集』, pp.153-154 재인용.

30 "書者心畫也. 柳公權曰: 心正則筆正. 此一語足以盡之矣.「書法眞訣序」"
   (金圭鎭,『獨學 書法眞訣』, 국립중앙도서관 藏本, 古4460 22.)

31 「書道だんぎ-謝花雲石氏にきく」,『沖繩タイムス』, 1958.03.22.

32 曾根信一,「謝花雲石先生のことあれこれ」, 沖繩縣立博物館,『謝花雲
   石』, 株式會社アシスト, 1993, p.40.

33 金膺顯,「東方書藝講座」, 東方研書會, 1995, p.275. 이기범,「海岡 金圭鎭
   의 書藝-書論을 中心으로-」, 동국대학교 석사논문, 1998, p.10에서 재인용.

34 豊平峰雲,「靜と動を窮めた人」,『石扇書の世界』, 島袋光裕生誕百年顯彰
   事業会 編, 沖繩タイムス, 2003, p.8.

35 曾根信一,「謝花雲石先生のことあれこれ」,『謝花雲石』, 1993, pp.40-41.

13장

1 찬술 당시의『해동제국기』는「海東諸國總圖」·「本國圖」·「西海道九州
   圖」·「壹岐島圖」·「對馬島圖」·「琉球國圖」6매의 지도와「日本國紀」·
   「琉球國紀」·「朝聘應接紀」로 구성되었다.

2 최근까지도 유구에 대해 언급하는 이들은 단연 신숙주의『해동제국기』를
   대표적으로 꼽는다. 이는 한국과 유구의 관계를 연구하는 오키나와 학자들

도 마찬가지이다. 물론『해동제국기』가 성종에 의해 일본과 유구에 대한 외교적 전범으로 활용하기 위해 심혈을 기울인 작품이기는 하지만, 이제는 유구에 대한 연구도 많아졌고, 다루는 텍스트도 넓어졌다. 그러므로 조선과 유구에 대한 연구는『해동제국기』에 머물러서는 안 된다.

3 그간 유구를 포함한 이국異國에 대한 인식은 대부분『연행록』이 주 텍스트가 되었다. 그러나 본고에서는 유구에 대한 조선 지식인의 전체적인 인식을 조망하고자 연구 시기와 범위를 전체 조선으로 확대하였으며, 포착된 관련 자료를 모두 검토하였다.

4 대표적인 논문을 거론하면 다음과 같다. 김보성, 「19세기 조선 지식인의 일본, 유구에 대한 인식 고찰-五洲 李圭景의『詩家點燈』을 중심으로」,『한문학논집』제35집, 근역한문학회, 2012; 김정숙, 「조선시대 필기, 야담집 속 유구 체험과 형상화」,『한문학논집』32, 근역한문학회, 2011; 이경훈, 「연행 사신의 이국 문화 인식-木山 李基敬『飮氷行程曆』의 유구국 기록을 중심으로」,『중국인문학회 학술대회 발표논문집』, 중국인문학회, 2020; 정영문, 「김비의 일행의 표류체험과 琉球제도에 대한 인식」,『한국문학과 예술』30, 숭실대학교 한국문학과예술연구소, 2019; 이지혜, 「조선 전기(1392년~1638년) 對유구 관계의 변화와 인식」, 고려대학교 석사학위논문, 2013.

5 김보성, 「19세기 조선 지식인의 일본, 유구에 대한 인식 고찰-五洲 李圭景의『詩家點燈』을 중심으로」,『한문학논집』제35집, 근역한문학회, 2012, p.202.

6 정성일, 「『歷代寶案』으로 본 琉球의 朝鮮 認識」,『동국사학』62, 동국역사문화연구소, 2017, p.311.

7 유구에서 조선에 사신을 파견한 것이 46차례인데 이 중, 16건이나 왜인위사倭人僞使 논란이 있었다.(孫承喆, 「朝琉 交隣體制의 구조와 특징」,『朝鮮과 琉球』, 2000, p.28.) 한편 조선에서 유구로 사신을 보낸 것은 세종 19년 (1437) 김원진이 유구에 가서 조선 표류인 김용덕 등 6인을 데려온 것이 마지막이다.

8 權健, 「琉球永福禪寺八景詩序」,『續東文選』제16권 〈序〉.

9 반면 유구의 사신들은, "조선에서 임금이 활 쏘는 것이 천하에 무쌍無雙하

다 하더니, 지금 와서 눈으로 보니 과연 듣던 바와 같습니다.", "제가 중국과
외국에 두루 가보지 않는 곳이 없는데, 지금 귀국에 이르니 의관과 문물이
중화와 같습니다. 모든 조정 신하들의 거동이 복건의 장락현長樂縣 풍속과
비슷한데 다른 외국이 미칠 바가 못 되며, 임금의 활 쏘는 능력도 또한 다른
사람이 미칠 바가 못 됩니다."라며 조선에 대한 인식을 드러내고 있다. 이
말에 어느 정도 외교적 거품이 가미되었다고 하더라도 당시 조선에 온 유구
사신의 체험에 의한 것으로 볼 수 있다.

10 이경훈, 앞의 발표문, 2020, pp.3-4.

11 "琉球國小而貧弱, 不能自立. 雖受中國冊封, 而亦臣服, 至者不絶, 與中國
    使相錯也. 盖倭接壤, 故攻之甚易, 越大海而援之哉."(李義鳳, 『北轅錄』권
    4, 1761년 1월 14일.)

12 장학례와 관해서는 이준갑, 「明淸交替期의 淸과 琉球—淸朝의 第一次 琉
    球 使行 派遣과 正使 張學禮의 使行活動을 중심으로」, 『명청사연구』 39,
    명청사학회, 2013, pp.77-120을 참고 바람.

13 "官宦之家, 俱有書室客軒. 庭花竹木四時羅列, 架列四書唐詩通鑑等集,
    板翻高潤傍譯土言. 本國之書亦廣, 但不知所載何典所言何事耳. … 取士
    之法, 不尙文不考試. 擧賢良方正, 由秀才歷法司. 設官長, 無衙門從役,
    惟百姓輪直. 具執法甚嚴, 不徇情面. 卽官長父子兄弟, 犯法輕則徒流, 重
    則處死, 不曲庇絲毫也. … 道不拾遺, 夜不閉戶, 甚有太古之風."(李義鳳,
    『北轅錄』권4, 1761년 1월 14일.)

14 "琉球使已先至. … 上使淨白少鬚, 極有儒雅氣. 副使年老, 皆恂恂畏愼,
    無粗厲意. 兩使幷舖錦席, 中堂而坐, 見余避席, 屈身恭揖. … 兩使臣在前
    列, 通事獨在後. 上使進退惟謹, 戰戰有懼色. 端拙短氣人也."(洪大容, 「藩
    夷殊俗」, 『燕記』, 『湛軒書』외집 7.)

15 "琉球則朝袍廣闊, 有古人制度, 而以黃帛廣半尺者爲帶, 緊緊束腰, 頭上
    又以黃色綾, 裁作一帕, 如我東之幞頭, 而小異焉. 人物古雅, 言語淳淳,
    少無院俗之氣. 余問, 貴國科題非杜詩, 則不用, 且刑措不用, 然耶? 答曰,
    科題則果如所聞, 而刑措云者, 乃是古事, 自百年以來, 俗頑人多, 不得不
    稍稍用刑."(金正中, 「奇遊錄」, 『燕行錄』, 정조 16년(1792) 1월 1일.) 『기유록』

은 1791년 청나라 연경으로 사행단을 따라간 김정중이 보고 들은 것을 기록한 것이다. 김정중은 관직에 나가지 않고 시문을 즐긴 사족이다. 평양에 살았다.

16 柳得恭,「燕臺再遊錄」 신유년 1월 22일.「연대재유록燕臺再遊錄」은 조선 후기 실학자 유득공이 청나라에 다녀온 후에 작성한 견문록이다. 1권. 필사본. 이 사행은 순조 1년(1801) 순조 즉위책봉에 대한 사은사로 정사 조상진趙尙鎭, 부사 신헌申憲, 서장관 신현申絢 등을 파견하였다. 그런데 유득공은 이보다 3일 후인 2월 15일 주자서의 좋은 판본을 구해 오라는 명을 받고 출발해 사행과 합류하게 되었다.

17 "晴. 留館. 朝前, 琉球人二名來見, 自以爲行將告別, 不勝悵觖云. 蓋其人去年夏, 漂到我國, 今行領來, 轉付禮部, 明將隨其貢使發去, 故委來致謝也. 拜於炕下, 無數起伏, 似其禮然也."(金景善,「留館錄」하,『燕轅直指』제5권. 1833년 2월 5일.)『연원직지』는 조선 후기 문신인 김경선이 1832년 6월부터 1833년 4월까지 동지겸사은사의 서장관으로 청나라에 다녀온 후에 작성한 사행록이다.

18 "(見琉球使臣)其人俊秀晳大, 而有沈重之意, 無鄙陋輕躁之色. 語音與中原一般, 冠黃冠, 同我國進士幞頭樣, 高不過四五寸, 以金塗之. 衣與鞋如中國之製, 而以雲紋織錦. 腰帶圍如也字帶, 太廣無餘垂, 着狨皮馬蹄吐手."(徐慶淳,『夢經堂日史』제3편「日下贅墨」, 1855년 12월 1일.)

19 『조선왕조실록』등 고문헌에 기록된 조선표류민의 유구표착은 1397년부터 1870년까지 48건이고, 인원으로는 398명 정도이다. 유구에서 표류민을 송환한 것은 13차례 있었다. 정영문,「김비의 일행의 표류체험과 琉球제도에 대한 인식」,『한국문학과 예술』 30, 숭실대학교 한국문학과예술연구소, 2019, p.4에서 재인용.

20 "無袴襠而只着周衣, 倭人亦然, 是其風土一般之致也."(李裕元,「琉球漂人」,「春明逸史」,『林下筆記』제28권.)

21 『조선왕조실록』성종 10년(1479) 6월 10일(1).

22 金景善,「留館錄」상,『燕轅直指』제3권.

23 자로가 강함에 대해 묻자, 공자가 말했다. "남방의 강함인가? 북방의 강함

인가? 아니면 너의 강함인가? 너그럽고 부드럽게 가르쳐 주고, 無道함에 보복하지 않는 것은 남방의 강함이니 군자는 여기에 처한다.(子路問强, 子曰: 南方之强與? 北方之强與? 抑而强與? 寬柔以敎, 不報無道, 南方之强也, 君子居之."『中庸』제10장.)

24 "琉球風俗, 比諸夷㝡美, 世謂小朝鮮, 今閱此奏, 信然也."(李德懋, 『青莊館全書』제52권「耳目口心書」五.)

참고문헌

이 책을 집필하는 데 참고한 문헌을 각 장별로 정리하지 않고, 통합하여 제시한다. 혹 각 장별로 참고한 문헌을 알고자 한다면 「후기」에서 밝힌 각 논문들을 참고하기 바란다.

문헌

『高麗史節要』, 한국고전번역원, 한국고전종합DB
『明史』 卷323, 「列傳」 第211, 外國四, 琉球, 『欽定四庫全書』
『朝鮮王朝實錄』, 한국고전번역원, 한국고전종합DB
『球陽』

金景善 『燕轅直指』
李德懋 『靑莊館全書』
李睟光 『芝峯集』
李承召 『三灘集』
李裕元 『林下筆記』
徐慶淳 『夢經堂日史』

申叔舟『保閑齋集』

程順則『雪堂雜俎』

蔡 溫『中山世譜』

洪大容『湛軒書』

金圭鎭, 『獨學 書法眞訣』, 국립중앙도서관 藏本, 古4460 22.

金大有, 『濯纓先生年譜』, 1874.

崎浜秀明編著, 『蔡溫全集』, 東京 本邦書籍, 1984.2.

東恩納寬惇, 「植杖錄」, 『東恩納寬惇全集』 5, 第一書房, 1978.

李德懋, 「夷狄尊孔子」, 『靑莊館全書』 제58권, 「盎葉記五」, 민족문화추진회,
　　솔, 1997.

林麟焻, 「琉球國新建至聖廟記」, 上里賢一 編, 『中山詩文集』, 九州大學出版
　　會, 1998.

徐葆光, 「琉球國新建儒學碑文」, 上里賢一 編, 『中山詩文集』, 九州大學出版
　　會, 1998.

王 楫, 「琉球國新建至聖廟記」, 上里賢一 編, 『中山詩文集』, 九州大學出版
　　會, 1998.

程順則, 「琉球國新建至聖廟記」. 上里賢一 編, 『中山詩文集』, 九州大學出版
　　會, 1998.

程順則, 「新建啟聖公祠記」, 上里賢一 編, 『中山詩文集』, 九州大學出版會,
　　1998.

「久米至聖廟沿革槪要」, 社團法人 久米崇聖會, 1975.

『三才圖會集成』 上中下, 민속원, 2014.

那覇市歷史博物館 홈페이지.

신문

『京城日報』, 대한민국 신문 아카이브.

『每日申報』, 每日申報社, 景仁文化社, 1989.

『朝鮮日報』, 네이버 뉴스 라이브러리.

『皇城新聞』, 韓國文化刊行會, 景仁文化社, 1984.

단행본

김영기, 『齊白石』, 열화당, 1980.

김영기, 『중국대륙예술기행』, 예경산업사, 1990.

김응현, 『東方書藝講座』, 東方硏書會, 1995.

김헌선 역편, 『유구국 사상가 채온의 〈사옹편언〉』, 보고사, 2014.

다카라 구라요시 지음 · 원정식 옮김, 『류큐왕국』, 小花, 2008.

민덕기 외, 『朝鮮과 琉球』, 아르케, 1999.

박성훈 편, 『한국삼재도회』, 시공사, 2002.

박희병, 『한국고전인물전연구』, 한길사, 1992.

신숙주 지음/신용호(외) 주해, 『해동제국기』, 범우사, 2014.

와타나베 요시오 지음 · 최인택 옮김, 『오키나와 깊이읽기』, 민속원, 2014.

이성혜 역주, 『유구 한시선』, 소명출판, 2019.

이성혜, 『한국 근대 서화의 생산과 유통』, 해피북미디어, 2014.

JCC出版部, 『繪で解る琉球王國 歷史と人物』, JCC出版, 2012.

高良倉吉, 『琉球王國』, 岩波新書, 1993.

宮里朝光 監修, 『琉球歷史便覽』, 月刊沖繩社, 1987.

金城正篤 譯注, 『歷代寶案』, 沖繩縣敎育委員會 發行, 2020.

寺島良安 編, 『和漢三才圖會』上下, 東京美術, 1970.

上里隆史, 『尙氏と首里城』, 吉川弘文館, 2016.

上里賢一 選譯·茅原南龍 書,『琉球漢詩の旅』, 琉球新聞社, 2001.

上里賢一 注釋,『琉球漢詩選』, ひるぎ社, 1990.

上里賢一 編,『校訂本 中山詩文集』, 九州大學出版會, 1998.

與並岳生,『察度王/南山と北山』, 新星出版, 2011.

外間守善, 波照間永吉 編著,『琉球國由來記』, 角川書店, 1997.

原田禹雄 譯注,『中山世譜』, 榕樹書林, 1998.

原田禹雄,『中山傳信錄』, 新譯注版, 榕樹書林, 1999.

真栄田義見,『名護親房程順則評傳』, 沖繩印刷團地出版部, 1982.

真栄田義見著,『沖繩·世がわりの思想』, 第一教育圖書, 1973.

塚田淸策 著,『琉球國碑文記』, 學術書出版會, 1970.

沖繩歷史教育研究會,『琉球沖繩 歷史人物傳』, 沖繩時事出版, 2008.

沖繩縣立博物館,『謝花雲石』, 株式會社アシスト, 1993.

沖繩県氏姓家系大辞典 編纂委員会,『沖繩県氏姓家系大辞典』, 角川書店.

『琉球·沖繩 歷史人物傳』, 沖繩歷史教育研究會, 沖繩時事出版, 2007.

『琉球王朝華; 美技藝』, 首里城公園開園10周年記念企劃展, (財)海洋博覽會
　　記念公園管理財團, 2002.

『沖繩大百科事典』, 沖繩大百科事典刊行事務局, 沖繩タイムス社, 1983.

フリー百科事典『ウィキペディア』.

논문

강동엽,「練行使와 會同館」,『비교문학』제41집, 한국비교문학회, 2007.

김보성,「19세기 조선 지식인의 일본·유구에 대한 인식 고찰」,『한문학논집』제
　　35집, 근역한문학회, 2012.

김소연,「韓國 近代 '東洋畵' 敎育 硏究」, 이화여자대학교 박사논문, 2012.

김소연,「해강 김규진 묵죽화와『海岡竹譜』연구」,『미술사학보』52, 미술사학
　　연구회, 2019.

김정숙,「조선시대 필기, 야담집 속 유구 체험과 형상화」,『한문학논집』제32집,

근역한문학회, 2011.

김창민, 「오키나와의 시사(シーサー, 獅子)와 문화적 정체성 만들기」, 『동아시아
　　문화연구』 제65집, 한양대학교 동아시아문화연구소, 2016.

미우라 구니오·서민교, 「오키나와[琉球]의 『주자가례』 수용과 보급 과정-『사
　　본당가례』의 성격」, 『국학연구』 16, 2010.

박재덕·이성혜, 「정순칙의 「중산동원팔경시」로 본 오키나와의 경관」, 『일본문
　　화연구』 제65집, 동아시아일본학회, 2018.

부마진, 「국교 두절 하, 조선 류구 양국 사절단의 북경 접촉」, 『대동문화연구』 제
　　68집, 대동문화연구원, 2009.

성해준, 「琉球佛敎와 高麗佛敎와의 관계」, 『한국교수불자연합학회지』 26, 사단
　　법인 한국교수불자연합회, 2020.

성해준, 「琉球의 退溪, 鄭順則의 삶과 학문」, 『退溪學報』 143, 퇴계학연구원,
　　2018.

성해준, 「程順則의 『六諭衍義』와 서민교육」, 『退溪學論集』 제22호, 영남퇴계학
　　연구원, 2018.

손승철, 「朝琉 交隣體制의 구조와 특징」, 『朝鮮과 琉球』, 2000.

안장리, 「韓國八景詩硏究」, 한국정신문화연구원 한국학대학원 박사논문, 1996.

양수지, 「세조대의 유구사신 응접과 문물교류」, 『동북아문화연구』 33, 동북아시
　　아문화학회, 2012.

양수지, 「조선유구관계연구, 조선전기를 중심으로」, 한국정신문화연구원 박사
　　논문, 1994.

엄경흠, 「李睟光의 使行問答錄에 대한 考察」, 『文化傳統論集』 Vol.2, 1994.

엄경흠, 「芝峯 李睟光의 在明京 外國 使臣 交流에 대하여-「安南國使臣唱和
　　問答錄」을 중심으로」, 『東洋漢文學硏究』 제30집, 동양한문학회, 2010

윤주필, 「류큐 사이온(蔡溫)의 〈사용편언〉과 18세기 동아시아 담론의 가능성」,
　　『제73차 류큐(오키나와)와 조선(한국)의 문화교류 육백년 학술대회』, 열상고
　　전연구회 2015 제73차 학술발표회.

이경훈, 「연행사신의 이국 문화 인식-木山 李基敬 『飮氷行程曆』의 유구국
　　기록을 중심으로」, 『중국인문학회 학술대회 발표논문집』, 중국인문학회,

2020.11.

이기범,「海岡 金圭鎭의 書藝-書論을 中心으로」, 동국대학교 석사논문, 1998.

이성혜,「20세기 초, 한국 서화가의 존재 방식과 양상-해강 김규진의 서화 활동을 중심으로」,『동양한문학연구』제28집, 동양한문학회, 2009.

이성혜,「서화가 김규진의 작품 활동과 수입」,『동방한문학』제41집, 동방한문학회, 2009.

이은주·이경희,「조선후기 白澤旗 사용자와 형태 및 재료에 관한 고찰」,『한복문화』제17권, 한복문화학회, 2014.

이준갑,「明淸交替期의 淸과 琉球-淸朝의 第一次 琉球 使行 派遣과 正使 張學禮의 使行活動을 중심으로」,『명청사연구』제39집, 명청사학회, 2013.

이지혜,「조선 전기(1392년~1638년) 對유구 관계의 변화와 인식」, 고려대학교 석사학위논문, 2013.

이 훈,「조선후기 표민의 송환을 통해서 본 조선 유구관계」,『사학지』27, 단국사학회, 1994.

정성일,「『歷代寶案』으로 본 琉球의 朝鮮 認識」,『동국사학』62, 동국역사문화연구소, 2017.

정영문,「김비의 일행의 표류체험과 琉球제도에 대한 인식」,『한국문학과 예술』30, 숭실대학교 한국문학과예술연구소, 2019.

최은주,「조선전기 팔경시의 창작 경향」,『대동한문학』15, 2001.

허경진·조영심,「조선인과 류큐인의 소통 양상」,『일어일문학』제54집, 대한일어일문학회, 2012.

「書道談義-謝花雲石氏にきく」,『沖繩タイムス』1958.03.22.

「長壽は心を整えること-八十七歳の謝花さん」,『沖繩タイムス』1970.09.15.

大城 學,「沖繩の獅子舞と獅子神信仰」,『季刊 東方學』12, 2007.

大城民子,「謝花雲石先生の横顔」,『謝花雲石』, 沖繩縣立博物館, 株式會社アシスト, 1993.

鈴木一聲,「琉球風水の裝置として村獅子について」,『宗教研究』86卷 4輯, 日本宗教研究學會, 2013.

山里景春,「雲石翁の師」,「沖繩タイムス」1977. 11. 12.「茶のみ話」欄.

山城正利,「たゆまぬ古典研究-傳統書道に生きる謝花雲石」,『新沖繩文學』, 1967 春季號.

上間淸・靑木陽二,「沖繩における八景の狀況」,『八景の分布と最近の研究動向』, 国立環境研究所研究報告, 2007.

上里賢一,「程順則の父と子-程順則の情愛と苦惱」,『日本東洋文化論集』12, 2006.

上井久義,「琉球の宗教と尙圓王妃」,『關西大學學術リポジトリ』, 2001.

時習書道會 編,「謝花雲石書道の歩み」,『謝花雲石資料集』, 1993.

延恩株,「韓国および沖繩の'門中制度'とそこでの女性の役割の比較考察」, 『桜美林国際学論集』7, 桜美林国際学論集編集委員会, 2002.

屋嘉宗克,「島の民俗信仰について」,『沖大論叢』3(2), 沖繩大學, 1963.

伊波普猷,「官生騷動に就いて」,『古琉球』, 靑磁社, 1942.

長嶺 操,『沖繩の魔除け獅子・寫眞集』, 沖繩村落史研究所, 1982.

曾根信一,「謝花雲石先生についての覺え書き」,『謝花雲石』, 1993.

曾根信一,「謝花雲石先生のことあれこれ」,『謝花雲石』, 1993.

津波高志,「沖繩의 門中과 家譜-韓國과의 比較를 위해서」,『조선왕조와 유구 왕조의 역사와 문화 재조명』, 한국오키나와학회, 1998.

沈玉慧,「咨文交換からみた明代北京における朝鮮・琉球兩國の交流」,『제10 회 유구・오키나와학회 국제학술회의』 발표문, 2015.

豊平峰雲,「靜と動を窮めた人」,『石扇書の世界』, 島袋光裕生誕百年顕彰事業 会 編, 沖繩タイムス, 2003.

인물